O SEGREDO DA GALILEIA

Evan Drake Howard

O SEGREDO DA GALILEIA

Tradução de
MICHELE GERHARDT

EDITORA RECORD
RIO DE JANEIRO • SÃO PAULO
2012

CIP-BRASIL. CATALOGAÇÃO NA FONTE
SINDICATO NACIONAL DOS EDITORES DE LIVROS, RJ

H844s Howard, Evan Drake, 1955-
O segredo da Galileia / Evan Drake Howard; tradução de Michele Gerhardt. –
Rio de Janeiro: Record, 2012.

Tradução de: The Galilean secret
ISBN 978-85-01-08725-6

1. Jerusalém – História – Ficção. 2. Israel – Ficção. 3. Ficção cristã. 3. Ficção americana.
I. Gerhardt, Michele. II. Título.

12-0062

CDD: 813
CDU: 821.111(73)-3

Título original:
The Galilean Secret

Copyright © 2010 by Evan Drake Howard

Texto revisado segundo o novo Acordo Ortográfico da Língua Portuguesa.

Todos os direitos reservados. Proibida a reprodução, no todo ou em parte, através de quaisquer meios. Os direitos morais do autor foram assegurados.

Direitos exclusivos de publicação em língua portuguesa somente para o Brasil adquiridos pela
EDITORA RECORD LTDA.
Rua Argentina, 171 – Rio de Janeiro, RJ – 20921-380 – Tel.: 2585-2000,
que se reserva a propriedade literária desta tradução.

Impresso no Brasil

ISBN 978-85-01-08725-6

Seja um leitor preferencial Record.
Cadastre-se e receba informações sobre nossos lançamentos e nossas promoções.

Atendimento e venda direta ao leitor:
mdireto@record.com.br ou (21) 2585-2002.

A Paul D. Sanderson
com a mais profunda gratidão

De *O dia em que o mundo mudou*
Copyright © 2063
por Karim Musalaha

Chame-me de qualquer coisa, menos de mentiroso. Eu seria um tolo se mentisse sobre algo tão importante. Um fato que a mídia de todo o mundo noticiou. O que ninguém sabe é como aconteceu, ou quem começou, e certamente ninguém sabe o porquê.

Só eu.

Guardei segredo porque é difícil demais de acreditar.

Eu acredito porque estava lá. Vi os eventos acontecerem e quem estava por trás deles, e como eles afetaram a todos os envolvidos.

Agora está na hora de contar a história.

Antes da mudança, eu só acreditava no ódio — e na angústia e no desespero que ele traz. Era só nisso que todo mundo acreditava. Dos dois lados. Mas eles não admitiriam isso, porque por mais errados que estivessem, afirmavam que estavam fazendo tudo em nome da religião. Isso fez com que lágrimas fossem derramadas durante tanto tempo que ninguém sabia mais como impedir que elas caíssem.

Ou como saciar a sede de terra encharcada de sangue.

Mas isso faz muito tempo, e quem ainda está vivo mal se lembra daquela época. Antes de a paz finalmente reinar entre meu povo, os palestinos, e nossos inimigos declarados, os israelenses. Época em que o mundo achava que era impossível.

E ninguém nunca tinha ouvido falar de Karim Musalaha.

DIAS ATUAIS

CAPÍTULO 1

Mar Morto
Quarta-feira, 5 de março

Os passos estavam se aproximando de Karim Musalaha.

Desesperado para fugir, ele cambaleou até uma caverna no meio da subida do penhasco escarpado, o coração batendo forte. Enxugou o suor da testa e continuou seguindo com dificuldade entre as pedras pontiagudas. Quando conseguiu subir até a caverna, morcegos voaram sobre ele, soltando um som agudo e alto, como se rindo de sua angústia. Sentia o medo em suas vísceras enquanto mergulhava em busca de abrigo e começava a engatinhar, cauteloso para evitar as paredes escavadas de areia dura e os escorpiões que as patrulhavam. Enquanto se arrastava pela pedra, um pensamento lhe surgiu, mais opressivo do que a escuridão que o cercava: se morresse ali, ninguém se importaria. Sua decisão de fugir o deixara totalmente sozinho, tão desprovido de contato humano quanto o Mar Morto era de vida.

Parou e escutou, temendo que os passos fossem de Abdul Fattah, um soldado da Aliança Patriótica Palestina (APP) que tinha a intenção de capturá-lo e levá-lo de volta a Nablus. Num sussurro, amaldiçoou a lealdade de Abdul a Sadiq Musalaha, pai de Karim e líder político da aliança. Quando Karim chegou ao fundo da caverna, ajoelhou-se e tirou a mochila. A calça jeans e a camiseta estavam cobertas de poeira. Três dias antes, tinha abandonado a Universidade Birzeit e fugido com o dinheiro da mensalidade. Estava fedendo já que não tomava banho desde que deixara Ramallah.

Seu pai nunca entenderia, muito menos o perdoaria. Karim se recusava a fazer parte da milícia da APP e desprezava a forma como Sadiq Musalaha

11

usava homens-bombas contra Israel. A letra de uma música veiculada na TV palestina assombrava seus pensamentos: "Como é doce o aroma dos *shahids*,* como é doce o cheiro de terra, sua sede reprimida por sangue, fluindo de um corpo jovem." Suor escorria pelas costas de Karim. A melhor forma de expressar sua revolta era se aliando ao movimento de paz palestino-israelense. Tinha ido até ali, 1 quilômetro ao sul do centro de visitantes de Qumran, para buscar orientação espiritual, assim como Maomé a encontrou na caverna do monte Hira, perto de Meca. Karim também esperava que sua estada no deserto tirasse Abdul de seu caminho. Mas só agora via o preço: uma vida tão árida quanto os picos queimados de sol de Qumran.

Ainda escutando os passos do lado de fora, abaixou-se atrás de um bloco de pedras que se projetava da parede. O islamismo que aprendera em Birzeit condenava o suicídio e o assassinato de inocentes. Mexeu na aliança de ouro em seu dedo mínimo. A aliança pertencera à sua falecida mãe e continha a inscrição: "O verdadeiro islamismo é a paz." Para ele, essa inscrição confirmava o que dizia o Corão, "Não se lancem à destruição." A inscrição também ecoava o poderoso *hadith* do Profeta Maomé: "Se as pessoas lhe fizerem o bem, faça o bem a elas; e se elas lhe tratarem mal, ainda assim se abstenha de ser injusto."

Tateou no chão à procura de uma pedra para se defender. Enquanto apalpava no escuro, seus dedos roçaram algo liso e arredondado saindo do chão de areia dura. Sem tempo para investigar, continuou procurando e apalpando até encontrar várias pedras pontiagudas, que segurou nas mãos. Permaneceu imóvel, jurando lutar se fosse necessário, enquanto se perguntava o que seria o objeto liso.

O barulho de pedras caindo fez com que se encolhesse. Encostou os ombros na parede recortada dos fundos da caverna, o ar empoeirado. Um escorpião desceu pelo seu braço, mas mesmo assim não ousou se mexer. Os passos se aproximavam da entrada. Prendeu a respiração e esperou, o suor fazendo seus olhos arderem. Então este era o preço da liberdade: sofrer com o terror e a exaustão em uma caverna enquanto pensava em um futuro solitário.

Alá! Por favor, não permita que Abdul me encontre. Karim acreditava que Alá atendia às orações e que o protegeria, assim como protegeu o Profeta Maomé, Ismael e Hagar no deserto. O islã que praticava honrava os judeus e

---

*No islamismo, *shahids* são aqueles homens que dão a vida para defender sua religião. (*N. da T.*)

cristãos, assim como os muçulmanos e os filhos de Abraão. A ideia de matar 23 de seus irmãos e irmãs e ferir mais 76, como seu irmão mais velho Saed fizera em um ônibus em Jerusalém ocidental, lhe causava repulsa.

Sonhava em ser jornalista, em se casar e ter uma família. Mas que esperança tinha agora de conseguir um casamento? Muito pouca. Ainda assim, ansiava encontrar uma esposa que seria mais preciosa para ele do que as 72 virgens que esperavam os *shahids* no paraíso. Se ele, ao menos, conseguisse sobreviver, fugiria para Belém, para longe de seu pai e dos militantes em Nablus, e apoiaria o movimento pela paz.

Raios de luz vindos de uma lanterna entraram na caverna. Vozes murmuravam. Apertou as pedras, percebendo que havia duas pessoas lhe perseguindo. Enquanto esperava, prendeu a respiração, pronto para se defender, seu sangue correndo mais gelado do que uma noite no deserto.

— Aqui. Olhe aqui!

— Ok, mas será rápido, depois eu vou embora.

As duas vozes ficaram mais altas, e os raios de luz se aproximavam dele Respirou aliviado ao se dar conta de que as pessoas estavam falando em inglês. Abdul Fattah, tenente-chefe de Sadiq Musalaha, falava árabe e não teria viajado acompanhado. Karim tinha conseguido fugir de Abdul, pelo menos por enquanto. As vozes provavelmente eram de turistas ou talvez pesquisadores. Ainda assim... continuou segurando as pedras, preparado para lutar, se fosse necessário.

— Está escuro lá dentro, e é rochoso e íngreme. Vou voltar para casa com o Dr. Jordan.

Os passos começaram a se afastar junto com as vozes masculinas. Karim soltou as pedras e esperou o silêncio perturbador do deserto voltar. Então, começou a apalpar em volta buscando o objeto liso. Seus dedos procuraram pela superfície dura e recortada até que sentisse o objeto de novo. Achou que provavelmente era uma pedra e tentou soltá-la, mas não conseguiu.

A areia endurecida resistiu às suas tentativas de cavar com os dedos. Só quando pegou o canivete na mochila e o usou é que começou a fazer algum progresso. Cavou ao redor do objeto, depois afastou as pedras e a areia. Finalmente, conseguiu desenterrá-lo. Para sua surpresa, o objeto era alto, talvez uns 50 centímetros, e redondo, como um vaso de cerâmica. Lembrou-se dos pastores beduínos que encontraram os Manuscritos do Mar Morto naquelas cavernas em 1947, e imaginou se ele também não teria esbarrado em um tesouro.

Ouviu seu sangue pulsando ao tentar ouvir algum passo. Como não escutou nenhum, colocou a mochila nas costas e levou o objeto até a entrada. Foi quando conseguiu ver o que era: um jarro de cerâmica alto e fechado com uma rolha. Puxou esta, procurou dentro do jarro e, para sua surpresa, encontrou algo que lembrava um cilindro embrulhado em linho. Desdobrou o linho e viu o que parecia um manuscrito feito em um frágil papiro.

Quebradiço e amarelado, o manuscrito fez com que se lembrasse de sua vida, a relíquia de uma promessa, lutando uma batalha perdida contra a decadência. Pelo menos o papiro estava em condições satisfatórias. A parte de cima continha um documento escrito em tinta preta e assinado no final. Abaixo da assinatura havia outra seção escrita, igualmente longa, mas com uma caligrafia diferente. Os manuscritos das duas seções lembravam hebraico, com a forma quadrada e sendo provavelmente lido da direita para a esquerda, mas menos confuso e com menos pontos.

O manuscrito devia ser antigo e possivelmente era valioso. Esperava que essa descoberta fosse um sinal de que Alá estava do seu lado. Seu amigo, irmão Gregory Andreou, um monge ortodoxo grego e professor visitante na Universidade Birzeit, morava em Belém. Sendo um erudito de línguas e civilizações do Oriente Próximo, ele provavelmente conseguiria traduzir o manuscrito.

Karim observara os penhascos beges e áridos se tornarem dourados com o pôr do sol. Em circunstâncias diferentes, teria achado a vista animadora, mas seria preciso mais do que a descoberta de um manuscrito para isso acontecer. O sal do Mar Morto tinha um cheiro acre e fazia seus pulmões arderem. Formulou um plano ao olhar para a sua motocicleta GMI 104 parada lá embaixo, em um pequeno bosque de palmeiras abaixo dos penhascos. Guardaria o jarro no bagageiro de fibra de vidro, na traseira da moto, e seguiria para Belém.

Após enrolar o manuscrito, colocou-o de volta dentro do jarro. O sol já estava baixo, mas ainda era possível vê-lo. Se não fosse embora logo, teria de passar a noite na caverna. Levantou-se e olhou para fora. Como não viu ninguém, saiu, com o jarro embaixo do braço.

Começou a descer a ladeira rochosa e não tinha andado mais do que alguns poucos metros quando escutou passos atrás dele. Virou-se e viu um homem de meia-idade, forte, usando óculos, com cabelos cor de areia, correndo na sua direção, com uma pá na mão.

O homem estava vestido com calça e camiseta verde como as do Exército.

— Sou o único com permissão para escavar essas cavernas. Você terá de me entregar o jarro.

Karim ficou com raiva ao escutar a ordem.

— Não, não vou entregar. Eu decidirei o que fazer com isso.

— Infelizmente, você não tem escolha. — O homem investiu para cima dele com a pá. Karim desviou e escapou por pouco do golpe. Girou e se afastou do homem, começando a descer uma ladeira moderada, meio escorregadia e desnivelada. O homem continuou perseguindo-o, os passos rápidos e determinados, a respiração pesada. Karim desviava para a esquerda e para a direita para não cair. Esforçava-se para manter o equilíbrio, a mochila cheia pesando nas costas, os pés escorregando nas pedras espalhadas.

— Eu disse para me entregar o jarro! — O homem estava a apenas dois passos dele quando lhe deu uma facada, que cortou a manga da camiseta de Karim. A investida fez com que o homem perdesse o equilíbrio e Karim se afastasse dele. Se conseguisse jogar o homem nas pedras da planície abaixo das montanhas, conseguiria chegar até a moto. Mas a mochila e o jarro estavam atrasando-o. Foi então que sentiu o homem agarrar sua camiseta por trás, derrubando Karim. Quando atingiu o chão, o jarro se quebrou, expondo o manuscrito. Karim o pegou com pressa e cambaleou para ficar de pé.

— Agora me dê esse manuscrito — disse o homem.

— Eu o encontrei e você não vai...

Antes que terminasse, o estranho partiu para cima dele. Karim impediu o golpe com o braço livre. Abaixou o manuscrito e agarrou o pulso do adversário, torcendo-o. A pá caiu no chão enquanto Karim acertava uma joelhada na virilha dele e o jogava no chão. Enquanto o homem se contorcia no chão, Karim chutou a pá para longe e começou a descer em zigue-zague a ribanceira escorregadia.

Uma vez na planície de calcário, começou a correr. Um corredor veloz, ele se aproveitou da vantagem e seguiu para as palmeiras. Olhou por cima do ombro esquerdo e viu o homem se aproximando. Karim teria de trancar o manuscrito no bagageiro da moto e dar o arranque com o pedal.

Ao se aproximar da moto, pegou a chave no bolso, os passos do outro cada vez mais perto. Colocou o manuscrito no bagageiro e fechou-o. Então passou a perna por cima da moto, soltando seu peso sobre o pedal de arranque.

Nada.

Repetiu o movimento.

Um ruído.

Os passos continuavam firmes, como cascos de cavalos. Karim tentou o arranque uma última vez com ainda mais determinação.

O motor ganhou vida.

Acelerou enquanto o estranho se jogava para a frente e agarrava o bagageiro. Karim fez um zigue-zague para que ele caísse.

O homem tossiu por causa da poeira, e disse com a voz engasgada:

— Eu mato você!

Karim acelerou e seguiu em frente. O peso do homem fazia a moto balançar assustadoramente. Karim se esforçava para manter o equilíbrio, seguindo em frente e acelerando até o homem não conseguir mais se segurar. Olhando para trás, Karim viu-o bater no chão. Quando chegou à estrada, observou-o se levantar e continuar correndo. Virando à esquerda, Karim passou por um Chevy Impala cinza estacionado. O homem devia estar correndo para pegar o carro.

Enquanto guiava a moto pela autoestrada, viu que o Ĩmpala estava em sua cola. Decidiu tomar o caminho do deserto, onde nenhum carro conseguiria segui-lo.

Ouviu pneus cantando.

Olhou para trás e viu o Impala se aproximando. Ao sair da estrada e entrar no deserto, se perguntava quem era o homem e por que estava disposto a morrer por aquele manuscrito. Ainda mais importante, perguntou-se sobre o que estava escrito. De quem era a mão que escrevera sobre aquele papiro? O que o texto dizia? Era impossível responder a essas perguntas, mas só de pensar sentia uma agitação tomar conta de si enquanto acelerava pelo deserto.

ERA ROMANA

Havia na prisão um [dos presos], chamado Barrabás, que fora preso com seus cúmplices, o qual na sedição perpetrara um homicídio.

Marcos 15,7

Porque não temos nele um pontífice incapaz de compadecer-se das nossas fraquezas. Ao contrário, passou pelas mesmas provações que nós, com exceção do pecado.

Hebreus 4,15

CAPÍTULO 2

Jerusalém, 30 d.C.

Na manhã do dia de seu casamento, Judite de Jerusalém teve certeza de que não poderia levar aquilo até o fim. Acordou às 4 horas, encharcada de suor. Com o estômago doendo, vestiu a túnica e as sandálias e foi tateando até a janela do quarto. *Ah, por que não me sinto atraída por Gabriel?* O lamento que a assombrava havia meses naquele momento parecia um grito. Fitou, sem fôlego e com a cabeça latejando, a escuridão que envolvia Jerusalém como uma mortalha.

Gostava de Gabriel ben Zebulom e o admirava, mas não podia se casar com ele. Cambaleando, se aproximou da mesa de cabeceira onde havia uma vela em um castiçal de bronze que deixara ali na noite anterior. A vela que deveria acender e colocar na janela.

A vela que seria um sinal para Dimas, irmão mais velho de Gabriel, de que ela fugiria com ele.

Judite hesitou. Como poderia fazer isso? Se fugisse com Dimas e eles fossem pegos, seriam apedrejados até a morte como adúlteros. Quando os dedos trêmulos tocaram a vela, recuou, com medo. Na ponta dos pés, foi até o corredor para escutar a respiração constante dos pais, do irmão mais velho e da esposa e das duas irmãs mais novas. Aliviada por ninguém estar com o sono agitado, parou perto do lampião que ficava ao lado da porta do quarto dos pais e sentiu o cheiro do perfume espalhado pela chama.

Pensou em Reuben, o irmão que morrera no ano anterior com 4 anos. Ele também deveria estar ali. Mas não estava... por causa dos romanos. Porque era tão certo que eles o haviam assassinado quanto o fato de ela estar aqui de pé. Sentiu um aperto na garganta, como sempre sentia quando se lembrava de Reuben e de sua morte. Lutando contra as lágrimas, voltou para o quarto e sentou na cama.

Ah, Deus, Deus, o que devo fazer? Enxugou o suor da testa e tateou de novo em busca da vela. As mãos tremiam como as de um leproso. Olhou pela janela para ver as estrelas brilhando no silencioso céu purpúreo que acenava para ela. Se Dimas não viesse antes do nascer do sol, ela seria obrigada a se casar com Gabriel, o homem que o pai escolhera.

Quando estendeu a mão para pegar a vela de novo, recuou rapidamente. A paixão por Dimas a consumira tanto nos últimos meses que nunca questionara a decisão de fugir com ele. Gabriel oferecia a mesma segurança que ela estava acostumada, sendo a bem-educada filha de um rico negociante de especiarias. Ela o considerava bonito, mas de uma beleza suave, acessível. Ele tinha traços cativantes de menino emoldurando os olhos castanhos mais serenos que já vira, era um cavalheiro e um comerciante bem-sucedido, como o pai, e tinha seu próprio mercado de comida e tecidos.

Dimas, por outro lado, fugira dos negócios para se tornar pedreiro e entrar para o grupo *Sicarii*, os zelotes que, com suas adagas, tinham a intenção de acabar com o poder romano. De repente, a ideia de abandonar os estudos e confortos por uma vida errante no deserto fez com que ficasse sem fôlego, como no fim de uma corrida. *Não é tarde demais para desistir*, disse para si mesma. Mas como poderia? Por mais generoso e bondoso que Gabriel fosse, não sentia nada por ele.

Engoliu em seco e enterrou a cabeça nas mãos. Lágrimas cobriam seus olhos; esforçava-se para respirar. Levantando o olhar, viu, através da escuridão, a vela na mesa de cabeceira. Pensou nas moças que aceitavam casamentos sem amor como se fossem mandamentos de Deus e pensou nos judeus — incluindo a própria família — que não tinham nada além do desprezo que sentiam pelos romanos e não faziam nada a respeito.

Não podia mais viver aquela hipocrisia. A poucas horas da cerimônia, precisava fugir do que mais temia: um casamento sem paixão. *Devo ir e lutar contra os romanos com Dimas*, disse para si mesma. *Nos braços dele, eu me tornarei a mulher que desejo ser.* A ideia de fazer amor com ele fez com que o tremor se acalmasse. O coração disparou. Fez uma careta e estendeu a mão de novo para pegar a vela. Desta vez, pegou-a e a segurou com força. Foi até o corredor de novo, na ponta dos pés, aproximou-se do lampião, acendeu a vela na chama do pavio e, então, em silêncio, voltou para o quarto.

Foi até a janela e colocou a vela no parapeito; então voltou para a cama e pegou algo que guardara sob ela. Depois de puxar a longa corda que estava escondida ali, retornou para a janela, amarrou a corda na estrutura e olhou para fora. Onde estava Dimas? Afastou-se e mexeu na bolsa de tecido que estava cheia de roupas retiradas do baú de madeira, no canto do quarto. A cabeça estava cheia de perguntas. Será que Dimas voltara atrás na sua promessa de fugir com ela? Não conseguira encontrar um cavalo? Bandidos o pegaram e deram uma surra nele?

Certa de que tinha guardado tudo, Judite colocou a bolsa em cima da cama e se sentou para pentear os longos cabelos castanhos. Sentindo o conforto oferecido pelo cheiro dos pinheiros que cercavam a rua, escutou passos lá embaixo — Dimas! Jogou a escova na bolsa e correu para a janela. Ele olhava diretamente para cima, os cabelos despenteados pelo vento, um sorriso fraco no rosto vigoroso e bonito. Um arrepio repentino tomou conta dela; segurou no parapeito, hesitante.

Ele acenou.

— Por favor, rápido!

Judite congelou, incapaz de descer pela corda. Como poderia trair o noivo, envergonhar o pai, arruinar os planos da mãe para o seu casamento, destruir a vida de duas famílias e perturbar a de quase cem convidados? Mas, então, quando fitou os olhos cheios de expectativa de Dimas, se perguntou: *como poderia não ir com ele?*

Ele estava andando de um lado para o outro, nervosamente. Antes que ela pudesse se decidir, ele agarrou a corda e começou a subir, os braços musculosos seguindo o mesmo ritmo dos passos na parede. Em um instante, ele estava dentro do quarto. Ela enxugou uma lágrima e colocou um dedo sobre os lábios.

Ele a fitou nos olhos e sussurrou:

— Qual é o problema?

— Não sei se posso fazer isso — disse ela.

Ele a observou, como se admirando os cintilantes olhos castanhos, e quando falou, sua voz foi baixa.

— Depois de tudo que planejamos, você vai voltar atrás agora? E o sofrimento que passamos sob o domínio romano?

Ela se virou.

— E o sofrimento de Gabriel?

— Ele vai superar. — Dimas pegou o braço dela. — Mas se você se casar com ele, eu nunca vou superar. Nem você.

Avaliando os músculos e o maxilar contraído dele, ela disse:

— Tenho medo do deserto, do que pode acontecer conosco.

— É por isso que precisa de mim. Sou forte o suficiente por nós dois, e o lugar para onde quero levá-la é o único digno de se ir.

Ele não disse mais nada, mas a pegou nos braços e sussurrou seu nome. Então, estava beijando-a, acendendo uma chama que começava na sola dos pés dela, subia pelas pernas e pelo tronco até o ponto onde os lábios se encontravam. O cheiro doce dele, combinado ao de pinheiros e traços de hibisco e limão que vinham do jardim, a envolveu no que parecia um sonho. A noite se tornou luminosa, como se possuída por um brilho escondido que apenas ele controlava. Ela ficou imóvel, saboreando cada batida de coração que compartilhavam.

O ódio dela pelos romanos veio à tona como óleo fervente em um caldeirão. *Dimas entende que amar é mais do que cumprir os desejos dos pais e que a liberdade é algo que se conquista.* Ela o via como um idealista, um homem em uma missão de honra. Por isso ele se voluntariou para ir para as cavernas de Qumran, perto do Mar Morto, para servir sob o heroico comando do zelote Barrabás.

Os primeiros raios da manhã estavam entrando pela janela. Ela fitou os olhos de aço de Dimas, concentrados como os de um guerreiro. Um ruído no corredor interrompeu seus pensamentos. Dimas ficou tenso, mudando de posição, se preparando para uma luta. Depois de Judite acenar para ele ir para o baú de madeira, ele levantou a tampa e se escondeu lá dentro. Ela empurrou a bolsa para debaixo da cama e se enfiou sob o cobertor, fingindo estar dormindo. Com o coração disparado, esperava que o irmão ou o pai entrasse no quarto.

Talvez isso seja um presságio. Um presságio dos problemas que cairão sobre nós. Se seu forte irmão fizesse uma busca no quarto e encontrasse Dimas, os dois lutariam. O pai, Natan, correria para ajudar Gideon. Ela e Dimas seriam publicamente humilhados e severamente punidos, se não apedrejados. Nem mesmo Gabriel ia querer ficar com ela.

Mas nenhum outro som se seguiu. Então, escutou passos arrastados. Estavam vindo na direção do quarto? Ela se preparou para um confronto, mas os passos pararam. O coração bateu aliviado quando percebeu o que tinha acontecido: o pai, de 60 anos, se levantara para se aliviar, como fazia todos os dias de manhã bem cedo. Deitada imóvel, esperou até que os passos suaves e descalços sinalizassem que o pai tinha voltado para a cama.

Dimas colocou a cabeça para fora do baú, olhou em volta, depois foi para a janela. Judite estava logo atrás dele. Com uma perna para fora e uma para dentro, ele parou para fitá-la e disse:

— Como um zelote, estou determinado a voltar para Israel para adorar verdadeiramente Deus. Nunca conheci uma mulher que compartilhasse as minhas duas paixões: amor e liberdade. — Ele segurou o rosto dela. — Nunca a pressionaria a vir comigo, mas gostaria que viesse. Quero que seja minha esposa e lute comigo pela liberdade.

Ela não conseguia resistir à rebeldia que via nos olhos dele. Era como se uma represa tivesse rompido e um rio a estivesse arrastando correnteza abaixo. Tentara esquecer Dimas, mas não conseguia. Aos 21, Dimas era quatro anos mais velho do que ela e tinha a confiança e a experiência de vida que lhe faltavam. A força dele a deixava mais segura do que qualquer dinheiro no mundo. Ela puxou a bolsa que estava embaixo da cama. *Devo ir com ele*, disse para si mesma, reafirmando a paixão pela causa zelote e por Dimas.

— Agora, você é o meu futuro, Dimas — sussurrou. — Por favor, não me decepcione.

Os primeiros raios de sol estavam pintando de cor-de-rosa o horizonte. Quando Judite viu Dimas no chão, jogou a bolsa para baixo, pegou a corda e deu um impulso na janela. Os pés balançaram precariamente até encontrarem a parede externa e empurrarem-na. Não ousando nem respirar, com a corda machucando as mãos, arqueou as costas para trás ao sentir uma dor que ia dos ombros até as pontas dos dedos. De repente, os pés deslizaram; o joelho ' bateu na parede, cortando a pele.

— Quem está aí?

A voz autoritária do pai vinha da janela do quarto dele. Ela congelou, pendurada na corda.

— Rápido! — disse Dimas.

Ela podia escutar pessoas correndo para seu quarto.

— Pule! Eu pego você. — Dimas estava com os braços estendidos.

Ela se esforçou para se segurar, o corpo balançando de um lado para o outro enquanto deslizava pela corda. Quando os pés se aproximaram do chão, Dimas a pegou.

— Vamos!

Ele enfiou a bolsa dela embaixo do braço e pegou sua mão. Ela saiu correndo, sendo puxada por Dimas, que estava levando-a para o cavalo carregado de alimentos que ela via mais acima na rua.

— Judite!

Escutou o pai gritar. Com a imagem do corpo magro e dos traços austeros gravada na mente, ela não olhou para trás. O pai soava frenético, desesperado. Dimas ajudou-a a subir no cavalo, jogou a bolsa para ela e também montou.

— Judite, volte!

— Por favor, Judite, não faça isso!

Reconheceu as vozes da irmã Diná e da mãe e não conseguiu deixar de olhar uma última vez para trás. Expressões de terror dominavam os rostos ainda sonolentos. O irmão Gideon tinha descido e já estava do lado de fora.

— Volte com minha irmã! — A voz grossa de Gideon soou enquanto corria para alcançar o cavalo.

Judite fechou os olhos, determinada a se livrar de toda dúvida. Segurou-se a Dimas quando o cavalo começou a galopar pela manhã, deixando para trás a família gritando em vão.

CAPÍTULO 3

As batidas na porta da frente fizeram Gabriel ben Zebulom despertar assustado. Certo de que alguém estava invadindo a casa, levantou o corpo esguio da cama, pegou a túnica e uma adaga que mantinha perto para sua proteção e correu para a porta, vestindo-se no caminho. O pai, Zebulom, o encontrou no amplo pátio central que levava à frente da casa. O rosto de Zebulom, um homem grande com uma auréola de cabelos brancos em volta da cabeça careca, estava contorcido pela preocupação.

Gabriel reconheceu a voz do homem do lado de fora. Natan, pai de Judite, estava gritando que precisava falar com eles, que algo terrível acontecera. Quando Gabriel abriu a porta, Natan entrou, o rosto vermelho, as mãos no peito, uma expressão angustiada nas feições fortes. Sem nem respirar, contou como Dimas fugira com Judite. Os dois haviam se conhecido quando Natan contratara Dimas para consertar seu pátio.

Gabriel sentiu a cor sumir do rosto bronzeado pelo sol e nem tentou esconder o choque e o desespero. Judá levou Natan para a sala de estar e lhe ofereceu uma cadeira. Gabriel andava de um lado para o outro, a cabeça latejando, sentindo-se entorpecido.

— Como isso pode ser verdade? — Enquanto se esforçava para absorver a terrível notícia, os olhos castanhos se encheram de lágrimas. — Você me deu a mão da sua filha. Hoje é o dia do nosso casamento. Sua palavra não significa nada?

Zebulom mal conseguia conter a raiva.

— Você sabia que Dimas estava afastado de nós e mesmo assim o contratou! Como pôde?

— Precisava de um bom pedreiro e Dimas é um dos melhores de Jerusalém. — Natan se mexia nervosamente. — Não fazia ideia de que estava seduzindo Judite. Se soubesse, o teria despedido na mesma hora. — Enterrou o rosto nas mãos. — Este deveria ser o dia mais feliz da minha vida. Não o mais triste.

Enquanto os três homens discutiam a inacreditável reviravolta dos fatos, a rechonchuda mãe de Gabriel entrou, os cabelos grisalhos presos, e perguntou qual era o problema. Quando Natan contou, ela quase desmaiou.

— O que vamos fazer? Mais de cem convidados virão para o banquete do casamento.

A mente de Gabriel não parava. *Por que Judite faria isso comigo? Como poderia ser tão cruel?* Ele sentira a relutância dela em se casar, mas presumira que passaria a amá-lo depois do casamento. O amor que sentia por ela não permitiu que chegasse a nenhuma outra conclusão.

Desde que o pai o apresentara a Judite, um ano antes, ela consumia seus pensamentos. Sonhava com a noite de núpcias deles, em expressar livremente seu amor de corpo e alma. Ansiava em tê-la como esposa, em acordar com ela todas as manhãs e voltar para ela todas as noites, em construir uma casa espaçosa e ser pai dos filhos dela. Mas agora os sonhos tinham se transformado em tortura, açoitando-o como uma tempestade de areia. E quem causou isso? O próprio irmão!

Abruptamente, Gabriel colocou a adaga no cinto da túnica e correu para a porta. Os pais e Natan foram atrás dele, gritando, perguntando aonde ele iria. Ele não respondeu nem olhou para trás. Subiu a rua, os pés calçados com sandálias mal tocando as pedras cobertas de poeira. Para seu alívio, havia poucas pessoas na rua àquela hora da manhã. Cada vez mais rápido, finalmente estava correndo, desesperado para fugir, censurando-se por não ter conseguido conquistar o coração de Judite.

As ruas pareciam mais difíceis e as ladeiras mais íngremes, como se conspirassem contra ele. Gabriel seguiu para o norte, na direção do Templo, sendo atraído pelos primeiros sons das trombetas de chifre de carneiro. Continuou correndo até os pulmões queimarem, suas pernas ficarem fracas e o labirinto de ruas se tornar mais longo e impossível de escapar.

Imagens de Dimas invadiam sua mente. Lembrou-se da infância: das corridas que disputavam, das lutas que travavam, dos duelos de arco e flecha e das competições de gladiadores. Estudando, trabalhando ou brincando, sempre eram rivais. E Dimas, o mais velho e mais forte, geralmente ganhava. Ele sempre conseguia que as coisas fossem do seu jeito, algo que o favorecesse. Gabriel diminuiu a velocidade, passando a andar. Até Dimas sair de casa, recebera pouco reconhecimento ou apoio e quando isso aconteceu, já era tarde demais; sua autoestima já estava irreparavelmente destruída.

Mas ainda tinha fome de aprovação, como um mendigo que é convidado para um banquete mas não tem permissão para comer. Ser bem-sucedido no negócio do pai era a única forma que tinha de satisfazer essa necessidade. Dimas era melhor em trabalhos manuais e ficava irritado ao ver o irmão mais novo tendo sucesso nos negócios da família. Quando Dimas saiu de casa para se juntar à resistência, Gabriel se perguntou se ele estava fazendo aquilo porque não era mais o filho favorito.

Será que ele fugira com Judite para se vingar? Seria essa a última tentativa de Dimas de assegurar seu domínio? Para Gabriel, as razões não importavam, apenas a rejeição e a vergonha. Judite era a única mulher que amara; sem ela, sua vida perdia todo o sentido. Era como se estivesse morto.

Gabriel estava se aproximando do Monte do Templo, a enorme plataforma se erguendo sobre a cidade, os majestosos pátios e altares cercados por um muro de mármore de 18 metros de altura que brilhava, mesmo no amanhecer cinzento. Se pulasse de lá, seria seu fim. Olhou para as enormes colunas coríntias do Templo, ornamentadas de ouro no topo, e pensou: *Que lugar melhor para terminar a minha vida do que aqui? Prefiro morrer do que voltar para casa e encarar os convidados do casamento.* Tudo que dava sentido à sua vida lhe fora tirado: a mulher que amava, a honra e a esperança do futuro. Hoje, o lugar mais sagrado de Israel servia apenas para lhe lembrar da indiferença de Deus à sua dor. Seu suicídio, resultado da traição que batera à sua porta, seria um constrangimento público para Deus por ter permitido que aquilo acontecesse. Jerusalém inteira veria um judeu desprezar uma divindade fraca e indiferente!

Escutou de novo o som das trombetas de chifres de carneiro. Os Portões de Hulda estavam abertos; leprosos e mendigos se amontoavam ali em volta, ainda adormecidos. Alguns peregrinos já entravam no Pátio dos Gentios com pombos e cordeiros para serem sacrificados. Gabriel estava determinado a subir até a passarela em cima do muro, onde vira trompetistas durante os festivais.

Gabriel observou uma família, empurrando uma carroça carregada de trigo, tâmaras, romãs, azeitonas, figos e uvas, se dirigir para os portões. Seguiu-os de perto, como se fosse um membro da família, e uma vez dentro do pátio exterior do Templo, subiu as escadas até a passarela, sem que os sacerdotes que se encaminhavam para ajudar nos sacrifícios o percebessem.

Soldados romanos patrulhavam a passarela e guardavam os portões abaixo, mas, àquela hora da manhã, Gabriel não viu nenhum. Subiu no parapeito e olhou para baixo. Então tirou a adaga, apontando o gume contra a barriga. *Um passo e a minha infelicidade vai acabar*, disse para si mesmo, mal conseguindo se equilibrar nos calcanhares.

Estava respirando com dificuldade, os lábios tremendo, o coração acelerado. Olhou para as ruas empoeiradas de Jerusalém, para as montanhas em volta e para as casas de um e dois andares, da mesma cor da pele de leão. Olhando para baixo, ficou tonto e lutou para não perder o equilíbrio. Quando finalmente se estabilizou, dobrou os joelhos, pronto para pular. Então, viu que o sol estava nascendo. Raios vermelhos pintavam o horizonte como se enormes tochas tivessem sido jogadas ao céu. Gabriel hesitou. *Se pular, nunca mais vou ver um nascer do sol. Como posso abrir mão de tamanho esplendor?*

A resposta pulsava na mente: podia abrir mão disso porque a vida sem Judite não era uma vida. A rejeição ardia no estômago como uma doença que só a morte poderia curar. Murmurou um adeus para a manhã suave, endireitou os pés, dobrou os joelhos, preparado para pular. Mas antes que pudesse jogar seu corpo, escutou um grito atrás de si.

— Não pule, por favor!

Assustado, Gabriel se virou e viu um homem corpulento, um pouco mais alto do que a média, com cabelos brancos na altura dos ombros e olhos escuros e bondosos. O homem usava um manto roxo e turbante preto. Em volta dos pulsos, estavam as cordas do filactério — as pequenas caixas de couro que contêm trechos das Escrituras. Obviamente um fariseu. O homem estendeu uma das mãos. Gabriel congelou. *Apenas pule!*, disse a si mesmo. Mesmo assim, estendeu a mão, tremendo, até o limite.

— Você! Desça já daí!

Gabriel olhou para a esquerda. Um forte soldado romano tinha acabado de chegar para fazer a patrulha. Estava correndo na direção de Gabriel, gritando em grego. Assustado, Gabriel deu um passo atrás, ficando ao alcance do fariseu.

O fariseu segurou sua túnica e puxou. Gabriel caiu em cima da passarela, soltando a adaga ao se estatelar na dura superfície de pedra. Sua pele queimou quando a pedra arranhou o cotovelo, as costelas e os joelhos. Levantou-se, cambaleando, o rosto vermelho, enquanto pegava a adaga e a escondia dentro da túnica, recuando. O soldado se aproximava dele, as insígnias douradas e vermelhas balançando a cada passo. Agarrou Gabriel e torceu seu braço até as costas.

— Que tipo de acrobacia você estava tentando fazer? — Ele começou a carregar Gabriel, empurrando-o para as escadas. — Espero que goste da prisão de Pilatos. É para lá que você vai.

A dor no ombro de Gabriel pulsava, como se alguém estivesse batendo nele com um martelo. Com medo de que o braço quebrasse, inspirou rapidamente, cravou os pés no chão e bateu com o corpo contra o do soldado, pisando no pé do romano com todo o seu peso. Atordoado, o soldado o soltou e Gabriel começou a correr, mas, poucos passos depois, sentiu algo afiado no queixo. Ao cambalear e cair, viu que o soldado colocara a lança na sua frente para fazê-lo cair. O romano, então, o pegou e segurou a lança contra o pescoço de Gabriel.

— Vou ensiná-lo a...

O fariseu se aproximou e segurou o braço do romano.

— Por favor, não o machuque. Meu filho só estava admirando o nascer do sol. — Ele estava gritando em grego e tentando convencê-lo. — Garanto que isso nunca mais vai acontecer.

O soldado puxou Gabriel até que ficasse de pé, tirou a espada e encostou a ponta nas costas de Gabriel.

— Eu *sei* que isso não vai voltar a acontecer. Não no lugar para onde ele vai.

Gabriel estava congelado, surpreso pela mentira do fariseu.

— Já houve problemas o suficiente entre judeus e romanos — disse o fariseu.

— Quero paz, mas você estará criando uma briga se jogar meu filho na prisão.

O soldado virou Gabriel e fitou o fariseu com desdém.

— Por que deveria **ser** misericordioso com seu filho depois de ele quase quebrar meu pé? Ele está causando problemas e devo dar-lhe uma lição.

— Por favor, senhor, ele nunca causou problemas antes. É um bom rapaz e garanto que ficará bem longe daqui.

O soldado encarou Gabriel e virou-se para o fariseu.

— Tudo bem — disse o soldado, empurrando Gabriel e começando a se afastar. — Mas se encontrar seu filho aqui em cima de novo, não terei misericórdia.

Gabriel limpou a poeira de si e virou-se para fugir, o pescoço e as orelhas vermelhos de vergonha. Tinha se esquecido de por que queria pular; tudo que importava era fugir daquele homem que vira sua tentativa.

O fariseu o chamou em aramaico.

— Salvei sua vida e menti para que não fosse preso. Você me deve uma explicação!

Gabriel queria continuar correndo, mas a urgência nas palavras do homem fez com que parasse. Encarou o fariseu e disse:

— Não pedi sua ajuda. Você não tinha o direito de me impedir de pular.

O fariseu se aproximou dele, testa franzida, olhos brilhando.

— Você estava prestes a cometer um grave pecado. Era minha obrigação impedi-lo.

— Era sua obrigação mentir por mim?

— Claro que não. Mas não podia deixar você ser jogado em uma prisão romana imunda, da mesma forma que não podia vê-lo se matar.

Gabriel percebeu que havia compaixão na voz do fariseu, e isso o surpreendeu. Sempre acreditara que os fariseus viviam conforme o significado de seu nome: "os separados". Evitavam contato com qualquer um que não obedecesse estritamente a Lei Judaica e se opunham aos saduceus, os sacerdotes do Templo, cujos compromissos com os romanos e cujas crenças não ortodoxas os ofendiam. Conhecia os fariseus como homens que estimavam sua posição privilegiada no sistema de classes judeu.

Os fariseus orgulhavam-se de ser membros da *chaburah*, ou fraternidade. Obcecados pelas minúcias da Lei de Deus, eles se esforçavam para honrar todas as regras — o sabá, as leis que impunham restrições alimentares, as exigências para o ritual de purificação — e para monitorar quem as cumpria ou não. Gabriel respeitava o conhecimento e a dedicação dos fariseus, mas os via como chatos e intrometidos. A sensibilidade desse homem o pegou de surpresa.

— Por que um fariseu se preocuparia com alguém que nem conhece? — perguntou Gabriel.

— Eu *conheço* você. — O fariseu estendeu os braços e apertou os ombros de Gabriel. — Não é filho de Zebulom? Você é a imagem de seu pai; eu o conheço desde antes de você nascer.

Gabriel ficou boquiaberto, sem acreditar.

— Quem *é* você?

O fariseu estendeu a mão.

— Sou Nicodemos ben Gorion, membro do Sinédrio. Sempre busco tranquilidade aqui antes de começar minhas tarefas no Templo.

— O Sinédrio!

Gabriel deu um passo para trás, admirado. Reverenciava o Sinédrio como a Suprema Corte do Judaísmo, composta por importantes sacerdotes, escribas, fariseus e seus rivais elitistas, os saduceus. Os setenta membros do Sinédrio estabeleciam os pormenores da Lei Judaica. Eles não apenas determinavam os veredictos e as punições dos acusados de violações como também davam conselho a Caifás, o sumo sacerdote, e a Pôncio Pilatos, o governador romano, em assuntos religiosos.

Os homens que serviam no Sinédrio geralmente eram ricos e sempre influentes. Gabriel apertou a mão de Nicodemos com hesitação e disse:

— Sim, sou Gabriel ben Zebulom. Não me surpreendo por conhecer meu pai. Ele tem muitos amigos importantes. — Gabriel fez uma pausa e fitou o chão por um momento, então os olhos encontraram os do fariseu. — Em parte, é por causa dos amigos de meu pai que queria pular.

— Como poderiam tê-lo deixado tão desesperado? — perguntou Nicodemos.

Mais uma vez, Gabriel se virou para ir, envergonhado. Nicodemos apertou com mais força a mão de Gabriel.

— Às vezes os problemas parecem insuportáveis. Posso ajudá-lo?

Gabriel sentiu lágrimas nos olhos. Tentara acabar com a própria vida e nunca esperara conhecer um homem tão generoso. Não queria falar porque tinha medo de desabar. Mas a preocupação sincera de Nicodemos o encorajou e ele decidiu tentar.

— Perdi a mulher que amava — disse Gabriel, limpando a garganta. — Ela fugiu com meu irmão. Agora não tenho nada pelo que viver. — Sentindo-se mais confiante, respirou fundo e a história começou a fluir: como sonhara durante meses em se casar com Judite, como ela fugira com Dimas e deixara Gabriel para enfrentar os convidados do casamento sozinho. — Agora você entende por que quero morrer? Como alguém pode se recuperar de tamanha humilhação?

Nicodemos não respondeu na hora. Quando finalmente falou, a voz era tranquilizadora.

— Você foi profundamente magoado, meu filho. Posso entender por que acha que sua vida acabou. Mas e se só estiver começando? E se essa terrível perda levá-lo a um lugar aonde nunca sonhou ir? Conheço um ótimo conforto para corações partidos. Se me permitir, posso compartilhar com você.

De repente, Gabriel sentiu calor, como se estivesse de pé embaixo do sol do meio-dia. Enxugou as lágrimas com a túnica e disse:

— Não tenho nada a perder.

Tudo estava tranquilo e Nicodemos falou baixo, demonstrando uma emoção profunda.

— O problema de ser um fariseu é que as pessoas esperam que eu viva estritamente segundo a Lei, mas, claro, ninguém consegue. Mesmo o mais sábio de nós tem perguntas e comete erros; cometi muitos, principalmente no meu casamento. Era um péssimo fariseu e um péssimo marido e pai até conhecer um rabino de Nazaré chamado Jesus. Certa noite, conversei por muito tempo com ele, que me disse como nascer de novo. Conseguimos isso quando abrimos nosso coração para o amor de Deus.

Gabriel balançou a mão, afastando a ideia.

— Nunca mais quero ouvir falar de Deus.

Nicodemos esperou que ele se acalmasse.

— Por favor, me escute. Esse rabino descreve o amor de Deus de uma forma totalmente nova. Meditando sobre esse amor diariamente, encontrei uma serenidade profunda que nunca imaginei ser possível. E não é uma serenidade apenas em relação à minha vida, mas também em relação a um futuro glorioso para nosso povo, um futuro sem guerra. Estou disposto a falar mais sobre isso, mas só se você prometer não contar a ninguém que compartilhei isso com você. Os ensinamentos de Jesus ofenderam muitos fariseus. Se descobrirem nossa amizade, eu seria expulso do Sinédrio e marginalizado.

Gabriel analisou Nicodemos.

— Meus clientes da Galileia me falaram sobre esse Jesus de Nazaré. Dizem que multidões se reúnem para escutá-lo perto do mar e que ele prega um reino de paz que está por vir. Vou guardar seu segredo. Mas me diga... como esse rabino pode fazer tanta diferença?

— Ele é diferente de qualquer outra pessoa que eu tenha conhecido. Ele fala a verdade, e não são apenas palavras. Quando medito sobre seus ensinamentos, sinto que Deus está perto de mim.

Gabriel balançou a cabeça, como se não acreditasse.

— Sempre fui um judeu temente a Deus, não mereço sofrer assim. Pensei em pular do Templo para ficar quite com Deus.

Nicodemos assentiu, reconhecendo a gravidade das palavras de Gabriel.

— Jesus fala sobre sofrer por amor, mas sem culpar a Deus. Ele diz que neste mundo imperfeito, em que o sol nasce e a chuva cai sobre os maus e sobre os bons, sofrer por amor é inevitável. Relacionamentos acabam, tragédias acontecem, sonhos se transformam em cinzas, doença e morte atingem a todos nós. Como resultado, todos sofremos. Mas se tratarmos nosso sofrimento como sagrado e aprendermos a confiar por causa dele, podemos nos tornar novas pessoas, já que o sofrimento existe para nos aperfeiçoar no amor. Isso é verdade não apenas para pessoas, mas também para uma nação.

Gabriel balançou a cabeça, furioso.

— Não quero ser perfeito. Quero Judite de volta.

Nicodemos passou o braço em volta dele e começou a andar na direção das escadas.

— Você deve ir atrás dela. Morte e insurreição vão arruinar a vida dela e destruir nosso povo. Na epístola, Jesus de Nazaré questiona a forma de agir dos zelotes. O crescente movimento espiritual dele é a única esperança do nosso povo de conseguir liberdade e paz.

Desceram as escadas, com Nicodemos na frente. A cantoria e os gritos que reverberavam pelo Pátio dos Israelitas eram carregados pelo mesmo ar que cheirava a incenso, carne assada e gordura fervendo. O Templo estava ganhando vida. Cambistas estavam em suas tendas; peregrinos traziam carneiros, cabras e pombas; sacerdotes guiavam a multidão e levavam os animais para o altar.

Gabriel seguiu Nicodemos até o Pátio dos Gentios. Cercado pela multidão que crescia, o fariseu apontou para os Portões de Hulda e disse:

— Antes de ir atrás de Judite, deve voltar para casa. Não será fácil, mas você não tem escolha. Encarando os convidados do casamento, você vai conquistar o respeito deles e o seu próprio. É preciso ter mais coragem para viver sofrendo do que para pular do muro do Templo. Se você escutar, o sofrimento se tornará seu professor mais sábio e você encontrará uma vida além dele.

Gabriel forçou um sorriso.

— Você fala com tanta convicção... Espero, de todo o coração, que esteja certo.

Nicodemos o puxou para mais perto e falou baixinho:

— A minha convicção vem do coração, onde Jesus de Nazaré me transformou. Ele prega que o amor, não a violência dos zelotes, é a esperança do futuro. Ele está conquistando seguidores a cada dia e muitos de nós acreditam que ele é o Messias. Logo irei à Galileia para vê-lo. Talvez você possa vir comigo.

Gabriel passou a mão nos cabelos, meditando sobre o convite de Nicodemos. Ouvira dizer que o rabino chamado Jesus ofendera alguns fariseus em Jerusalém, que curara pessoas e que os romanos temiam sua popularidade crescente. O fato de Jesus se opor aos zelotes deixava Gabriel ansioso para ajudá-lo. Esse grupo assassino corrompera seu irmão. Agora Dimas fugira com Judite e arruinara a vida de Gabriel. Queria ficar quite. Talvez o movimento que Jesus estava liderando fosse a única força poderosa o suficiente para conter os zelotes. Ele disse para Nicodemos:

— Vou viajar com você para a Galileia, mas primeiro preciso ir atrás da minha noiva. — Colocou a mão dentro da túnica e puxou a adaga. — E levarei isto comigo. — Estreitou os olhos. — Dimas não é único que sabe como usar uma dessas.

Nicodemos levantou uma das mãos, a expressão sombria.

— A violência só é justificada para se defender ou defender outra pessoa. Jesus ensina que aqueles que vivem pela espada morrerão pela espada.

Gabriel ficou observando a adaga por um momento. Com as palavras de cautela ecoando nos ouvidos, jogou a adaga fora e apertou a mão de Nicodemos. Agradeceu a ele, se despediu e, rapidamente, se encaminhou para o portão, apertando os olhos para se proteger do brilho cada vez mais forte do sol. Na rua, virou para o sul e andou imponentemente pelas ruas de Jerusalém, agora cheias de vendedores, comerciantes e peregrinos. Encararia os pais e todos os seus amigos sem medo. Não era sua culpa Judite ter fugido. Ela é que deveria ficar envergonhada, não ele. E sua raiva por ela e por Dimas o encorajaria a ir atrás deles, mas sabia que precisava controlar essa raiva ou ela o destruiria.

Ao entrar em seu bairro, encontrou as familiares casas modestas e os pensamentos se voltaram para Nicodemos. A possibilidade de vê-lo de novo e aprender com ele fazia o coração de Gabriel acelerar. Ao entrar na sua rua, pensou em ir encontrar o rabino de Nazaré e a esperança cresceu em seu peito.

CAPÍTULO 4

Judite nunca tinha andado a cavalo antes, muito menos galopado. Agarrou-se a Dimas e prendeu a respiração por alguns momentos, o coração batendo tão forte que conseguia escutá-lo. Enquanto galopavam para Jerusalém, não disse uma palavra. Ela encostou o rosto nas costas dele enquanto atravessavam a toda velocidade o Vale de Tyropoeon e passavam pela Piscina de Siloé.

Tudo vai ficar bem, disse a si mesma, segurando-se a ele com mais força. Mas estava sufocando com a poeira, com fome e exausta. Precisou se controlar para não pedir que ele voltasse. Apenas a sensação do corpo forte de Dimas e o pensamento de fazer amor com ele faziam com que ela continuasse olhando para a frente.

Quando chegaram ao Deserto da Judeia, ele diminuiu a velocidade do cavalo. Cobertos de suor, os pelos pretos do animal brilhavam. Ela se endireitou e arqueou as costas, o som dos cascos galopando ainda ecoando nos ouvidos. O cavalo estava a passo agora, mas as pernas dela tinham se acostumado a ficarem presas ao corpo dele, de modo que naquele momento não conseguiam relaxar, e os braços doíam de se segurarem à cintura de Dimas.

Olhou ao redor e suspirou. Nunca vira penhascos tão entalhados, a terra marcada, como se estivesse com lepra. Pedras enchiam a paisagem — algumas enormes, que faziam o cavalo parecer um anão, outras pequenas, mas tão afiadas que poderiam cortar couro. Judite fechou os olhos para fugir da monotonia incandescente do deserto. *O que eu fiz? Como sobreviveremos a esta aridez?*

Tentou consolar-se, mas a lembrança do rosto angustiado da mãe a atormentava. Não conseguia afastar da mente os gritos do pai e os punhos cerrados do irmão. Tudo acontecera tão rápido — o encontro com Dimas, a fuga de casa, o galope para o deserto. Agora não podia voltar atrás. Sentia como se tivesse pedras no estômago, uma roçando contra a outra.

Abriu os olhos e piscou para limpá-los da poeira. Só quando pensou em Reuben, o estômago começou a ficar mais leve. Um ano antes, ela e Reuben estavam voltando do mercado perto do Templo do Monte. Haviam entrado em um atalho por um beco perto da Fortaleza Antônia. Quando estavam atravessando a rua, uma carruagem, levando dois soldados romanos, saiu de uma curva a toda velocidade e seguiu em frente. O cocheiro nem tentou parar quando atingiu Reuben. Ela pegou o corpo mutilado e ensanguentado do irmão e correu para casa. Ele morreu antes que chegassem lá. Nunca se esqueceria da arrogância cruel dos romanos que o atropelaram. *Como ousavam tratar os judeus como vermes? Como ousavam?* Ela tinha de se vingar do assassinato de Reuben.

Olhando em volta de novo, viu uma paisagem menos ameaçadora. De repente, o cavalo parou. Enquanto Dimas deixava o animal descansar, ela pensou em Gabriel. Como poderia ter se casado com ele? Ele não compreenderia sua raiva. Era melhor trair Gabriel do que Reuben. Seguir adiante com o casamento seria um pecado contra o irmão assassinado e contra os próprios sonhos de amor e justiça. Segurou com mais força a cintura de Dimas. *Não importa que este lugar seja estranho para mim ou que ameaças eu tenha que enfrentar; estou com Dimas agora e vamos expulsar os romanos da nossa terra!*

Quando Dimas o incitou, o cavalo começou a marchar de novo e eles continuaram até começar uma descida íngreme no deserto. Então, ele parou o cavalo e ajudou-a a descer. Ela se sentou em uma pedra comprida enquanto ele deu água de um odre para o cavalo e depois ofereceu a Judite pão e queijo. Quando acabaram de comer, Dimas pegou as rédeas e disse:

— Temos de encontrar um lugar para descansar.

As palavras dele trouxeram um alívio para ela. Depois de acordar tão cedo, estava exausta e precisava dormir. Ele a ajudou a montar no cavalo e o guiou até uma elevação com vista para a estrada. Quando o caminho começou a descer, ele viu uma área coberta de grama perto de um grupo de árvores.

— Aqui será um lugar seguro — disse, começando a descarregar o cavalo.

Judite foi ajudar e esticou dois cobertores no chão. Depois que Dimas colocou os mantimentos que ainda restavam sobre eles, amarrou o cavalo em um pinheiro próximo. Quando voltou, ela já estava dormindo.

Mais de uma hora depois, Judite acordou quando Dimas cutucou seu braço e sussurrou:

— Acho que escutei cavalos se aproximando.

Preocupação cobria seu rosto, determinação brilhava em seus olhos. Pegou a mão dela e levou-a para trás de uma grande pedra, onde se esconderam e ficaram vigiando a estrada abaixo. O barulho de cascos ficou mais alto e logo um grupo de homens se aproximou. O coração de Judite estava tão acelerado quanto os passos dos cavalos, sua respiração, tensa e superficial. Gabriel e o pai, Zebulom, acompanhados por Natan e Gideon, o pai e o irmão dela, estavam logo abaixo.

Dimas colocou um dedo nos lábios e puxou-a para trás da pedra enquanto os cavalos passavam.

— O que vamos fazer? — perguntou ela.

Ele manteve a voz calma.

— Vamos acampar aqui hoje, depois seguiremos para o Mar Morto, perto de Qumran, onde Barrabás e os zelotes estão escondidos. Lá há tantas cavernas que ninguém nos encontrará.

Quando os homens já tinham se afastado, Dimas começou a juntar lenha para acender uma fogueira e Judite arrumou algumas pedras em círculo e, ainda cansada, deitou e fechou os olhos. Quando ele voltou com os braços carregados, o sol já estava se pondo. Ela colocou a lenha dentro do círculo enquanto começava a escurecer e a esfriar. Tremendo, ela se aproximou de Dimas, que já tinha acendido a fogueira.

— Finalmente estamos juntos — sussurrou, encostando-se nele.

Ele se virou e beijou-a carinhosamente, seu cheiro de terra tão inebriante quanto um bom vinho. Ela sentiu o corpo dele contra o seu e, desejando recebê-lo, colocou a mão por baixo da túnica dele e acariciou suas costas. Mas quando ela o puxou para deitar, ele se afastou suavemente.

— Não até que estejamos casados — disse. — Lembre-se, sou um zelote. Devemos obedecer à Lei.

Judite se sentou e se afastou dele.

— Mas como podemos nos casar? Não existem rabinos no deserto.

Ele pegou as mãos dela e se levantou.

— Não precisamos de um rabino, só um do outro e de uma promessa de amor sagrada. — Ele fitou os olhos dela. — Deste dia em diante, quero que seja minha esposa. Promete ser fiel e me honrar como seu marido?

Ela congelou, as pernas imóveis. Ao encontrar o olhar dele, pensou nas coisas das quais abrira mão — a dignidade de um casamento público, a quebra das taças cerimoniais, as felicitações dos convidados, a dança, o vinho e a música. Ainda mais, pensou em Gabriel. Na vida segura que ele poderia ter lhe oferecido. Na tristeza e na confusão que ele devia estar sentindo. Tudo isso fez com que parasse.

Dimas queria um compromisso, mas se casar com ele significaria renunciar para sempre a tudo que dera significado à sua vida: a família, os estudos, a posição social. Dimas valia isso? Procurou nos olhos dele a segurança e a intimidade pelas quais ansiava. As pernas ainda não conseguiam se mexer e ela ficou preocupada se ele escutaria as batidas de seu coração e perceberia seu medo.

Para seu alívio, ela finalmente viu sinceridade nos olhos dele, o mesmo desejo de um amor duradouro que queimava dentro dela. Lembrou-se por que viera de tão longe — a esperança de felicidade que ele oferecia. Uma felicidade que a curaria da culpa de não ter conseguido salvar Reuben. Uma felicidade que ela poderia conquistar ajudando os zelotes a derrotar os romanos.

Dimas apertou as mãos dela delicadamente, a força das mãos dele lhe dando segurança. Eram as mãos calejadas de um guerreiro e amante, e ela decidiu que devia se entregar completamente a ele. Voltou a sentir as pernas e se levantou sem desviar o olhar.

— Prometo — disse, com a voz tremendo de emoção.

— E prometo ser seu marido, sempre protegê-la e amá-la.

Dimas a beijou com carinho e ela fechou os olhos, segura nos braços dele. Saboreando o beijo, ela não queria que acabasse. Quando acabou, levantou o olhar e o observou com atenção, enquanto ele também a observava, assentindo, satisfeito. Ela percebeu a relutância dele quando, finalmente, se afastou e foi pegar comida nas bolsas. Judite sorriu quando ele pegou pão, queijo, figos e azeitonas e serviu vinho do odre em duas canecas.

— Você preparou um banquete — disse Judite, quando ele se juntou a ela no cobertor perto da fogueira.

Dimas tirou a adaga longa e levemente curva do cinto e fatiou o queijo.

— Não é todo dia que um homem se casa com a mulher que ama. Você merece um verdadeiro banquete, com convidados, música e dança. Espero poder lhe dar isso — fitou a adaga por um momento — assim que expulsarmos os romanos da nossa terra. — Entregou a adaga a ela, que recusou. Mas ele insistiu que ela segurasse e acabou convencendo-a. A adaga era mais pesada do que parecia, a lâmina tão afiada quanto vidro. Ao examiná-la, Judite se sentiu assustada e poderosa.

— Você a usou com os romanos? — perguntou Judite, não querendo verdadeiramente escutar a resposta.

— Usei. E pretendo usar quantas vezes forem necessárias até que triunfemos. A adaga é a única linguagem que eles entendem.

— Depois do que fizeram com meu irmão, merecem a adaga.

— Vamos brindar ao fato de que os expulsaremos da nossa terra — disse, levantando a caneca de vinho doce.

Ele tomou um gole e começou a comer o pão, o queijo e as azeitonas. Mas antes que terminasse, estendeu o braço e acariciou o rosto dela com a parte de trás da mão. O toque dele era quente, como se houvesse uma chama ardendo dentro dos dedos, acendendo o desejo dela e atingindo-a profundamente.

Quando ela desviou os olhos, envergonhada, ele se ajoelhou e pegou o rosto dela nas mãos, beijando-a com paixão. A noite parou, o único som era o estalar do fogo. O cheiro de terra dele misturado com fumaça criava um tipo de incenso do deserto. Judite recebeu os beijos dele como se não precisasse de ar, como se a respiração e as batidas do coração dos dois tivessem se transformado em uma só. O céu noturno era um domo iluminado, as estrelas brilhantes refletindo a alegria dela, enquanto a lua prateada assistia com inveja.

Ela se inclinou sobre ele, os movimentos fluidos, coreografados pelo poder que alimentava as nuvens com chuva e transformava o inverno em primavera. Naquele momento, todas as preocupações dela sobre os pais, os romanos, o futuro, tudo desapareceu entre as pedras do deserto.

Perdida nos braços dele, Judite queria permanecer ali para sempre, pois nunca se sentira tão completamente amada. Enquanto Judite se doava de corpo e alma a Dimas, ela rezou que ele também se sentisse assim e disse isso. Mas as palavras dela soaram estranhas, como se tivessem traído o momento sagrado.

Depois, ficou sentada perto da fogueira, enlaçada nos braços dele, fitando a luminosa noite do deserto. Ela viu um par de olhos, pouco além das chamas, fitando-a. Aninhando-se em Dimas, apontou.

— Tem alguma coisa ali.

Quando Dimas se levantou, ela escutou um uivo. Os olhos começaram a se aproximar deles, fazendo um semicírculo em volta da fogueira. Nesse momento, ela viu claramente o que estava se escondendo na escuridão. Um lobo.

Os olhos de aço estavam cravados neles e os dentes à mostra. O lobo parecia gigantesco e furioso. Dimas foi até a fogueira e pegou um galho grosso das chamas, com uma das pontas em brasa, como uma tocha. Ele se manteve calmo, abaixando-se, e brandiu o galho na direção do animal. O lobo se virou e fugiu.

Dimas voltou, jogou o galho na fogueira e a abraçou de novo.

— Não se preocupe, ele já foi embora.

Ela se agarrou a ele, tensa. Só relaxou quando ele a beijou carinhosamente.

— Vou ficar de vigília — disse, afastando-a. — Você pode descansar.

Deitada ali, fitando a noite iluminada pelas estrelas, sentiu que tinha entrado em um novo mundo — um mundo do qual não poderia voltar. Dimas a trouxera para este lugar árido e selvagem de terror e prazer, onde ela se tornara mulher. Agora, era totalmente dependente dele.

Estremecendo com esse pensamento, sentiu o pânico tomar conta de si. Apenas quando fitou os olhos dele e viu a paixão que ardia neles, foi que o pânico sumiu. Enquanto adormecia, rezou para que a paixão não se tornasse mais perigosa do que o lobo que ele enfrentara poucos minutos antes.

CAPÍTULO 5

Quando Gabriel viu o relâmpago, pegou o braço de Nicodemos ben Gorion e o conduziu para a proteção do penhasco. Estavam viajando para Naim, na parte sul da Galileia. Depois de fracassar na tentativa de encontrar Judite e trazê-la de volta, ficou feliz em ter uma desculpa para viajar para Jerusalém. Andando com uma bengala, Nicodemos tropeçou no chão pedregoso. Gabriel o ajudou a se equilibrar, então pegou a bolsa do homem mais velho e a carregou junto com a sua. Ao olhar para o céu que escurecia, percebeu que precisavam andar rápido. Se não fizessem isso, granizos do tamanho de punhos poderiam atingi-los ou corriam o risco de ser levados por uma enchente, comum nos invernos da Galileia.

Precisavam encontrar um abrigo. Gabriel lamentava terem levado quatro dias viajando de Jerusalém para a Galileia pela Samaria. Normalmente, levava três. Embora fosse ágil para a sua idade, Nicodemos andava devagar. Também gostava de descansar e discutir a epístola. Eles esperavam chegar a Naim ao anoitecer. Agora, no crepúsculo, era impossível.

Gabriel sabia que o velho amigo de Nicodemos, Simão ben Ephraim, ficaria preocupado com eles. Os dois fariseus tinham se conhecido durante um treinamento rabínico em Jerusalém e continuaram amigos. Simão convidara Nicodemos para um almoço que ofereceria no dia seguinte para Jesus de Nazaré. Felizmente, Naim ficava a menos de 8 quilômetros.

Rajadas de vento levantaram uma onda de poeira, mas nenhuma tempestade poderia diminuir a animação de Gabriel. Conheceria o rabino galileu e pediria ajuda contra os zelotes. Acreditava que Jesus talvez conseguisse reunir grandes grupos para impedir Dimas e Judite de promover uma matança de judeus. E se a maré virasse contra a violência, talvez Judite visse seu engano e voltasse para ele.

Colocou uma das mãos por cima dos olhos; com a outra, segurou Nicodemos. Nuvens pesadas cobriam o céu, deixando-o quase totalmente escuro. Quando a chuva começou, desceu em torrentes. Enquanto Gabriel levava Nicodemos para uma caverna no penhasco, sentiu a poeira úmida, pungente e impressionante. Ventos ferozes faziam com que tropeçassem. Gabriel esforçou-se para manter o equilíbrio e conduziu Nicodemos para a caverna.

— Vá na frente — disse o homem mais velho. — Vou ficar bem.

Gabriel se agarrou a ele.

— Não. Não vou deixá-lo.

As palavras dele foram apagadas por trovões tão altos que ele sentiu ecoarem em seus ossos. Sob a luz fraca, podia ver gotas de água escorrendo pelo rosto de Nicodemos, encharcando a longa barba branca dele. Gabriel continuou avançando na chuva, cabeça baixa, uma das mãos protegendo o rosto da tempestade, a outra guiando Nicodemos. Quando chegaram à caverna, entraram e olharam para fora, protegidos primeiro da chuva, depois do granizo.

Quando a tempestade passou, a noite já havia caído. Gabriel procurou uma túnica seca na bolsa, vestiu-a e ajudou Nicodemos a colocar outro manto. Enquanto isso, as nuvens estavam se dispersando e a lua, subindo. Gabriel estendeu sua esteira, pegou pão e queijo da bolsa e ofereceu a Nicodemos, que parecia exausto.

— Está sendo uma longa jornada. Você deve descansar, rabino.

— Estou velho demais para estas viagens, meu filho. Não teria vindo tão longe se não fosse para ver Jesus.

— Estou ansioso para conhecê-lo, porque alguns de seus ensinamentos me deixam perplexo.

Nicodemos pegou pão e queijo.

— Quando o conheci, também fiquei assim.

— Fico me perguntando como os ensinamentos dele podem me ajudar — disse Gabriel. Enquanto falava, ele esperava que Nicodemos respondesse à pergunta mais profunda: *Como eu poderei voltar a confiar em alguém depois de tamanha traição?*

Nicodemos olhou para o céu escuro, agora sem nuvens, e virou-se para fitar o amigo.

Jesus afirma que se quisermos ser seus discípulos, devemos estar dispostos a sofrer e a morrer por ele. Esse ensinamento parece difícil porque desejamos que nossas vidas sejam mais fáceis, e não o contrário. Mas a lição possui uma verdade oculta: quanto melhor passarmos a aceitar a dor, mais descobriremos seu significado obscuro. Nós amadurecemos para a aceitação ao examinarmos o sofrimento e perguntamos o que podemos aprender com ele. Geralmente, sofremos por causa de desejos não realizados, que nos fazem sentir como vítimas. Depois, aumentam nosso ódio, nossa luxúria e inveja. — Nicodemos parou e se aproximou de Gabriel. Para evitar essa angústia, precisamos aprender a ser feliz com o que somos e com o que temos. Você desejava que Judite se tornasse sua mulher e quando ela fugiu, se sentiu rejeitado, traído, furioso. Seu sentimento por ela é o que está lhe causando sofrimento. Você deve entregar seu desejo a Deus e permitir que o amor Dele atenda às suas necessidades mais profundas. O desejo não vai mais ter poder sobre você porque seu vazio será completo a partir de dentro.

Gabriel franziu a testa.

— Sempre segui a Lei. Você está dizendo que isso não é o bastante?

Nicodemos levantou a mão.

— Não estou dizendo isso, Jesus está. Ele é um judeu atento à Lei como você e eu, mas a mensagem dele é mais profunda do que a religião. Minha conversa com ele me chocou. Ele disse que a religião pode, na verdade, nos afastar de Deus. Quando a Lei e os rituais se tornam nosso foco, nos esquecemos do amor que pode nos trazer vida nova. Jesus nos convida a encontrar esse amor no que Ele chama de o "Reino de Deus". Nele, encontramos paz com Deus, com os outros e conosco mesmos.

Gabriel levantou uma sobrancelha.

— O que isso tem a ver comigo, especificamente?

O rosto enrugado de Nicodemos demonstrou que compreendia.

— Aprendi que se apaixonar tem a ver com a alma. Nosso anseio por outra pessoa faz parte de nosso anseio mais profundo por Deus. Não se pode curar sofrimento causado por amor externamente, mas só a partir de dentro, em um nível mais profundo.

— Como isso é possível? — perguntou Gabriel, incapaz de esconder o desespero.

Nicodemos abriu um sorriso tranquilizador.

— Você deve entender que quando um relacionamento morre, parte de você morre junto. Deve se permitir chorar por essa morte, enquanto mantém o amor e a bondade que experimentou com ele vivos. Dessa forma, você pode nascer de novo. Para Deus, nada está perdido, então toda experiência, até as que causam maior sofrimento, pode moldar nossa alma para a eternidade. Pessoas que não compreendem isso se perdem no sofrimento porque não veem sentido nele.

Gabriel se levantou e começou a andar de um lado para o outro.

— Bem, e ele não é sem sentido? — Socava o ar, a dor mais intensa do que nunca.

Nicodemos se manteve calmo.

— Não, não é. Somos filhos da luz, criados à imagem de Deus com um propósito eterno a cumprir. Morrer através de nosso sofrimento e renascer nos dá a consciência espiritual que Jesus tem. — Ele se levantou e, suavemente, apertou o ombro de Gabriel. — Quando abraçamos a luz e o amor que ela traz, e somos abraçados por eles, encontramos a cura que procuramos.

Gabriel fechou os olhos, refletindo sobre o que Nicodemos dissera.

— Não compreendo tudo que você me diz, mas me sinto melhor ao escutar.

Nicodemos bateu no ombro dele.

— Os ensinamentos de Jesus se aplicam diretamente a você. Judite e Dimas o magoaram profundamente. Mas o perdão é o caminho para a cura.

— Perdão! Depois do que Dimas e Judite fizeram? Nunca poderia perdoá-los!

— Talvez você esteja confundindo perdão com desculpa — disse Nicodemos. — Você não pode desculpar Judite e Dimas; as ações deles não foram apenas erradas, mas também injustas e cruéis. O perdão não pede que você finja que o erro nunca aconteceu. Ele o convida a se esquecer da dor e se virar para Deus. Jesus coloca o perdão no coração do amor. Você não perdoa para o bem da outra pessoa, mas para o seu próprio. Perdoar é a única forma de curar o sofrimento e o ódio.

Gabriel fechou os punhos, como se quisesse dar um soco em alguém.

— Estou furioso demais para sequer pensar nisso!

Nicodemos virou-se por um momento, depois olhou para o jovem amigo de novo.

— Judite e Dimas já não o magoaram o suficiente? — disse, com firmeza. — Não permita que destruam o resto de sua vida.

Gabriel sentiu a frieza que envolvia o coração e contraiu o maxilar.

— Não consigo me convencer de que devo perdoá-los. Eles deviam ser apedrejados ou vendidos como escravos.

Nicodemos estendeu a mão para tocar no braço do amigo.

— Se você realmente amasse Judite, como poderia desejar mal a ela? Quem ama verdadeiramente quer o melhor para o outro. Quando reconhecermos nossos pecados, perdoamos por causa da nossa necessidade de perdão.

Gabriel estava com a respiração pesada, dividido entre querer a vingança e reconhecer que Nicodemos podia estar certo. Guardou a comida e se sentou na esteira, fitando o velho.

— Não estaria aqui se não fosse pelo que me conta sobre Jesus. Espero que conhecê-lo me traga a serenidade que vejo em você.

Nicodemos sorriu. Gabriel entregou a ele um cobertor e pegou um para si. Depois de se deitar e se cobrir até o queixo, ficou olhando as estrelas. Perguntava-se onde Dimas e Judite estavam. Talvez vagando pelo deserto, perdidos. Talvez tivessem sido assaltados por bandidos e abandonados para morrer. Mas por que deveria se importar? Queria que pagassem pelo que tinham feito. Que sentissem a rejeição e a perda que ele sentia. Dimas e Judite deviam ser pegos e punidos. Gabriel sentiu os pelos da nuca se arrepiarem.

Imagens de Judite e Dimas ficaram mais claras em sua mente e ele admitiu que *se importava*. Ambos ocupavam lugares especiais em seu coração: Judite era a única mulher que já amara; Dimas era seu único irmão. Lembrou-se das palavras de Nicodemos: "Você não perdoa para o bem da outra pessoa, mas para o seu próprio. Perdoar é a única forma de curar o sofrimento e o ódio."

Gabriel escutara Nicodemos relatar os ensinamentos de Jesus sobre perdão, mas não conseguia ver como essas palavras se aplicavam diretamente a ele. A simples ideia de perdão parecia ser uma traição da justiça que precisava buscar. Mas, deitado ali admirando as estrelas e segurando o cobertor para se aquecer, perguntou-se se Nicodemos estava certo.

Sentiu a mão do amigo no ombro.

— Você está em uma encruzilhada, meu filho. -- Um caminho leva ao ódio e à destruição; o outro, à reconciliação e à cura. Eu o aconselho a escolher o segundo. É a única forma de se tornar completo, assim como Deus é completo.

Gabriel ficou deitado, acordado, pensando em seu objetivo, mas sem saber como alcançá-lo. Esperava que o rabino galileu pudesse lhe mostrar como.

Quando Gabriel e Nicodemos chegaram à casa de Simão ben Ephraim ao meio-dia do dia seguinte, encontraram-na cheia de convidados. Aproximadamente 30 homens e mulheres estavam reunidos em volta de uma mesa no pátio, sentados ou de pé. Gabriel podia perceber pelas roupas que alguns eram pobres e outros, ricos. Perto da entrada, crianças brincavam ao lado da fonte. Quando alguns dos discípulos de Jesus reconheceram Nicodemos, vieram abraçá-lo com alegria.

Ele apresentou Gabriel ao corpulento Mateus e aos irmãos barbados, Tiago e João, assim como a muitas discípulas de Jesus. Uma delas, uma mulher notável chamada Maria Madalena, se portava com tanta dignidade que deixou uma impressão inesquecível em Gabriel. Nicodemos o puxou para o lado e sussurrou:

— Ela é a amiga especial de Jesus. — Gabriel estava maravilhado com a postura esbelta mas suntuosa de Maria Madalena, os traços lindamente moldados, lábios delicados e pele morena e lisa, com maçãs do rosto elegantes.

Achou estranho que poucos convidados estivessem comendo a refeição, que consistia em carne de cordeiro assada, lentilha, feijão, salada e pão. Só compreendeu quando escutou o jovem que estava discutindo a Lei de Moisés. Suas palavras hipnotizavam os ouvintes, que perguntavam ao jovem por que seus ensinamentos tinham ofendido os fariseus.

Então, esse é Jesus de Nazaré.

Gabriel ficou decepcionado com a aparência do homem. Após escutar Nicodemos descrever como o controverso rabino o afetara, Gabriel havia esperado alguém com um rosto mais surpreendente e estrutura mais poderosa — alguém maior do que a vida. Mas sua primeira impressão foi a de um homem com a aparência estranha: ombros largos mas desajeitados, expressões fortes e braços finos e longos.

Mas quando se concentrou nos olhos do homem, com seu olhar misterioso e determinado, e escutou a autoridade em sua voz, Gabriel compreendeu a devoção de Nicodemos. Os olhos de Jesus encontraram os de Gabriel rapidamente e o olhar dele penetrou em seu coração.

Jesus estava lamentando como a religião sem amor prejudicava as pessoas.

— Quando a Lei se torna um ídolo — disse —, não serve mais ao seu propósito primeiro: ensinar o amor por Deus e pelo próximo. Minha preocupação com os fariseus é que eles julgam quem é aceitável e quem não é. Os desamparados são ridicularizados e marginalizados. Eles se consideram impuros e se afundam em um ódio por si próprios.

Gabriel se aproximou mais, sentindo o calor da aglomeração. Os impenetráveis olhos de Jesus vagaram de rosto em rosto.

— Não vim condenar, mas curar e salvar — disse. Então, continuou com a voz urgente: — Vinde a mim, vós todos que estais aflitos sob o fardo, e eu vos aliviarei. Tomai meu jugo sobre vós e recebei minha doutrina, porque eu sou manso e humilde de coração e achareis o repouso para as vossas almas.

A garganta de Gabriel ficou apertada enquanto ansiava por se aliviar de seu fardo. Uma mulher sentada perto de Jesus começou a chorar e virou-se um pouco na direção de Gabriel. A protuberância em cima do decote baixo da túnica azul causou-lhe admiração. Os olhos pintados brilhavam como diamantes negros. Os cabelos pretos, brilhosos como jade polida, caíam pelos ombros, um sinal claro da profissão indecente.

De propósito, ela deixou que as lágrimas escorressem sobre os pés de Jesus e, então, balançou a cabeça para que os cabelos roçassem os pontos molhados. Um pouco depois, massageou os pés dele e, lentamente, os lavou e secou. Durante a intimidade desses gestos, Jesus continuou falando que o amor era o cumprimento da Lei.

Gabriel afastou o olhar, incapaz de assistir ao que lhe parecia uma ostentosa hipocrisia. *Como esse homem pode permitir que uma prostituta o acaricie na frente de Maria Madalena, a mulher que ele diz amar?* A raiva de Gabriel deixou seus olhos turvos. Parecia que Jesus estava fazendo com Maria Madalena a mesma coisa que Judite e Dimas tinham feito com ele. Gabriel mordeu a língua para não gritar.

Enquanto Jesus falava, a mulher pegou unguento na jarra de alabastro que estava carregando e começou a ungir os pés dele e a beijá-los. Gabriel percebeu que Maria Madalena estava franzindo a testa. Compreendia a dor dela, tão parecida com a sua. Era óbvio que ela estava apaixonada por Jesus, mas será que ele se importava com isso? Gabriel viu quando ela desviou o olhar, o rosto vermelho, os lábios tremendo. Então, enxugando algumas lágrimas, ela se levantou e saiu do pátio.

Conforme a prostituta continuava a ungir e beijar os pés de Jesus, outros convidados colocavam a mão na boca, incrédulos, ou balançavam a cabeça, enojados. Durante todo aquele tempo, Jesus permaneceu calmo. Gabriel balançou a cabeça e se afastou, incapaz de entender por que um rabino permitiria tal comportamento vergonhoso. Algumas mulheres saíram com os filhos. Gabriel queria gritar com Jesus, exigir que ele explicasse por que estava ofendendo seus amigos.

O nazareno está zombando da exaltação de Nicodemos. Gabriel pensou em ir embora, já que agora não estava vendo um curandeiro cheio de compaixão, mas um impostor aproveitador. *Um verdadeiro rabino fecharia os olhos para o comportamento escandaloso de uma prostituta?*

Gabriel já estava saindo quando percebeu uma comoção no grupo e parou. Os convidados estavam murmurando, os olhos voltados para Simão ben Ephraim. O anfitrião de rosto redondo, que usava um elegante manto roxo, apertou os lábios e balançou a cabeça. Apontou para a mulher e começou a condená-la, mas Jesus o interrompeu com uma história sobre dois devedores, um que devia muito, o outro, pouco. Nenhum dos dois podia pagar, mas o credor era um homem generoso e cancelou os débitos. Jesus encarou Simão e perguntou:

— Qual deles vai amá-lo mais?

— Acho que aquele que tinha a maior dívida — disse Simão.

— Teu julgamento está correto. — Jesus fez um gesto na direção da mulher e disse para Simão: — Estás vendo esta mulher? Entrei em tua casa e tu não me deste água para os pés; ela, porém, lavou meus pés com suas lágrimas e os enxugou com seus cabelos. Tu não me deste nenhum beijo; ela, entretanto, desde que entrei aqui, não para de beijar meus pés. Tu não ungiste a minha cabeça com óleo, mas ela, com bálsamo, ungiu os meus pés. Por isso, te digo: os seus muitos pecados foram perdoados, pois ela demonstrou grande amor. Mas quem é pouco perdoado pouco ama. — Então, disse à mulher: — Os teus pecados foram perdoados.

Com essas palavras, Gabriel sentiu um aperto no peito e um peso no estômago. Os outros convidados estavam murmurando.

— Quem é esse que até perdoa pecados?

Atordoado com o que ouvira, Gabriel virou-se e saiu do pátio.

Na frente da casa, Gabriel viu quatro mulheres conversando com Maria Madalena. Duas estavam segurando seus braços, tentando convencê-la a não ir embora.

— Mas eu devo — disse ela, tentando soltar seus braços. — Como posso confiar em um homem que me humilha?

Ela desceu a rua empoeirada, cercada de casas de um andar. Gabriel correu para alcançá-la.

— Maria, por favor, espere. Preciso falar com você. — Parou ao lado dela. Ela o ignorou e continuou andando na direção do portão sul de Naim. Com a respiração pesada, ele disse: — Não deve viajar sozinha pela Samaria. Bandidos ficam à espreita nas estradas.

Ela lançou um olhar furioso.

— Sei me proteger.

Ele fitou os escuros olhos atormentados, da cor do céu ao crepúsculo, e perguntou-se se ela sentia por Jesus a mesma coisa que ele sentia por Judite.

— Também fiquei chocado com o que a mulher fez com Jesus. Estou tentando compreender por que ele permitiu que ela o ungisse.

Maria Madalena, impaciente, falou:

— O que tem para se compreender? Nenhum homem respeitável permite que uma prostituta lhe beije os pés. — Ela parou e balançou a cabeça, depois começou a andar de novo. — Ele disse que me amava. Se ele acha que isso é amor, não quero participar disso.

Gabriel esforçava-se para acompanhá-la.

— O que você está dizendo?

— O que dizer de um homem que abre o coração para você e diz que lhe ama para depois permitir que uma prostituta unja seus pés em público? Chamo isso de traição. — As últimas palavras se transformaram em soluços abafados.

Gabriel estendeu o braço para tocá-la, mas ela o fitou e se afastou. Ele aumentou o tom de voz:

— Também conheci a traição. Minha noiva fugiu com meu irmão. — Maria Madalena se virou e seus olhos se encontraram, enquanto ele continuava: —

52

Vim aqui em busca de consolo, mas, assim como você, me decepcionei. Se puder esperar até eu encontrar Nicodemos, podemos acompanhá-la pela Samaria.

— Não, não posso esperar. — Os olhos dela encontraram os dele, determinação brilhando ali. — Se você realmente já foi traído, vai compreender. — Maria começou a correr e gritou por sobre o ombro: — Devo ir para Jerusalém e esquecer que um dia conheci Jesus.

Gabriel percebeu o que deveria fazer: não podia deixá-la viajar sozinha. Virou-se para procurar Nicodemos. Quando alcançou as pessoas que conversavam do lado de fora da casa, encontrou Nicodemos segurando um rolo de pergaminho e falando com algumas mulheres. O fariseu estava defendendo Jesus, dizendo:

— Ele veio nos ensinar que a verdadeira religião não tem a ver com seguir a Lei ou ser bom; tem a ver com amar a Deus e ao próximo. Foi por isso que ele permitiu que a prostituta ungisse seus pés. Ele estava agindo segundo uma de suas parábolas. — Nicodemos viu Gabriel e acenou. — Fico feliz que não tenha ido embora sem mim — falou, aproximando-se do amigo. — Jesus gostaria de conversar comigo antes que partíssemos. — Nicodemos baixou a voz e indicou o pergaminho. — Ele me incumbiu de entregar isto a Maria Madalena.

— O que é isso?

— Uma carta que Jesus escreveu para ela. Ele disse que é endereçada a Maria Madalena, mas que sua mensagem é para todos. Maria fugiu antes que ele pudesse lhe entregar. Ele quer que eu diga a ela que ele sabe que ela está zangada, mas, uma vez que Maria ler a carta, irá compreender tudo.

— Devemos ir embora agora mesmo, e rápido — disse Gabriel —. Maria Madalena já foi e não podemos deixar que viaje sozinha. Além disso, temos assuntos importantes para discutir com ela.

— Mais importantes do que você imagina — disse Nicodemos, guardando o rolo de pergaminho na bolsa.

Gabriel o encorajou a seguir adiante.

— Depois do que aconteceu aqui, eu estava confuso. Agora também estou intrigada.

Nicodemos levantou a bolsa e passou o braço em volta dos ombros de Gabriel enquanto os dois começavam a andar.

— Existem muitas coisas que você não compreende sobre Jesus, meu filho. Ele ofereceu àquela mulher graça: a forma completa e livre com que Deus nos aceita. Não conseguimos merecer o amor de Deus. Por melhor que sejamos, não somos dignos desse amor; e por pior que sejamos, não somos privados desse amor. Graça significa que Deus nos aceita completamente, independentemente do que façamos ou não. Jesus veio nos ofertar esse presente milagroso, nos oferecer perdão e nos levar a uma vida abundante e eterna. Que melhor forma de demonstrar graça do que demonstrar compaixão por uma prostituta?

Gabriel apressou o companheiro.

— Mas olhe o preço que ele pagou. Ofendeu muitos dos amigos e até a mulher que diz amar.

Nicodemos estava cansado de tentar manter o ritmo.

— Gabriel, você não compreende como Jesus é radical. Ele não se importa com as expectativas sociais ou religiosas, apenas com a vontade de Deus. Ele pode até ofender algumas pessoas para mostrar seus ensinamentos. Somos todos como a pecadora, necessitamos da graça para nos curar da culpa, da vergonha e do desespero. Se não formos curados, duvidamos de nosso próprio valor. Podemos até passar a odiar a nós mesmos, como acontece com as prostitutas. Só apelando para a inesgotável aceitação de Deus podemos reconquistar nossa crença em nós mesmos. Não valeu a pena ofender algumas pessoas para demonstrar o poder da graça?

Gabriel não respondeu, continuou andando em silêncio, firme na intenção de alcançar Maria Madalena. Segurou o braço de Nicodemos e puxou-o, refletindo em suas palavras, que fizeram com que se lembrasse das conversas anteriores sobre o perdão. Perguntou a si mesmo: *Judite é uma mulher adúltera que merece ser apedrejada ou vendida como escrava? Ou uma mulher ferida que, como a prostituta, precisa de amor?* Gotas de suor se formaram em sua testa, e seu coração acelerou. Lembrando-se da angústia no rosto de Maria Madalena, Gabriel questionava os métodos de Jesus. Sim, ele ensinara uma lição sobre perdão, mas a mulher que amava estava sofrendo como resultado disso. Não podia ter encontrado um jeito melhor?

Suor começou a escorrer pelo rosto de Gabriel. Levantou um braço e enxugou a testa com a túnica. A cabeça doía enquanto tentava descobrir no que acreditar sobre Jesus. Podia confiar no imprevisível rabino? Será que Jesus o decepcionaria?

Talvez Nicodemos estivesse certo: Jesus mostrara uma graça extraordinária à prostituta ao demonstrar o amor de Deus. Ou talvez Maria Madalena estivesse certa: Jesus a traíra. Gabriel precisava encontrar sozinho uma resposta sobre o assunto. Precisava alcançar Maria Madalena para encontrar essa resposta. Cada passo seu era mais urgente do que o anterior.

DIAS ATUAIS

CAPÍTULO 6

O fim da solidão não se encontra em técnicas engenhosas para encontrar e manter o amor, mas em conhecer a essência dele próprio e a forma como o coração de alguém pode se renovar.

O conhecimento e a renovação estão tão intimamente ligados quanto o sal e o mar. Mas a mente natural não compreende isso; ela está envolta em ilusão.

Só tomando ciência da escuridão podemos dar o primeiro passo rumo à luz. O coração do próprio Deus, onde reside a essência do amor, nos convida a voltar para casa. O menor contato com essa essência nos fornece inspiração para a jornada.

O crescimento ilimitado está logo à frente, transformando a ignorância em conhecimento profundo.

A fonte de nosso maior poder.

Do diário do irmão Gregory Andreou

Belém
Segunda-feira, 1º de abril

— Precisamos ser rápidos. O abade já deve estar chegando. — Os olhos castanhos do irmão Gregory Andreou olhavam para todos os lados enquanto ele puxava Karim Musalaha para dentro de seus modestos aposentos no Mosteiro dos Anjos Sagrados. Karim estava escondido no mosteiro ao sul de Belém havia um mês, ainda assustado com o ataque em Qumran. A urgência no tom de voz do irmão Gregory fez com que se lembrasse da voz agressiva do homem que o atacou, injetando terror em suas veias. Vivia se perguntando de onde o homem saíra e por que estava tão desesperado para pegar o manuscrito. Depois de um ataque tão cruel, Karim precisava saber se valia à pena lutar pelo documento. Apenas um estudioso de idiomas como irmão Gregory poderia lhe dizer isso, mas Karim teria de ir embora em uma hora. Estava na hora de ver a tradução — ainda que inacabada.

Quando Karim trouxera o manuscrito para o irmão Gregory, o monge ortodoxo grego e estudioso lhe informara que, de acordo com a lei, aquilo pertencia ao Estado de Israel. Contudo, Karim o convencera a começar a traduzi-lo. Após esquivar-se do ataque, Karim sentia que, pelo menos, merecia saber o que estava escrito. Graças à boa posição do irmão Gregory na Agência de Antiguidades do Governo (AAG), ele prosseguiu. Planejava terminar a tradução e então levá-la à AAG, junto com o manuscrito e revelar o que Karim tinha encontrado.

A respiração de Karim estava ofegante quando entrou no dormitório parecido com um apartamento e observou enquanto o monge fechava e trancava a porta. A aparência do irmão Gregory contrastava com a estrutura atlética de Karim, cabelos e olhos escuros e altura acima da média. O amigo invejava as sobrancelhas brancas e cheias do monge porque as suas nunca seriam tão notáveis. Faltava-lhe um quarto da sobrancelha direita desde que ralara seu rosto no cimento em uma briga anos atrás.

Fechou os olhos e prometeu a si mesmo que independentemente do que o irmão Gregory lhe dissesse, nunca voltaria a Nablus nem serviria na milícia do pai. Em vez disso, seguiria com seu plano de se juntar ao movimento da paz. Em uma hora, deveria sair para o protesto contra o Muro da Cisjordânia perto de Ramallah. Mas não sem saber a verdade sobre o manuscrito.

— Venha até aqui — disse irmão Gregory, pegando o braço de Karim. O monge o levou até a escrivaninha, sobre a qual estavam seu laptop e imagens de Jesus Cristo e da Virgem Maria. — O que eu vou lhe contar precisa ser mantido em segredo. — O ativo ancião se curvou, pegou as mãos de Karim e as apertou. — Traduzi a maior parte do manuscrito, como você me pediu. — Os lábios do monge tremiam levemente. — E agora devo servir como um mensageiro de Deus a você.

Karim deu um passo atrás e balançou a cabeça.

— Por que o senhor me diria algo assim? Sou muçulmano. Acredito no Profeta Maomé, que a paz esteja com ele, como o mensageiro de Alá.

Irmão Gregory apertou com mais força as mãos de Karim.

— Quando ler a tradução, entenderá. — O monge pegou alguns papéis de sua mesa. — Aqui está uma cópia do que traduzi até agora. Está em inglês, o idioma que uso na maioria de meus projetos. Estas palavras são sagradas. Elas me atingiram de uma forma tão intensa... — Ele ficou em silêncio, como se precisasse se esforçar para continuar. — ... Comecei um diário com as minhas reflexões.

Ele se sentou na cama e acenou para que Karim se acomodasse na cadeira da escrivaninha.

— As palavras são de uma carta de Jesus de Nazaré para Maria Madalena. Fotografei o manuscrito e o depositei em um cofre no Banco de Belém. Usando as fotografias, traduzi tudo, menos a última seção do manuscrito. — Controlando suas emoções mais uma vez, ele levantou as folhas grampeadas. — Aqui está uma cópia do meu trabalho.

Karim sentia como se o vento do deserto estivesse soprando em seu coração. Irmão Gregory era um acadêmico e homem de Deus, não mentiria. Mas como aquelas palavras poderiam ser verdadeiras?

— Uma carta de Jesus? Isso é impossível!

O monge balançou a cabeça.

— Difícil de acreditar, sim. Mas não impossível. Centenas de manuscritos antigos ou fragmentos deles foram encontrados em cavernas de Qumran. Este aqui é o mais inestimável de todos. Sabemos que Jesus era letrado pois lia na sinagoga de Nazaré. Ele também sabia escrever, como nos mostra a passagem da mulher pega em adultério no Evangelho de João.

— Então o senhor acredita que é o manuscrito autêntico?

Irmão Gregory colocou a mão no peito.

— A voz que eu escuto parece a de Jesus Cristo no Novo Testamento. Ainda mais importante, a carta reflete seus ensinamentos, ao mesmo tempo em que oferece mais explicações. Talvez Jesus tenha escrito uma carta na esperança de que fosse descoberta por gerações futuras.

Karim levantou as sobrancelhas.

— Como muçulmano, chamo Jesus de "Isa" e acredito que ele tenha sido um profeta. Mas devo minha obediência ao Profeta Maomé, que a paz esteja com ele. Meu destino está com *ele*.

O monge entregou a Karim as folhas grampeadas.

— Sente aqui e leia. Além da carta de Jesus, tem um diário escrito por uma mulher chamada Judite de Jerusalém. Ainda tenho de trabalhar mais nestes comentários, mas mesmo a tradução não concluída vai lhe mostrar um destino que ainda está por descobrir. — O monge se levantou e saiu para o pátio pela porta da frente.

Conforme Karim lia a tradução, se perdia em suas palavras. Elas explicavam o significado mais profundo do amor revelando a verdadeira natureza do relacionamento de Jesus com Maria Madalena. No diário de Judite de Jerusalém, ela descreve como conheceu ambos e como eles a ajudaram a encontrar a cura para seu coração partido.

Karim ficou impressionado como a relação entre Jesus e Maria Madalena era diferente dos quadros que a retratavam, que ele vira na Universidade de Birzeit. Segundo a igreja tradicional, Jesus e Maria tinham apenas um relacionamento platônico. No outro extremo, existiam teorias que sugeriam que eles eram casados e que tiveram um filho. A revelação contida no manuscrito apresentava uma possibilidade muito diferente. Uma possibilidade que descrevia o amor de uma forma que ele nunca escutara antes.

A carta dizia que a paz chegará ao mundo quando a completude desse amor triunfar no coração humano. Nessa promessa, Karim reconhecia o ensinamento do Corão: "Quanto aos crentes que praticarem o bem, o Clemente lhes concederá afeto perene" (19:96). Mas a carta proclamava que Jesus, e não Maomé, era o profeta da paz, e isso ele nunca poderia aceitar.

Ainda assim, conforme Karim lia, as palavras pareciam ter um brilho interno, como se banhadas em luz celestial. Ele piscou por causa daquele brilho até seus olhos se acostumarem. A luz fluía através de seu corpo e criava uma sensação de êxtase que lhe provocou um misterioso tremor. A experiência continuou e só aumentou quando ele leu que onde quer que o amor reine, ali se encontra o verdadeiro Deus. A carta explicava a total extensão do significado do amor: seu poder de transformar corações, de criar alegria e abundância e de superar o mal.

Quando Karim acabou a leitura, sentiu uma sensação estranha, uma peculiar nova consciência de tudo à sua volta, incluindo cada nervo em seu corpo. Colocou as folhas no colo e ficou ali sentado, em silêncio, perturbado pela experiência.

Logo depois, escutou irmão Gregory voltar do pátio. Karim fitou o monge maravilhado.

— Nunca li nada tão poderoso, mas, como muçulmano, nunca poderei contar ao mundo sobre esta carta. Este é um documento cristão.

O monge acenou, como se isso não fosse importante.

— A mensagem da carta é para todo o mundo, não apenas para os cristãos. Em algum momento, teremos de levar o manuscrito para a Agência de Antiguidades do Governo, mas como a pessoa que o encontrou, é você quem deve decidir o que fazer agora.

Karim sentia como se tivesse sido queimado pelo sol do deserto. Como ele, um muçulmano, poderia espalhar pelo mundo tais ensinamentos de Jesus?

— Compartilhar essas palavras seria uma blasfêmia a Maomé. E eu não me converterei ao cristianismo.

Irmão Gregory sentou-se ao lado dele.

— Esta carta diz que o amor define a verdadeira religião. Qualquer religião que não produza bondade, justiça e compaixão é falsa. Odiar, acumular riquezas ou matar em nome de Deus é blasfêmia. Nesta era do terrorismo, o mundo precisa de um profeta do amor. Sei que você tem muito talento para escrever. Você poderia ser esse profeta.

Karim ficou tenso. Aceitar essa proposta mudaria o curso da sua vida. Queria usar seu talento como escritor para angariar recursos para a causa palestina. Ninguém deveria viver na pobreza e opressão que ele conheceu. A criação de um Estado Palestino seguro e próspero oferecia uma forma de fugir disso. Mas esse caminho não podia ser encontrado por meios militares. Assassinatos sem sentido traíam o verdadeiro islã.

Talvez a carta de Jesus pudesse fortalecer o debilitado movimento de paz palestino. Mas ainda acreditava não ser a pessoa certa para divulgar a carta. Uma força invisível dilacerava sua mente.

— Como muçulmano, não posso me aliar ao cristianismo. Conheço bem os combatentes da *jihad*. Eles me matariam se eu divulgasse esta carta.

Irmão Gregory colocou as mãos sobre os ombros de Karim.

— Quem precisa mais desta carta do que aqueles que matariam uma pessoa por seguir sua consciência? A mensagem expressa nela é para o povo de todas as religiões e para nenhuma em particular. Ela fala da completude do amor e em como essa pode criar uma revolução pacífica em nossos corações e no mundo. Aqueles que abraçarem o novo advento do amor encontrarão a verdadeira felicidade e aprenderão a viver em paz.

Karim se levantou e começou a andar de um lado para o outro.

— O senhor está me pedindo para fazer o impossível. Onde eu sequer poderia...

Uma batida na porta o interrompeu.

— Estou esperando o abade — disse irmão Gregory, pegando a cópia da tradução das mãos de Karim. — Não quero que ele veja isto. — Ele escondeu os papéis em sua escrivaninha antes de abrir a porta.

Um homem grande com cabelos pretos salpicados de fios brancos e com uma barba cheia entrou, preocupação clara estampada em seus intensos olhos castanhos. Karim reconheceu o abade do mosteiro, o rechonchudo padre Erasmus Zeno.

— Recebemos uma visita suspeita — disse abade Zeno, se esforçando para recuperar o fôlego. — Ele estava procurando pelo irmão Gregory Andreou.

— Quem era? — Irmão Gregory ofereceu uma cadeira ao abade.

Abade Zeno balançou a cabeça e continuou de pé.

— Ele não quis deixar o nome, mas disse que é arqueólogo e professor.

— Devo ir embora — afirmou Karim.

Irmão Gregory fez um gesto para que ficasse e virou-se para o abade Zeno.

— Por que o senhor achou esse homem suspeito?

— Porque ele fez muitas perguntas. Queria saber se um irmão Gregory Andreou morava aqui e se ele traduzia textos antigos. Finalmente, perguntou se agora você estava trabalhando em uma dessas traduções.

— O que o senhor disse a ele?

— Perguntei se ele o conhecia. Como ele disse que não, pedi que deixasse suas informações de contato que eu lhe entregaria, mas ele insistiu que queria falar com você imediatamente. Quando eu disse que era impossível, ele ficou agitado.

Um arrepio subiu pela espinha de Karim, deixando-o sem fôlego. Por que um arqueólogo ficaria bisbilhotando e fazendo perguntas sobre as traduções de irmão Gregory?

— Como era esse homem?

— Altura mediana — respondeu o abade Zeno. — Cabelos claros, braços e ombros fortes. Usava óculos.

A descrição do abade correspondia ao homem que atacou Karim em Qumran. Seu sangue gelou. Se aquele homem era um arqueólogo, ele tinha motivos para querer um manuscrito antigo: dinheiro e fama. Algumas pessoas até matariam por uma recompensa assim.

Karim tentou se acalmar e pensar racionalmente. Disse para si mesmo que a visita do arqueólogo provavelmente era apenas uma coincidência. Que o homem possivelmente não era o mesmo que o atacara em Qumran. Que este arqueólogo viera ao mosteiro apenas por causa da reputação do irmão Gregory como tradutor.

Por outro lado, talvez o visitante o tivesse seguido até ali. Talvez suspeitasse que o irmão Gregory estivesse traduzindo um manuscrito inestimável — aquele encontrado em Qumran. Se o arqueólogo juntou as peças do quebra-cabeça, voltaria. As chances de ele reconhecer Karim eram altas. Tão altas quanto as chances de o arqueólogo trazer uma arma mais letal do que uma pá. Levando em consideração essas possibilidades, Karim tinha de ser muito cuidadoso.

O abade Zeno se dirigiu para a porta, interrompendo os pensamentos de Karim. Então ele voltou e apertou o braço do irmão Gregory.

— Depois dessa visita, fiquei curioso sobre o que você está traduzindo atualmente. Anda preocupado. Está me escondendo algumas de suas atividades? Se estiver envolvido em algum projeto secreto, preciso saber.

Karim viu quando o rosto do irmão Gregory ficou pálido, mas o monge manteve a compostura ao dizer:

— Tive o privilégio de traduzir muitos manuscritos antigos. Trabalho nisso sempre que surge uma oportunidade...

— Você não respondeu à minha pergunta — interrompeu o abade. — Está trabalhando em algum projeto que está guardando segredo de mim?

O irmão Gregory o fitou sem piscar.

— No passado, traduzi textos de Qumran. Agora, tive o privilégio de traduzir mais um, mas não sei como esse arqueólogo poderia saber a respeito.

Karim viu o olhar do abade desviar para o laptop e voltar para o irmão Gregory. O abade analisou o monge por um momento e disse:

— Se ele voltar, você terá de decidir como lidar com ele.

— Sei que isso parece suspeito — disse o irmão Gregory. — Eu não o conheço, mas se ele é tão exigente, prefiro nem conhecer.

— Preciso ir — despediu-se o Abade Zeno, se dirigindo para a porta. Karim notou os olhos do abade fitarem o laptop de novo ao dizer: — Espero reencontrá-lo em breve, irmão Gregory. Às vezes, acho que é mais eremita do que monge. Escrevendo tanto, temo que esteja tentando se tornar tão prolífico quanto nosso importante santo ortodoxo, João Crisóstomo.

Quando o abade Zeno saiu e fechou a porta, Karim se levantou e segurou o ombro do irmão Gregory.

— Por que admitiu que estava traduzindo um manuscrito de Qumran? Pode ter levantado as suspeitas do abade.

— Ele sabe que já traduzi textos de Qumran, então não vai achar isso estranho.

Karim balançou a cabeça, pressionando os lábios.

— O arqueólogo corresponde com a descrição do homem que me atacou em Qumran. Ele é cruel, e pode ter decidido procurar o manuscrito conversando com todos os possíveis tradutores. Fique alerta.

Irmão Gregory fitou Karim nos olhos.

— Talvez devamos ir à polícia ou à Agência de Antiguidades do Governo.

— O senhor sabe que não posso fazer isso. A polícia palestina obedece à milícia do meu pai, ele certamente me encontraria. Se procurarmos os israelenses, eles confiscarão o manuscrito e nunca mais o veríamos. Preciso de mais tempo para decidir o que fazer.

— E eu preciso de mais tempo para terminar a tradução. — Irmão Gregory foi até sua escrivaninha, pegou a cópia que fez para Karim e lhe entregou. — Sugiro que fique com essa tradução inacabada e a leia com frequência. Espero que acabe encontrando coragem para compartilhar seus ensinamentos. Enquanto isso, continuarei trabalhando.

Karim hesitou, os braços paralisados. Concordava que a carta continha revelações chocantes e uma sabedoria incrível, mas não tinha como ter certeza de que era autêntica, e estava determinado a não se envolver com uma farsa. Considerou não aceitar a tradução. Talvez devesse fugir de Belém e nunca mais voltar. Ir para Ramallah ou mesmo Hebron. Esquecer-se do manuscrito. Começar uma vida nova.

Mas estava curioso sobre a carta e seu segredo. Um segredo tão provocante que não conseguia tirar da cabeça. Talvez a mensagem tivesse se tornado parte de seu destino de uma forma que era impossível evitar ou negar. Enquanto pensava no que fazer, um calor se espalhou pelo seu corpo. Sentiu como se a carta o estivesse chamando sem lhe dar a opção de dizer não.

Pegou a tradução, dobrou e enfiou no bolso.

— *As-salaam Alaaikum* — disse para o irmão Gregory. — Que a paz esteja com o senhor.

ERA ROMANA

CAPÍTULO 7

Judite tentou engolir, mas a garganta estava fechada, como se a língua tivesse inchado e congelado na boca. Olhou para baixo, não querendo que as outras 16 mulheres em Qumran vissem as lágrimas em seus olhos. Estava ajudando a preparar o jantar para os 38 homens; o cheiro de trigo do pão de cevada recém-assado fez com que se lembrasse de casa. *Como anseio a segurança e o conforto de lá!*, pensou ao pegar os pães e o queijo de cabra.

Após três semanas com o zelotes no Mar Morto, a noite de núpcias com Dimas parecia tão distante quanto a infância curta e mágica de Reuben. As duas épocas eram como a primavera de suas lembranças, floridas e banhadas por um sol dourado. Na manhã seguinte à que trocaram os votos, ela e Dimas fizeram amor no amanhecer rosa alaranjado, a paixão acentuada pela natureza arriscada e proibida. Todas as vezes em que Dimas a procurara, ele preencheu um pouco a solidão que ela sentia com sua força e promessa de justiça e liberdade. Eles contaram histórias, tomaram vinho e riram com uma alegria que ela só conhecera com Reuben.

Ela e Dimas passaram a manhã nos braços um do outro, comendo uvas e figos enquanto compartilhavam planos. Ele prometeu que depois que derrotassem os romanos, construiria uma casa invejável para ela bem longe de Jerusalém — em Tiberíades, talvez no Mar da Galileia. Teriam uma família grande, que sustentariam com o ofício de pedreiro de Dimas e dos filhos.

Enquanto escutava, Judite tinha certeza de que a vida com ele nunca seria maçante, diferente da de tantas garotas judias presas em casamentos arranjados vazios. Agarrara-se a ele na viagem de 20 quilômetros até Qumran, sentindo-se mais segura e esperançosa do que em qualquer outra época que pudesse se lembrar. Quando finalmente chegaram ao acampamento, os zelotes deram boas-vindas a eles. Ela se sentira muito próxima dele, certa de que um destino nobre os unira e que estava comprometida a seguir com ele.

Mas como as coisas mudaram rapidamente! A lembrança de fazer amor com Dimas no Deserto da Judeia agora zombava dela. Ele e vários outros homens tinham acabado de voltar de Jerusalém, onde tinham ido para descobrir quando o próximo comboio romano iria deixar o palácio de Herodes, em Massada, para que pudessem atacá-lo. Dimas parecia exausto, incapaz de abrir o mais fraco dos sorrisos, quando ela lhe entregou uma tigela de sopa de lentilha.

O cansaço era companheiro constante dela naquele momento, e a solidão. Entre as tarefas diárias de cozinhar, forjar espadas e adagas e cuidar dos feridos, a paixão parecia tão distante quanto as brilhantes estrelas nas profundezas impenetráveis. Tinha medo de perder Dimas, mas odiava sua crescente indiferença em relação a ela. Em um esforço de reconquistar o afeto do marido, assara o pão de centeio especialmente para ele. Mas Dimas parecia preocupado e a rechaçou quando perguntou sobre a expedição.

— Só quero ficar sozinho. — Pegou um pão de centeio e mordeu. Depois, balançou a cabeça, enojado. — Este pão está tão duro que poderia quebrar os dentes de um homem.

Depois do jantar, os zelotes casados iam para suas barracas com as esposas, enquanto os solteiros dormiam em cavernas ou em volta da fogueira. Quando Judite e Dimas estavam sozinhos em sua barraca, ele quis fazer amor.

— Depois do que você disse sobre o pão, como pode me pedir isso? — Ela vestiu uma camisola e se deitou na esteira de palha que usavam como cama. — Mas se você deseja, pode vir rapidamente.

Dimas apagou a tocha, tirou as sandálias e deitou seu corpo musculoso ao lado dela.

— Arrisco minha vida pela sua liberdade todos os dias. Mostrar-se um pouco interessada em mim era o mínimo que podia fazer.

Judite falou com cuidado, mas com convicção.

— Preciso que fale comigo com carinho. Se, pelo menos, tivesse certeza de que gosta de mim... Se, pelo menos, sentisse que você me ama, iria desejá-lo com mais frequência.

Dimas se sentou em silêncio, calçou as sandálias e saiu. Ela ficou deitada, imóvel, fitando a escuridão, imaginando aonde ele fora e se voltaria. O que faria sem ele? Quando ele finalmente voltou, Judite estava quase dormindo, mas cedeu a ele por culpa, obedientemente correspondendo aos beijos e carinhos dele, tentando reacender as cinzas do amor agonizante deles.

Enquanto o recebia, ela se perguntou como ele podia sentir prazer em um ato que só aumentava a solidão dela. Depois que ele se satisfez e pegou no sono, ela virou para o outro lado, se sentindo mais como uma escrava abusada do que como uma esposa amada. A verdade a confrontava na escuridão: ela precisava mais do que apenas a paixão ou a coragem de um homem, ou mesmo sua força. Precisava de proximidade e companheirismo, um compartilhamento de almas. Seria Dimas capaz daquilo?

Na tarde seguinte, Judite ajudou as mulheres a acender o fogo para cozinhar o jantar. Naquela manhã, os homens haviam voltado para Jerusalém para atacar o comboio de fornecimento romano que tinham observado na véspera. Voltariam logo — se os romanos não os matassem. Ela se afastou da fogueira e fitou o magnífico azul do Mar Morto, as ondas brilhando sob o sol do fim da tarde. Os olhos esquadrinharam os enormes penhascos que pareciam monstros ferozes acima das águas. A monotonia das cores dos penhascos — beges, verdes e marrons — refletia sua exaustão. Mesmo em um dia quente do Iyar, o terreno, como seu humor, estava frio e sem vida. Iria se sentir estranha e abandonada em qualquer lugar, mas aquele deserto de formações rochosas e cavernas escuras intensificava sua angústia.

Imaginou se algum dia voltaria a ter um lar, ou leria, ou se banharia em água fresca, ou veria os pais e as irmãs. Seus medos levantavam perguntas impiedosas: ela realmente amava aquele homem que estava sempre em uma incursão ou planejando uma? Ele a amava? Talvez devesse contar a ele sobre a saudade que sentia de casa e pedir que a levasse de volta para Jerusalém. Mas, mesmo se Dimas concordasse em levá-la, ela teria de enfrentar sua família e a dele. Como poderia voltar e arriscar ser apedrejada? Mas como poderia continuar em Qumran sem perder a cabeça? Com medo de enfrentar as terríveis respostas, fixou o olhar em um falcão voando bem alto. O majestoso pássaro abruptamente desceu contornando um penhasco. Uma última pergunta a assombrou: acreditava realmente na forma violenta de luta dos zelotes?

Quando colocou uma grande panela de mingau no fogo, escutou o galope de cavalos. Os zelotes entraram no acampamento, liderados por Barrabás, forte e com sua barba ruiva. Ao se aproximarem, ela viu que Dimas e o corpulento Gestas ben Yaakov estavam carregando homens feridos em seus cavalos. Soldados tinham-nos perseguido, mas os zelotes lutaram com valentia, infligindo tantos feridos quanto tiveram.

Junto com Amos ben Perez e sua mulher, Ana, Judite ajudou a tirar o homem quase inconsciente do cavalo de Gestas. Carregaram-no até um cobertor perto da fogueira e deitaram-no ali. O segundo ferido estava em melhores condições. Protegendo um ombro ensanguentado, rangendo os dentes brancos e contorcendo os bonitos traços do rosto em uma careta, ele se equilibrou e desmontou do cavalo com a ajuda de Dimas. Enquanto cambaleava até o segundo cobertor colocado perto da fogueira, Judite o reconheceu como o homem de maxilar firme chamado Judas Iscariotes.

Um pouco mais alto do que a média, Judas tinha uma barba cerrada e olhos da cor do tronco de pinheiro. Original de Queriote, na Judeia, estava ajudando os zelotes em Jerusalém, mas fora mandado a Qumran com uma mensagem para Barrabás. Chegara uma semana antes e já era conhecido por todo o acampamento devido ao fervor de suas orações, descrevendo um futuro glorioso para os judeus depois que massacrassem os romanos.

Judas Iscariotes despertava a desconfiança de Judite. Como podia confiar em um homem que não tinha sido testado e se mostrava um visionário? *Não fico surpresa pelo fato de Judas ter se ferido,* pensou Judite. *Ele provavelmente foi inconsequente durante a batalha tentando provar sua coragem para os outros.*

Voltou-se para o primeiro ferido, que estava gravemente machucado. Corpulento e com rosto redondo, encontrara-se deitado no chão, tremendo e gemendo.

— Um soldado romano cortou o pescoço dele com uma espada — disse Dimas.

Ela viu o corte profundo e estremeceu ao reconhecer Eleazar Avaran. O rosto estava assustadoramente pálido e inchado; sangue cobria todo o corpo. Judite limpou o ferimento com água, depois com uma mistura de óleo e vinho. Finalmente, o envolveu com faixas para parar o sangramento.

Era tarde demais. Eleazar rezou a Deus por misericórdia, teve ânsias de vômito e, então, ficou imóvel. Não podia ser salvo. Era o primeiro homem que Judite via morrer. Fitou o corpo imóvel dele, horrorizada, o vestido de linho manchado com o sangue. Dimas, que estava ao lado de Eleazar, não prestou atenção em Judite. Em vez de consolá-la, ele se levantou, socou o ar e amaldiçoou os romanos.

— Eleazar, vou vingar sua morte. Enquanto eu viver, seu sacrifício não terá sido em vão!

Dimas e muitos outros carregaram o corpo para fora do acampamento e o enterraram. Judite se acalmou até que sua respiração ficasse normal, então cuidou do ferimento de Judas Iscariotes, que ia de cima do ombro direito até o meio do bíceps. Enquanto ela limpava e enfaixava o machucado, ele permaneceu sem expressão, estoico, como se o corte fosse um acontecimento banal.

Quando Judite terminou, pegou a bacia e jogou a água vermelha no chão. Perguntou-se se a terra necessitava do sangue daqueles que usaram violência para conquistá-la. Quando os homens voltaram depois de enterrar Eleazar, Dimas nem tentou consolá-la.

— A morte é o preço da liberdade — disse. — Que a vergonha recaia sobre mim se não conseguir vingar a traição dos romanos.

Judite fitou o sol se pondo e se perguntou como poderia viver se ele se virasse contra ela. Enquanto ela, Ana e mais duas mulheres de meia-idade chamadas Naomi e Débora mexiam as panelas e enchiam as tigelas, Barrabás elogiou a coragem dos homens.

— Dimas está certo. *Temos* de vingar a morte de Eleazar. — Fitou Judas. — Mas não podemos nos arriscar a perder outro homem... Amanhã, você deve permanecer no acampamento e descansar.

Judite e as outras mulheres comeram junto com os homens famintos, a conversa deles centrada na insurreição que estavam planejando para a Páscoa em Jerusalém. Barrabás contou que lhe asseguraram que as forças zelotes no monte Arbel e no monte Gamala na Galileia estavam mandando muitas armas para a Cidade Sagrada. Seus compatriotas estavam forjando espadas e adagas nesses locais seguros e à noite contrabandeando as armas para dentro de Jerusalém. Os zelotes escondidos na caverna Zedekiah, perto do Templo, e em outros muitos túneis secretos embaixo da cidade recebiam as armas e as distribuíam.

Judite percebeu a frustração na voz de Barrabás ao falar do Exército romano. Ele achava que os zelotes já deviam ter conseguido causar mais danos ao inimigo. Seu rosto distinto com feições fortes estava franzido quando ele disse:

— Precisamos atrair milhares de homens para nossa causa. Com centenas de milhares de judeus em Jerusalém na Páscoa, estaremos em número superior aos romanos. Temos de atacar os romanos na Fortaleza Antônia e expulsar Pilatos e suas forças. Depois, colocaremos fogo no palácio de Herodes! Ele e toda a família de impostores meio-judeus serão forçados a fugir... se não morrerem primeiro. Assim como Deus libertou nossos ancestrais dos egípcios, ele vai nos libertar dos romanos!

Judite escutava com atenção enquanto os homens formulavam sua estratégia. A produção de armas continuaria nos desfiladeiros leste-oeste do monte Gamala, a nordeste do Mar da Galileia, e nos penhascos verticais do monte Arbel, na costa oeste do mar. Para se preparar para a rebelião da Páscoa, os zelotes sabotariam as estradas e as instalações hidráulicas dos romanos; roubariam cavalos e invadiriam centros militares romanos; e matariam traidores judeus, tais como coletores de impostos e os traiçoeiros sacerdotes chamados saduceus. Nenhum zelote pagaria imposto ou usaria moedas romanas com a imagem de César. Isso era idolatria! Os zelotes só usariam as moedas que tinham forçado Pôncio Pilatos a desenhar: com uma imagem de folhas de palmeira ao invés da imagem do imperador, já que essas moedas tinham passado a simbolizar a resistência zelote.

Barrabás se levantou, os olhos brilhando enquanto erguia o indicador para os céus e dizia:

— Esta será a Páscoa mais triunfal desde a época de Moisés. No primeiro som das trombetas de chifre de carneiro, guiaremos nosso povo para a vitória!

Enquanto Judite escutava, ficava cada vez mais alarmada. Como um bando desorganizado de homens que lutava pela liberdade poderia derrotar o poderoso Exército romano? Temia que muitos zelotes morressem e sabia que a morte de alguns seria lenta e agonizante, já que seriam submetidos à forma mais cruel de vingança dos romanos: a crucificação.

CAPÍTULO 8

Maria Madalena não se importava se morresse antes de chegar a Jerusalém. Quando deixou Naim, foi para o sul, na direção da cidade, com o coração acelerado, a cabeça latejando. Jesus não fizera nada para impedir que a prostituta continuasse acariciando-o; aquela lembrança a insultava. Como ele *pôde*? Jesus amava a ela!

A raiva só aumentava com cada passo cuidadoso que dava sobre as pedras irregulares. Assim como seus arrependimentos. Tivera esperanças de que Jesus poderia salvar Israel da loucura dos zelotes. Como poderia abandonar o profeta da paz? Estaria desistindo do futuro de Israel? Enquanto atravessava o estreito caminho que levava para Samaria e, depois, para Jerusalém, o calor do dia estava deixando-a ainda mais quente. Parou e levou um odre de água até os lábios. A cada gole, tentava afogar os medos sobre a resistência zelote. Depois de crescer em Magdala, à sombra de acampamentos zelotes no monte Arbel, sabia como a resistência funcionava e temia que a violência deles criasse uma catástrofe para os judeus. Jesus oferecia outro caminho. Ele desafiava as pessoas a confiar em Deus e amar uns aos outros, até mesmo aos inimigos. Poderia realmente deixá-lo? Poderia virar as costas para a melhor esperança para a sobrevivência de Israel?

Depois de um último gole de água, guardou o odre na bolsa que continha tudo que possuía e pensou, mais uma vez, nas conversas que teve com Jesus. Eram tão pessoais, tão sinceras, tão cheias de promessa. Agora, a lembrança daquelas conversas partia seu coração. Não eram provas de que ele a amava e que estava *apaixonado* por ela? Não tinham mostrado o quanto ela o amava? Por que, então, ele falou em público com uma prostituta? Por que permitiu que aquela mulher indecente ungisse seus pés com suas lágrimas e os secasse com os cabelos?

Parando, dividida entre o desejo de apoiar a mensagem de paz de Jesus e a necessidade de proteger seu coração, Maria Madalena não conseguiu dar mais nenhum passo. A paisagem árida parecia ameaçadora com os pequenos montes de areia, as grandes rochas de granito e as pedras espalhadas a esmo. Não era tarde demais para voltar. Talvez devesse. Como o jovem Gabriel dissera, poderia ser um risco para a sua vida viajar sozinha, principalmente pela Samaria, com os caminhos entre as montanhas infestados de bandidos.

Tentou engolir, mas a boca estava seca demais. Não, não podia voltar. A loucura dos zelotes não importava mais, nem os perigos da Samaria. Tudo que importava era a dor que sentia no coração. *Jesus pode me chamar de ciumenta ou mesquinha, mas preciso ir embora. Preciso encontrar uma nova vida.* Maria Madalena correu até que os pulmões ardessem e o suor escorresse pelo rosto. Mesmo assim, não parou.

Só diminuiu o passo quando atravessou um caminho em uma encosta cheia de árvores. Sabendo que ali era comum haver ladrões, olhou para as altas pedras que contornavam o caminho estreito. Não viu sinal de ladrões e tentou se acalmar lembrando-se dos rostos generosos do tio Elkanah e da tia Rachel, que moravam em Jerusalém. Rezava para que a acolhessem. Dois anos antes, depois que o marido, Jonathan, se separara dela, eles tinham se oferecido para recebê-la.

Jonathan amaldiçoara a esterilidade dela e a colocou na rua. O tio e a tia eram tudo que restava entre ela e a prostituição, então já passara por esse caminho. Enquanto forçava as pernas cansadas a continuar, lembrou-se dos eventos da terrível época e não conseguiu afastar dos pensamentos o encontro que mudara sua vida.

Quando chegara a Jerusalém, foi ao Templo oferecer um sacrifício e rezar pedindo força. No pátio externo, um rabino de ombros largos com uma voz forte estava pregando. Para Maria, as feições dele pareceram um tanto angulares, o nariz fino e arrebitado, o olho esquerdo mais caído do que o direito. Era alto e desajeitado, mas apesar da aparência estranha, uma multidão à sua volta estava hipnotizada por sua eloquência. O sermão dele terminou assim: "Se permanecerdes na minha palavra, sereis meus verdadeiros discípulos; conhecereis a verdade, e a verdade vos livrará."

Fascinada, Maria esperou até que a multidão fosse embora antes de falar com ele sobre como ansiava pela liberdade. Quando revelou sua esterilidade e como seu marido batera nela e se divorciara dela, o rabino disse:

— Esse homem não era digno de ti.

Depois, citou os demônios que a atormentavam: tristeza, terror, vergonha, raiva, solidão e desespero. Lembrou-se da forma como ele tinha dado um passo atrás, tocado sua testa e dito:

— Se acreditares em mim, tua fé te fará melhor.

A mão dele ficou tão quente que ela ficou com medo de sua pele pegar fogo. A voz dele ecoava em sua mente, o som da água correndo, tirando os demônios de dentro dela e permitindo que uma paz intensa a invadisse.

Acabou não indo para a casa do tio Elkanah e da tia Rachel. Em vez disso, juntou-se às outras mulheres que seguiam o rabino chamado Jesus: Maria, mãe dele, Susana, Joana, Marta e mais duas outras Marias. Junto com os companheiros homens dele, ela se tornou uma de suas discípulas. Aquele primeiro encontro parecia muito distante agora; se sentia desesperada de novo, o sonho de encontrar um homem que a amasse e protegesse foi esmagado. Mais uma vez, só os tios poderiam salvá-la de uma vida de vergonha e destituição.

Depois que Maria passou pelo caminho, soltou um suspiro aliviado por não ter encontrado ladrões. Do lado direito da estrada, viu um bosque de oliveiras e entrou. Depois de caminhar por muitas horas, estava faminta e procurou em sua bolsa o pão de ázimo, as azeitonas e as fatias de carne de cordeiro que pegara do banquete na casa de Simão ben Ephraim. Quando começou a comer, sentou-se e encostou-se em uma velha oliveira. Estava surpresa pela forma como ainda amava Jesus, mas não sabia o que fazer com seus sentimentos. Nuvens escuras de tristeza tomaram conta dela, que começou a chorar baixinho. Exausta da árdua jornada, fechou os olhos.

Acordando em um sobressalto, viu dois homens de altura mediana se aproximando, com mocas nas mãos. Levantando-se, tentou fugir, mas um dos intrusos, com cabelos enrolados e olhos sinistros, pegou-a pelo braço e girou-a.

— Se você resistir, será pior.

Ele apertou mais o braço dela enquanto o parceiro barrigudo a segurava pelo outro. Eles a seguravam com força, mas suas pernas estavam livres, de forma que ela deu um chute no estômago do segundo homem, fazendo com que ele urrasse.

Gritando, chutou de novo, desta vez mirando o primeiro. Como não acertou, ele deu um tapa nela e começou a sacudi-la.

— Você não pode fugir, então por que não aproveita?

Ofegante, tentou se soltar, mas não conseguiu. Os homens estavam levantando sua saia. Pensou em Jesus e na reunião na casa de Simão ben Ephraim e em como fora estúpida em sair, mas nunca poderia ter imaginado que algo assim fosse acontecer. O primeiro homem a jogou no chão e subiu nela, estrangulando-a com as duas mãos.

CAPÍTULO 9

Sob o sol da tarde, Judite abraçou Dimas com mais entusiasmo do que sentia. Ele e quatro homens estavam partindo para Jerusalém para espionar a Fortaleza Antônia e oferecer sacrifícios no Templo. Judite esperava que Dimas não notasse sua reserva e ele não pareceu perceber, porque apenas sorriu e montou no cavalo junto com Barrabás e os outros.

— Estou ansioso para rezar no Templo de novo — disse, segurando as rédeas. — Só espero que Caifás ainda permita. Ouvi dizer que o Templo atualmente está mais parecendo um mercado do que a casa de Deus.

Judite acenou enquanto Dimas se afastava e, ao fitar a nuvem de poeira que os cavalos levantaram, lembrou-se de Eleazar Avaran e se perguntou: *E se Dimas for o próximo a morrer?* Sabia que isso podia acontecer, se não nesta missão, na próxima, ou no Deserto da Judeia ou na batalha por Jerusalém.

A poeira baixou e ela continuou a observar: desejava secretamente que Dimas não voltasse? Sentindo-se envergonhada até de levantar a questão, continuou a escutar um sussurro de algum lugar obscuro dentro de si e entendeu por quê: era como se Dimas estivesse morto para ela. Não o conhecia mais. Ele não se importava com quase nada além de expulsar os romanos. Embora ainda atendesse às necessidades dele — como esposa, amante e até enfermeira —, ele pouco atendia às suas e ela duvidava de que ele fosse mudar.

Não era de se espantar que sentisse saudades de casa e fantasiasse que pedia misericórdia ao pai e admitia o terrível erro que havia cometido. A imagem da mãe abraçando-a e recebendo-a de volta não sumia de sua mente. Se Dimas não voltasse, iria para Jerusalém, imploraria o perdão dos pais e começaria uma vida nova.

Desesperada para silenciar esses implacáveis anseios, voltou para o acampamento, a mente procurando lembranças de dias melhores com Dimas. Pensou na primeira vez que ele a beijara nos jardins de Herodes, em como se fascinara pelo idealismo dele, a paixão por justiça, a promessa de que vingaria a morte do irmão dela. A lembrança parecia distante agora, mas não podia negar que o amara. Ninguém poderia tirar o que tinham compartilhado e tudo que ele lhe ensinara. Ainda assim, não podia voltar no tempo, não depois da frieza dele, não depois dos dias de trabalho árduo e das noites de solidão.

As outras mulheres já tinham lavado tudo depois da refeição e se retirado para fabricar armas com os homens que não haviam partido. Só Judas Iscariotes ainda estava lá, deitado perto da fogueira. Apoiado no ombro que não estava ferido, parecia mais descansado e saudável do que ela esperava.

Quando ela se aproximou, Judas assentiu, mostrando que notara sua presença. Judite viu que tinha sangue seco na atadura que colocara na noite anterior.

— Precisamos trocar esta faixa — disse, aproximando-se dele e começando a tirá-la.

O sangue tinha grudado o pano na pele de Judas e ele fez uma careta quando ela o tirou. Ela pegou os suprimentos médicos na barraca que usavam como armazém e ajoelhou-se para limpar o ferimento com uma mistura de óleo, vinho e água. Enquanto ela trabalhava, Judas fitou-a nos olhos e disse:

— Valeu a pena ser ferido para ter você cuidando de mim.

Ela continuou limpando o ferimento, ignorando o comentário, mas Judas estendeu o braço e pousou a mão sobre a dela.

— Percebi como Dimas a ignora. Uma mulher bonita como você merece um homem que realmente a valorize.

Judite deu um passo atrás, puxando a mão, o coração acelerado. Por um momento, não conseguiu falar, mas finalmente se recompôs e disse:

— Estou aqui para cuidar de você, Judas, e isso é *tudo* que pretendo fazer.

Judas sorriu e esticou o braço ferido.

— Então, serei o melhor paciente de todos. Não estou com a menor pressa, então não precisa correr.

Judite tentou continuar com raiva, mas, curiosamente, a resposta de Judas a deixara desarmada e não conseguiu manter a expressão séria. Assim que Judas percebeu que ela estava sorrindo, sentou-se e balançou o indicador para ela, brincando.

— Sei quando uma mulher gosta de mim, Judite. Por que resistir? Facilite as coisas para nós dois.

Judite congelou. Judas Iscariotes era bonito e suas orações a deixavam encantada, suas palavras eram cheias de vida, sua voz soava como a de vendedores de especiarias em Jerusalém. Mas sua tendência à autopromoção fazia com que ela questionasse seus motivos e ela considerava falsas as tentativas dele de agradar Barrabás. Não podia confiar em um homem que necessitava tanto de aprovação.

Judas se colocou de joelhos, o rosto a centímetros do dela, e passou o braço sem ferimentos em volta do pescoço de Judite. Puxando-a para si, ele a beijou. Ele fedia a fumaça da fogueira, mas o fogo mais quente vinha dos lábios, tremendo pelo desejo e pelo risco. Ela tentou se soltar, mas quanto mais tentava se soltar, mais forte ele a segurava.

O beijo era uma violação de sua decência. Como ele ousava se impor a ela? Judite o empurrou com força e conseguiu se soltar.

— Você não tinha o direito de fazer isso.

Ele perdeu o equilíbrio e caiu para o lado esquerdo, sobre o ombro bom, protegendo o machucado.

— Não o direito, mas a obrigação. Não suporto ver uma mulher bonita sofrer. A solidão nos seus olhos fez com que a beijasse.

O tom de voz condescendente dele a deixou furiosa: o tom de voz de um homem mais velho tentando se aproveitar de uma garota inocente. Uma garota que achava que podia seduzir a seu bel-prazer. Como Dimas não estava ali para defendê-la, ela precisava se proteger sozinha e deu um tapa no rosto de Judas. Afastando-se, ela sabia que precisaria expor o canalha que Judas Iscariotes era. Ele se arrependeria de tê-la tocado.

CAPÍTULO 10

Enquanto Gabriel se aproximava do caminho pelo penhasco, temia o que poderia estar escondido na escuridão. Após deixar Naim, ele e Nicodemos passaram por outros lugares perigosos: sulcos estreitos acima de altos desfiladeiros, fendas profundas ao lado de rios; mas esse caminho era diferente: definitivamente podia ser um esconderijo de ladrões. Gabriel parou para pensar no que fazer. Deveria seguir à frente para ver se a estrada era segura? Ou deveria permanecer ao lado de Nicodemos e arriscar colocar os dois em perigo?

Olhou para o sol já baixo, o brilho começando a enfraquecer de amarelo para dourado. Ficaria escuro em menos de uma hora e queria alcançar Maria Madalena ao anoitecer. Virou-se para Nicodemos, que estava se esforçando para acompanhá-lo.

— Acho que devo ir na frente sozinho — disse. — Estou com receio deste caminho, e quero me certificar de que é seguro antes de atravessá-lo com você.

— Pode ir, meu filho. Ficarei bem.

Gabriel saiu correndo, esquadrinhando os desfiladeiros dos dois lados da estrada enquanto se aproximava do caminho. As íngremes rochas acima, cercadas de arbustos folhosos e poucos pinheiros, faziam com que se lembrasse de Jebel el-Duhy, fora de Naim. Ele e Nicodemos haviam subido o desafiador despenhadeiro até que o caminho ficasse plano e cortasse as encostas, alguns vinhedos e campos cobertos de grãos. Mas este era o primeiro caminho perigoso que encontraram; passar por ele o deixou arrepiado.

Esperava que Maria Madalena tivesse parado mais cedo para evitar viajar durante a noite. Seria a melhor chance de encontrá-la — o que, para ele, era uma necessidade. Apenas ela e Nicodemos poderiam ajudá-lo a entender quem era Jesus e se ele era confiável. As palavras de Nicodemos sobre amor e graça tinham lhe dado conforto, mas se Jesus traíra Maria, Gabriel não queria mais escutar.

Acelerou o passo até começar a correr, as pernas impulsionando, e os braços estimulando. Quando, finalmente, chegou ao outro lado, viu um bosque de oliveiras um pouco acima. O coração deu um pulo. Imaginou se Maria Madalena teria parado ali para passar a noite. As oliveiras eram grandes o suficiente para não permitir que ele visse se havia alguém entre elas. Mas ao se aproximar, viu movimento nas sombras. Sentiu um aperto no peito. Poderia ser a mulher? Correu ainda mais rápido.

A cena entrou em foco. Agora podia ver que não era apenas uma pessoa, mas três, e duas delas estavam atacando a terceira. *Deus me perdoe por desejar má sorte a outra pessoa, mas que não seja Maria Madalena.* Quando Gabriel chegou ao bosque, confrontou seu pior pesadelo. Maria estava no chão, lutando contra dois bandidos. *Ah, Deus, não!* Ele mergulhou e atingiu o ombro do homem que estava em cima dela, fazendo-o cair. O outro passou o braço em volta do pescoço de Gabriel, tentando lhe dar um soco com a outra mão. Mas Gabriel se abaixou e puxou o homem por cima de seu ombro.

O primeiro homem se recuperou e atacou, com os punhos cerrados, mas Gabriel desviou e puxou a adaga de dentro da túnica. Abaixando-se, brandiu a adaga para os homens. Quando eles viram o tamanho da lâmina e a confiança com que Gabriel a segurava, fugiram. Gabriel foi atrás deles até que desaparecessem. Então, voltou para Maria Madalena. Viu a sombra dela atrás de uma oliveira, para onde ela fora para ajeitar sua roupa.

Ele mal estava conseguindo respirar.

— Você está bem?

Levantou o braço para enxugar o suor da testa; o braço estava tão dormente que mal conseguia mexê-lo. O pescoço doía e a boca tinha um gosto amargo. A lembrança da expressão fria dos homens fez com que estremecesse.

— Estou... não me feriram. — As palavras de Maria pareciam tremidas, como se ela estivesse engolindo após cada uma. Ele podia escutá-la tossindo e respirando fundo. Ela saiu de trás da árvore, endireitando os cabelos despenteados e limpando a sujeira do rosto. — Você salvou minha vida. Como poderei algum dia lhe agradecer? — Deu um abraço nele tão apertado quanto o de uma menininha buscando segurança nos braços do pai.

Gabriel lembrou-se de que deixara Nicodemos sozinho. E se os mesmos homens atacassem o amigo? Pegando a mão de Maria, disse:

— Precisamos voltar para encontrar Nicodemos.

Correram pelo caminho de volta. No meio dele, Gabriel viu um corpo encurvado, mancando na direção deles. Maria também o viu e saiu correndo na direção dele. Gabriel esquadrinhou as pedras acima do caminho. Como não viu nem sinal dos bandidos, acelerou o passo e alcançou Nicodemos na hora em que Maria o estava cumprimentando. Nicodemos a abraçou.

— Também estou aliviado em vê-la, minha filha.

Ela deu um passo atrás e tirou uma mecha de cabelo dos olhos.

— Só estou viva graças a Gabriel. Devo a ele minha...

Gabriel dispensou o agradecimento com um aceno.

— O que importa é que fiquemos juntos agora. E você, amigo, não deveria ter tentado atravessar o caminho sozinho. — Gabriel conduziu os dois protegidos de volta para o bosque das oliveiras. — Vamos acampar aqui esta noite. — Olhou para Maria. — De manhã, pode viajar conosco.

— Por favor, não me repreendam — disse ela, ao chegarem ao bosque. — Deixei a casa de Simão por uma boa razão. — Ela os levou até seus pertences e apontou para carne de cordeiro, pão e queijo em um guardanapo ao lado de uma oliveira. — Querem comer?

Gabriel estendeu cobertores para os três, depois pegou comida para ele e Nicodemos e a dividiu com o velho amigo. Mas Gabriel não estava com fome. Em vez de comer, sentou-se e esfregou os braços, tentando voltar a senti-los. Ao olhar para Maria, pensou em Judite e temeu que a maior dormência de todas estivesse no coração, ferido demais para ser curado.

Maria Madalena também não estava nem um pouco interessada em comer. Recostando-se em uma oliveira, fitou a estrada e rezou para que os bandidos não voltassem. Seu ex-marido nunca tentara estuprá-la, mas o ataque trouxera lembranças do abuso que sofrera. Afastou os pensamentos procurando embaixo da árvore galhos e folhas secas para fazer uma fogueira.

Quando Gabriel viu e começou a ajudá-la, ela se lembrou do aviso que ele lhe dera mais cedo e percebeu como fora tola em viajar. Tonta e com as pernas bambas, tentou parar de tremer, mas não conseguiu. Imagens dos rostos cruéis dos bandidos e de suas mãos em seu corpo não a deixavam em paz.

Como eram nojentos! E totalmente diferentes de Jesus. Durante suas conversas com o rabino, ela sentiu como se estivesse entrando em outro mundo, um mundo de lembranças abençoadas e sonhos inspirados. Por outro lado, o mundo do qual acabara de ser salva era cheio de terror e angústia. Enojada, pegou as folhas e os galhos secos que juntara e jogou no chão, perto de onde Nicodemos estava sentado.

Precisava explicar a ele e a Gabriel por que decidira deixar Jesus e fugir. Sentando-se ao lado de Nicodemos, fitou Gabriel enquanto ele juntava galhos maiores para a fogueira.

— Se vocês soubessem o quanto me senti humilhada por Jesus e por aquela mulher, entenderiam por que fugi — disse, simplesmente. — Não podia ficar com um homem que encoraja um comportamento tão indecente.

— Eu também não poderia — concordou Gabriel, arrumando a lenha.

Nicodemos abaixou a comida e falou com austeridade:

— Se você compreendesse quem Jesus é, talvez tivesse ficado e sido poupada desse ataque.

Maria não gostou de ser repreendida, mas permaneceu calma.

— Sei que Jesus é um mestre e um curandeiro poderoso.

— Acredito que ele seja mais... Acredito que ele seja o Messias, Maria. — O olhar de Nicodemos ficou mais duro, mas o tom de voz abaixou. — Fiquei convencido disso após uma conversa que tive com ele uma noite. Ele afirmou ser o Filho de Deus, que veio nos salvar.

Maria o fitou, os olhos arregalados enquanto absorvia a plena importância do que ele acabara de dizer. Se Jesus era o Messias, como podia amar uma mulher comum como ela? Já tinha ouvido outras pessoas proclamarem que ele era o ungido de Deus, principalmente depois de ter curado pessoas, mas ele sempre subestimava a ideia e pedia aos discípulos que não repetissem isso. Maria entendia tal cautela, pois não achava Jesus impetuoso o suficiente para ser o tipo de Messias que os judeus queriam: um guerreiro que os libertaria dos romanos. Sua mensagem de paz contradizia o espírito de luta dos zelotes. Os pais dela, assim como muitos outros judeus das cidades ao redor do Mar da Galileia, discretamente apoiaram esses guerreiros da liberdade, mas depois de seguir Jesus, ela não podia mais.

Também não podia acreditar que ele era divino porque o vira suar sob o sol e tremer no frio. As conclusões de Nicodemos de repente lhe pareceram ridículas.

— Jesus é um homem com muito amor para dar e um grande mestre e curandeiro — afirmou. — Mas não é Deus. Nem poderia ser o Messias, porque não poderia ser um rei guerreiro, como foi Davi, e é isso que nosso povo espera.

— Tinha esperança de que ele nos salvasse da guerra — disse Gabriel, afastando-se da fogueira que acendera. — Achei que fosse popular o suficiente para colocar o povo contra os zelotes. — Gabriel sentou-se ao lado de Maria. — Mas o Messias será honrado, e Jesus não é. Depois do que vimos na casa de Simão ben Ephraim, acho que ele só se importa consigo mesmo. Além disso, como pode impedir os zelotes agora? Eles estão se preparando para a guerra. Até meu irmão se juntou a eles e levou minha noiva junto.

Maria escutou o sofrimento na voz de Gabriel e viu a dor em seu rosto. *Por que a adesão do irmão dele aos zelotes o machucou tanto? Seria a história da relação entre eles complicada?*

Nicodemos interrompeu seus pensamentos.

— Se vocês dois soubessem mais sobre Jesus, mudariam de opinião sobre ele. O amor dele por aquela prostituta era puro. Ele é o Messias espiritual. A mensagem dele não tem nada a ver com luxúria, muito menos com guerra.

Com o sol se pondo, Maria esticou as mãos para aquecê-las sobre o fogo, que soltava uma fumaça tão escura quanto a noite, com o inconfundível cheiro de fuligem.

— Como um Messias que prega a graça e a paz pode ser nosso libertador?

Nicodemos se aproximou do fogo e disse:

— Jesus é o Messias de que precisamos, não o que queremos. Ele nos traz a graça que cura a partir de dentro. Não podemos viver em paz se vivemos em guerra interior. Às vezes, nós mesmos provocamos nosso sofrimento, porque não vivemos de acordo com a vontade de Deus; outras vezes, sofremos por motivos que não são nossa culpa. Quando estamos desesperados, tememos nunca mais encontrar a felicidade. Mas através da graça, ou as circunstâncias mudam ou nós aprendemos a nos adaptar a elas de forma que recuperemos nossa esperança e até nossa alegria. Quando recebemos a graça de Deus, a cura cria raízes dentro de nós. Começamos a nos tornar inteiros, como Jesus é. Então, passamos a usar meios pacíficos para assegurar a justiça que merecemos.

Maria se virou, não querendo escutar as palavras de Nicodemos, mas Gabriel apertou seu ombro, demonstrando compreensão.

— Sei o quanto seu sofrimento é profundo — disse. — Meu coração anda pesado desde que minha noiva fugiu com meu irmão e tenho medo de nunca mais me recuperar completamente.

Maria abaixou o olhar e admirou as mãos que a tinham salvado. Engolindo apesar do nó na garganta, ela resistiu à vontade de abraçá-lo, porque temia chorar caso fizesse aquilo. E se começasse a chorar, talvez nunca mais parasse.

Nicodemos estava fitando Gabriel seriamente quando disse:

— Jesus tem mais a dizer a você, meu filho. — O olhar de Nicodemos, então, encontrou o de Maria. — E a você, minha filha. — Ele pegou a própria bolsa, retirou o rolo de pergaminho e o entregou a ela. — Esta é uma carta que Jesus lhe escreveu há um tempo. Ele queria entregar a você em mãos, mas você partiu antes que ele tivesse a oportunidade de lhe dar.

Maria descartou o manuscrito e encarou a noite.

— Se você se importa com essa carta, mantenha-a segura, porque sou capaz de atirá-la no fogo.

Nicodemos franziu o cenho:

— Por que diria algo assim, minha filha?

— Porque se Jesus realmente se importasse comigo, não teria me humilhado em público. Tampouco teria me deixado sair da casa de Simão. Perdoe-me, mas estou muito magoada para ler essa carta. Posso nunca querer lê-la.

Nicodemos desenrolou um pouco o pergaminho.

— Mas você perderá uma mensagem muito importante. Jesus me disse que se dirigiu a você, mas que o conteúdo se aplica a todo o povo.

Maria agitou a mão novamente:

— Então você o leia. Não me importo se *jamais* ler.

Enquanto Maria observava Nicodemos guardar o rolo na bolsa, uma rajada de vento entrou no bosque e um falcão saiu voando de uma árvore próxima. O farfalhar das asas e o pio lamentoso do falcão assustaram Maria, como se zombasse da dor dela.

Suavemente, Nicodemos colocou a mão sobre o ombro de Maria.

— Você fugiu da casa de Simão porque achou que tivesse perdido o amor da sua vida, mas talvez precise dessa perda para amadurecer. — Nicodemos fitou Gabriel de forma compreensiva. — Sua perda também foi profunda e o que acabei de falar para Maria também se aplica a você. — Pegou a mão de Gabriel, depois a de Maria. — Vocês dois foram magoados, mas quando encontrarem o amor verdadeiro, vão valorizá-lo mais. Sabedoria espiritual nos ajuda a compreender o significado mais profundo de nossas feridas e perdas. Deus está trabalhando em prol do amor e da bondade, mesmo através das piores tragédias. Se acreditarmos nisso, então nossas perdas não nos deixarão devastados e conseguiremos nos recuperar. Quando desejamos que as coisas terminem de uma determinada forma, estamos nos predispondo a sofrer. É melhor buscar o amor de Deus no presente e deixar que o futuro se desdobre do seu modo.

Maria gostou de escutar palavras tão sábias, mas seu coração continuava dilacerado e sua dor só aumentava. Temia nunca se recuperar do incidente com Jesus. Além disso, as palavras de Nicodemos deixavam-na confusa. Se Jesus é o Filho de Deus, a pessoas deveriam idolatrá-lo? Isso não quebraria as regras contra a idolatria? Lembrou-se de que, uma vez, quando Jesus estava saindo para uma viagem, um homem se ajoelhara à sua frente e perguntara:

— Bom mestre, o que devo fazer para conseguir a vida eterna?

Jesus reagira de forma irritada, como se estivesse ofendido com a pergunta, e respondeu:

— Por que me chamas de bom? Ninguém é bom, além de Deus.

Em outra ocasião, depois de ter dado a fala a um mudo, uma mulher exclamou para Jesus:

— Abençoado é o útero que te carregou e os seios que te amamentaram, senhor.

Mas ele não aceitou o elogio e disse:

— Abençoados são os que escutam a palavra de Deus e a obedecem.

Maria analisou as palavras chocantes de Nicodemos enquanto esticava seu cobertor sob o crepúsculo. Idolatrar Jesus lhe parecia perigoso. Ele sempre enfatizava a importância de *seguir* a palavra de Deus: viver honradamente, ajudar os pobres, apoiar a justiça, amar os inimigos. Se as pessoas se afastassem desses mandamentos e começassem a idolatrar quem os proferia, não estariam sabotando a própria busca pela luz? Jesus sempre mostrava para as pessoas o caminho para Deus, desejando o crescimento espiritual de todos, mas permanecendo humilde.

Além disso, ela sabia o quanto Jesus era humano: os desejos dele não eram diferentes dos desejos dos outros homens. Após o incidente com a prostituta, os discípulos não viam isso? Maria esperava que ficassem tão escandalizados quanto ela. Antes que pudesse confrontar Nicodemos com esses argumentos, Maria viu um viajante entrar no bosque e avisou Gabriel e Nicodemos. Eles se levantaram, a preocupação estampada nos rostos. O viajante se aproximou lentamente da fogueira e disse em aramaico:

Olá, Maria. Vim para levá-la de volta.

Ela se levantou e fitou os afetuosos olhos do homem, tão escuros quanto uma noite sem estrelas. Os olhos analisaram-na com cuidado, os cantos levemente virados para cima, saindo de um rosto agradável, surpreendente pelo contraste entre os traços delicados, quase femininos, e uma barba preta e pesada. O rosto pertencia a um discípulo de Jesus chamado João. Ela falou, irritada:

— Não vou voltar.

Estendendo o braço para pegar a mão dela, ele disse:

— Você deve. Jesus me mandou dizer o quanto precisa de você.

Gabriel se intrometeu entre eles.

— Por favor, não a pressione. Ela deve decidir sozinha.

Maria levantou as mãos e deu um passo para trás.

— Não poderia voltar, mesmo se quisesse. Não posso mais ser uma discípula de Jesus.

João franziu a testa.

— Se você tivesse realmente dado seu coração a ele, não teria fugido.

Os olhos de Maria brilharam cheios de raiva.

— Você não sabe nada sobre meu coração. Como ousa sugerir isso?

Nicodemos impediu João de responder, convidando todos a se sentarem. Quando Maria, com relutância, aceitou, e todos estavam sentados em volta da fogueira, ele disse:

— Talvez você deva dar a Jesus a chance de se explicar, Maria. Por que ele mandaria João se não tivesse sentimentos profundos por você?

— Por favor, não desista dele, Maria — pediu João. — Jesus quer que saiba o quanto ele gosta de você. — Abaixando o tom de voz, continuou: — Ele está cada dia mais preocupado com as atitudes imprudentes dos zelotes. Ele precisa de que todos que acreditam em sua mensagem de paz o ajudem a espalhá-la. Graças a Deus, depois que ele curou um homem com a mão paralisada, sua popularidade cresceu. Pessoas não só da Judeia, mas até do outro lado do Jordão, de Tiro e Sídon, estão procurando por ele.

Maria sentiu o sangue sumir do rosto. Pensou nos tios que moravam em Jerusalém. Que alívio seria ir morar com eles! Poderia esquecer os homens e evitar o sofrimento de amá-los. Mas e seus sentimentos por Jesus? Ele a magoara, mas se fosse embora para sempre, algum dia conseguiria esquecê-lo?

Ficou observando o fogo enquanto resolvia o que fazer. Voltar para Jesus lhe traria felicidade ou causaria mais sofrimento? Nunca tinha amado um homem como o amava, mas a força de seus sentimentos a assustava. O que faria se ele não os correspondesse? Sua respiração e as batidas de seu coração aceleraram.

E os zelotes? Assim como Jesus, ela também temia que eles despertassem a ira dos romanos contra toda a nação. Ajudá-lo a conquistar os corações das massas poderia evitar um banho de sangue. Também ansiava saber quem Jesus realmente era. A ideia de que ele era algum tipo de Deus lhe parecia ultrajante. Mesmo assim, Nicodemos a deixara curiosa e Maria não podia negar que, apesar da dor que sentia, precisava decidir a questão sozinha. Se fosse morar com os tios, nunca faria isso.

A tensão no peito era insuportável e só começou a aliviar quando disse para Gabriel e Nicodemos com a voz emocionada:

— Nunca poderei lhes agradecer o suficiente por salvarem a minha vida e me deixarem viajar com vocês para Jerusalém. Mas preciso voltar para escutar o que Jesus tem a me dizer. Devo isso a ele e a mim também.

Nicodemos retirou o rolo da bolsa e o entregou a ela:

— Você deve levar isto com você.

— Não, quero que Jesus se explique em pessoa, não através de uma carta. — Maria apontou para a bolsa dele. — Por favor, guarde o rolo em algum lugar seguro. Algum dia talvez eu esteja pronta para lê-lo.

Gabriel se levantou e deu a mão para ela, que sentiu a intensidade de sua compreensão. Ele tinha sofrido nas mãos da noiva e do irmão e Maria sabia que ele ainda tinha sentimentos por aqueles que o magoaram, assim como ela tinha por Jesus.

Ela apertou a mão dele suavemente quando Gabriel disse:

— Não sei mais o que pensar sobre Jesus, Maria. Mas se ele puder nos oferecer alguma forma de evitar a loucura dos zelotes, espero que você possa ajudá-lo. Senão, os romanos vão destruir nossa nação.

— Depois de escutar como seu irmão e sua noiva o traíram, me oponho ainda mais aos zelotes. — A emoção dificultava as palavras. — Deus nos uniu por alguma razão. Você salvou minha vida e espero, algum dia, retribuir sua bondade.

Ela se virou para Nicodemos e abriu um sorriso de agradecimento. Então, voltou-se para João, feliz por ele ter vindo buscá-la.

— De manhã, irei com você encontrar Jesus.

DIAS ATUAIS

CAPÍTULO 11

O celibato expressa uma importante verdade sobre o amor. Antes que possamos ser felizes com outra pessoa, precisamos aprender a ser felizes sozinhos.

Na sua melhor forma, o celibato é uma disciplina espiritual que nos ensina como sermos íntimos de nós mesmos. Essa intimidade restaura o estado de amor, alegria, paz e liberdade com que todos nascemos.

Nesse estado de abundância, o amor flui da união do masculino com o feminino interior, satisfazendo à nossa necessidade de intimidade de uma forma que nenhum ser humano poderia. Até que essa união esteja completa, nos sentiremos sozinhos e alienados, independente de sermos casados ou solteiros.

Em se tratando de amor, ninguém pode nos dar o que já possuímos.

Do diário do irmão Gregory Andreou

Vila de Bil'in
Segunda-feira, 1º de abril

A bomba de gás lacrimogêneo quase atingiu o adolescente enfurecido. Karim Musalaha conseguiu pegá-la e arremessá-la na direção das montanhas rochosas, os olhos ardendo, os pulmões pesados. O garoto desengonçado tinha jogado uma pedra nos soldados israelenses que patrulhavam a cerca de arame farpado fora das fronteiras de Bil'in, 12 quilômetros a oeste de Ramallah. Até este ponto, a manifestação contra a cerca tinha sido pacífica. Agora, entre as centenas de manifestantes, mais de 30 jovens estavam jogando pedras.

A pele de Karim ficou fria e úmida. O Mosteiro dos Anjos Sagrados parecia muito distante, assim como o gentil irmão Gregory. Mas apenas protestando ele conseguiria se opor ao extremismo da Aliança Patriótica Palestina e da ocupação israelense. Abriu caminho entre os manifestantes.

— Parem com essa violência! Isso nunca trará a paz.

Os manifestantes ignoraram seus gritos e continuaram xingando e jogando pedras. Os soldados estavam à frente da cerca eletrificada a uns 100 metros de distância, acotovelando-se atrás de altos rolos de arame farpado. Os soldados deram a volta no arame e começaram a avançar em direção à multidão, rifles na mão.

— Parem de jogar pedras antes que alguém se machuque! — A garganta de Karim ardia de tanto gritar, mas seus gritos eram em vão. Mal conseguia escutar a própria voz com toda aquela gritaria, cantoria e palmas dos manifestantes. Olhou para os dois lados e viu que alguns de seus companheiros haviam parado. Uma jovem atraente estava correndo de rapaz em rapaz, sacudindo os braços e implorando que parassem de jogar pedras.

A maioria a empurrava e continuava o furioso ataque.

O coração de Karim quase parou ao ver os soldados começarem a descer a ladeira. Os manifestantes fugiam em todas as direções, alguns deles continuando a jogar pedras. Uma sensação de queimação encheu seu peito quando os primeiros tiros soaram. Ele e muitos outros jogaram-se ao chão quando balas de borracha passaram zunindo sobre suas cabeças. Os manifestantes que continuaram correndo não tiveram tanta sorte. Um caiu e depois outro, conforme as balas seguiam e encontravam seus alvos. Durante todo o tempo, nuvens de gás lacrimogêneo enchiam o ar. Amigos dos manifestantes atingidos os ampararam e carregaram na direção da cidade.

Karim correu atrás deles, tossindo e enxugando as lágrimas, com medo de serem presos e detidos. Nesse momento, sua coxa esquerda explodiu em dor quando uma bala de borracha atingiu a perna. O impacto o jogou para a frente. O tênis dele aterrissou de lado em uma pedra, torcendo seu tornozelo esquerdo. A dor tomou conta da perna. Caiu no cascalho e segurou o tornozelo, arfando de dor. Poeira cobriu seus lábios e rosto enquanto deitava na terra queimada de sol. Sentiu a mão de alguém em seu ombro e escutou uma mulher falando hebraico. Virando-se, ele viu a mesma jovem esbelta de cabelos escuros que tentara impedir o apedrejamento. Fez um gesto para mostrar que não estava entendendo.

— Alguma coisa está quebrada? — Desta vez ela falou inglês, segurando o braço dele e o ajudando a levantar. — Vamos! Precisamos sair daqui.

— Acho que não quebrei nada. Se eu conseguir chegar até a minha moto, ficarei bem. Está lá embaixo. — Karim tossiu, como se estivesse sufocando com as palavras em inglês, enquanto ela passava o braço em volta do pescoço dele e começava a correr.

Ela apontou na direção de Bil'in, a 1 quilômetro dali.

— Você não tem a menor condição de subir em uma moto. Meu jipe também está parado lá embaixo. Vou levá-lo em segurança.

A perna e o tornozelo dele latejavam conforme ele mancava, enjoado com o cheiro acre do gás lacrimogêneo. Ela era, pelo menos, uns 15 centímetros mais baixa do que ele, 1,70m aproximadamente. E mais forte do que ele esperava. Ela continuou a arrastá-lo para a frente enquanto balas zuniam sobre a cabeça deles.

— Ficarei bem — disse ele, se equilibrando na perna direita. — Se você continuar comigo, vai acabar levando um tiro.

Ela continuou apoiando-o e avançando com dificuldade.

— Se eu não fizer isso, os soldados vão lhe prender ou dar uma surra. Ou pior.

Karim se apoiou no ombro dela e, sem energia, desceu a ladeira de terra, com pedras espalhadas. Cada passo com o pé esquerdo fazia a dor irradiar pelo tornozelo e pela perna acima. Avistou sua moto, estacionada ao lado de uma fila de vários carros. Ela apontou para um deles, um jipe Cherokee com placa de Israel.

— Meu nome é Rachel, e aquele é o meu jipe.

Ele viu que mais ou menos metade dos manifestantes que estavam fugindo já tinha conseguido chegar à altura dos carros. Fora do alcance dos soldados, eles agora estavam passando pela fila de automóveis em direção a Bil'in. O resto dos manifestantes estava ao redor dele e de Rachel, ou espalhados entre eles e os carros estacionados, correndo dos soldados.

Foi quando Karim viu uma coisa que o fez ficar sem respiração: uma velha Mercedes preta. Estava se aproximando da fila de carros vindos de Bil'in. Abdul Fattah, o tenente em quem seu pai mais confiava, tinha uma velha Mercedes preta. Karim conseguiu acelerar o passo, esforçando-se para respirar, a perna em espasmos. Ele estava a 50 metros da motocicleta e do jipe; a Mercedes, à mesma distância deles. A única esperança de Karim conseguiu chegar ao jipe era os manifestantes que ainda estavam na estrada atrasarem o progresso da Mercedes.

Ele abaixou a cabeça e continuou caminhando com dificuldades, apoiado em Rachel. Vinte e cinco metros depois, levantou o olhar e viu que a Mercedes tinha parado, cercada pela multidão. Sua respiração ficou pesada e o coração acelerado conforme seguia em frente, cabeça baixa. Depois de 10 metros, ele levantou o olhar e viu que a Mercedes continuava imóvel. Abdul Fattah estava passando entre a multidão, falando com os manifestantes conforme passava. Karim cobriu o rosto com a mão livre. Quando chegaram à sua moto, ele destrancou o bagageiro e pegou sua mochila que estava lá dentro.

— Você estava certa. Não tenho a menor condição de subir na moto. Não tenho alternativa a não ser deixá-la.

Rachel o levou até o lado do carona do jipe dela.

— Entre. — Ela abriu a porta e o ajudou.

Através do para-brisa ele podia ver os traços característicos de Abdul Fattah — a testa proeminente acima dos olhos bem próximos, o nariz achatado, dando ao rosto uma aparência côncava. Agora Abdul estava a 40 metros. Conforme os manifestantes abriam caminho, Abdul se dirigia para a Mercedes.

Karim reclinou o banco e cobriu o rosto com as mãos.

— Podemos ir logo?

Rachel deu a volta no carro pela frente do jipe e se sentou atrás do volante. Buzinando para abrir caminho, ela conseguiu começar a andar.

Como se areia estivesse passando por suas veias, Karim perguntou:

— A Mercedes?

— Estamos ultrapassando ela.

O coração de Karim estava acelerado. Afastou-se da janela, mantendo o rosto coberto.

O jipe diminuiu a velocidade.

Será que um manifestante havia bloqueado o caminho? Será que Abdul estava prestes a descobri-lo?

— Os manifestantes estavam na estrada, mas agora vamos conseguir passar — disse Rachel, acelerando. — O homem da Mercedes deve estar procurando alguém. Ele está falando com várias pessoas.

Conforme o jipe seguia na direção de Bil'in, Karim via postes e fios passando. Em poucos minutos, ele se endireitou e viu as lojas do centro da cidade. Em determinado momento, Rachel virou à direita, encostou e parou.

— Não devíamos continuar? — perguntou Karim, a voz mais trêmula do que pretendia. — Os soldados vão nos encontrar.

— Ninguém vai nos ver neste beco. — Ela saiu e pegou alguma coisa no banco de trás. Depois, deu a volta no carro e abriu a porta dele, segurando um kit de primeiros socorros.

— Por que você está me ajudando? — disse Karim enquanto forçava um sorriso. — Você poderia ser presa.

— Fazer a paz significa ajudar os manifestantes... dos *dois* lados.

— Como seria bom se mais israelenses vissem as coisas assim.

Ela tirou o sapato e a meia dele.

— Eles acham que os defensores da paz não são patrióticos. — Ela examinou o tornozelo dele e levantou o olhar preocupado. — Você torceu feio. Como está a perna?

— Está dolorida onde a bala atingiu. — Ele escutou uma porta bater ao longe e rolou para o lado direito. Será que Abdul os seguira?

Ela abaixou e ficou em silêncio, olhando para os lados nervosamente. Como ninguém apareceu, ela procurou no beco com olhos cheios de medo.

— Eu não devia estar falando com você. — Ela ficou quieta para escutar algum som que indicasse perigo.

Ele a fitou sem esconder a surpresa.

— Por que está assumindo esse risco?

— Porque provavelmente foi meu irmão quem ordenou que os soldados atirassem.

— Seu irmão? Como assim?

— Ele é o comandante Ezra Sharett, oficial que serve em Bil'in e Jerusalém. Quero compensar o sofrimento que ele está causando às pessoas.

Karim a fitou, sem palavras. O que ela dissera parecia forçado demais para acreditar, mas ela não tinha razões para mentir.

— Como posso saber se devo confiar em você?

— Você não tem escolha.

Ela estava certa. Se o abandonasse, ele não conseguiria sair do beco sozinho, mancando. Se ele tentasse, poderia acabar encontrando Abdul. Karim estava

101

encurralado. Ao mesmo tempo, uma cidade palestina era um lugar perigoso para uma mulher judia desacompanhada, então ela também precisava dele. Ele imaginou como ela e o irmão tinham desenvolvido pontos de vista tão opostos sobre o conflito árabe-israelense. Então pensou no seu pai e se lembrou em como o conflito os afastara profundamente.

Ela tirou um pacote de gelo químico do kit de primeiros socorros, bateu-o na porta do carro e colocou-o no tornozelo dele. Ele fez uma careta quando sentiu o gelado.

— Você foi ótima com esse pacote de gelo. Tem outro para a minha coxa?

Ela pegou um segundo pacote de gelo, ativou-o e entregou para ele.

— Sou médica. Acabei de começar a minha residência no Hospital Hadassah-Ein Kerem, em Jerusalém. — Ela colocou o pacote de gelo no vergão causado pela bala na coxa dele.

Quanto mais aquela judia corajosa falava, mais neutralizava a desconfiança dele quanto a israelenses. Em vez de suspeitar dela, ele se viu querendo conhecê-la melhor, apesar dos alarmes soando em sua cabeça. Ele tentou desviar o olhar, mas os olhos castanhos em forma de amêndoas, a pele morena perfeita e perfil esculpido com maestria o hipnotizaram. Ela era linda. Um relacionamento entre uma israelense e um palestino nunca poderia dar certo, mas algo dentro dele desafiava esse aviso. Ele estendeu a mão.

— Meu nome é Karim Musalaha, de Belém.

Ela hesitou por um momento, depois usou a mão livre para apertar a dele.

— Sou Rachel Sharett, de Jerusalém Ocidental.

Ele mudou o peso do corpo de lado para aliviar as pontadas causadas pelos pacotes de gelo.

— Você é médica e ativista? Como isso aconteceu?

Ela pareceu ser pega de surpresa pelas perguntas dele. Após um perturbador silêncio, ela disse:

— Meu pai morreu em um ataque suicida de um homem-bomba em um ônibus. No início, eu queria vingança, como meu irmão. Ele se realistou no Exército e se tornou amigo de Itzak Kaufman, um professor de sionismo com uma tendência nacionalista. Mas eu vi como o ódio o tornou amargo, e as mortes dos dois lados pareciam intermináveis e fúteis. Então, decidi que trabalhar pela paz era a única saída.

Qualquer menção a homens-bombas deixava Karim horrorizado. Seu irmão Saed tinha explodido um ônibus em Jerusalém Ocidental.

— Sinto muito pelo seu pai. — Foi tudo que ele conseguiu dizer. Os israelenses eram opressores, e os palestinos recorriam à violência para resistir a eles. Ele ansiava pelo fim da ocupação tanto quanto Saed ansiara, mas não tirando vidas inocentes. Mas ele duvidava que Rachel se interessaria pela diferença entre ele e Saed. Se ela soubesse da verdade, o jogaria para fora do jipe e iria embora na mesma hora. Independente do perigo que ela estaria correndo.

Ela o fitou, os olhos vidrados.

— Já faz mais de um ano, mas a perda, bem... — A voz dela tremeu. — Ezra descarrega sua raiva nos palestinos. Se ele me viu hoje na manifestação, vai descarregar em mim mais tarde, como de costume. Ele não consegue entender como posso estar tão comprometida com a solução de dois Estados quanto ele está em massacrar terroristas palestinos. — Ela começou a amarrar o pacote de gelo ao tornozelo dele com uma bandagem. — O que o trouxe ao movimento de paz?

Karim levantou o assento — pelo menos para tentar reprimir sua raiva pelo conflito da própria família e o medo de Abdul Fattah encontrá-lo e entregá-lo ao pai.

— Minha mãe morreu ao dar à luz no posto de controle de A'ram. Cresci odiando a ocupação.

Ela parou de enfaixar o tornozelo dele.

— Sinto muito... A'ram é um posto de controle difícil. A única coisa boa é a menininha que os manifestantes pintaram no muro de separação.

— Já vi a menininha também. Em árabe, temos um nome para ela: *Rajiya*, que significa "esperança". — Ele enxugou gotas de suor em cima dos seus lábios. — Mas infelizmente acho que esse tempo está acabando. A única esperança para o povo dos dois lados é viver os ensinamentos de suas religiões.

Ela acabou de enfaixar o tornozelo dele e fitou-o, uma expressão implacável no rosto.

— Se você realmente acredita nisso, vai participar da Marcha pela Paz em Jerusalém, daqui a duas semanas e meia. Sou fundadora de um dos grupos organizadores, a Iniciativa da Paz Abraâmica. Queremos mobilizar milhares de manifestantes, de muitos países, para cercar os locais sagrados e rezar pela paz. Esperamos que a mídia israelense e americana, assim como dos países europeus e árabes, crie uma onda de energia pela solução de dois Estados. Fui convidada para falar em um comício público em Jerusalém na segunda-feira.

Ele apontou para a perna.

— Vai demorar um pouco para eu poder participar de qualquer manifestação.

Ela se levantou.

— Sei como você se sente. É arriscado. Mas o tempo está se esgotando, e se essa solução não for aplicada logo, será tarde demais.

Antes que ela acabasse de falar, Karim notou dois soldados israelenses se aproximando a uns 50 metros. Apontou para eles.

Rachel deu uma olhada nos soldados.

— Fique com a cabeça abaixada e só levante quando eu mandar. — Batendo a porta, ela contornou o carro e sentou no banco do motorista. Ligou o motor e acelerou, cascalho se espalhando por baixo dos pneus.

Karim se segurou enquanto o jipe ziguezagueava pelo cruzamento.

— Para onde estamos indo?

— Para o meu apartamento em Jerusalém. É o único lugar onde estará seguro enquanto se recupera.

Ele ia protestar. Um palestino e uma judia nunca estariam seguros juntos. Principalmente em Jerusalém. Se fosse pego lá sem permissão, ele seria preso. Queria gritar *Não! Jerusalém é perigoso demais, não posso ir para lá!* Mas, em vez disso, ele engoliu o protesto. Por razões que não entendia muito bem, estava disposto a correr o risco para poder ficar com Rachel Sharett.

CAPÍTULO 12

Estamos feridos. Esse é um fato inevitável da vida. Começamos a curar os cortes em nossos corações quando passamos a reconhecê-los e aceitá-los. Quando entregamos as feridas a Deus, o sangramento gradualmente cessa.

Se ele voltar, se entregue mais profundamente. Nessas profundezas, a esperança surge do desespero. Em vez de ferir os outros com nossa dor, começaremos a curá-los com nossa saúde recém-descoberta.

Do diário do irmão Gregory Andreou

Jerusalém Ocidental
Terça-feira, 2 de abril

A expressão confusa de Rachel Sharett pegou Karim desprevenido. Ele entrou mancando na cozinha do pequeno apartamento dela, usando roupas limpas depois de tomar um banho. A túnica longa com calças largas de seu *salwar kameez* azul-marinho lhe deixava confortável e seguro. Mas quando ele viu o que ela tinha nas mãos, se sentiu nu, como se o olhar penetrante dela conseguisse ler seus pensamentos e penetrar seus medos.

— Onde você achou isso?

— Na frente do sofá.

A convicção na voz dela fez com que ele se lembrasse de seu tom de voz em Bil'in. Ao recordar do tiro que o atingiu na manifestação, seu estômago deu uma cambalhota. Sem a ajuda dela, ele poderia ter sido preso, ferido mais gravemente ou mesmo morto. Em vez disso, ela o levou para Jerusalém

Ocidental no banco de trás do jipe dela e ofereceu-lhe seu apartamento perto da rua Ben Yehuda para se recuperar. Um cochilo no sofá dela seguido de um banho tinham aliviado as feridas latejantes e lavado a poeira e o cheiro de suor de seu corpo. Mas os olhos questionadores de Rachel fizeram seu estômago revirar de novo.

Ela estava sentada na pequena mesa da cozinha da qual, se esticasse o braço, alcançaria o fogão e a pia.

— Você deve ter deixado essas folhas caírem quando se deitou para cochilar.

Karim fitou incrédulo a tradução da carta de Jesus de Nazaré para Maria Madalena. O pequeno cômodo começou a se fechar à sua volta. Por mais grato que estivesse pela chance de descansar no apartamento de Rachel, precisava sair de Jerusalém Ocidental. Nenhum palestino estaria a salvo ali.

— Um amigo me deu esta carta. — Ele pegou a tradução da mão dela, dobrou-a e enfiou no bolso de seu *salwar* sem colarinho.

Os olhos de Rachel seguiram a mão dele.

— Isso é algum tipo de brincadeira? Será que Jesus de Nazaré realmente escreveu esta carta? E o diário dessa mulher chamada Judite de Jerusalém?

Karim deu de ombros.

— No negócio das antiguidades existem muitas fraudes. Mas, por outro lado, é uma área que também presenteou o mundo com tesouros do passado.

Rachel se levantou e se aproximou dele.

— Você leu o Novo Testamento?

— Li, na Universidade Birzeit.

— Eu também li. — Ela batia com o pé nervosamente no piso de ladrilho. — Esta carta contém frases encontradas nos Evangelhos e as explica de formas fascinantes.

Ele deu um passo para trás, pego desprevenido pelas revelações de Rachel.

— Você leu todas as páginas?

— Não era a minha intenção. Mas quando vi quem supostamente escreveu a carta, fiquei intrigada. Como judia, claro, tenho sentimentos confusos em relação a Jesus de Nazaré. Os seguidores dele causaram grande sofrimento ao meu povo, mas, por outro lado, ele também era judeu, e sempre o admirei como professor. — Rachel mordeu o lábio. — Continuei lendo porque a carta fala sobre amor... Não sei. É tudo tão poderoso, e a história de Judite, bem...

— Ela abaixou o olhar como se constrangida por falar de amor com ele, um estranho em sua casa. — Se a carta e os comentários são autênticos, então são inestimáveis. Fico me perguntando onde você conseguiu essa tradução e onde estão os originais.

Karim encontrou o olhar dela apenas por um momento, com medo de falar demais, principalmente para uma israelense. Mas ela segurou seu braço, o olhar procurando o dele.

— Posso compreender a sua relutância em me contar mais — disse ela —, mas, agora que conheço seu segredo, não percebe que tenho interesse em proteger a carta também?

O zunido do ar-condicionado e as buzinas de carro do lado de fora competiam com os pensamentos confusos de Karim.

— Acabei de conhecer você, e somos de mundos diferentes. Não tenho certeza do que fazer com a carta, muito menos de que quero discuti-la com uma... israelense.

Karim tentou desviar o olhar, mas Rachel manteve o dela fixo nele.

— Eu gostaria de conhecer o seu amigo. Você não tem nada a temer me apresentando a ele. Se a carta for falsa, não possui nenhum valor e ninguém lhe dará importância. Mas se o original for genuíno, talvez seja o artefato mais valioso já encontrado. Valeria muitos milhões, e a revelação da carta de amor poderia ser usada para criar a paz. Talvez seja exatamente do que precisamos.

Karim sentiu o sangue sumir do seu rosto. Não tinha a intenção de contar para ninguém, e certamente não a uma israelense, sobre a tradução, muito menos sobre o manuscrito original. Será que Jesus realmente escrevera a carta? Ou ela fora escrita por um impostor? Como muçulmano, Karim ficara relutante em explorar mais a questão. Aquela judia não estava demonstrando tanta relutância. Mas podia confiar nela?

— Eu...

O interfone tocou, cortando-o.

Rachel se levantou e atendeu o interfone na parede da cozinha.

— Quem é?

— É Ezra. É importante.

Ela fitou Karim aterrorizada.

— É o meu irmão. — Depois de apertar o botão para permitir a entrada dele pela porta do prédio no térreo, Rachel agarrou o braço de Karim e disse:

— Venha rápido. Você precisa se esconder. — Ela o levou até seu quarto e olhou dentro do armário. Vendo que estava cheio, foi até a cama, mas quando olhou embaixo, disse: — Muito estreito. Você terá de se apertar no armário. Cuidado onde pisa.

Ele separou as roupas e viu duas prateleiras de sapato embaixo. Colocou uma em cima da outra. Como as prateleiras cobriam toda a extensão do armário, não tinha alternativa a não ser subir nelas. Subiu e fechou a porta enquanto Rachel saía correndo do quarto. As prateleiras arquearam sob seu peso, e ele o aliviou agarrando a barra onde as roupas ficavam penduradas.

Escuridão o cercava. Precariamente suspenso, ele mal conseguia respirar. Quando escutou Rachel cumprimentar o irmão, percebeu que ela deixara a porta do quarto aberta.

— Você esteve em Bil'in hoje? — A voz de Ezra soava acusatória. — Um dos meus soldados disse que a viu.

— Por que eu negaria? — falou Rachel, cheia de autoconfiança. — Continuarei protestando contra a barreira de separação até que ela seja derrubada.

Karim encostou a orelha na porta, tentando escutar.

Ezra continuou.

— Você também vai jogar pedras nos meus soldados? Você sabe que temos ordens para nos protegermos. E pior ainda, ouvi dizer que você ajudou um palestino que levou um tiro. É verdade?

— Sou médica. — O tom de voz afirmativo mas controlado de Rachel surpreendeu Karim. Ela continuou com firmeza mas sem gritar. — É meu dever ajudar os feridos. Não havia necessidade dos soldados atirarem em nós.

— Fizemos isso por causa do apedrejamento — disse Ezra, aumentando o tom de voz. — Nós nos recusamos a aturar aquilo. O soldado disse que você colocou o palestino no seu jipe. Verdade, mais uma vez?

— Sou uma cidadã israelense. — Rachel soava desafiadora. — Posso me relacionar com quem eu quiser.

Karim continuou imóvel no escuro, quase sufocado entre as roupas, impressionado pela forma como Rachel estava se defendendo por tê-lo resgatado. Ele se segurou à barra, as palmas das mãos escorregadias de suor, a garganta seca como areia do deserto.

Ezra começou a gritar.

— Você não entende como isso é delicado, Rachel? Você não é uma mulher qualquer! É a irmã do comandante das Forças de Defesa de Israel. Suas ações refletem em mim. Para onde você levou o palestino?

Um estalo alto impediu que Karim escutasse a resposta de Rachel. Ele caiu no chão, puxando a barra para baixo e caindo sobre uma pilha de roupas. Sentiu-se nauseado ao perceber o que tinha acontecido: os suportes que seguravam a barra tinham cedido, e seu peso fizera as prateleiras de sapatos quebrarem. Ficou deitado imóvel, enterrado sob as roupas, rezando para que Ezra e Rachel não tivessem escutado o barulho.

Passos entraram no quarto, e logo a porta do armário foi aberta. Ele tentou ficar escondido, mas foi em vão. O comandante Ezra Sharett, uniformizado, tirou as roupas de cima dele, os olhos escuros e penetrantes brilhando sob a cabeleira preta e lisa. Ezra o agarrou e levantou.

— Sua única chance de não ser preso é se entregar pacificamente.

Quando Karim saiu do armário, Ezra o agarrou pelos ombros e pressionou-o contra a parede.

— Você tem permissão para estar em Jerusalém? — O olhar penetrante de Ezra atravessou Karim.

— Eu o convidei para vir para cá! — Rachel se pendurou no braço do irmão, tentando fazer com que soltasse Karim.

Como o palestino não respondeu, Ezra o soltou, sacudiu a irmã e tirou o telefone celular do bolso, o tempo todo de olho em Karim.

Começou a discar os números, mas antes que a ligação completasse, Rachel pegou o telefone e o interrompeu.

— Você não tem direito de entrar aqui e atacar meu amigo.

Ezra estreitou os olhos para fitá-la.

— Estou cumprindo a lei, não infringindo. Este palestino está aqui ilegalmente e deve ser preso.

— Nada disso teria acontecido se seus soldados não tivessem atirado nos manifestantes.

Ezra balançou a mão, rejeitando a ideia.

— Quando manifestantes atormentam soldados, eles não têm escolha. — Ele pegou o telefone de volta, terminou de discar os números e colocou o aparelho no ouvido.

Rachel agarrou o braço dele e tentou empurrar o telefone.

— Fui eu quem o trouxe ilegalmente para cá. Se você prendê-lo, terá de me prender também!

Ezra virou-se para evitar que ela interrompesse sua ligação uma segunda vez.

— Não seja ridícula.

Rachel parou de interferir e deu um passo atrás.

— Tudo bem, vá em frente, ligue. Quando a polícia chegar, eu me entrego. — Karim viu os lábios dela se transformarem em uma linha fina e determinada. — Mas prepare-se para pagar o preço. A notícia de que a irmã do comandante Ezra Sharett dá abrigo para fugitivos palestinos vai se espalhar. Pode esquecer a possibilidade de futuras promoções. Suas ambições militares irão por água abaixo.

Ezra fechou o telefone abruptamente e o enfiou no bolso. Virando-se para Karim, ele disse:

— Você já causou problema suficiente para um dia. Eu deveria prendê-lo, mas pela minha irmã, deixarei você ir para a Cisjordânia. — Ele colocou um dedo no peito de Karim. — Mas estou lhe avisando, fique longe dela. Se eu lhe pegar em Jerusalém, mandarei atirarem na mesma hora. Entendeu?

— Cada palavra.

Ezra lançou um olhar intimidador para Rachel e saiu do apartamento, batendo a porta.

Ela pegou o braço de Karim e levou-o para a sala.

— Peço desculpas pelo comportamento do meu irmão. O fanatismo dele o fez ser bem-sucedido nas Forças de Defesa de Israel, mas enquanto isso a esposa dele pediu o divórcio e ele se afastou dos dois filhos. Por favor, acredite em mim, quando eu o trouxe aqui, nunca achei que Ezra faria uma cena.

— Agradeço a sua gentileza apesar das ameaças de seu irmão.

Ela apontou para o sofá gasto.

— Você precisa descansar mais. E está muito tarde para levá-lo de volta a Belém. Sugiro que durma aqui e eu o levo para onde quiser de manhã.

Karim hesitou, olhando para o sofá e depois para a janela atrás que mostrava um céu escuro, seu tornozelo e perna latejando. Não podia permitir que ela o levasse até o Mosteiro dos Anjos Sagrados. Se ela o deixasse lá, ficaria desconfiada e começaria a fazer perguntas inconvenientes. Perguntas que poderiam revelar de onde ele realmente era e a identidade de seu pai e de seu irmão. Perguntas que acabariam com a possibilidade de um relacionamento mais profundo com ela.

Como ele demorou a responder, ela disse:

— Eu arrisquei a minha vida por você em Bil'in e infringi a lei ao trazê-lo para cá. Isso não basta para confiar em mim?

A pergunta dela fez com que ele se conscientizasse. Devia a vida a ela, mas não poderia deixar que ela o levasse ao mosteiro, independente da gratidão e da atração que sentia por ela.

— Você já fez muito por mim. Não posso lhe pedir mais nada.

Os olhos dela ficaram furiosos.

— Você desconfia de mim porque sou mulher ou porque sou judia?

Ele se jogou no sofá, seus ossos parecendo que iam se transformar em pó. Procurou uma explicação que indicasse que era agradecido pela bondade dela e que queria continuar aquele relacionamento, mas sem que fosse preciso que ela o levasse até o mosteiro. Decidiu pedir ao irmão Gregory que o pegasse em um lugar seguro em Jerusalém Oriental. Rachel queria conhecer o homem que havia traduzido a carta. Esta era a chance de Karim. Poderia evitar perguntas sobre de onde vinha, e também poderia ser aconselhado por irmão Gregory sobre como lidar com aquela mulher que sabia sobre a carta de Jesus.

Ele respirou fundo.

— Estou pronto para apresentá-la ao amigo que mencionei mais cedo, amanhã em Jerusalém Oriental. Ele é cristão e compreende a carta melhor do que eu.

— Tenho muitas perguntas sobre a carta e sobre o diário de Judite de Jerusalém. — Rachel se mexeu nervosamente. — Tem alguma coisa nela, no que ela fez, que me é familiar.

As palavras dela encheram Karim de emoções conflitantes, da compaixão à compreensão, à intensa vergonha de sua família ser a causa da perda dela. Mas o povo dele também sofrera perdas.

— Tomara que não seja tarde demais para israelenses e palestinos encontrarem um caminho melhor — disse ela. Depois deu boa noite e saiu.

Depois que Rachel deixou Karim na sala, ele usou o próprio celular para ligar para irmão Gregory. Karim sabia o que precisava mostrar a ela de manhã... Felizmente, irmão Gregory concordou em encontrá-los e em manter o passado da família de Karim em segredo.

Deitado no sofá, encarando o teto, ele pensou nas palavras de Rachel e tentou acreditar que a paz ainda era possível. Traição em ambos os lados tinha destruído a paz no passado. Ele esperava que não fosse tarde demais para o perdão e a confiança criarem um novo futuro. No escuro, ele imaginou o rosto adorável de Rachel lhe observando. No dia seguinte, mostraria a ela onde esse novo futuro já havia chegado

ERA ROMANA

CAPÍTULO 13

Ao entrar no Grande Pátio do Templo, Dimas não sabia como faria, mas sabia que precisava ser feito. Independentemente do quanto isso lhe custasse. O sangue subiu à cabeça ao escutar os gritos dos cambistas e o som de moedas batendo umas nas outras. *Caifás transformou o Templo em um mercado impuro. O mercado precisa ser purificado e Caifás, morto.* Tremendo de raiva, Dimas entrou na área conhecida como colunatas acompanhado por Barrabás, Gestas, Matatias ben Gaddi e Simão da Betânia.

Faltando dois meses para a Páscoa, o Templo ainda não estava totalmente cheio, mas Dimas estava admirado com o mar de pessoas atravessando o pátio, o suor brilhando sob o sol matinal. Encolheu-se ao sentir o cheiro forte de esterco de vacas, cabras e ovelhas. Aquela era sua primeira visita ao Templo desde que Caifás trouxera o mercado do Monte das Oliveiras para dentro do Grande Pátio. Abaixou a cabeça e respirou pela boca para não sentir o fedor.

A fervorosa troca de moedas e o escambo aconteciam à sua volta de forma caótica. Enojado mas hipnotizado, ficou observando mais um momento, enquanto os amigos seguiram em frente. Perguntou-se como conseguiria convencer os zelotes a purificar o Templo e matar Caifás antes de atacar os romanos. Se ele se opusesse ao plano de Barrabás de atacar a Fortaleza Antônia e insistisse em purificar o Templo primeiro, teria de forçar Judite a tomar um partido e ela já estava fria com ele.

Poderia perdê-la.

Uma onda de pânico tomou conta dele. Fechando os olhos, precisou lutar contra a imagem do lindo rosto de Judite que apareceu em sua mente: os enormes olhos amendoados, o pequeno nariz e os lábios finamente esculpidos. Apesar de ela exigir mais tempo e atenção dele, ainda a amava. Mas, se fosse forçado a escolher entre deixá-la feliz e fazer a vontade de Deus, teria de escolher a última.

Respirou e estremeceu. Judite era jovem e não entendia completamente os sacrifícios de um zelote, nem atendia a todas as necessidades dele. Esperava que a situação mudasse, que eles reacendessem a paixão inicial. Mas não trairia a causa zelote para conseguir isso. As mãos se fecharam e ele correu para alcançar os outros.

Um homem baixo e careca, com uma pomba em cada mão, se aproximou dele.

— Meus pássaros são puros, sem nenhuma mancha nem defeito, como a Lei exige. Quantos vai querer, senhor?

Dimas o empurrou; tinham vindo a Jerusalém para determinar a força das tropas de Pilatos e para rezar pedindo o triunfo da revolta da Páscoa, não para comprar pombas. O Senhor os protegera na noite anterior enquanto espionavam a Fortaleza Antônia; Dimas não o insultaria agora com oferendas insignificantes.

Alcançou os companheiros, que estavam na frente da bancada de um cambista de cabelos enrolados, e, junto a eles, trocou moedas impuras romanas por moedas de meio *shekel* que podiam ser usadas dentro do Templo. Ficou irritado por ter de pagar o imposto adicional, então arriscou contar seu plano a Barrabás.

Dimas se afastou da mesa, puxou-o para um lado, e sussurrou:

— Caifás transformou este lugar sagrado em um antro de ladrões e essa corrupção gera lucros para ele. Precisamos acabar com isso antes de atacar a Fortaleza Antônia.

Barrabás apertou o braço de Dimas e falou com a voz baixa:

— A corrupção não é o maior problema. Os romanos deram poder a Caifás e nada vai mudar até que os expulsemos daqui.

Decepcionado com a resposta de Barrabás, Dimas permaneceu em silêncio enquanto seguia os outros para comprar uma cabra e um novilho para sacrifício. Disse a si mesmo que Barrabás não compreendia a urgência da questão. Desde que Caifás banira o Sinédrio para o Monte das Oliveiras, não prestava contas a ninguém e estava livre para fazer as vontades do brutal governador da Judeia, Pôncio Pilatos. Caifás até permitiu que Pilatos guardasse as vestimentas dos sumos sacerdotes na Fortaleza Antônia. Durante os festivais sagrados, o líder espiritual de Israel vestia seus mantos na cidade dos pagãos! Dimas se aproximou do estábulo, sabendo o que os zelotes precisavam fazer. Para assegurar a bênção de Deus sobre a revolta da Páscoa, *precisavam* primeiro purificar o Templo.

Barrabás e Gestas estavam agora discutindo com os vendedores o preço da cabra e do novilho. Quando chegaram a um acordo, Barrabás estendeu a mão para cada zelote. Dimas contribuiu, depois seguiu os outros para o Pátio dos Israelitas, com Barrabás e Gestas puxando os animais.

Conforme Dimas passava por centenas de peregrinos, dúvidas mais pesadas do que os bois levados para o altar tomavam conta de sua mente. Por que não seguir os planos de Barrabás? O Templo seria purificado depois. Valia a pena criar um desentendimento entre os zelotes por causa do momento em que isso aconteceria? Talvez ele não se importasse com isso. Talvez Judite fosse tudo que ele precisava. Contorceu a mão enquanto considerava a questão mais difícil: Judite o apoiaria contra Barrabás? Ou usaria o conflito como uma desculpa para deixá-lo?

Olhou para Barrabás por trás e percebeu que a altura e a força dos braços e do peitoral do líder dos zelotes causavam admiração nos transeuntes. Quando Barrabás entregou aos sacerdotes o novilho a ser abatido, e Gestas fez o mesmo com a cabra, Dimas escutou o coral dos levitas e sentiu o cheiro de incenso e carne assada.

Nada disso o consolou, nem a visão do enorme altar ou da tapeçaria majestosa que cobria a porta do Santo dos Santos. Juntou-se à congregação no santuário e, junto com eles, levantou as mãos aos céus. *Ah, Deus, o que devo fazer?*, rezou, em silêncio. *Devo ficar quieto e partir para a batalha sem Sua bênção? Ou devo falar e me arriscar a me indispor com Judite e com os outros zelotes?* Fechou os olhos e bloqueou todos os sons e cheiros. *Sacrifiquei tudo para servi-Lo. Seja misericordioso e me dê um sinal. Ajude-me a fazer Sua vontade para que Sua causa sagrada seja bem-sucedida.*

Dimas permaneceu em silêncio, prestando atenção a qualquer sinal que pudesse ser uma resposta, mas conforme os minutos passavam, nada aconteceu. A decepção o deixou sem fôlego. De pé no altar sagrado de Deus, sentiu-se tão afastado Dele quanto do irmão Gabriel. Então, abriu os olhos.

Lá estava Caifás, no topo da escada atrás do altar, os olhos da cor de amêndoas queimadas, os brilhantes cabelos brancos voando por cima dos ombros. Usava a vestimenta de linho de sumo sacerdote, em dourado, vermelho e azul. Rechonchudo de comer os melhores sacrifícios de bife e carne de cordeiro e de beber caros vinhos cipriotas, Caifás exalava arrogância e privilégio. A expressão presunçosa no rosto em forma de pera enojou Dimas.

Aquele homem havia corrompido o Templo. Então Dimas sentiu a presença de Deus em sua alma. Não escutou nenhuma palavra, nenhum comando específico, mas sentiu uma presença que lhe causou um arrepio dos pés à cabeça. Olhou os outros zelotes e confirmou o que devia fazer. Não importava quem seria contra ou o que se arriscaria a perder, *precisava* levantar sua voz contra o plano de Barrabás. A revolta precisava começar no Templo. Se não fosse assim, abandonaria os zelotes, mesmo se isso significasse deixar Judite.

Dimas fitou o céu de fim de tarde, o sol escaldante já baixo no horizonte, e decidiu que devia conseguir apoio para seu plano alternativo antes de enfrentar Barrabás. Uma oportunidade surgiu quando os homens começaram a descer o despenhadeiro para o Mar Morto. Desceram dos cavalos e caminharam, com Barrabás e Gestas à frente. Dimas ficou para trás com o robusto Simão da Betânia e o magro Matatias ben Gaddi, que tinha pernas arqueadas.

Pensou no irmão de Judite, Reuben, e na morte de Eleazar, causada por uma espada romana, seus braços balançando em uma inútil tentativa de se proteger. Por eles, Dimas precisava convencer os zelotes a aceitar seu plano. Segurou com mais força as rédeas do cavalo enquanto falava com Matatias.

— Nossa espionagem reforçou o meu respeito pelo poderio romano e estou preocupado. Independentemente de quantos homens conseguirmos alistar, nunca conseguiremos nos equiparar em número e habilidade às legiões romanas.

Matatias ficou irritado.

— Sempre soubemos que sofreríamos perdas, mas elas são necessárias. Cada morte é uma vitória do heroísmo sobre a covardia e nos aproxima da liberdade. Devemos importunar os romanos a toda oportunidade que tivermos e fazer com que temam nossos ataques. Não podemos nos preocupar com quantos de nós vão morrer.

Dimas franziu a testa e falou em um tom mais sério.

— Mas estamos enfrentando o maior Exército do mundo. Eles podem nos massacrar...

Simão não o deixou terminar.

— Deus lutará conosco e com a ajuda Dele acabaremos com os romanos. O Senhor nos libertará deles, assim como libertou Moisés e seu povo do Egito.

Dimas parou e enrolou as rédeas no pulso para poder pegar Matatias e Simão pelo braço.

— Como podemos saber se Deus está conosco? O problema de Jerusalém não é apenas a presença romana. Também é o Templo. Permitimos que Caifás o profanasse, transformando seus pátios em um mercado. Antes que qualquer revolta possa dar certo, o Templo precisa ser purificado e Caifás, morto. Senão, Deus não vai nos abençoar com uma vitória.

Simão levantou uma sobrancelha.

— Os romanos têm soldados que patrulham o Templo o tempo todo. Qualquer um que cause problemas é preso na mesma hora.

Matatias assentiu.

— Seu plano é tão arriscado quanto o de Barrabás, Dimas. Qualquer um que tentar expulsar os cambistas será impedido e os soldados do Templo vão matar qualquer um que tente matar Caifás.

Dimas começou a andar de novo.

— Já considerei todos os riscos, mas não temos escolha: só teremos certeza da bênção de Deus se purificarmos o Templo.

Após andarem um tempo em silêncio, Simão disse:

— Mesmo que esteja certo, Dimas, não será fácil fazer Barrabás mudar de ideia. Ele é um homem determinado.

Dimas falou baixo, olhando primeiro para Simão, depois para Matatias.

— É por isso que preciso do apoio de vocês. Meu raciocínio é sensato, o de Barrabás, não. Ele acha que podemos conquistar nossa liberdade apenas por meios militares. Mas os problemas mais profundos são os religiosos e os morais. Se vocês me apoiarem, vou levantar o assunto com ele e, juntos, podemos convencê-lo a mudar o plano.

Simão fitou Matatias. Então, os dois pararam e se afastaram de Dimas para conversar em particular. Quando terminaram, Simão virou-se para Dimas e disse:

— Não estaríamos aqui se não estivéssemos dispostos a morrer por nossa liberdade. Se vamos lutar primeiro na Fortaleza Antônia ou no Templo não faz a menor diferença para nós. O que importa é a união de nossa legião. Barrabás é o nosso líder e nós o seguiremos. Permitir uma divisão causaria o caos e todos morreríamos. Para apoiarmos seu plano, primeiro você precisa convencer Barrabás. Se não conseguir, permaneceremos com ele.

Quando Simão acabou de falar, cutucou Matatias e os dois aceleraram o passo, deixando Dimas sozinho. Ele ponderou o risco que deveria assumir agora e isso o deixou atordoado. Barrabás poderia acusá-lo de deslealdade ou ficar furioso e mandar chicoteá-lo ou expulsá-lo. Dimas sentiu um nó no estômago quando viu o Mar Morto. Conforme o despenhadeiro ficava mais íngreme, prendia os pés nas pedras do caminho e segurava com firmeza as rédeas do cavalo.

Independentemente do resultado, precisava apresentar seu plano para Barrabás. Atacar a Fortaleza Antônia sem primeiro conquistar a bênção de Deus seria um suicídio. Não tinha alternativa a não ser falar. Quando soltou o cavalo perto do curral, já perto do acampamento, sentiu o cheiro da fumaça da fogueira. Assombrado pelas palavras de Simão, abriu a viga de madeira que servia de portão e seguiu para o acampamento, ensaiando o discurso que deveria fazer. Teria apenas uma chance de apresentar seu ponto de vista.

E o fracasso não era uma opção.

CAPÍTULO 14

A comoção no planalto fez com Judite viesse correndo da montanha atrás do acampamento. Viu Naomi e Débora, as esposas de Simão e Matatias, abraçando os maridos, enquanto Barrabás e Gestas bebiam água entre um grupo de zelotes que lhes davam as boas-vindas. Onde estava Dimas? Sentiu um nó no estômago enquanto procurava o marido. Em sua mente, viu a morte dele. Imaginou-o deitado no deserto, uma espada romana cravada no estômago, agonia congelada no rosto manchado de sangue. Perguntara-se se sentiria saudades dele se ele não voltasse. Agora sabia a resposta. Sim. Na comoção, ninguém a notou. Seus pés estavam arraigados no chão. Um segundo se passou. Dois, três. Uma eternidade. Então, Matatias a viu e apontou na direção do curral.

— Dimas ficou para trás, mas ele está bem. Está guardando o cavalo.

Judite apertou o coração em agradecimento e foi na direção do curral. Assombrada pela grosseria de Judas Iscariotes, precisava de Dimas para protegê-la. Quando viu o corpo musculoso dele vindo em sua direção, emoldurado pelo pôr do sol, correu e se jogou em seus braços. Ele a abraçou forte, trazendo uma lembrança da primeira vez que se abraçaram nos jardins de Herodes. Então, ela ficou tensa.

— Tem uma coisa que preciso lhe contar — disse, dando um passo para trás e pegando a mão de Dimas. — Quero que saiba o que aconteceu aqui enquanto esteve fora.

Ele franziu a testa, preocupado.

— De que você está falando?

O olhar dela encontrou o de Dimas, um nó se formando no estômago.

— Estou falando de Judas Iscariotes. Quando eu estava trocando o curativo dele, ele me agarrou e me beijou. Ele disse que queria que eu o deixasse e fugisse com ele. Dei um tapa na cara dele e exigi que me pedisse desculpas, mas ele se recusou. Nem sei como dizer o quanto me senti violada.

Parecia que Dimas tinha sido cortado ao meio. Virou-se e dirigiu-se ao acampamento. Ela o seguiu de perto e chegou sem fôlego ao planalto. Ali, ela viu Judas sentado perto da fogueira, escutando Barrabás e Gestas contarem a todos, homens e mulheres, sobre a espionagem. Ela parou enquanto Dimas se aproximava do grupo, apontava para Judas e dizia:

— Você, senhor, não tem honra!

Pulando em cima dele, Dimas o derrubou no chão e começou a estrangulá-lo. Judite prendeu a respiração ao ver Judas resistindo com o braço sem ferimentos, mas Dimas se manteve firme. O rosto de Judas ficou vermelho; ele tossiu e se contorceu tão desesperadamente que Dimas perdeu o equilíbrio e caiu. Uma onda de terror tomou conta de Judite. Queria ajudar Dimas, mas não ousava, já que ele e Judas estavam se encarando, furiosos. Barrabás, Gestas e Simão pularam entre eles e os separaram.

Barrabás fitou Dimas.

— Por que você atacou um companheiro zelote?

Dimas estava ofegante, tentando recuperar o fôlego. Seus olhos procuraram no grupo e encontraram os de Judite. Apontou para ela.

— Enquanto eu estava fora, Judas beijou minha esposa. Tratou Judite como uma prostituta! Se ela não tivesse resistido, ele a teria roubado de mim.

Barrabás falou bruscamente:

— Como você responde a essas acusações, Judas?

— A esposa desse homem *é* uma prostituta.

Judite recuou ao escutar as palavras, então a raiva subiu pela espinha. Começou a protestar, mas Judas a interrompeu.

— Judite não se importava em trocar meus curativos, só queria se deitar comigo, e quando a rejeitei, ela disse que eu me arrependeria. — Judite endireitou a túnica e recuperou o fôlego. — Como um homem honesto pode se defender de uma mulher conspiradora como essa?

Judite sentiu todos os olhos pousados nela.

— O que você tem a dizer? — perguntou Barrabás.

Judite nem tentou se controlar.

— Digo que Judas Iscariotes é um mentiroso!

Barrabás olhou para Judas com os olhos apertados.

— É a sua palavra contra a dela.

— Sim — disse Judas, com um sorriso irônico —, mas quem acreditaria em uma mulher?

Dimas se lançou em cima dele, mas, de novo, outros homens intervieram, afastando-os. O coração de Judite estava acelerado, cada músculo do corpo estava tenso, os olhos cravados em Judas.

Barrabás agarrou Dimas e Judite pelos braços.

— Não vou tolerar discórdia no meu acampamento. Vocês dois são bons guerreiros e a nossa causa precisa de ambos. — Soltou Judas e virou-se para Dimas. — Falarei com você em particular. — Depois, disse para Judas: — Vou mandá-lo ao monte Arbel, na Galileia, para forjar armas para a rebelião.

— Forjar armas! — Judas parecia chocado. — Isso não é justo. Ajudei a planejar a rebelião. Precisa de mim para levá-la adiante.

Judite viu um brilho de raiva nos olhos de Barrabás.

— Você *acha* que precisamos de você. Isso acontece porque se acha mais valioso do que realmente é.

Depois que Judas saiu, os outros se recolheram em suas barracas e Barrabás levou Dimas para uma caminhada, deixando Judite perto da fogueira. Ela temia que ele também afastasse Dimas. Isso seria injusto. Judas mentira. *Como ele podia agir de forma tão desleal e depois me acusar de ser uma prostituta?* Escutar Judas a chamando de prostituta era como ser atacada em uma rua escura. O único homem de sua vida tinha sido Dimas e só se entregara a ele depois de saber que o amava e de se casar com ele.

Naquela noite de lua cheia, o silêncio indiferente de Qumran ecoava com a injustiça de tudo isso. Como poderia recuperar sua reputação? Só conseguiria se Judas admitisse que tinha mentido e pedisse desculpas publicamente. Mas agora que ele fora afastado, isso nunca iria acontecer. Sentiu um nó no estômago e pressionou a mão sobre ele para acalmá-lo. Acelerando o passo, deu a volta nas chamas já se apagando, como se quisesse fugir da escuridão que se anunciava.

Quando Dimas finalmente voltou, ela parou e o abraçou.

— Você está bem?

Ele pegou o braço dela e levou-a para a barraca.

— Estou bem, mas as acusações de Judas levantaram suspeitas a seu respeito na cabeça de Barrabás. Assegurei a ele que você é confiável, mas ele espera que você prove isso com ações.

Judite quase engasgou com o ar sulfuroso do Mar Morto, um cheiro que lembrava ovo estragado. Rangeu os dentes enquanto sentia o rosto queimar. Como tinha se envolvido em tamanha confusão? Seu erro não fora contar a Dimas o que Judas tinha feito, mas não ter percebido antes que Judas mentiria e a chamaria de prostituta e que deixaria todo mundo no acampamento questionando sua moral. Agradecia o fato de Dimas tê-la defendido, mas ele fizera isso mais por si mesmo, para provar sua masculinidade. Ele era bom de luta, mas não em escutar e se interessar pelas preocupações e pelos sentimentos dela.

Enquanto passavam pelas barracas espalhadas pelo amplo planalto, Dimas não disse nada. Ela pensou nos despenhadeiros íngremes, com tantas rachaduras quanto a pele de um velho, e se perguntou como tinha vindo parar naquele lugar desolado. Os braços e o peito estavam pesados, como se estivesse enterrada na areia e não conseguisse se libertar. A cabeça girava. Primeiro, a solidão do acampamento; depois a morte de Eleazar; agora, as mentiras de Judas... Talvez nunca devesse ter se juntado aos zelotes. Por mais que quisesse expulsar os romanos, precisava de mais razões para viver do que uma causa. Se Judas não se desculpasse — coisa que naquele momento não faria —, todos achariam que era uma prostituta e mentirosa. Como poderia viver com isso?

O simples fato de Dimas tê-la defendido contra Judas não significava que quisesse ficar com ele. Vivera toda sua vida segundo a Torá e continuava honrada. Agora sua reputação estava arruinada, primeiro por ter fugido com Dimas, depois por ficar vulnerável diante de um canalha como Judas. Nunca deveria ter trocado os curativos dele sozinha.

Se os zelotes achavam que ela era uma prostituta, seria melhor voltar para casa. Lá também, claro, seria chamada assim! Mas o pai era influente. Talvez pudesse impedir que fosse apedrejada. Após enfrentar a vergonha, poderia viver de novo em segurança.

Dimas colocou a mão em seu ombro, de forma mais ameaçadora do que confortante, mas, sem querer deixá-lo desconfiado, ela não se afastou. Decidira que precisava voltar para casa. Era a única forma de começar uma nova vida. Por que deveria ficar com um homem que não amava mais? Sempre admirara a força e a capacidade de Dimas de protegê-la e sustentá-la. Mas isso não era suficiente. A vida era mais do que cozinhar, forjar armas e cuidar de ferimentos. Precisava de um homem com quem realmente pudesse compartilhar a vida, os mais profundos pensamentos e mais queridos sonhos. Mas mesmo quando Dimas estava ao seu lado, não mostrava o menor interesse nela, exceto como um objeto sexual. Ao invés de curar sua solidão, estar com ele só a deixava mais solitária.

Quando ela e Dimas entraram na barraca, ela estava pensando em como iria embora. A melhor chance era roubar um cavalo e seguir até Jerusalém. Sua casa ficava a apenas 20 quilômetros. Vestiu a camisola e se deitou. Quando Dimas se juntou a ela na esteira de palha, ela se virou e fitou a escuridão. O cheiro de suor seco que vinha dele a subjugava. A barraca nunca parecera menor, diminuindo a cada respiração dele. Amanhã, encheria um odre com água e o esconderia em um canto na barraca, junto com alguns gafanhotos secos para o cavalo e algumas lentilhas, figos e azeitonas para ela. Então, à noite, quando Dimas estivesse dormindo, fugiria para casa apenas com as roupas do corpo.

CAPÍTULO 15

Quando Maria Madalena viu Jesus a distância, congelou, o pé preso ao solo quente e arenoso. Ele estava com os discípulos fora de Batsaida, perto do Mar da Galileia. Eles estavam montando acampamento quando ela e João saíram de trás de palmeiras sem ser percebidos. João correu na frente e não notou que ela tinha parado.

Ela respirou fundo e olhou para o sol do fim de tarde, baixo no céu sem nuvens. Uma brisa estava começando a vir do mar. O cheiro de peixe no ar úmido, tão familiar na sua infância em Magdala, normalmente a acalmaria, mas não naquele momento. Não quando decidia se deveria ou não arriscar o coração novamente.

Jesus martelava estacas em uma barraca. Ao observá-lo, ela lutou contra a antiga sensação de perder o controle. De perder-se nele. Ele riu e lembranças invadiram a mente de Maria: os momentos de quietude compartilhada, a profundidade. Ela cravou as unhas nas palmas das mãos ao se lembrar de tê-lo deixado e ser atacada no bosque das oliveiras.

A boca ficou seca e os joelhos ficaram bambos. Se Gabriel ben Zebulom não tivesse chegado naquela hora, ela podia ter morrido. Observou as velas dos barcos pesqueiros sendo levados para a areia e pensou no quanto devia a Gabriel: ele arriscara a própria vida para salvá-la. Como poderia, algum dia, retribuir?

Jesus estava falando com os discípulos, pedindo que preparassem o jantar, e o som de sua voz fez com que Maria estremecesse. Ele podia tê-la humilhado na casa de Simão, mas ela percebeu que ainda o amava. E a melhor forma de retribuir a bondade de Gabriel era ajudar Jesus a acabar com a violência dos zelotes.

— Rápido, Maria! — A voz de João interrompeu seus pensamentos. Ele parara para olhar para trás. Ao se aproximar, pegou a mão dela. — Você está bem?

Maria o fitou, sem palavras. Queria dizer sim, mas não conseguia. Ainda não. Não até que definisse sua posição em relação a Jesus. Ele a amava? Pediria desculpas? Só poderia ficar com ele se recomeçassem do zero. E só se conseguisse entender o que João dizia dele. Jesus poderia realmente ser o Messias? Para que pudesse realmente ficar bem, ela precisava saber.

Estendeu a mão para João, deu o braço a ele e, juntos, seguiram pela suave descida que levava ao acampamento. Passaram por mimosas verdes, em uma paisagem pontilhada de jasmim e oleandros. Joana os viu se aproximando e correu para abraçá-la, seguida de Susanna e das irmãs Marta e Maria. Elas regozijaram-se e a levaram para a área gramada onde várias barracas haviam sido armadas em volta de uma pilha de lenha.

Jesus estava erguendo a quarta barraca junto com Felipe e Mateus. Maria Madalena o fitou e resistiu à vontade de sair correndo e dizer quanta saudade sentira dele. Quando seus olhares se encontraram, ele sorriu, parou o trabalho e foi abraçá-la.

— Estou tão feliz que voltaste. — Ele se virou para os outros e pediu que terminassem de montar o acampamento. — Eu e Maria precisamos conversar... Voltaremos a tempo para o jantar.

Jesus a guiou por uma trilha de areia que levava à praia. Não disse nada até que estivessem bem longe dos outros, então parou e pegou as mãos dela nas suas.

— Senti saudades de ti, Maria.

Desarmada pela sinceridade dos olhos dele, ela pensou em conversar sobre algum assunto pouco ameaçador — como ele estava ou o tempo — para evitar a tensão entre eles. Virando-se, ela admirou a forma de harpa do mar, sua cor indo do azul da safira até o verde do jade. De repente, percebeu que deveria arriscar e ser totalmente honesta com ele. Poderia perdê-lo ou criar um novo vínculo com ele, mais intenso e verdadeiro do que antes. Tonta, com as têmporas latejando, ela o encarou.

— Tive de ir embora. Quando a prostituta o ungiu na casa de Simão, me senti humilhada. Como pôde permitir tal coisa?

Ele ficou em silêncio por um momento, então fitou dentro dos olhos dela e disse:

— Lamento que eu não tenha te entregue a carta antes. Se tu a tivesses lido antes de irmos à casa de Simão, terias entendido.

— Ainda não li a carta.

— O quê? Nicodemos não a levou até ti?

Maria observou um besouro solitário atravessar apressadamente a areia.

— Sim, mas eu estava zangada demais para abri-la.

— Passei horas escrevendo aquilo.

— Passei muitas mais apoiando o teu trabalho, senhor.

Jesus levantou uma sobrancelha e sacudiu a cabeça.

— Sei disso, e pensei em desistir de tudo por ti, mas... bem, rezei sobre a situação... a noite toda... em mais de uma ocasião. No fim, não consegui abandonar minha vocação. A carta revela o que concluí a partir de minhas orações. Eu a escrevi para ajudar outros que pudessem estar em conflito em questões de amor e atração, como eu... e para honrar tua influência sobre mim. Devido a esse embate, conheci Deus de uma forma mais intensa, e seria uma traição a esse conhecimento não compartilhá-lo.

Maria tocou a mão dele.

— Pedi a Nicodemos para guardá-la. Algum dia poderei ter condições de lê-la, mas esse momento ainda não chegou.

Ele inspirou profunda e demoradamente:

— Tu me amaste como mais ninguém e teu amor me tornou sensível às necessidades de todas as mulheres, até das prostitutas. Por favor, não te ofendas nem comigo nem com elas. Ao invés disso, agradece pelo amor que vê coisas boas em *todas* as pessoas e por tua parte em despertar esse amor em mim.

Maria deu um passo para trás e o fitou.

— Como posso ser grata por se importar mais com outra mulher do que comigo?

Ele não disse nada até que ela se acalmasse, então começou a andar de novo e levou-a até a praia. O vento tinha aumentado. Nuvens corriam no céu e havia ondas no mar.

— Sinto muito, Maria — disse, esfregando a areia com o pé. — Não quis te magoar; só estava tentando ajudar aquela pobre mulher. — Parou e fitou Maria e seus grandes olhos úmidos. — E sempre acreditarei que tu me ensinaste o verdadeiro significado do amor. Tentei descrevê-lo em uma carta, esperando que a explanação pudesse te consolar, bem como ser útil para outros.

Maria franziu a testa e avaliou suas palavras.

— Mas quando tu falaste em público com uma prostituta, desvalorizou seu amor por mim.

— Aquela mulher carregava o fardo da vergonha. Queria ajudá-la a recuperar seu valor e ensinar aos outros que até mesmo o maior dos pecadores é valioso.

Maria deu alguns passos pela praia, depois voltou para perto dele e, refletindo sobre as palavras dele, observou os barcos pesqueiros à distância. Jesus estava afirmando o que Nicodemos ben Gorion dissera: que oferecera um exemplo radical de amor ao aceitar as lágrimas e os beijos de uma prostituta. Ainda soava como uma desculpa. Voltou e encarou-o.

— Mas achei que tu amasses só a mim, que um dia nos casaríamos. Sinto-me traída. — Ela engoliu em seco antes de continuar. — Agora percebo como fui burra. — Sem perceber que contaria a ele, disse: — Quando fugi, dois homens me atacaram na Samaria.

Jesus estreitou os olhos. Seu rosto enrubesceu. Um turbilhão de emoções surgiu em sua expressão.

— Ah, Maria! — Tomou-a nos braços e acariciou-lhe o rosto.

Ela descansou a cabeça no peito dele e sentiu sua respiração agitada, que era estranhamente reconfortante. Quando, finalmente, se acalmou, ela disse:

— O amigo de Nicodemos, Gabriel ben Zebulom, me salvou. Se não fosse pela coragem de Gabriel, eu teria sido estuprada e talvez morta. — Querendo se esquecer das lembranças traumáticas, continuou com o que realmente estava na sua mente. — Voltei porque ainda te amo.

Ele começou a chorar.

— Sou culpado pelo teu sofrimento. Como algum dia poderás me perdoar?

Maria sentiu as bochechas enrubescerem.

— Ainda estou tentando superar o que aconteceu. Começo a entender as coisas, mas ainda vai demorar. — Fez uma pausa e abaixou o tom de voz. — Devo a minha vida a Gabriel. Agora quero espalhar sua mensagem de cura e paz. A noiva de Gabriel fugiu com o irmão dele para se juntarem aos zelotes. Talvez o senhor seja a única pessoa capaz de impedi-los.

Jesus enxugou as lágrimas e segurou as mãos dela.

— A melhor forma de impedir os zelotes é superá-los em amor. Para fazermos isso, será necessário um despertar espiritual na terra.

Maria estremeceu, como se a força das ondas batendo na praia tivesse invadido seu corpo. Já escutara Jesus falando de amor e cura muitas vezes e nunca se esqueceria de como ele a tinha curado. Mas agora ele estava falando com uma convicção maior e isso a deixou angustiada, porque estava afastando-o dela.

— Se me amas, por que devemos nos separar?

A tristeza se estampou no rosto dele.

— Nunca deveria ter permitido aproximar-me tanto de ti, Maria Expliquei na carta que o amor que sinto por ti deveria levar-nos ao casamento, mas não posso me casar contigo. Preciso me entregar completamente à missão de pregar o Reino de Deus. O destino da nossa nação está em jogo. Se os zelotes começarem uma guerra com os romanos, milhares de pessoas morrerão. E há ainda mais coisas em risco... mais do que possa imaginar.

Maria sentiu que os lábios começaram a tremer, os braços e as mãos também. Ele dissera as palavras que ela mais temia e ela precisou se esforçar para ficar de pé.

— Mas quero que continue pregando. — Uma onda bateu nos pés dela e fez com que cambaleasse. — Por que você não pode amar seu trabalho *e* a mim? Sempre apoiarei seus sonhos.

Ele fitou o céu que escurecia, depois Maria.

— Meus sonhos colocam as pessoas à minha volta em perigo. Houve outro milagre, a cura de um homem com a mão mirrada. O boato de que sou o Messias já se espalhou. Se os romanos escutarem isso, vão querer me matar. Não sei o que tudo isso quer dizer ou aonde vai nos levar. Só sei que não seria seguro ter mulher e filho.

Ela manteve o tom de voz baixo e falou deliberadamente:

— O amor verdadeiro também é um milagre. Se você der as costas a ele, pode nunca mais encontrá-lo de novo.

Jesus fitou-a com carinho.

— Tu sempre serás especial para mim, Maria, e sempre te amarei. Quanto mais te aproximares de mim, porém, mais irás sofrer se meus inimigos me matarem. — Respirando fundo e devagar, disse: — Deveria ter percebido essas coisas antes, mas meus sentimentos atrapalharam meu julgamento. Agora sei que não posso continuar tendo esses encontros particulares contigo; os outros ficam ressentidos e sabendo o que sentimos um pelo outro, não seria sábio para nenhum de nós.

Ela levantou as mãos.

— Por que voltei?

— Porque sentes por mim o mesmo que sinto por ti. — Os olhos dele não se afastavam dos dela. — Acho que podemos ter um futuro ainda mais próspero, mas não como amantes nem como marido e mulher.

Maria estendeu os braços para abraçá-lo, querendo prendê-lo, trazê-lo de volta. Quando falou, sentiu as palavras formando um nó na garganta.

— Preciso de mais do que tua amizade.

Ele aceitou o abraço, depois se afastou.

— Seria fácil para nós nos entregarmos à paixão, mas estou convidando-te a fazer algo mais difícil. Devemos resistir à paixão para servir a um bem maior. Dessa forma, nós dois nos tornaremos mais do que achávamos que podíamos.

— E como faremos isso?

— Precisamos lidar com nossos sentimentos e nos entregar totalmente ao trabalho de Deus.

Ela começou a andar de um lado para o outro para diminuir o impacto das palavras dele.

— O que está me pedindo não é difícil... é impossível.

Jesus pensou por um momento, depois disse:

— Em Deus, todas as coisas são possíveis. Lutar contra meus sentimentos por ti me ensinou isso. Enquanto examinava minha alma, encontrei mais amor do que jamais imaginei e aprendi que devo dar esse amor a todas as mulheres, a todas as *pessoas*, não a uma apenas. Foi por isso que permiti que a prostituta derramasse as lágrimas em meus pés. Sem minha batalha, nunca teria tido força suficiente para fazer aquilo. Tu também deves lutar. Senão, sempre serás vulnerável a homens perturbados como teu ex-marido Jonathan.

Maria não disse nada, apenas encarou a terra seca, evitando o olhar de Jesus. Como ele ousava falar de luta? Será que ele sabia realmente o que era lutar? Se ele a deixasse ir, então nunca sentira por ela o que ela sentia por ele, porque perdê-lo era como a amputação de um membro. *O que ele disse pode ser verdade. Mas nunca conseguirá me convencer a não amá-lo.*

— Talvez algum dia eu encontre o amor do qual o senhor fala.

— Já é teu, Maria. Olha para dentro de ti e irás encontrá-lo.

Realmente acabou, pensou ela. Parte dela desejava que não tivesse voltado; outra parte estava feliz por saber a verdade. O que deveria fazer agora? Deveria se juntar de novo aos discípulos como se nada tivesse acontecido? Sabia que não tinha escolha. Mesmo que não se casasse com Jesus, ainda acreditava que ele era o único que poderia mediar a paz entre os romanos e os zelotes. Precisava ficar para ajudar — devia isso a Gabriel e a si mesma. Além disso, queria saber o significado dos milagres. Será que João estava certo sobre ele? Independentemente da resposta, decidiu que as coisas seriam diferentes agora. Quando finalmente voltaram para o acampamento, pensou: *Se ele quer um relacionamento distante, terá.*

CAPÍTULO 16

Após um longo dia cozinhando e forjando armas, Judite deitou na barraca ao lado de Dimas, esperando o sono dele ficar mais profundo para poder fugir de Qumran para Jerusalém. Fitando a escuridão, as lembranças das mentiras e dos abusos de Judas Iscariotes a assombravam. A consequência de ter fugido para se casar com Dimas era que homens como Judas a viam como uma mulher sem moral e se sentiam livres para insultá-la e humilhá-la. Seus olhos encheram-se de lágrimas.

Que diferença fazia se Barrabás havia mandado Judas para o monte Arbel? Sem uma desculpa pública, a expulsão dele não apagaria a mancha em sua reputação. Só havia uma forma de encontrar esperança para sua vida: devia admitir seus erros e se jogar na misericórdia daqueles que havia magoado — seus pais, os pais de Gabriel e, principalmente, Gabriel.

Mas teria coragem para fugir? Um arrepio desceu pela espinha ao pensar em roubar um cavalo e viajar durante a noite pelo deserto. Piscou para ajudar os olhos a se adaptarem à escuridão. Dimas roncou e se virou. Talvez devesse ficar com ele. E se o cavalo saísse galopando e a derrubasse? Também poderia ser estuprada por bandidos ou capturada por soldados. E ainda que conseguisse chegar em casa, será que o pai a aceitaria de volta ou a mandaria para ser apedrejada?

Respirou fundo e resistiu à vontade de chorar. Gabriel veio à sua mente e ela pensou em como a vida teria sido diferente ao lado dele. Só o perdão dele levaria luz à escuridão que envolvia seu coração.

Quando a respiração de Dimas mostrou que ele estava dormindo profundamente, Judite afastou o cobertor e saiu engatinhando, sentindo o estômago na garganta. Após amarrar as sandálias, procurou o odre de água e a comida que escondera nos fundos da barraca. Quando os pegou, amarrou-os na cintura.

Dimas se virou. Temendo que ele estivesse acordando, ficou imóvel e se preparou para explicar que estava de pé porque não conseguia dormir. Só quando ele se aquietou, a respiração dela se regularizou e ela engatinhou até a entrada da barraca. Desejava boa sorte a Dimas e aos zelotes e esperava que a revolta deles desse certo, mas não poderia mais sacrificar sua felicidade por isso.

Uma lua brilhante e uma tropa de estrelas iluminavam a noite sem vento enquanto ela levantava a aba da barraca. Ninguém se mexia nas quase vinte barracas do planalto. Engatinhou para o oeste, como um leopardo, passando por todas as barracas, parando na frente de cada uma e olhando para todos os lados. O ponto mais baixo na Judeia estava tão quieto quanto a alvorada da criação. A sentinela devia estar circulando pelo acampamento e mantendo vigília; Judite precisava passar por ele sem ser percebida. Se fizesse o menor dos sons, seu plano estaria arruinado. Sabendo que seria mais seguro fugir quando o homem estivesse do outro lado do planalto, esperou até ele passar.

Após vários minutos tensos, escutou passos, os sons graves invadindo agressivamente a imobilidade assombrosa da noite. Esperando que fosse o guarda, olhou em volta e viu que era. A sentinela desta noite era Simão da Betânia, os passos firmes, os braços robustos balançando de um lado para o outro.

Ele passou a uns 6 metros dela. Prendendo a respiração e esperando até que não conseguisse mais escutar os passos dele, Judite conseguiu entrar na clareira que cercava o acampamento. O curral ficava fora dessa área, a uns 150 metros a oeste. Depois de passar pela parte aberta, escondeu-se atrás de uma grande árvore à cabeceira da trilha até que tivesse certeza de que ninguém a estava seguindo. Guiada pelo cheiro de feno e esterco, chegou ao curral, que ficava em um desfiladeiro de quatro lados com uma cerca de madeira fechando o quarto. Todos os cinco cavalos tinham sido roubados dos romanos. Quando um garanhão marrom a viu, começou a relinchar e a trotar em círculos.

Com medo de que Simão escutasse, moveu-se rapidamente e abriu o portão. Depois de entrar no curral, fechou-o e pegou gafanhotos secos em mel na sua trouxa. O cavalo negro e magro que ela e Dimas tinham usado na viagem de Jerusalém continuava andando em círculos, relinchando e empinando. Judite colocou um dedo sobre os lábios.

— Shh!

O cavalo não se acalmou. Ela fez sons de beijos e tentou se aproximar do animal, estendendo os gafanhotos. O cavalo empinou, relinchando alto, mas então sentiu o cheiro do mel e se acalmou. Ela respirou aliviada quando o cavalo se aproximou e começou a comer na sua mão.

Enquanto o cavalo estava distraído, ela colocou as rédeas nele e usou os gafanhotos para atraí-lo até o portão. Primeiro, o cavalo resistiu e começou a andar para trás, mas ela puxou a corda e o guiou para fora do curral. Depois de fechar o portão, alisou a crina do cavalo, jogou a perna direita para cima e montou. O cavalo começou a empinar, mas ela se segurou firme. Foi quando ela viu Simão da Betânia correndo na direção do curral.

— Desça do cavalo!

Os gritos e acenos frenéticos dele assustaram o animal. O cavalo empinou rebeldemente, jogando-a no chão e voltando para trás. Se Simão não tivesse agarrado a corda e controlado o animal, ela teria sido pisoteada. Ele puxou o cavalo e levou-o de volta ao curral. Quando voltou, sem fôlego, levantou-a, puxando-a por um braço.

— Mulher tola! Tentando roubar um cavalo! Todos eles podiam ter fugido e você podia ter morrido. — Fitou-a com raiva e apertou mais seu braço. — Vou levá-la a Barrabás.

— Por favor, Simão, não! Já estou encrencada o suficiente com ele. — Tentou manter a compostura, mas percebeu que sua voz estava vacilando. — Por que não me leva para Dimas? Não podemos simplesmente esquecer que isso aconteceu?

Simão empurrou-a para a frente, depois pegou-a.

— Você não passa de uma ladra e, se Judas está certo, de uma prostituta. O que Dimas vai querer com você agora?

Ela tentou correr, mas Simão era rápido demais. Quisera fugir de Dimas, mas agora só queria que ele a aceitasse de volta.

DIAS ATUAIS

CAPÍTULO 17

O amor costuma fazer o seu trabalho em silêncio, não sendo percebido pelas almas desatentas.

Mas está sempre trabalhando.

Sempre.

Quanto mais vemos a vida através de olhos espirituais, mais nos conscientizamos dos atos discretos de bondade, generosidade e heroísmo do amor.

Esses atos costumam ocorrer em lugares inesperados, entre pessoas pouco prováveis.

Nunca perca a capacidade de se surpreender com o amor.

Essas surpresas inspiram a verdadeira esperança e a alegria duradoura.

Do diário do irmão Gregory Andreou

Jerusalém Oriental
Quarta-feira, 3 de abril

Quando um homem sabe que está se apaixonando? A pergunta corroía a mente de Karim quando ele saiu do elevador com Rachel e irmão Gregory. Quando eles entraram na ala de câncer pediátrico do Hospital Augusta Victoria, Karim notou como a camiseta cor de damasco acentuava as curvas atraentes de Rachel e como os brilhosos cabelos castanho-avermelhados dela caíam sobre os ombros. Também observou como ela seduzia o irmão Gregory. Ela tinha um jeito cativante de perguntar sobre a vida dele de monge, de rir com ele e contar a própria história de como se tornara médica residente e ativista da paz.

Sob circunstâncias normais, subir em um elevador com uma mulher não significaria nada, mas havia algo em Rachel Sharett que continuava a fascinar Karim. Ele detestava perceber que não estava no controle da situação — uma sensação de que estava acometido por uma doença fatal. Enquanto caminhava com Rachel e irmão Gregory pela ala, sabia que não havia cura para esse novo sentimento que tinha por ela. Rachel exalava tanta beleza e vitalidade que iluminava os rostos das crianças doentes que passavam em cadeiras de rodas empurradas por enfermeiras e pais.

Aquela ala era o único lugar onde, como aluno de jornalismo, testemunhara harmonia entre palestinos e israelenses. Fizera uma matéria sobre crianças e médicos daquela ala, e se lembrava particularmente das atividades na sala comunitária. Rachel Sharett o ajudara em Bil'in e no apartamento. Agora ele queria mostrar a ela um lugar onde os israelenses e palestinos se tratavam como iguais e amigos.

O que ele não esperava eram problemas. Que começaram quando ele reconheceu um casal que tinha conhecido em Nablus: Ahmed e Jamilia Marzouqa, que estavam na cabeceira do filho deles, Emad. Quando passou na ponta dos pés pela porta de Emad e acenou para Rachel e irmão Gregory o seguirem, rezou para que o casal não o tivesse visto.

Ele se lembrou de quando o filho de 4 anos de Marzouqa foi diagnosticado com leucemia e quando a família recebeu pela primeira vez ajuda financeira da APP. Este casal tinha uma dívida tão grande com seu pai que adoraria ajudar Sadiq a encontrar o filho desobediente. Karim temia que se eles o vissem, ligariam para seu pai, que avisaria Abdul Fattah de seu paradeiro. Se Abdul foi atrás dele em Jerusalém Oriental, podia estar por perto.

A visão da família Marzouqa pegou Karim desprevenido, mas, ao acompanhar Rachel e irmão Gregory pelo corredor largo, percebeu que não deveria. Augusta Victoria era o único hospital com uma ala de oncologia para crianças palestinas. Ali, ele podia encontrar pacientes de Nablus ou de qualquer cidade da Cisjordânia.

Karim desviou para a direita para que uma adolescente empurrando um suporte de soro pudesse passar. Desde que tinham entrado no elevador, Rachel e irmão Gregory não fizeram nada além de conversar sobre a carta. O monge não tinha dito nada sobre o manuscrito original, onde Karim o encontrara ou onde estava agora. Em vez disso, ele enfatizara as verdades contidas na carta e como elas esclareciam a plenitude dos ensinamentos cristãos.

Enquanto passava por um garoto de cabeça raspada que dirigia sua cadeira de rodas excentricamente, Karim escutou Rachel dizer:

— A revelação da carta de que Jesus lutou contra seus sentimentos por Maria Madalena me perturbou. Se ele era o Filho de Deus, como os cristãos acreditam, então não estava acima das tentações românticas?

Irmão Gregory disse:

— De acordo com os ensinamentos ortodoxos da igreja, Jesus era totalmente divino e totalmente humano. Alguns cristãos negam a segunda parte, pelo menos na prática. Fazendo isso, eles caem em uma heresia chamada docetismo: a ideia de que Jesus não tinha realmente um corpo, que só parecia ter. — Karim escutava com atenção enquanto irmão Gregory continuava: — A carta corrige isso. Ela revela que Jesus era tão humano quanto eu ou você. Ele experimentou todos os nossos sentimentos, incluindo os sexuais, mas sem pecado. Os cristãos que enfatizam a divindade de Jesus podem achar isso difícil de imaginar, mas afirmar a plena humanidade dele faz com que eu tenha ainda mais reverência por ele, não menos.

Karim parou com eles perto da agitada estação das enfermeiras enquanto Rachel falava animadamente.

— Se o que Judite de Jerusalém escreveu é verdade, que Judas entregou Jesus para Pilatos antes de ele ir para o sinédrio, então o testemunho dela poderia ajudar a reunir judeus e cristãos. — Então, ela franziu a testa. — Ainda assim, como judia, acredito que Jesus era humano, não divino.

Depois de ver a família Marzouqa, Karim queria apressar a visita de Rachel pelo programa na sala comunitária e ir embora o mais rápido possível. Ele conduziu Rachel e irmão Gregory em direção ao fim do corredor, onde as crianças e seus pais estavam reunidos.

— Como muçulmano, também não acredito que Jesus era o Filho de Deus — disse ele. — Apenas Alá é divino e Maomé é seu verdadeiro profeta.

— Reconheço as diferenças entre nossas religiões — disse irmão Gregory. — Mas a carta nos desafia a encontrar um terreno comum. Ela pode iluminar as profundezas do judaísmo, do cristianismo e do islamismo. Jesus é um professor para todos nós e a carta é realmente profética, já que possui uma mensagem poderosa que é tão relevante hoje quanto era na época em que ele escreveu.

Karim parou do lado de fora do quarto de uma criança. Olhou para dentro e viu uma mulher com um *hijab* amarelo na cabeça sentada à cabeceira de um pequeno menino ictérico. Um médico alto, usando um quipá, estava falando com ele. Karim se afastou e deixou Rachel olhar.

— Isto era o que eu queria que você visse — disse ele. — Tem crianças doentes por toda esta ala. A maioria delas é palestina, mas os médicos são palestinos e israelenses. O único inimigo aqui é a doença.

Quando eles chegaram à sala comunitária, Karim segurou a porta para uma enfermeira com uma menininha de uns 5 ou 6 anos nos braços. A cabeça da menina era raspada, exceto por algumas mechas de longos cabelos pretos nas laterais. Os olhos dela estavam fundos, com círculos escuros e sobressaíam em um rosto desolado. Por que Alá permitia tal sofrimento? Às vezes Karim implorava por uma resposta com lágrimas nos olhos, mas nunca recebia. Quando Rachel viu a menina, balançou a cabeça com tristeza. Karim a pegou pela mão e entrou na sala.

As crianças estavam sentadas em cadeiras desmontáveis ou cadeiras de rodas. Karim e Rachel seguiram irmão Gregory até o fundo da sala, onde ficaram juntos com alguns médicos e enfermeiras assistindo à entusiasmada recreadora, uma mulher baixa e atraente com cabelos castanhos enrolados, ensinar músicas para as crianças. Ela segurava um microfone e seguia a música que vinha de um CD player portátil.

Karim reconhecia várias das músicas de sua infância e sentiu uma pontada de saudade da mãe e do amor que ela tinha pela paz. Não conseguia se lembrar do breve mas feliz tempo que teve com ela sem chorar, então se juntou às canções, assim como os outros adultos que falavam árabe. Depois de cada refrão, a recreadora traduzia a música para o inglês e convidava a todos para cantar. A mistura de sotaques palestinos e israelenses fez um arrepio subir pela espinha de Karim enquanto cantavam:

> *"Quando haverá paz na terra?*
> *Paz que dure, pelo bem das crianças?*
> *Ah, quando estaremos livres do ódio e do medo?*
> *Precisa chegar o dia em que o amor, como o sol,*
> *brilhará em nossos corações."*

Um dos médicos israelenses sugeriu uma canção que se tornara popular em seu país quando o primeiro-ministro Itzak Rabin foi assassinado, "A Canção da Paz". Quando a recreadora colocou o CD, Karim escutou a voz de Rachel sobressaindo às outras:

"Deixe o sol nascer e iluminar a manhã
A oração mais pura não trará de volta
Ele cuja vela foi apagada e foi enterrado no pó...
Então cante apenas uma canção pela paz
Não sussurre uma oração
Melhor cantar uma canção pela paz
Com um grande grito."

Com a letra que transbordava esperança ecoando nos ouvidos, Karim notou um homem troncudo com uma blusa dourada aparecer na porta. O homem inspecionou o grupo e, então, encarou Karim. No momento em que os olhares se encontraram, Karim reconheceu Ahmed Marzouqa. Quando Ahmed se virou e se afastou, Karim fez um sinal para Rachel e irmão Gregory, mostrando que estava pronto para ir embora. Felizmente, o grupo estava se dispersando. Quando ele chegou ao corredor, viu quando Ahmed correu para o quarto do filho com o telefone celular grudado ao ouvido.

Karim temeu que a ligação fosse para Sadiq Musalaha e esperou Ahmed desaparecer antes de seguir para o elevador. Acenou para que Rachel e irmão Gregory o seguissem, tentando não parecer apressado. Eles o alcançaram na porta do elevador, quando Karim pressionava o botão para descer. Observou a luz que mostrava o trajeto do elevador, silenciosamente amaldiçoando sua lentidão.

Rachel e irmão Gregory ainda estavam falando sobre o que tinham visto na sala comunitária.

— Acho que acabei de viver o que Jesus escreveu na carta — disse irmão Gregory. — O amor que ele descreve une as pessoas, acima de todas as fronteiras.

Karim apertou o botão de descer várias vezes enquanto Rachel, inconsciente de seu problema, dizia:

— Infelizmente, é mais fácil cantar a paz do que vivê-la.

— Concordo — disse irmão Gregory. — A música nos uniu, assim como ver a união entre os médicos e enfermeiras israelenses e palestinos. Mas a religião costuma fazer exatamente o contrário. Ao invés de nos unir na luta contra o mal e o sofrimento, ela alimenta o fogo do ódio e da injustiça. Essa tendência tem afligido a humanidade através dos tempos.

A campainha do elevador tocou enquanto a porta se abria. Karim respirou aliviado e agradeceu enquanto entravam, principalmente porque o elevador estava vazio.

— Por que tanto mal é feito em nome de Deus? — perguntou Rachel, a testa enrugada enquanto o elevador descia para o térreo. Era como se sua voz fosse de aço. — A influência que aquele sionista radical chamado Itzak Kaufman tem sobre meu irmão me corta o coração.

Irmão Gregory pigarreou, os olhos brilhando.

— A religião pode inspirar o mal, mas também pode inspirar o bem. Este hospital é uma obra de cristãos luteranos para tratar os doentes. Não podemos desistir da religião só porque ela foi mal empregada. Temos de buscar um entendimento maior de questões, tais como por que as histórias de Isaac e Ismael no judaísmo e no islã são diferentes. A carta de Jesus afirma que o Criador de todos nós é misericordioso, amoroso e justo. A única forma que temos de conhecer e agradar a Deus é personificar essas qualidades em nós mesmos.

Karim mudava o peso do corpo de uma perna para a outra, agitado por causa do estresse. A descida parecia interminável. Estavam descendo ao centro da terra? Fazendo esforço para deixar de pensar que Abdul Fattah poderia estar em Jerusalém Oriental e vir atrás dele, ele disse:

— Os militantes da *jihad* nunca se tornarão misericordiosos, amorosos ou justos. Eles acham que agradam a Deus matando infiéis em seu nome.

Irmão Gregory lançou-lhe um olhar determinado.

— Para fazer a paz, precisamos vencer a guerra das ideias, e é aí que a carta de Jesus pode ajudar.

— Os combatentes da *jihad* vão zombar da carta — disse Karim. — Ela não é islâmica e defende a paz para todos.

Irmão Gregory ergueu a cabeça, ficando em posição de reflexão.

— Por que não assumir um ponto de vista mais esperançoso? Os defensores da *jihad* anseiam por beber da fonte de conhecimento interior que Jesus descreve na carta, mas não percebem isso. Se eles conhecessem as profundezas do amor, não prometeriam a homens-bombas 72 virgens no paraíso. Eles os ensinariam a encontrar dentro de si a completude do amor de Deus. Jesus promete que o amor vencerá no final. Então a paz virá finalmente.

Enfim, o elevador parou. Karim passou pelas pessoas que esperavam para entrar, cuidadosamente observando cada rosto. Repetiu para si mesmo que não devia fazer nada imprudente. Não sabia se Ahmed Marzouqa tinha conseguido falar com seu pai — ou mesmo telefonado para ele. Ainda que tivesse conseguido, levaria tempo para o pai entrar em contato com Abdul Fattah e para este encontrá-lo. Karim ensaiou seu plano de levar Rachel até o jipe e se despedir sem levantar suspeitas.

Ela e irmão Gregory vieram atrás dele, ainda discutindo a carta.

— Não entendo — disse Rachel. — As três religiões ensinam que Adão e Eva viveram no paraíso, mas o perderam. Estamos falando em recuperar o paraíso. Mas como? Porque, vamos encarar a verdade, a Cisjordânia e Gaza são o inferno na terra.

Karim segurou a porta da frente. Ao passar, irmão Gregory disse:

— Todos acreditamos em um único Deus, a quem chamamos por diferentes nomes, e nossas religiões têm suas raízes em Abraão. Somos membros de uma mesma família, irmãos e irmãs. Devíamos nos tratar bem e dividir esta terra e seus lugares sagrados.

Karim inspecionou as filas de carro no estacionamento. Sabia que Abdul Fattah dirigia uma velha Mercedes preta. Viu várias. Mas, felizmente, todas estavam vazias. Rachel tinha estacionado do outro lado. Enquanto Karim a levava para o jipe, ela disse:

— Todas as tentativas de conseguir a paz nesta terra fracassaram. Estou comprometida com este trabalho, mas estou preocupada pois o tempo está acabando.

Irmão Gregory argumentou:

— Se a carta *for* real, talvez uma nova oportunidade esteja ao nosso alcance. Judeus, cristãos e muçulmanos reverenciam suas escrituras, mas não enfatizam os ensinamentos que compartilham. Talvez a descoberta da carta seja a forma de Deus nos inspirar para esta busca de um terreno comum.

Rachel parou como se uma ideia nova tivesse lhe ocorrido e segurou Karim e irmão Gregory pelo braço.

— Temos de provar que ela é autêntica. A original pode ser testada para determinar sua idade, mas a não ser que consigamos provar que as revelações sobre Jesus e Maria Madalena são verdadeiras, não temos prova da veracidade. Seu valor permanecerá sendo uma dúvida. — Ela parou e se virou para Karim. — Deixe-me ajudar na pesquisa. Por favor.

Karim pegou a mão dela. Poderia confiar nela? Ao fitar as profundezas de seus olhos, escuros como cetim preto, ele achou ter visto caráter, integridade e compaixão. Se Rachel fosse palestina, não teria o menor problema em confiar nela. Mas ela era israelense... Deixou a questão sem resposta ao se dirigir para o jipe, olhando nervosamente para a entrada do estacionamento.

Ela o puxou para trás, de forma a encará-lo de novo.

— Por favor, Karim. Deixe-me ajudar.

Desta vez, ele percebeu um brilho de desejo em seus olhos. Um desejo que já vira antes mas não sabia onde. Ao fixar o olhar no dela, se lembrou. Vira esse mesmo desejo nos olhos do pai, um desejo pela esposa que morrera ao dar à luz. Um desejo pela mãe por quem Karim ainda chorava — a mãe que mantivera as esperanças até o fim, como *Rajiya*, pintada na parede em A'ram. Respirou, se perguntando se Rachel vira o desejo nos olhos dele e decidira ajudá-lo em Bil'in por causa disso.

Ali, naquele estacionamento, ele finalmente soube que podia confiar nela e contar toda a verdade sobre a carta.

— Sim, Rachel, eu aceito a sua ajuda — disse ele, abraçando-a antes de acompanhá-la até o jipe. Ele hesitou quando ela abriu a porta e entrou. — Quando nos veremos de novo? — perguntou ele, triste por ter de deixá-la ir embora.

Ela anotou o número de seu telefone celular em um pedaço de papel e entregou a ele.

— Tenho algumas ideias de como começar a pesquisa sobre a carta. Vou esperar você me ligar, ok?

— Em breve — disse ele —, e obrigado por tudo que fez por mim.

Enquanto ela se despedia e saía do estacionamento, Karim viu um carro entrando. Uma Mercedes preta. Ele rapidamente seguiu irmão Gregory para o Ford Escort dele.

— Precisamos sair logo daqui — avisou-lhe Karim, entrando no banco do carona e reclinando-o. — Abdul Fattah pode estar naquela Mercedes.

Quando irmão Gregory virou à direita para sair do estacionamento, Karim escutou pneus cantando atrás deles. Manteve a cabeça abaixada enquanto o hábil monge começou a serpentear pelo trânsito. Karim rezou rapidamente. Se eles conseguiriam atravessar os 8 quilômetros que os separavam do mosteiro era algo que estava nas mãos brancas de irmão Gregory.

ERA ROMANA

CAPÍTULO 18

No momento em que Gabriel viu a expressão de Nicodemos ben Gorion, soube que alguma coisa estava errada. O sábio e velho fariseu entrara no mercado em Jerusalém e estava avançando pela multidão. Gabriel foi em sua direção, empurrando entre os compradores barulhentos seu carrinho de mão, cheio até a metade com mercadorias de Páscoa para sua loja. Não via a testa de Nicodemos tão franzida desde que haviam encontrado Maria Madalena na Samaria.

Indo na direção do amigo, Gabriel se esquivou de um homem carregando um saco de grãos e pensou em Maria, perguntando-se como teria sido quando ela voltara para Jesus. A lembrança do sofrimento de Maria fez com que se lembrasse de Judite e do dele próprio. Já fazia mais de um mês da fuga de Judite e Dimas e a ferida de Gabriel estava tão crua quanto um pedaço de carne no açougue. Viu lindas sedas exibidas e imaginou como Judite teria ficado linda no vestido de noiva. As joias faziam com que se lembrasse do anel que nunca colocaria no dedo dela.

Passou por duas mulheres equilibrando cestas de vegetais na cabeça e segurou o carrinho com mais força. Esforçara-se para esquecer Judite, mas não conseguira. Tampouco perdoá-la. Sempre que tentava, seu sofrimento entrava na frente. As fortes pontadas de dor mantinham-no acordado durante a noite e distraíam-no durante o dia.

Passou com o carrinho por algumas crianças que brincavam na rua e levantou a mão para acenar para Nicodemos. Nunca vira os olhos do amigo tão ansiosos nem o maxilar tão tenso. Gabriel gritou para chamar sua atenção, mas a voz se perdeu no meio da gritaria de compradores e vendedores, os berros de crianças e os pedidos dos mendigos.

Finalmente, os olhos do velho o viram. Nicodemos se aproximou e pegou-o pelo braço. Levou-o para uma viela ao lado da padaria, os pães frescos espalhando um aroma de fermento.

— Algo terrível aconteceu — disse o fariseu, com a voz trêmula. — Pilatos mandou os soldados matarem quatro galileus e misturar o sangue deles com o dos sacrifícios no Templo. — Os intensos olhos de Nicodemos estavam cheios de lágrimas, as bochechas redondas, vermelhas. — Temo o que esse ultraje possa causar.

Gabriel levou a mão à boca para abafar um grito. O cheiro do pão fresco não parecia mais convidativo, mas ofensivo. Fitou as pedras gastas da viela, cuja largura só permitia a passagem de um carro de boi, e se esforçou para conter a fúria.

— Por que Pilatos provocaria nosso povo dessa forma? Ele sabe que nos rebelamos por muito menos.

Nicodemos segurou os braços de Gabriel e fitou dentro de seus olhos.

— Os sacerdotes disseram que Pilatos suspeita que os galileus estejam planejando uma rebelião. Ele não vai tolerar sequer um indício de algo assim.

Gabriel correspondeu ao olhar de Nicodemos.

— Como o Sinédrio respondeu?

Nicodemos deu de ombros, frustrado.

— Caifás protestou, mas não ousa falar muita coisa; os romanos podem fechar o Templo para sempre. Estou ultrajado com o que aconteceu, mas também estou preocupado com Jesus. Ele também é galileu e é popular entre o povo. Se Pilatos achar que ele está ajudando os zelotes, pode tentar matá-lo.

Gabriel planejara almoçar com Nicodemos, mas não estava mais com fome. Também estava pensando em Jesus e respirou fundo.

— Precisamos da mensagem de paz de Jesus, mas ela só vai ter sucesso se ele viver segundo os princípios morais e pregar com força e paixão.

O velho fariseu lançou-lhe um olhar cauteloso.

— Por mais abomináveis que sejam as ações de Pilatos, são mais uma prova do evangelho de Jesus. — A voz de Nicodemos era um sussurro. — Ele avisa que existe um lado obscuro dentro de cada um de nós, que nos leva a fazer coisas terríveis. A única forma de conter o lado obscuro é aumentando a nossa consciência sobre a existência dele e trabalhando incansavelmente para trazê-lo à luz. Poucas pessoas fazem isso. A maioria de nós condena os pecados dos outros sem analisar os seus. Meus colegas fariseus são muito bons nisso. Pilatos pecou, mas antes de condená-lo, precisamos tomar conhecimento do mal dentro de nossos próprios corações.

Gabriel fitou o amigo.

— Eu nunca faria o que Pilatos fez.

Nicodemos suspirou, cansado.

— Talvez não, mas todos temos nossas fraquezas e nossos ódios. O nosso descontentamento vem da parte renegada dentro de nós. Se negarmos o nosso lado obscuro ou não tomarmos conhecimento dele, culparemos os outros ou iremos extravasá-lo de formas prejudiciais. O resultado aumenta nosso sofrimento e nos torna vulneráveis a ações que traem nossa alma. Essa é uma terrível forma de sofrimento. Para encontrarmos a cura, precisamos conhecer esse lado obscuro e permitir que a luz o ilumine cada vez mais. Esse é o caminho da verdadeira luz.

Gabriel pegou a mão de Nicodemos.

— Não estou com vontade de comer. Por favor, venha comigo enquanto termino de fazer minhas compras; depois podemos caminhar até sua casa juntos.

Gabriel saiu da viela com o amigo, voltando para o mercado a céu aberto, empurrando seu carrinho sobre as pedras desiguais através da multidão barulhenta. No bloco seguinte, chegaram a uma barraca de frutas. Ele e Nicodemos encheram o carrinho com maçãs, uvas, figos, nozes e ervas amargas. Enquanto Gabriel estava pagando, percebeu que um grupo de pessoas tinha se juntado ali na frente.

Uns trinta homens estavam alinhados em filas, formando um semicírculo. Enquanto seguia nessa direção, Gabriel viu dois homens barbados usando peles sujas de animais. Ambos eram grosseiros, com corpos atléticos e rostos sujos. Um era alto, com testas largas e orelhas grandes. O outro era de estatura mediana, com pele sardenta e sem muitos dentes. Seguravam adagas e o mais alto brandiu a sua ao falar com o grupo em voz baixa.

Gabriel logo percebeu quem eram esses homens e o que estavam fazendo. O mais alto disse em aramaico:

— Desta vez, Pilatos foi longe demais. Por quanto tempo mais permitiremos que os romanos matem nosso povo e ridicularizem nossa religião? Eu e meus amigos somos galileus. Estamos ajudando o grande Barrabás a organizar uma revolta e precisamos de todo homem capaz para lutar conosco. No primeiro dia da Páscoa, atacaremos a Fortaleza Antônia e expulsaremos os romanos. Pilatos pagará por essa blasfêmia. Desta vez, lutaremos contra ele até a morte!

Um burburinho se espalhou pelo grupo. Gabriel sentiu algo no estômago como se tivesse pulado de um despenhadeiro. A raiva queimou na garganta. Esses galileus eram o tipo de homens com quem Dimas estava agora. Tinham corrompido Dimas. Se Gabriel não se colocasse contra eles, levariam muitos judeus ingênuos à morte. Endireitou-se e foi para a frente do grupo. O sol de meio-dia estava quente. O ar tinha um cheiro azedo, com a mistura de comidas, assados e moendas. Olhou em volta, não havia nenhum soldado romano por perto.

Gabriel acenou e falou para a multidão:

— Vocês escutaram esses homens falarem. Agora, me escutem. Estamos todos ultrajados pelo que Pilatos fez, mas ajudar esses homens nos levará ao desastre. Podemos ser em maior número do que os romanos, mas eles têm mais armas e espadas e são bem treinados. Se nós os atacarmos, vão nos massacrar.

O homem mais alto empurrou Gabriel para o lado e falou com veemência:

— Não deem ouvidos a esse covarde. Temos mais armas do que ele pensa. Centenas de nós foram treinados nas montanhas da Galileia. Somos disciplinados, fortes e corajosos.

Escutar o homem chamá-lo de covarde fez o sangue de Gabriel ferver de fúria. Fechou os punhos e sentiu uma onda de energia subir, desde os pés, pelas pernas e costas. Não deixaria esses estrangeiros levarem seus conterrâneos para o caminho errado. Empurrou o homem alto.

— Já falou o suficiente. — A voz de Gabriel era alta e desafiadora. — Conheço o plano zelote de retomar nossa nação. Vocês não se importam com quantos de nós vão morrer.

Os dois galileus tentaram empurrar Gabriel, mas ele os enfrentou, cabeça baixa, pernas decididas. Vários homens da multidão se juntaram, uma briga começou. Na confusão, o galileu mais alto passou um braço em torno do pescoço de Gabriel e jogou-o no chão. Quando sua cabeça bateu na pedra do chão, uma luz invadiu seu cérebro.

E, então, tudo ficou escuro.

CAPÍTULO 19

Judas Iscariotes soltou o martelo. Os pulmões estavam pesados, as têmporas latejavam. Isso sempre acontecia quando pensava em Barrabás e Judite. Ficava tão furioso que mal conseguia enxergar. Furioso com Barrabás por expulsá-lo de Qumran. Furioso com Judite por não aceitar suas investidas e ainda contar para o marido.

O tinido de dúzias de martelos de ferreiros ecoava pelo acampamento zelote no monte Arbel. Judas fez uma careta e foi para os fundos para dar a forma de espada ao metal que estava trabalhando. Precisava engolir o orgulho para fazer tal trabalho servil, mas, pelo menos, forjar espadas e adagas era melhor do que fazer estilingues ou arcos e flechas: era um trabalho físico que o manteria forte. Ainda mais importante, estava ajudando a resistência, cujo sucesso dependia das armas fabricadas nos montes Arbel e Gamala.

Aspirou o ar acre e cheio de fumaça e se perguntou: *Como um confiável conselheiro de Barrabás pode ter chegado tão baixo?* A pergunta o assombrava como um pesadelo. Mesmo assim, Judas estava determinado a conquistar o respeito dos mais de cem homens suados e de peito nu do acampamento. Martelava cada espada e adaga até ficarem lisas e afiava bem as bordas.

Embora os músculos doessem à noite, principalmente embaixo da cicatriz no braço ferido, estava se acostumando àquele trabalho e àqueles despenhadeiros a noroeste do Mar da Galileia. Havia muitos peixes ali e ele gostava de admirar a Planície de Genisaré em tardes tranquilas e sem nuvens como aquela. Infelizmente, nem todos os dias eram tão tranquilos. O terreno montanhoso tornava os ataques dos romanos raros, mas não os impedia completamente.

Se soldados tentassem escalar os despenhadeiros, os zelotes matavam-nos ou expulsavam-nos jogando enormes pedras morro abaixo.

Judas continuou martelando, extravasando a raiva por Judite e Dimas. Como permitira que uma garota inocente o envergonhasse? E por que não prevalecera contra o marido impetuoso dela? Agora, admitia que os subestimara. Judite não era tão inocente quanto pensava, nem Dimas tão bobo.

Saber que ele mesmo causara o próprio exílio aumentava seu arrependimento. O que esperava? Judite parecia solitária, mas, apesar de tudo, *era* a esposa de um zelote, que seguia a Lei com paixão. E mais comprometida com o casamento do que ele supusera. Gostaria de ter percebido isso mais cedo e que Dimas tivesse se controlado. Judas achava que tinha sorte de o incidente ter acontecido em Qumran, e não em Jerusalém, onde poderia ter sido apedrejado.

Como estivera errado! Agora, banido do círculo dos líderes zelotes, seu futuro parecia árido. Tinha perdido tudo e precisava provar seu valor de novo. Se não conseguisse reconquistar a confiança de Barrabás, teria de voltar para casa em Queriote, na Judeia, como um homem derrotado.

Isso estava fora de questão. Mergulhou a haste de metal em um tonel de água, então colocou o metal sobre uma grande pedra que servia de bigorna. Quando viu que a haste estava reta, pegou uma grosa e começou a afiar as bordas. Trabalhar com metal desencadeava lembranças de sua infância em Queriote, onde fora criado e o pai, ourives.

A habilidade como negociante o tornara bom no outro lado do negócio, o contato pessoal, e era comum ele ir à casa dos clientes. Um deles, a voluptuosa esposa de um rico coletor de impostos, o seduzira quando tinha 17 anos. Parou de afiar e admirou o anel de ouro em seu dedo. Ela lhe dera o anel, que usava desde então. A lembrança do que acontecera apoderou-se de sua mente. O nome dela era Helena, uma egípcia que se convertera ao judaísmo quando se casou. A pele dela era da cor do café e tinha cheiro de amêndoas. Ela o iniciara nos mistérios do prazer sexual; desde então, ele sempre queria mais. Outras mulheres vieram, mas não importava quantas tinha possuído, nunca seria o suficiente.

Se não fossem os romanos, ainda estaria em Queriote. Os ultrajantes impostos romanos fizeram o pai falir e deixaram a família na miséria. Judas mordeu os lábios e continuou afiando. Do que mais sentia saudade era das mulheres da Judeia de cabelos negros e brilhantes, mas tinha planos de desfrutar da companhia delas de novo — dessa vez não como um simples ourives, mas como um guerreiro conquistador. Para conseguir aquilo, teria de ter sucesso no que outro Judas — o Galileu, o visionário *Sicarii,* que comandara uma revolta em Séforis — fracassara.

O soar de um sino interrompeu seus pensamentos. Jogou a lima no chão e olhou em volta. Uma sentinela jovem e veloz estava correndo pelo acampamento.

— Os romanos estão vindo! Os romanos estão vindo! — gritava em todas as direções. — Para os despenhadeiros! Para os despenhadeiros!

O homem ao lado de Judas parou o trabalho e pegou as espadas, os estilingues e os arcos e as flechas. O soar do sino foi ficando mais alto, ressoando por toda a montanha. Judas correu até a elevação mais próxima, a uns 10 metros. Pelo menos vinte homens estavam cercando os enormes pedregulhos que ficavam ali. Para empurrar uma pedra despenhadeiro abaixo, seriam necessários três homens. Judas olhou para a Planície de Genisaré e viu uma massa escura a distância, vindo na direção da montanha. *Deixe-os vir,* pensou, o estômago revirando. *Nós os massacraremos se eles tentarem.*

Uma voz rouca estava dando ordens. Judas virou-se e viu Simão, o Cananeu, o robusto líder do acampamento, mandando os homens para as devidas posições. Simão foi de pedra em pedra.

— Não empurrem até eu dar a ordem! — Quando se aproximou de Judas e de três homens perto dele, parou e olhou: — Preparem-se.

Judas seguiu o olhar dele. Um enorme grupo estava se aproximando, mas as pessoas não estavam em formação militar nem pareciam marchar como soldados. Ele balançou a cabeça, confuso.

Simão bateu as mãos.

— Eles já estão quase aqui!

Quanto mais perto a multidão chegava, mais Judas duvidava de que era formada por soldados. Encarou Simão.

— Essas pessoas estão desarmadas.

Simão o empurrou para o lado.

— Como você sabe? Eles podem estar escondendo as armas. — Ele encarou seus homens. — Pedras nas mãos!

Os homens obedeceram à ordem de Simão, colocando-se atrás das pedras, joelhos dobrados, esperando. Judas foi para trás deles e encontrou um lugar de onde pudesse ver bem. Conforme a multidão se aproximava, passou a ter mais certeza de que estavam desarmados. Correu para confrontar Simão.

— Se empurrarmos essas pedras, mataremos pessoas inocentes.

Simão levantou a mão, tentando silenciá-lo.

— Não podemos nos arriscar. Precisamos nos defender.

Judas começou a empurrar os homens na direção da beirada da montanha.

— Não deem ouvidos a ele! — Ele ia de pedra em pedra. — Olhem vocês mesmos.

Nove homens olharam para baixo. Quase ao mesmo tempo, começaram a rir e um deles, sem um dente e gorducho, perguntou com sarcasmo:

— Foi por causa disso que soaram o alarme?

Judas se aproximou e viu o motivo dos risos: uma multidão de pelo menos 5 mil pessoas na planície abaixo. Algumas pareciam saudáveis, mas havia cegos tateando os caminhos; outros usavam bengalas e muletas; outros carregavam aleijados em esteiras de palha; e grupos de leprosos tocavam sinos à margem da multidão.

Simão deu um passo à frente e olhou. Colocou a mão por cima dos olhos para protegê-lo do sol vespertino; então deu de ombros, o rosto vermelho ao acenar para os homens se afastarem das pedras.

— Bem, devemos estar sempre preparados — disse Simão, rindo. — Vamos descobrir quem são essas pessoas.

A maioria dos homens voltou para o trabalho, mas Judas se juntou aos quatro que seguiram Simão montanha abaixo.

Como tantas pessoas podiam ter chegado ao mesmo lugar? A quantidade delas assustou Judas Iscariotes. Ninguém parecia no comando até que um homem alto usando túnica branca levantou os braços. Os que estavam carregando os doentes e aleijados se adiantaram, os cegos e leprosos também. Burros relincharam; ovelhas se dispersaram; a multidão ficou em silêncio. Todos os olhos fitavam o homem de túnica branca.

A julgar pelas túnicas e pelos mantos simples, aquelas pessoas eram fazendeiros, pastores, pescadores, comerciantes. Apenas alguns poucos vestiam a túnica de linho branco dos ricos. Muitos dos homens, mulheres e crianças pareciam pobres, os corpos magros, as roupas esfarrapadas. *Quem são essas pessoas?*, perguntou-se Judas. *Por que estão aqui?*

Curioso, afastou-se dos outros zelotes, abriu caminho na multidão e ficou atordoado com o cheiro de suor e esterco. Enquanto abria caminho para a frente, percebeu que os olhos do mestre estavam fixos no horizonte distante. Judas parou ao lado de um adolescente magro com o rosto queimado de sol.

— Quem é esse homem e de onde vêm essas pessoas? — perguntou.

O rapaz deu um passo para trás e levantou uma sobrancelha.

— Onde *você* tem andado, senhor? Todo mundo sabe que ele é Jesus, o profeta de Nazaré. Acreditamos que ele seja o Messias. Ele nos alimentou perto do mar e nós o seguimos até aqui.

Judas se esforçou para ver as pessoas se adiantando. O homem chamado Jesus fechou os olhos e ficou imóvel, esperando. Os cegos, doentes e aleijados formaram uma fila e começaram a se aproximar, um por um. Jesus estendeu a mão sobre cada um e rezou. Quando levantava o olhar, dizia em aramaico:

— Fica bem — ou — recebe a visão — ou ainda — levanta-te e anda.

Sua voz era melódica, um som encantador que ecoava pelas encostas. Os aleijados andaram. Os cegos enxergaram. Os surdos escutaram. Os leprosos saravam.

Com cada cura, Judas sentia fluir no corpo um fervor peculiar, que se alojou no coração, e uma pedra do tamanho de um punho, na garganta. Lutou contra as lágrimas. Balançando a cabeça, olhou para baixo e cruzou os braços sobre o peito, tentando sufocar aqueles novos e estranhos sentimentos, mas eles permaneceram. Judas só conseguiu engolir aliviado quando as curas terminaram.

Então, Jesus se dirigiu a todos. Não levantou o tom de voz, mas ela era levada de forma que todos escutassem.

— Em verdade, em verdade vos digo: aquele que crê em mim fará também as obras que faço, e fará ainda maiores do que estas.

Judas balançou a cabeça, sem acreditar. *Maiores do que estas?* Procurando os outros zelotes, não viu nenhum. Continuou escutando. Jesus continuava falando sobre a Lei. Sobre como ele viera para completá-la, e não para aboli-la.

Judas mantinha o olhar fixo, tão atraído que mal conseguia respirar. O homem falava com convicção; o poder de suas palavras mantinha a multidão enfeitiçada. *De onde vem esse poder?,* Judas estava intrigado.

Jesus continuava:

— Bem-aventurados vós que sois pobre, porque vosso é o Reino de Deus.

Ele diz que os pobres são bem-aventurados! Judas se lembrou do pai perdendo o negócio, de a família não ter o que comer. Lembrou-se também dos ricos em Queriote — dos asquerosos cobradores de impostos que trabalhavam para os romanos; dos que emprestavam dinheiro e estabeleciam juros exorbitantes; dos comerciantes que cobravam preços inflacionados. A injustiça causava pobreza; esse profeta chamado Jesus entendia isso, assim como os zelotes. Também compreendia que os pobres mereciam mais. Ele estava organizando uma revolta?

Jesus continuava:

— Bem-aventurados vós que agora tendes fome, porque sereis fartos. Bem-aventurados vós que agora chorais, porque vos alegrareis.

Essas palavras fizeram o coração de Judas disparar. A visão de Barrabás do futuro incluía os zelotes expulsarem os romanos e retornarem a Israel para adorar Deus — haveria fartura e alegria na terra. A visão de Jesus de Nazaré era parecida. Ele também estava chamando para uma insurreição — na mesma região de onde viera o lendário Judas, o Galileu.

Esse homem podia realmente ser o Messias?, perguntava-se Judas. Um tremor se espalhou por todo seu corpo, como se a terra estivesse balançando. Fechou os olhos, mas em vez de ver a escuridão, viu uma luz intensa. As pessoas estavam falando à sua volta, mas não escutava nada. Ao abrir os olhos, estremeceu, o corpo ardendo da cabeça aos pés. Alguns momentos depois, voltou a escutar e parecia que a voz estava dizendo:

— Ele é o Messias. Siga-o.

Alguém cutucou Judas. Ele se virou e viu Simão, o Cananeu, e Tobias Naftali, outros zelotes, com rostos finos e olhos apertados.

— Esse pregador parece ser um dos nossos — disse Simão, falando baixo.

— Nem mesmo Barrabás dá tanta esperança para os pobres — disse Judas. — Esse homem talvez seja mais do que um pregador. Ele poderia trazer as multidões para nossa causa.

Uma expressão de surpresa apareceu no rosto singelo de Simão.

— Então você acha que ele é um zelote?

Judas continuou fitando o pregador e sussurrou:

— Talvez ele seja até mais grandioso do que Barrabás.

Simão, o Cananeu, apontou para o monte Arbel.

— Os outros que vieram conosco não concordam. Eles disseram que não confiam nesses curandeiros viajantes e voltaram para continuar forjando armas. Só Tobias ficou intrigado o suficiente para ficar.

Judas voltou a atenção para Jesus de Nazaré, que estava dizendo:

— Bem-aventurados os pacificadores, porque serão chamados de filhos de Deus. Digo-vos a vós que me ouvis: amai vossos inimigos, fazei o bem aos que vos odeiam, abençoai os que vos maldizem, orai pelos que vos injuriam.

Judas se mexeu, se sentindo desconfortável, certo de que não conseguiria orar para um inimigo. Jesus continuava falando:

— Ao te ferir numa face, oferece-lhe também a outra; e ao que te tirar a capa, não impeças de levar também a túnica. Dá a todos o que te pedirem; e ao que tomar o que é teu, não lho reclames. O que quereis que os homens vos façam, fazei-o também a eles.

Judas franziu a testa. *Como alguém pode fazer as pazes com um inimigo?* Escutou a distância os zelotes martelando no monte Arbel e pensou: *A paz só vem quando o inimigo é derrotado.*

Simão virou-se para ir embora.

— Esse pregador não é um zelote — disse.

Judas segurou seu braço.

— Espere. Você o escutou prometer que os pobres serão alimentados e que todas as lágrimas serão enxugadas. Talvez ele seja um líder ainda mais grandioso do que Barrabás. — Judas foi na direção de Jesus. — Não vou embora até saber mais sobre esse homem.

Judas Iscariotes atravessou a multidão, esquivando-se de pescadores, pastores e fazendeiros que estavam voltando para casa com as famílias. *Preciso saber se esse homem é o Messias.* Acelerou o passo. *Se ele for, vai nos levar à verdadeira vitória e à paz duradoura.*

Jesus estava parado a uns 10 metros. No meio do caminho, Judas olhou para trás e viu que Simão, o Cananeu, e Tobias Naftali vinham logo atrás. Seguiu em frente até se aproximar de um grupo de cerca de vinte pessoas sentadas na grama. Judas abaixou e se sentou com eles. Alguns momentos depois, alguém o cutucou; ele se virou e viu Simão e Tobias.

— Achamos que você está certo, devemos escutar mais — disse Simão, enquanto se sentava junto com Tobias. — Nenhum galileu foi tão popular assim desde Judas, o Galileu.

Havia cestas de pães e peixes na frente do grupo. Jesus pegou as cestas, abençoou-as e começou a passá-las. Quando viu Judas Iscariotes, Simão, o Cananeu, e Tobias Naftali, ofereceu pão e peixe a eles. Faminto, Judas pegou um pouco de cada e começou a comer.

— Qual é o seu nome? — perguntou Jesus.

— Sou Judas Iscariotes, de Queriote da Judeia. — Apontou para os outros dois homens. — Esses são meus amigos Simão, o Cananeu, e Tobias Naftali.

Jesus colocou as cestas no chão.

— Vocês estão muito longe de casa.

— Verdade, mas por uma boa razão. — Judas hesitou por um momento. — Estamos trabalhando para libertar nosso povo.

Jesus se sentou, com uma expressão séria no rosto angular.

— Eu também. — Fez um gesto na direção do grupo. — Esses são meus discípulos. Convido tu e teus amigos a se juntar a nós. Aprendereis o verdadeiro significado de paz e liberdade.

Judas sentiu a respiração acelerar quando notou uma mulher extremamente elegante com olhos escuros e maçãs do rosto proeminentes. Ela era esbelta, tinha cabelos longos e sedosos da cor de canela e um sorriso radiante que espalhava simpatia com um toque de mistério. Sentiu-se imediatamente atraído por ela e, enquanto escutava Jesus, começou a planejar como poderia conhecê-la.

Jesus falava com mais confiança do que qualquer outra pessoa que Judas já escutara, mais até do que Barrabás. Os olhos do nazareno fitaram-no, chegando a sua alma, deixando-o constrangido pelo desejo que sentia pela mulher. Judas se perguntou se deveria contar a ele sobre a revolta. Finalmente, decidiu fazer apenas uma afirmação genérica.

— Eu e meus amigos estamos trabalhando com o grande Barrabás, com o objetivo de expulsar os romanos.

A expressão de Jesus não mudou.

— Até que nossos corações estejam puros, vencer guerras não nos fará livres.

Judas acabou de comer e deixou a cesta de lado.

— Mas o senhor prometeu paz aos pobres e oprimidos. Isso é o que Barrabás promete. Será você quem nos trará a liberdade ou teremos de esperar outro?

Jesus respirou fundo.

— Pense no que viste e ouviste: os cegos ganharam a visão; os aleijados andaram; os leprosos ficaram limpos; os surdos escutaram; os pobres tiveram boas-novas. E felizes são aqueles que não abandonam sua fé em mim.

Judas se afastou, chocado. O homem estava deixando subentendido que era o Messias. O coração de Judas estava acelerado. Tentou engolir mas não conseguiu, nem conseguiu evitar que os olhos ardessem. Tinha encontrado o Messias? Deveria segui-lo? E a revolta? Se o nazareno estivesse mentindo, Judas ficaria sem nada. Por outro lado, Barrabás não tinha poderes miraculosos e estava apostando tudo em um bando desorganizado de guerreiros. Se Jesus fosse o Messias, certamente levaria os judeus à vitória e daria a quem o apoiasse cargos importantes em seu governo.

Por que devo me importar com Barrabás?, perguntou-se Judas. *Ele me exilou. Lutar com o Messias será a minha doce vingança. E quem sabe qual será a recompensa?*

Jesus instruiu os discípulos a se prepararem para ir embora. O coração de Judas batia acelerado enquanto, ao lado de Simão, o Cananeu, e Tobias Naftali, observava todos juntarem seus pertences. Um homem troncudo com uma barba preta espessa se aproximou.

— Meu nome é Mateus — disse. — Eu era coletor de impostos até me juntar a Jesus e encontrar a paz. Ele fala a verdade.

Simão, o Cananeu, confrontou Jesus.

— O senhor permite que coletores de impostos sigam-no?

— Mateus agora busca a justiça para aqueles que um dia traiu. — Jesus fitou Simão com compaixão. — Posso perceber que tu és um homem amargo. Se me seguires, o amor te modificará também.

Judas pegou Simão e Tobias pelo braço e os afastou do grupo. Quando não podiam mais ser ouvidos, disse:

— Nunca vi ninguém curar como o nazareno curou aquelas pessoas. Estamos esperando o Messias há muito tempo; talvez finalmente tenha chegado.

Tobias puxou seu braço.

— O Messias andaria com um coletor de impostos?

Simão levantou a mão.

— Esse coletor de impostos não trabalha mais para os romanos, está seguindo um homem que fala de liberdade. Acho que devemos ficar com o nazareno e convencê-lo a se juntar ao nosso movimento.

Judas olhou de Simão para Tobias.

— Concordo. Eu e Simão ficaremos com o nazareno. Tobias, volte e conte para os zelotes que encontramos um forte aliado para nossa causa.

A preocupação tomou conta do rosto jovem de Tobias, mas ele assentiu e voltou correndo para os zelotes. Judas se virou e viu que Jesus e os discípulos estavam partindo. Ele e Simão correram para alcançá-los. Quando se aproximaram de Mateus, Judas perguntou sobre a linda mulher que vira mais cedo.

— O nome dela é Maria Madalena — disse Mateus, sem olhar para ele. — Ela é a amiga especial de Jesus.

Judas agradeceu e prometeu a si mesmo que a conheceria na primeira oportunidade que tivesse.

CAPÍTULO 20

Uma onda de terror tomou conta de Judite enquanto esperava seu julgamento em Qumran. Tentara roubar um cavalo e Barrabás chamara todo o acampamento para juntos decidirem seu destino. Depois do jantar, estava ajudando as outras mulheres a lavar a louça, o rosto queimando ao pensar em se apresentar na frente dos 38 homens e das 16 mulheres. A reunião influenciaria, mas o veredicto final caberia a Barrabás decidir.

Que podia ser sua morte.

Faltando meia hora para o julgamento começar, Judite estava esfregando uma grande panela de ferro, na borda do planalto principal de Qumran, sufocada pelo medo e pelo cheiro de água salgada. Pegou o grande jarro de cerâmica que armazenava a água do mar para lavar a louça, jogou um pouco na panela e limpou com uma toalha as lentilhas agarradas. Quando terminou, tirou uma mecha de cabelo dos olhos e fitou o céu azul-escuro do crepúsculo. A noite estava quente e abafada, sem nenhum vento soprando, e o cheiro de enxofre estava forte.

Vários homens colocavam mais lenha na fogueira e conversavam entre si do outro lado do planalto. As mulheres estavam começando a se reunir e se cumprimentar. Desconfiando de que estivessem falando dela, Judite começou a ensaiar sua defesa e a se preocupar se alguém compreenderia suas ações.

Verdade, era errado roubar um cavalo, mas o que mais poderia ter feito? Enquanto analisava a questão, viu um escorpião indo para o abrigo de uma pedra. O escorpião andava em círculos e fazia movimentos espasmódicos sempre que encostava em uma pedra. A vida dela parecia igualmente patética, o caminho cheio de enormes pedregulhos, e não de pequenas pedrinhas.

A solidão e a vergonha tinham se tornado tão opressoras para ela quanto os penhascos recortados de Qumran. Por isso se arriscara a roubar um cavalo.

Se contasse sua história, algumas mulheres compreenderiam. Algumas que estavam perto da fogueira pareciam tão sem esperança quanto ela, as túnicas esfarrapadas e sujas, os cabelos precisando ser lavados, os rostos expressando a tensão que sentiam. Também não estavam cansadas de viver como pessoas fora da lei? Também não se sentiam sozinhas e afastadas dos maridos? Deveriam, mas não conseguiam admitir isso — nem para si mesmas.

Ela era uma delas: uma mulher vivendo em condições insuportáveis e totalmente dependente de um homem. Rezava para que algumas das mulheres percebessem sua solidão e a relacionassem com a delas. Então, talvez, falassem e convencessem Barrabás a ser misericordioso.

Ana, a robusta e simples esposa de Amos ben Perez, se aproximou com outra panela. Colocou-a no chão e disse:

— Você sabe que temos poucos cavalos e como os homens os valorizam. Como ousou tentar roubar um?

Judite continuou esfregando e se lembrou de como Simão da Betânia a arrastara até a barraca de Barrabás no meio da noite, do olhar sonolento, mas implacável, de Barrabás sobre ela, dos cabelos despenteados dele. Finalmente, ele falara.

— Que diabos deu em você, mulher? — Depois de muito repreendê-la, dissera: — Você arriscou o bem-estar de todo o acampamento por causa de fins egoístas e deve pagar pela imprudência.

Barrabás mandara Simão levá-la de volta para Dimas, que saiu da barraca furioso e incrédulo.

— Você estava preocupada com sua reputação, mas e a minha? As pessoas vão rir de mim! — Passou as mãos nos cabelos. — Você é mais jovem e inocente do que eu imaginava.

Implorando perdão, Judite finalmente acalmou Dimas. Agora devia sua vida a ele, que poderia tê-la mandado para o deserto para morrer de fome.

O rosto dela corou ao olhar para Ana.

— Eu estava com muita raiva de Judas... e me sentindo sozinha demais. Achei que precisava ir embora.

Ana levantou uma sobrancelha e se virou para sair.

— Está menos sozinha agora?

Judite entornou água na panela e ficou olhando. Não estava menos sozinha, mas estava mais sábia. Quando terminou de lavar a panela, percebeu a ironia: quisera envergonhar Judas Iscariotes na frente de todo mundo. Agora ela seria envergonhada. Os olhos se encheram de lágrimas ao pensar em como fora tola. Como Simão da Betânia dissera, os cavalos poderiam ter fugido e os zelotes talvez nunca conseguissem recuperá-los. Contaria seu lado da história sobre o incidente com Judas para acabar com as mentiras e fofocas, mas não envolveria Dimas falando sobre sua solidão.

Barrabás tocou o chifre de carneiro. Ela então deixou as panelas, foi para a fogueira e se sentou de pernas cruzadas no chão. Levou alguns minutos até todos chegarem, mas quando todos estavam sentados em um grande círculo, Barrabás disse:

— Todos sabem por que estamos aqui. Uma acusação muito séria foi feita contra Judite, esposa de Dimas ben Zebulom. Ele é um guerreiro corajoso, respeitado por todos, então devemos tratar sua esposa com respeito. Primeiro, chamo Simão da Betânia para explicar o que aconteceu.

Simão se levantou e descreveu como pegara Judite.

— Ela estava determinada a fugir, vi isso em seus olhos — disse, olhando para todos. — O ato dela nos colocou em perigo. Os cavalos podiam ter se perdido e nós nos tornaríamos uma presa fácil para os romanos.

Quando Simão terminou, Barrabás disse:

— Pensei em mandar Judite embora. Pensei que se ela queria ir embora, então eu permitiria. Mas não sou um homem cruel e decidi trazê-la para encarar todo o acampamento. Agora Dimas falará em defesa dela.

Dimas olhou para Judite, depois se levantou e fitou todos os presentes.

— Judite abandonou sua casa e sua família por nossa causa. Cuidou de feridos, forjou armas e preparou refeições. Ninguém pode duvidar de sua devoção à nossa causa. — Dimas parou por um momento, os lábios apertados. — Mas também é muito jovem e acredito que algumas mulheres podem compreender como ela deve se sentir sozinha por estar longe de casa. Imploro que sejam misericordiosos com ela. — Olhou para Judite, as narinas dele tremendo. — Ela me garantiu que nunca mais fará nada estúpido de novo.

Matatias ben Gaddi, com o maxilar firme, levantou a mão e Barrabás lhe deu a palavra. Matatias se levantou e respirou, olhando para o céu enquanto organizava os pensamentos. Os olhos mostravam sua cólera enquanto começava a falar:

— Vamos ao centro da questão. Temos uma ladra de cavalos entre nós. Ela pode ser jovem. Pode ser mulher de um respeitado guerreiro. Mas cometeu um crime hediondo. Um cavalo roubado seria uma terrível perda, mas se todos os cavalos tivessem fugido, seria um desastre. — Matatias fitou o grupo. — Nunca mais poderemos confiar na mulher de Dimas. Se permitirmos que saia impune, ela poderá tentar fugir de novo e nossa indulgência encorajará outros a fazerem o mesmo. Não sou um homem cruel, mas sou prático. — Matatias apertou os olhos e encarou Judite. — No meu ponto de vista, temos apenas duas alternativas: banir essa mulher ou jogá-la do despenhadeiro ao mar.

Um silêncio constrangedor, que só era quebrado pelos estalos ocasionais do fogo, tomou conta do acampamento. Judite se sentou e encarou as chamas. Apesar do ar abafado, de repente sentiu frio. Tanto frio que precisou flexionar cada músculo para não começar a tremer. Sem olhar ninguém nos olhos, temendo que os olhares condenatórios partissem seu coração, perguntou-se se ninguém compreendia o conflito pelo qual vinha passando. Ninguém nunca agira de uma forma e se arrependera mais tarde? Sim, ela errara, mas nenhum erro era motivo para ser deixada no deserto ou jogada das pedras.

Miriam, a esbelta esposa do cruel guerreiro Uriá de Jericó, quebrou o silêncio.

— Fiquei atônita com as ações de Judite. Primeiro, não pude acreditar como uma mulher poderia ser tão tola. Agora percebo que Judite envergonhou todas as mulheres do acampamento. Nossos maridos se questionam se podem confiar em nós ou se roubaremos um cavalo e fugiremos. Concordo com Matatias. Essa mulher deve ser banida do nosso convívio. Expulsão ou morte são as únicas formas de restabelecer a ordem e a confiança entre nós.

Judite fitou disfarçadamente o olhar de Miriam, da cor de um poço à meia-noite, esperando ver raiva e ódio. Mas, em vez disso, viu medo, e se deu conta da estreita relação entre ódio e medo e de como juntos eles conseguem incitar a vingança e tornar o perdão impossível.

Amos ben Perez, homem com peito largo e quase careca, começou a falar:

— Devo dizer algo em defesa de Judite — disse. — Eu estava aqui quando ela cuidou dos ferimentos de Judas Iscariotes e a vi tentar salvar a vida de Eleazar Avaran. Essa mulher serviu bravamente à nossa causa. Agora cometeu um terrível erro, mas não deve receber toda a culpa. — Fez uma pausa e lançou um olhar indignado a Simão da Betânia. — Estou horrorizado com o fato da sentinela tê-la deixado se aproximar tanto do curral. O incidente é, em parte, culpa dele.

Simão ficou de pé em um pulo, com o maxilar tenso e as mãos na cintura robusta. Encarou Amos e disse:

— Isso é um absurdo! Como pode me culpar pelo roubo dessa mulher? Arrisquei a minha vida para impedi-la.

Barrabás acenou e mandou os dois homens se sentarem.

— Este julgamento não diz respeito a nenhum de vocês — disse. — Diz respeito a Judite. — Barrabás pediu ordem e perguntou se mais alguém queria falar. Como ninguém se levantou, disse: — Todos vocês tiveram a chance de participar deste julgamento. — Virou-se para Judite. — Agora, jovem, o que você tem a dizer em sua defesa?

Judite sabia que precisava convencer a assembleia a lhe dar outra chance ou então seria morta ou expulsa. Levantou-se e falou com a voz firme e calculada.

— Vim para Qumran com a melhor das intenções. Como vocês, anseio por expulsar os romanos da nossa terra. Mas quando Judas Iscariotes mentiu e me chamou de prostituta, me senti humilhada e enfurecida. Ele me envergonhou e eu precisava de um pedido de perdão na frente de todo o acampamento. — O coração de Judite parecia pulsar na garganta. Fitou a escuridão e sentiu sua opressão sombria penetrar sua alma. — Não escutar esse pedido foi mais do que pude suportar. — Sem pensar, percebeu que estava falando de Dimas e do relacionamento que tinham. — Além disso, Dimas é um bom homem, mas a guerra o tornou distante e duro. Sentia-me sozinha e humilhada, com saudades de casa. Agora vejo o erro que cometi ao tentar roubar um cavalo. Só rezo para que vocês tentem me compreender e me mostrem a misericórdia de Deus.

Quando ela se sentou, Barrabás permaneceu em silêncio por um momento, depois disse:

— O acampamento ouviu todas as partes e todos tiveram a chance de falar. O que me dizem sobre a punição de Judite?

A assembleia se tornou uma gritaria.

— Jogue-a do despenhadeiro!

— Seja misericordioso com ela!

— Leva-a para o deserto!

— Dê outra chance a ela!

Os gritos formavam um coral de cacofonias, que Barrabás sufocou, dizendo:

— Já que o grupo está dividido, como líder, darei o veredicto final. Nosso acampamento está com poucos suprimentos e Judite se mostrou uma ladra destemida. Ordeno que Dimas vá a Jerusalém para roubar para nossa causa e proponho que Judite vá com ele. Devem roubar as casas dos ricos que moram perto do palácio de Herodes. Encontraremos com eles depois, na caverna Zedekiah, embaixo da cidade, e aproveitamos o espólio. — Olhou para Judite, depois para Dimas. — Estou dando a vocês a chance de reconquistar nossa confiança. Vocês têm seus destinos nas mãos.

Dimas levantou uma sobrancelha, uma expressão calma no rosto bem-moldado.

— Isso não será fácil, mas uma mulher levantará menos suspeitas do que outro homem.

Barrabás levantou os braços e declarou a reunião encerrada. Enquanto todos estavam saindo, Judite se aproximou de Dimas e se jogou em seus braços.

— Sinto tanto por tudo que estou fazendo você passar... — disse, deitando a cabeça no peito dele. Matatias foi o último a sair e eles ficaram sozinhos. — Devo ser sincera, não tenho certeza se posso continuar com você, muito menos ajudá-lo a roubar casas.

Dimas se afastou e se sentou, a solidão à mostra enquanto enlaçava os joelhos.

— Sinto muito por você ser infeliz. Não tenho sido um bom marido para você.

Ajoelhando-se ao lado dele, Judite se esforçou para manter a voz firme.

— Não, não tem sido. Você vive para a guerra, não para mim. Antes de Judas Iscariotes tentar me agarrar, eu já estava pensando em pedir que você me levasse para casa.

Dimas estendeu o braço para tocá-la.

— Preciso de você mais do que nunca. Se me der mais uma chance, prometo mudar.

Judite não esperava uma resposta tão sincera.

— Você realmente tentaria?

— Tentaria — respondeu, pegando as mãos dela — porque ainda a amo e acredito que você me ama. — Deu um sorriso travesso. — Agora temos a chance de roubar para a resistência. Formaremos uma boa equipe. Barrabás mencionou os judeus ricos que moram perto do palácio de Herodes. Conheço um deles, um fariseu chamado Nicodemos ben Gorion, um velho amigo do meu pai. Ele comprou incenso e especiarias no nosso mercado durante anos. Ele é rico e sua família ora no Templo durante o sabá. Então, não estará em casa. Prometo-lhe uma coisa: quando chegarmos a Jerusalém, se ainda quiser me deixar, pode voltar para sua família. Mas se perceber que ainda me ama, pode me ajudar com o assalto e se reconciliar com a causa zelote.

Enquanto o fogo apagava, Judite sabia que não poderia continuar em Qumran: as mentiras de Judas e a vergonha do roubo fracassado tornaram insuportável a já pesada carga que carregava. Para ganhar tempo, decidiu concordar com Dimas.

— Tudo bem, estou disposta a ajudá-lo nos assaltos em Jerusalém.

Dimas a puxou para mais perto e ela não resistiu. Aninhada no peito dele, sentiu o calor de seu corpo e o ritmo de seu coração. Fitou os grandes olhos castanhos dele com mais cuidado do que quando se conheceram. Ele a beijou com carinho e colocou a mão em seu seio. Conforme as últimas cinzas da fogueira se apagavam, um forte anseio por amor, mais do que por sexo, tomou conta dela. Mas se perguntou se algum dia encontraria isso em Dimas.

DIAS ATUAIS

CAPÍTULO 21

Mais cedo ou mais tarde, quase todo mundo se apaixona. Reconheça a condição pelo que ela é: uma forma de insanidade temporária. Permanecemos mortais mas experimentamos o paraíso.

Ou o inferno.

Ficamos obcecados por outra pessoa. Nosso sono fica agitado; perdemos o apetite; não conseguimos nos concentrar.

Esses sintomas indicam que entregamos parte de nossa alma para essa pessoa. Demos a ela ou ele o poder de nos curar e completar.

Ou nos destruir.

Nossa salvação está em retomar o poder que entregamos. Como o poder tem origem em nossa alma, devemos voltar lá e estabelecer uma intimidade mais profunda com Deus e com nós mesmos. Quanto mais cedo começarmos a fazer esse trabalho, e mais completamente nos entregarmos a ele, maiores serão as nossas chances de sobrevivência e crescimento, não devastação e desespero.

Do diário do irmão Gregory Andreou

Jerusalém, Israel
Quinta-feira, 4 de abril

Se Karim Musalaha soubesse o que o esperava na Universidade Internacional de Jerusalém, não teria ido. Estar em um campus fazia com que se lembrasse da Universidade Birzeit em Ramallah, a 15 quilômetros dali. Embora a Birzeit não tivesse esculturas modernas, calçadas sinuosas de pedra nem a mistura de prédios novos e antigos, tinha os mesmos alunos enérgicos e questionadores.

Sentia falta deles.

Sentia falta do que aprendiam juntos.

Do que tinha aprendido com eles.

Birzeit lhe mostrara o quanto era diferente de seu pai e da APP. Tão diferente que não pôde ficar. Karim desconfiava que uma ligação de Ahmed Marzouqa levara Abdul Fattah ao Hospital Augusta Victoria para levá-lo de volta. Felizmente, o irmão Gregory conseguiu despistar Abdul no trânsito de Jerusalém e levou Karim de volta ao mosteiro em segurança.

Um mau presságio tomava conta dele. Quando fugiu de casa, nunca poderia ter imaginado para onde sua vida o levaria. Nem poderia ter adivinhado que encontraria um manuscrito antigo, que conheceria uma linda israelense ativista da paz nem que começaria uma busca pela verdade sobre o relacionamento entre Jesus Cristo e Maria Madalena.

Agora não podia voltar atrás.

Estava caminhando entre Rachel Sharett e a professora Deborah Stottlemeyer, uma renomada estudiosa do Novo Testamento e das origens do cristianismo. Ele e Rachel tinham se encontrado rapidamente com a professora em seu gabinete bagunçado enquanto buscavam opinião de um especialista sobre o relacionamento de Jesus com sua principal discípula. A professora Stottlemeyer os convidara a continuar a conversa durante o almoço no centro estudantil.

Karim manteve seus olhos fixos nos grandes retângulos de pedra que formavam a calçada para que Rachel não percebesse a confusão em seus olhos. Seu crescente interesse nela o inquietava como o jejum do Ramadã. O interesse começara como uma sutil atração, uma perturbação espontânea do coração que ia e voltava. Mas, conforme caminhavam pelo campus antes de se encontrarem com a professora, essa agitação se intensificou de uma forma que o surpreendeu. Enquanto atravessavam a praça cercada por alguns antigos prédios de pedra e outros modernos de vidro e aço, ela contou-lhe mais sobre seu pai. Ele trabalhara naquela universidade, não como membro docente ou da administração, mas como zelador.

— Quando fui aceita para a faculdade de medicina, foi a realização do sonho dele de uma vida melhor para mim — disse ela. — Como eu gostaria que ele tivesse vivido para me ver formada.

Karim passou o braço em volta dela enquanto caminhavam em silêncio, e então ela perguntou sobre a mãe dele. Quando ele contou que ela morreu cedo demais para compartilhar suas conquistas educacionais, Rachel o fitou com olhos cheios de lágrimas e disse:

— Se nós não ajudarmos a curar esta terra, quem irá?

Naquele momento, ele sentiu uma mudança em seu coração, levando-o da atração para algo mais profundo. Algo que não tinha certeza se estava pronto para assumir. Não queria amar uma israelense, mas estava atraído por uma. Desde a conversa de mais cedo, a luta o estava deixando exausto; precisava pensar em outra coisa.

Virando-se para a professora Stottlemeyer, Karim perguntou:

— É possível que Jesus tenha sido mais do que amigo de Maria Madalena?

A professora Stottlemeyer endireitou seus óculos com armação de osso e passou a mão pelos cabelos curtos e ruivos.

— Como muitos estudiosos, já me fiz essa pergunta muitas vezes. O Novo Testamento sugere que Jesus e Maria Madalena eram muito próximos. De acordo com o Evangelho de Lucas, ele tirou sete demônios dela. Ela permaneceu com ele na cruz e levou as outras mulheres para a tumba no domingo de Páscoa. No Evangelho de João, o Jesus ressuscitado aparece em particular para ela e a chama pelo nome.

Karim perdeu algumas das respostas da professora porque estava pensando em Rachel e no óbvio amor que ela sentia pelo pai. Ele compreendia, pois tinha o mesmo amor intenso por sua mãe, que sofrera por se opor ao fato de seu marido ser um militante do islã. A voz de Rachel o tirou de seu devaneio quando ela disse para a professora:

— De onde os romancistas e cineastas tiraram a ideia de que Jesus e Maria Madalena eram amantes ou mesmo marido e mulher?

A professora, que estava um pouco acima do peso, riu.

— Especulação. No século VI, o papa Gregório, o Grande, disse que Maria Madalena era a "mulher pecadora" que untou Jesus e enxugou os pés dele com o cabelo. Gregório tirou essa ideia do Evangelho de João, onde a "mulher pecadora" é chamada de Maria, mas a palavra "Madalena" não está no texto. O livro e filme *A última tentação de Cristo* mostram Jesus sendo tentado a fazer sexo com esta mulher, mas nenhum estudioso confiável do Novo Testamento acredita que o papa Gregório estava certo. Maria Madalena não era prostituta. Ela e a "mulher pecadora" que untou Jesus são duas pessoas diferentes.

Karim continuava andando, apesar da estranha sensação em seu âmago: náusea agitada misturada com um terror contínuo. Sentira essa náusea em Birzeit quando namorara Mira Ansari, mas ela era palestina e o breve romance não o deixou apavorado. Por que, então, tinha esses sentimentos por Rachel Sharett?

Pensou na carta de Jesus e se lembrou de algo que irmão Gregory lhe dissera:

— E se Jesus e Maria Madalena se casaram e tiveram um filho?

— A ideia é uma grande especulação — disse a professora Stottlemeyer, desviando de um aluno que estava com o nariz grudado em um livro. — Os escritores que promovem essa ideia procuram evidências fora do Novo Testamento, mas não existe muita coisa. Eles se apoiam nos chamados "evangelhos gnósticos".

Rachel parou, e Karim e a professora fizeram o mesmo.

— O que quer dizer com "gnóstico"?

— A palavra grega *gnosis* significa conhecimento — disse a professora Stottlemeyer. —Membros de grupos gnósticos acreditavam que para se obter esclarecimento espiritual é preciso conhecimento secreto. Muitos evangelhos gnósticos foram descobertos em Nag Hammadi, no Egito, em 1945. Maria Madalena aparece em alguns deles. Ela também é a única que tem um evangelho em seu nome. O Evangelho de Maria foi descoberto em 1896 e comprado no Cairo. Mas em nenhuma dessas fontes ela é chamada de esposa de Jesus.

— Então, se não há provas, por que a ideia persiste? — perguntou Karim.

A professora Stottlemeyer ficou séria.

— Talvez por causa do anseio humano por uma divindade feminina. Se Jesus era o Filho de Deus e Maria Madalena era sua esposa, ela, então, se torna também uma figura divina.

A professora começou a andar de novo e subiu alguns degraus que levavam para uma praça em frente ao centro estudantil.

— Alguns desses autores usam o Evangelho gnóstico de Felipe como prova. Felipe descreve Maria Madalena como a "companheira" de Jesus, mas não como sua esposa. Ele diz que Jesus a beijava com frequência, mas o manuscrito não está em boas condições, então não sabemos *onde* nem *como* ele a beijava.

As palavras da professora paralisaram Karim. Ele percebeu que a popularidade de alguns romances e filmes americanos sobre Jesus e Maria Madalena se devia em parte por causa do foco que tinham no amor proibido. Ele não podia imaginar o estimado profeta Jesus fazendo nada proibido. Mas para Karim o assunto era mais do que um tema, tinha ramificações. A tradição judaica proibia Rachel de se casar fora de sua religião. Se ela desafiasse a família e se envolvesse com um muçulmano, Ezra e a mãe dela simulariam um funeral e a dariam como morta.

O pai de Karim o trataria de forma parecida se ele se casasse com uma judia. Seu relacionamento com Rachel parecia condenado desde o começo. Ainda assim, não conseguia ignorar as pontadas em seu coração. Acalmou-se pensando na forma radical com que Jesus descreveu o amor em sua poderosa carta. Se a carta fosse genuína, não apenas provaria que a teoria de que Jesus e Maria Madalena eram casados era falsa, assim como a faria parecer estranha e ultrapassada.

Karim desacelerara o passo e quando olhou para a frente, viu Rachel acenando para ele se aproximar. Apressou-se para alcançar as duas mulheres. Quando chegou à porta de vidro que levava ao centro estudantil, Karim perguntou à professora:

— Já ouviu falar de uma carta que Jesus tenha escrito?

Ela riu com desdém.

— Claro que não.

Karim abriu a porta para ela.

— Existe algum motivo pelo qual ele não poderia ter escrito uma?

— Se está perguntando se Jesus sabia ler e escrever, a resposta é sim. No Evangelho de Lucas ele lê na sinagoga, e no de João ele escreve na areia ao defender uma mulher adúltera. — Ela parou, pensativamente, antes de prosseguir. — O talento que ele tinha para citar as escrituras sugere que ele estudava com os rabinos; alguns estudiosos até especulam que ele aprendeu com os filósofos cínicos em Séforis, perto de Nazaré. Mas, até onde sabemos, ele nunca escreveu nenhuma carta.

— Mas é impossível que ele tenha escrito? — Karim seguiu as duas mulheres para um refeitório lotado no centro estudantil.

A professora Stottlemeyer deu de ombros.

— Teoricamente, não. Mas se Jesus tivesse escrito uma carta e o manuscrito tivesse sobrevivido, acredite em mim, saberíamos. O manuscrito seria de valor inestimável, talvez o maior tesouro da humanidade. E se os ensinamentos do

Novo Testamento mudaram o mundo, não consigo nem imaginar o impacto que essa carta teria. — Ela colocou sua pasta em cima de uma das poucas mesas vazias que havia. — Vamos pegar nossa comida, depois conversamos mais.

Quando a professora se dirigiu para a parte de salada do bufê, Karim levou Rachel para a grelha. Ele foi passando pelas filas de mesas retangulares, a maioria cheia de alunos em volta. Uma pessoa sentada em uma das mesas, perto do centro do salão, chamou sua atenção: um homem de meia-idade sentado com quatro ou cinco alunos. Pensando que o perfil do homem lhe parecia familiar, Karim parou Rachel e se aproximou para ver melhor.

Com uma jaqueta de tweed e calça marrom, o homem estava vestido como um típico professor, mas o que levantou as suspeitas de Karim foram seus óculos com armação de arame. Quando uma garota atlética de cabelos louros se levantou para sair da mesa, ele estendeu a mão para se despedir. Naquele momento, Karim o reconheceu. Virou-se de costas e, disfarçadamente, mostrou para Rachel para onde devia olhar.

— Está vendo aquele homem? Foi ele quem me atacou em Qumran.

— Tem certeza? — perguntou Rachel.

Karim não respondeu, mas continuou de costas para o homem, esperou a aluna loura passar e, então, a acompanhou.

— Com licença — disse ele. — Você poderia me dizer o nome do homem que estava na sua mesa?

A garota mal diminuiu o passo.

— Professor Robert Kenyon... de arqueologia.

Rachel alcançou Karim.

— Quem é ele e como você pode ter certeza de que é o homem certo?

— O nome dele é Kenyon e é arqueólogo. Quando um homem ataca você com uma pá, é difícil esquecer o rosto dele. — Karim segurou o braço dela e olhou na direção contrária a Kenyon enquanto guiava Rachel na direção do bufê de saladas. — Não podemos almoçar aqui. Teremos de dizer à professora que tivemos um problema.

Eles interceptaram a professora Stottlemeyer enquanto ela se encaminhava para a mesa onde deixara sua pasta. Karim começou a explicar quando alguém interrompeu, gritando:

— Alguém segure aquele homem! Ele é um ladrão! — Ele se virou e viu Robert Kenyon correndo em sua direção, vindo do centro do salão. Um segurança robusto, usando uniforme azul-marinho, escutou a comoção e correu atrás de Karim.

Karim agarrou a mão de Rachel enquanto Kenyon tropeçava em um carrinho de comida, fazendo pratos caírem e o atrasando. A intenção deles era dar a volta e alcançar o jipe dela no estacionamento de visitantes, perto da entrada da frente, do outro lado do centro estudantil. Mas, com o guarda pedindo reforços pelo rádio e correndo atrás deles com Kenyon, eles perceberam que não iam conseguir e resolveram se esconder. Depois da praça, havia três prédios de tijolos. Karim apertou a mão de Rachel e correu para o da esquerda, o prédio de Ciências Sociais.

Depois de descerem o caminho em disparada e entrarem no edifício, ele puxou Rachel para a direita, subindo as escadas. Muitos alunos estavam descendo, conversando e rindo. Karim e Rachel subiram as escadas de dois em dois degraus para ultrapassá-los e correram pelo corredor do segundo andar, passando por salas de aula ocupadas dos dois lados. No meio do corredor, viram três portas, sendo que duas ficavam uma de frente para a outra, com placas exibindo nomes de professores.

A última porta estava um pouco aberta. Karim escutou passos na escada e puxou Rachel para dentro de um pequeno gabinete. Fechou e trancou a porta. O cheiro era de vela queimada. Karim olhou todo o gabinete, que mais parecia um cubículo, e viu a vela meio queimada em cima de uma escrivaninha de madeira. A vela estava em um castiçal de bronze ao lado de uma Bíblia aberta.

Rachel apertou a mão dele.

— Conheço aquele professor lá, na sala de aula da esquerda.

Karim olhara para os dois professores nas salas de aula em frente. O da esquerda usava barba preta e se vestia como judeu ortodoxo.

— Quem é ele?

— O nome dele é Itzak Kaufman. Já falei dele antes com você.

— O amigo do seu irmão?

— Isso mesmo. Ele é o sionista que dá aulas de ciências políticas.

— Ele viu você?

— Acho que não.

Karim colocou o ouvido na porta e escutou o burburinho do lado de fora. Uma voz autoritária disse:

— Vou procurar no resto do prédio. Você procura neste andar.

Karim se afastou e pressionou o dedo sobre os lábios. Luz entrava pela janela atrás da mesa. Rachel se apoiou nele, os olhos brilhando de medo. Alguém estava procurando em todas as salas, uma a uma. Ele permaneceu imóvel, enquanto ela encostava o rosto em seu peito. Ele sentia a respiração dela através do *shalwar* surrado, o corpo tremendo levemente. Precisou de muita força para resistir à vontade de beijá-la, mas não se mexeu.

Então, alguém deu uma pancada na porta. O barulho acalmou seu desejo. Quando parou, ele escutou o barulho das salas de aula sendo esvaziadas. Rachel o soltou e o empurrou na direção da mesa enquanto enxugava o suor do rosto. Foi quando ele viu uma pequena placa de madeira onde estava escrito em bronze "Dr. Itzak Kaufman, professor de Ciências Políticas". Apontou a placa para Rachel ler, os lábios se comprimindo em uma linha fina.

— Não podemos deixar Kaufman nos encontrar aqui — disse ela, sua voz um sussurro.

Foi quando o celular dele vibrou no bolso. Ele pegou e leu uma mensagem de texto do irmão Gregory:

"Venha logo. Acabei de traduzir o diário de Judite. Uma revelação surpreendente."

Ele mostrou o celular aberto para que Rachel pudesse ler. Ela leu rapidamente e disse baixinho:

— Vamos lá. Se Kaufman nos vir aqui, contará para meu irmão.

Karim encostou o ouvido na porta. Como não escutou nada, abriu a porta e espiou do lado de fora. Nada de seguranças, nada de Kenyon. Um grupo de estudantes estava parado perto do final do corredor à esquerda. Ele saiu e Rachel o seguiu.

— Não podemos passar pelo centro estudantil — disse ele. — Precisamos contorná-lo e passar pelos prédios adjacentes até chegar ao estacionamento.

Ela concordou e ele a guiou pelo corredor, sabendo que teriam de passar pelos estudantes. Ele esperava que Kaufman não os visse. Para alívio de Karim, o professor não estava mais na sala de aula. Mas quando pisou na escada, Kaufman estava a caminho do saguão, xícara de chá na mão. O professor parou abruptamente quando viu Rachel, seus traços fortes se iluminando ao reconhecê-la, demonstrando surpresa.

— Rachel Sharett, o que está fazendo aqui?

— Olá, professor Kaufman — cumprimentou ela, com a voz firme. — Estou fazendo uma pesquisa.

— Quem é o seu amigo? — perguntou o professor Kaufman.

— Estamos atrasados agora — disse ela, seguindo em frente. — Desculpe. Conversamos outra hora. Desculpe — disse ela, de novo por cima do ombro.

Karim a acompanhou enquanto desciam as escadas. Seus planos eram levá-la para o lado de fora, mas quando olhou pelo vidro da porta, viu um segundo segurança, com corpo atlético, indo na direção do prédio, *walkie-talkie* grudado ao ouvido. Karim pegou a mão de Rachel e desceu as escadas correndo para o subsolo.

A primeira porta à direita estava aberta — a sala dos aquecedores. Entrou, acendeu a luz, uma única lâmpada pendurada em um longo fio. A grande sala tinha um forno industrial bem grande, duas janelas altas no fundo e material como escadas, esfregões e vassouras de um lado. Embora fosse necessária no inverno, a caldeira estava desligada naquele momento, a sala em silêncio. Puxando Rachel para dentro, Karim fechou e trancou a porta de metal e apagou a luz. Então, se dirigiram para trás do forno.

— Teremos de ficar aqui até escurecer — disse ele. — Aí, poderemos correr até o jipe sem sermos vistos.

Encostando-se na parede de cimento, ela aquiesceu e sussurrou:

— É melhor mandar uma mensagem para o irmão Gregory dizendo que vamos nos atrasar.

Karim digitou a mensagem e, então, virou-se para Rachel.

— Por favor, me desculpe. Não tinha como eu saber que aquele homem que tentou tirar o manuscrito de mim era um professor nem que dava aulas aqui.

— A culpa não é sua. Pelo menos, agora, sabemos a motivação dele. Desconfio que estivesse em uma escavação em Qumran e que tinha permissão para escavar naquela caverna. Ele não só está com inveja que você conseguiu um manuscrito e ele não, como também acha que você é um ladrão.

Karim franziu a testa.

— Você viu os olhos dele? Acho que é louco.

— Temos de sair daqui antes que ele nos encontre — comentou ela, seus olhos cheios de preocupação.

Ele pegou as mãos dela. Quando tocou em seus dedos, ela não os afastou. Ele se lembrou do toque do rosto dela em seu peito no gabinete de Kaufman, a respiração quente e suave. Aquela podia ser sua última oportunidade para saber se seus sentimentos eram correspondidos.

— No gabinete do professor, quando você me abraçou, eu senti...

— Sshh! — Ela encostou um dedo sobre os lábios dele, então entrelaçou seus dedos com os dele. — Eu estava com medo... com medo porque estavam nos perseguindo... com medo de você estar sentindo algo que pudesse nos causar problemas. Mas então eu abracei você e o medo foi embora.

Sob a luz fraca que vinha da janela, ele viu o pulso dela acelerado na base de seu pescoço.

— Sei que amar você é impossível... mas não posso evitar esse sentimento. — Ele estendeu a mão e acariciou o cabelo dela. — Se formos pegos, podemos perder tudo. Tudo que temos é este momento. — Ele se inclinou e sentiu os lábios dela encontrarem os seus, suaves e úmidos.

O beijo, tão refrescante quanto água gelada no deserto, foi muito bom. O cheiro dela era intoxicante. Quando a envolveu em seus braços, e ela também o abraçou, Karim foi transportado para um lugar mágico e distante que dá vida aos sonhos. Entregou-se completamente e se esqueceu de onde estava. A sala de aquecimento escura se transformou em um oceano de calma, convidando-o a profundezas misteriosas. Sentiu o coração dela acelerado e soube que tinha mudado para sempre.

Quando o beijo terminou, ele buscou em sua mente algo para dizer, mas não encontrou nenhuma palavra. Rezou para Alá ajudá-lo, e torceu para que Rachel também estivesse rezando, pois precisariam da intervenção divina para fazer com que aquele relacionamento tão pouco provável desse certo. Afastou um pouco a cabeça, mas continuou a abraçá-la.

— Você acha que o que Jesus escreveu para Maria Madalena é verdade?

— De que parte você está falando?

— A parte sobre o feminino e o masculino interior. Ele disse que a união espiritual deles continha o segredo do amor.

Ela passou o dedo pelo rosto dele, como se precisasse de uma prova física de que aquele momento era real.

— Talvez esta seja a nossa chance de descobrir. Tudo está contra nós: religião, política, história, nossas famílias. Seria necessário um milagre para fazer este relacionamento durar.

— Mas não é isto que a carta é: um milagre? — Ele pegou a mão dela de novo e manteve o olhar fixo no dela, onde viu um reflexo de todo amor, sofrimento e esperança no futuro que tinha guardado em seus próprios olhos. — Talvez se não esperarmos que a outra pessoa seja responsável por satisfazer às nossas necessidades, como a carta diz, encontraremos o mais puro dos amores. Talvez seja por isso que a vida nos uniu: para provar que esse tipo de amor pode triunfar até mesmo nesta terra de sofrimento.

O celular de Karim vibrou de novo. Ele gostaria de poder ignorar, de fazer o momento durar para sempre. Mas sabia que teria de terminar alguma hora. Relutantemente, pegou o celular e leu a mensagem do irmão Gregory: "Precisamos testar a revelação de Judite agora. Se for verdadeira, a carta é genuína. Venham rápido."

Quando ele mostrou a mensagem na tela iluminada para Rachel, ela perguntou:

— O que ele quer dizer com testar a revelação dela?

Karim balançou a cabeça.

— Tomara que a gente descubra logo.

Quando Karim colocou o celular de volta no bolso, notou a escuridão do lado de fora pela janela no alto da parede. Levou Rachel até a porta e escutou. Como não ouviu nada, beijou-a uma última vez, desejando que aquilo pudesse durar para sempre. Então, sussurrou:

— Temos de sair de fininho. É a nossa única esperança.

Abriu a porta e viu que o corredor estava deserto. Pegando a mão dela, seguiu na direção do estacionamento.

ERA ROMANA

CAPÍTULO 22

Gabriel abriu os olhos e tentou se mexer, mas não conseguiu. O teto sobre ele, de pedra branca polida, parecia familiar, mas sua mente estava turva e ele não conseguia se lembrar onde vira a superfície áspera antes. A luz enchia o ambiente, a brilhante luz do meio da manhã, e ele escutou um trotar de burros do lado de fora da janela, as vozes dos comerciantes e a risada das crianças.

A luz fazia seus olhos arderem. *Onde estou?* Piscou para umedecer os olhos secos. A névoa que envolvia sua mente fazia com que se sentisse como se houvesse dormido durante dias. Tentou mexer os braços, mas eles não reagiram, nem as pernas. E a parte de trás da cabeça doía, latejava. Comparado à dor no coração, o latejar pareceu suave.

Como você pôde, Judite? A pergunta ecoava em sua mente, tão sem resposta quanto as orações pedindo alívio. Talvez ela considerasse Dimas mais bonito do que ele. Ou mais inteligente, mais corajoso, mais forte. Se fosse isso, Gabriel não tinha como fazê-la mudar de ideia. Passara a vida toda sendo comparado a Dimas e achava a competição entre os dois exaustiva. O irmão *era* melhor em algumas coisas, como em trabalhos manuais. Fazer essa concessão dava a Gabriel uma certa paz, mas competir por Judite trouxera o conflito de volta. O fato de ela ter escolhido Dimas deixara sua alma mais paralisada do que o corpo.

A cabeça começou a latejar com mais força quando se lembrou dos dois galileus no mercado e de como o jogaram no chão de pedra. Respirou fundo, agradecido por estar vivo, então tentou se sentar e, desta vez, seus músculos funcionaram. Grãos de poeira dançavam iluminados pelos raios de sol que entravam pela janela. Uma cômoda, uma escrivaninha e um banco de pinheiro ficavam na sua frente no quarto, que tinha um leve cheiro de doença. Piscou de novo e reconheceu onde estava: no seu quarto, na casa dos pais em Jerusalém. Tocando a cabeça, sentiu os curativos e percebeu que o cheiro vinha dos unguentos e do sangue seco.

Lembrou mais uma vez dos dois galileus, da revolta que estavam planejando, do fogo nos olhos deles. Virou as pernas para a lateral da cama e soube que *precisava* ir a Galileia convencer Jesus de Nazaré a aumentar seus esforços de paz. Com a ajuda do povo, o nazareno era o único que podia impedir uma revolta e o terror que isso causaria. Ainda mais, Gabriel precisava avisar Jesus para ficar longe de Jerusalém, porque Pilatos estava suspeitando de todos os galileus e a cidade seria perigosa para o profeta mais sincero de todos os tempos.

Gabriel tentou ficar de pé, mas ficou tonto e caiu para trás. As pernas de madeira da cama arranharam o chão de pedra, produzindo um som penetrante. Conforme se levantava na cama, uma mulher rechonchuda e dois homens mais velhos entraram no quarto. Reconheceu a mãe, o pai e Nicodemos ben Gorion.

— Graças a Deus você acordou — disse a mãe, dando-lhe um beijo na bochecha. — Nicodemos o trouxe para casa e está de vigília aqui desde ontem... Você poderia ter morrido. Às vezes, acho que você é tão imprudente quanto Dimas.

Gabriel virou os olhos e tentou falar.

— Preciso ir à Galileia. — Ficou feliz em escutar a voz saindo clara e sincera. — Os homens que me feriram precisam ser detidos.

— Não pense nisso agora — disse o pai, com o rosto inflexível, segurando as pernas de Gabriel. — Apenas tente descansar. A Páscoa está chegando e vamos precisar de você no mercado.

— A Páscoa será uma época de matança se os galileus conseguirem fazer o que planejam. — Gabriel tentou se levantar, mas o pai continuava segurando-o. — Por favor, pai, preciso ir. Dimas e Judite podem estar envolvidos nessa revolta. — Empurrou as mãos do pai, mas não conseguiu removê-las.

Nicodemos, que estava ao lado do careca Zebulom aos pés da cama, disse a ele:

— Posso falar com seu filho em particular, por favor?

— Você não pode sair até que esteja bem — disse Zebulom, pegando a mão da mulher para saírem do quarto. — Independentemente do que Nicodemos lhe disser.

— Concordo com seu pai, filho — disse Nicodemos quando estavam sozinhos. — Não seria sábio da sua parte ir à Galileia antes de melhorar. Sua briga no mercado também mostra o quanto você precisa de mais maturidade. Como já lhe disse antes, todos temos um lado obscuro dentro de nós e você deve examinar o seu antes de condenar Judite, Dimas ou os galileus.

O olhar de Gabriel ficou duro. Tinha o direito de estar furioso e de brigar se quisesse. Com raiva, disse:

— Aqueles galileus estão apoiando os homens que corromperam Judite e Dimas. É claro que briguei com eles.

A decepção ficou clara nos grandes olhos redondos de Nicodemos.

— Seu orgulho mostra que não compreende as lições de Jesus, meu filho. A sabedoria delas explica por que Dimas e Judite o traíram. Eles não planejaram fazer isso. Foram seduzidos pelas emoções. Se você compreender o poder dessa atração, talvez continue furioso, mas também terá compaixão por eles.

Nicodemos fez uma pausa e foi pegar o banco próximo à janela. Quando se acomodou perto da cama, continuou:

— Judite e Dimas não conheciam seus lados obscuros e fizeram escolhas prejudiciais baseadas na ignorância. Sua violência mostra que você também não se conhece intimamente nem compreende o que traz felicidade. Se deseja ser curado, não deve condenar os outros sem conhecer as próprias feridas e os próprios erros. Fazendo isso, você aumentará seu conhecimento de si mesmo, o que o libertará.

Gabriel engoliu em seco para não elevar o tom de voz.

— Você deveria guardar essas palavras para Dimas e Judite.

Nicodemos colocou uma mão sobre a cama e continuou falando baixo.

— Eu li a carta de Jesus para Maria Madalena, e descobri muitas verdades que Judite e Dimas precisam conhecer, assim como eu e você. Quando o sexo é proibido, seu poder de enganar o coração aumenta, porque vem do nosso lado obscuro, desconhecido, uma parte nossa cheia de sentimentos ocultos e desejos sinistros. Judite e Dimas se perderam na escuridão, mas logo descobrirão que nenhum casal pode viver feliz assim.

Gabriel estava surpreso pela declaração de Nicodemos, e se inclinou para a frente para escutar mais.

— Por que não me falou sobre esse lado obscuro antes?

— Porque você não estava pronto. A carta discute as questões sexuais de uma forma que a maioria das pessoas nunca compreenderiam. Conta sobre a luta de Jesus no relacionamento com Maria Madalena e como chegou a uma compreensão tão iluminada sobre sexo. Agora ele quer que todos tenhamos essa luz.

Gabriel sentiu o estômago revirar ao escutar o nome de Maria Madalena. Não se lembrava apenas de sua surpreendente beleza, mas também do vazio em seus olhos, o mesmo vazio que via quando se olhava no espelho. Procurou respostas no rosto de Nicodemos e manteve a voz baixa.

— Por que não me disse que sabia essas coisas sobre Jesus e Maria Madalena?

Nicodemos hesitou e, então, disse:

— Porque eu mesmo ainda estou aprendendo os ensinamentos da carta e só posso falar com base em meu conhecimento incompleto. — Desviando os olhos de Gabriel, continuou: — O sofrimento de Jesus por causa dos sentimentos por Maria Madalena fez com que ele examinasse sua vida. Ele a desejava com tanta paixão quanto qualquer homem deseja uma mulher, mas passou horas rezando sobre seus sentimentos e desenvolveu um respeito enorme pela forma como a atração sexual molda a alma das pessoas. Através de sua angústia, chegou ao verdadeiro propósito de sua vida, que é pregar o Reino de Deus. Para aceitar essa missão delicada, decidiu que devia permanecer solteiro. Através do próprio sofrimento e tormento, Jesus desenvolveu uma intensa compaixão pelo sofrimento das pessoas.

Gabriel sentiu o arrependimento corroendo sua mente. Condenara Jesus sem considerar sua luta como homem — uma luta parecida com a dele — para abrir mão de um amor impossível.

— Preciso ir até Jesus. Preciso descobrir sozinho se ele é tão sábio quanto você acredita.

Nicodemos colocou a mão no braço de Gabriel.

— Por favor, me escute... A carta dele para Maria Madalena traz a meditação de Jesus sobre as feridas sexuais que moldaram a história do nosso povo. Por exemplo, Abraão sofreu com a rivalidade entre sua mulher, Sara, e a serva, Agar, com quem Abraão teve um filho, Ismael. Jacó conheceu a angústia de ter filhos de três mulheres diferentes: Léa, Raquel e sua serva Bila. O filho de Jacó, Judá, fez sexo com a nora Tamar, que deu à luz filhos gêmeos seus. Boaz era filho de Salmom e Raabe, uma prostituta de Jericó. E, o caso ainda mais notório, o rei Davi cometeu adultério com Betsabé e planejou que o marido dela fosse morto no campo de batalha. Não vê, Gabriel? Jesus mostra compaixão com aqueles que cometem pecados sexuais, como a prostituta na casa de Simão, porque sofreu uma angústia parecida e escreveu a carta para mostrar o caminho da cura.

Gabriel fitava Nicodemos com olhos arregalados.

— Se o que você está dizendo é verdade, coloca uma nova luz sobre a forma como Jesus tratou Maria Madalena.

— Sim, mas ainda tem mais. — Nicodemos levantou um dedo, como se fosse um professor. — A epístola reconhece que a atração sexual pode nos dominar. Quando ela ataca, a nossa vida parece fora de controle. Não pensamos em mais nada, mal conseguimos comer ou dormir. Não é assim que você se sente em relação a Judite?

Gabriel se lembrou de que quando estudava hebraico com Judite com o exigente professor Josias ben Zakai. O magro e divertido Josias levou a turma de cinco alunos para o Jardim de Getsêmani para que lessem a Torá. Gabriel costumava tropeçar nas palavras e pedir ajuda, mas Judite lia histórias da Bíblia e textos da Lei com perfeição. Escutá-la, cercada pela grama da primavera, pelas oliveiras em flor e pelo bando de pardais que cruzava o céu, era escutar mais do que a voz de uma moça: era como se uma voz diferente da de Judite o convidasse a viver uma aventura, à descoberta e à felicidade. Era comum ouvir aquela voz quando ele estava na presença de Judite, principalmente quando ela estava com as crianças da vizinhança. Ela brincava de pega-pega, de esconde-esconde e fazia brincadeiras com palavras, provocando risos nas crianças durante horas. Como Gabriel poderia não a amar? Todos a amavam, e ele ficou felicíssimo quando o pai conseguiu o casamento. Olhou de novo para Nicodemos e franziu a testa.

— De que me adiantam os ensinamentos da carta? Judite fez sua escolha e devo viver com isso.

Devagar, Nicodemos olhou pela janela, a voz soando melancólica ao dizer:

— A mensagem diz que quando nos apaixonamos, não temos consciência do por que nos sentimos atraídos pela outra pessoa. Achamos que é porque ela é bonita ou inteligente ou porque temos os mesmos interesses. Mas, na verdade, o que vemos na outra pessoa é uma parte perdida ou desconhecida de nós mesmos, ou então ela nos faz lembrar um amor do passado, ou um dos nossos pais ou alguém que cuidou de nós quando crianças.

Nicodemos foi para o pé da cama.

— Gabriel, quando vemos uma pessoa como mais do que humana, nos desiludimos rapidamente. Nenhum mortal pode encarnar qualidades divinas por muito tempo. A pessoa acaba começando a parecer ordinária... ou pior. E podemos acabar furiosos e desesperados porque passamos a acreditar que escolhemos a pessoa errada, alguém que percebemos que nem gostamos, muito menos amamos.

Gabriel sentiu um arrepio tomar conta de si ao escutar as palavras de Nicodemos. O sábio fariseu podia estar descrevendo a experiência dele com Judite, e gostaria de ter escutado esses ensinamentos mais cedo. Enxugou o suor da testa e perguntou:

— Tudo isso está na carta que Jesus escreveu para Maria Madalena?

Nicodemos abriu um grande sorriso.

— Isso e muito mais. Jesus nos mostra o caminho para vivermos em harmonia e paz. Quando levamos a luz da compreensão para o lado desconhecido de nós mesmos, podemos escolher nossos companheiros com sabedoria e não caímos mais na armadilha ilusória da paixão. Em vez disso, consideramos a personalidade da pessoa, sua intensidade e maturidade; os valores e interesses que compartilhamos; e se somos compatíveis ou não. Para encontrar o amor verdadeiro, devemos aceitar o lado obscuro dentro de nós e de nossos companheiros. Então, quando sofremos por causa dessas pessoas, podemos compreender as feridas que causaram esse comportamento que nos fez sofrer e podemos *escolher* amar apesar dos hábitos enlouquecedores de nossos companheiros.

Gabriel suspirou.

— Então, a nossa capacidade de amar vem tanto do nosso lado iluminado quanto do obscuro?

O rosto de Nicodemos se iluminou ao assentir.

— A carta enfatiza que a verdadeira santidade traz luz e escuridão ao mesmo tempo e isso pode levar uma vida nova a um casal. Sei disso, pois apliquei essa sabedoria no meu casamento infeliz. Relacionar-se um com o outro se torna uma oportunidade para crescer, para aprender a amar como Deus ama. Se não conhecemos o nosso lado obscuro, nós o negaremos ou o usaremos de forma inconsciente, como Dimas e Judite fizeram, e causaremos muito sofrimento. Amar de verdade é muito mais difícil do que se apaixonar, pois envolve se preocupar com a outra pessoa mesmo quando não se sente mais atraído por ela. Por isso precisamos da luz.

Os olhos de Gabriel estavam fixos em Nicodemos.

— Após o que você acabou de dizer, estou ainda mais determinado a encontrá-lo. — Gabriel começou a se levantar.

— Não até que esteja bem — disse Nicodemos, segurando-o gentilmente.

Gabriel empurrou o braço de Nicodemos.

— Preciso ir *agora*.

— Você escutou o que seu pai disse.

— Não me importo — Gabriel tentou ignorá-lo, mas não conseguiu. — Preciso ir! Jesus é o único que pode impedir que os zelotes destruam nosso país e se não o avisar sobre a raiva de Pilatos, ele pode cair em uma armadilha ao entrar em Jerusalém. — Ele fitou o velho fariseu. — Agora, saia da minha frente.

Nicodemos o segurou com força.

— Eu irei me assegurar de que ele seja avisado; ainda há tempo. Tenho mais coisas a lhe contar sobre a carta, mas primeiro precisa descansar.

Gabriel encarou-o com o rosto impassível. Estaria o sábio e velho fariseu certo ao falar que ainda havia tempo? Iria ele avisar Jesus como prometera? Gabriel não podia se arriscar. Se Jesus se recusasse a ouvir a razão, o que era comum, Gabriel iria pessoalmente convencê-lo. Mas talvez Nicodemos estivesse certo. Gabriel devia esperar alguns dias até ter certeza de que estava bem o suficiente para viajar. Enquanto se recuperasse, ele podia ouvir o que Nicodemos tinha a lhe contar. Percebeu que isso podia ser um artifício para mantê-lo na cama, mas tinha de admitir que o fariseu conseguiu captar seu interesse?

— Tudo bem — decidiu. — Ficarei em Jerusalém para descansar, mas independente do que você faça, porque preciso encontrar Jesus antes que entre na cidade.

Nicodemos abraçou-o e levantou-se para sair.

— Se você estiver melhor no sabá, eu o levarei à minha casa depois das oferendas matinais. Lá é bem tranquilo e poderemos conversar sem interrupção. Então, se você estiver forte o bastante, poderá ir atrás de Jesus. Enquanto isso, mandarei um mensageiro com o seu aviso.

Gabriel passou a mão nos curativos, desejando poder tirá-los. Pensou no que os galileus tinham feito a ele e na revolta que estavam planejando. Se Pilatos soubesse disso, sua retaliação seria rápida e cruel. Gabriel estremeceu. Avisaria Jesus, mesmo que isso significasse arriscar sua vida.

CAPÍTULO 23

O mármore branco da casa de Nicodemos ben Gorion estava gelado ao toque das mãos trêmulas de Judite. Ela e Dimas estavam ali para assaltá-la. Haviam chegado dois dias antes e permanecido escondidos com guerreiros da resistência na caverna Zedekiah, uma caverna subterrânea localizada na parte noroeste de Jerusalém. Agora estava na hora de invadir essa espaçosa casa de três andares com amplas varandas, telhados caros e uma gloriosa vista do Templo. Na manhã do sabá, a maioria das pessoas estava em culto e as ruas estavam desertas, como era esperado. Mas Nicodemos e a família voltariam logo, então ela e Dimas precisavam agir rápido.

Enquanto ela o seguia para os fundos da casa, sabia que esta poderia ser sua última chance de escapar. Uma semana antes, estivera desesperada o suficiente para roubar um cavalo. Agora que Dimas a salvara de ser expulsa e até morta, tudo era diferente. Na travessia de Qumran para Jerusalém, as lembranças do irmão Reuben sendo atropelado pela carruagem não saíam de sua mente. Sua ânsia por justiça e sua gratidão por Dimas fizeram com que continuasse com ele.

Lembrando-se da promessa dele de ser um marido melhor, ela temia que aquelas boas intenções fossem apenas palavras. A prioridade dele era reconquistar a confiança de Barrabás, e não construir uma vida ao lado dela. Se assaltasse aquela casa, ela estaria infringindo a Lei e, assim, ficaria ainda mais presa a Dimas. Ela parou e deixou-o seguir na frente. Aquela era a sua chance de ir para casa e se desculpar com todas as pessoas que magoara. Talvez eles a perdoassem e ela pudesse reconstruir sua vida.

Dimas se virou e a viu parada. Então acenou, impaciente, e disse:

— Venha.

Roubar para os zelotes contribuiria para a causa deles. Assim também reconquistaria o respeito daqueles que acreditaram nas mentiras de Judas. Por outro lado, roubar era errado e ela estava se preparando para roubar um fariseu rico; as consequências de ser pega seriam piores do que o julgamento de Barrabás.

Não tinha escolha a não ser assaltar a casa. Sentiu o rosto queimar e as palmas das mãos suarem. Correu para Dimas. Lembranças da noite em que fugira de casa com ele voltaram à sua mente: como se sentira próxima dele sob a luz das estrelas; o deserto úmido de orvalho; a noite silenciosa, exceto pelo estalar do fogo e o grito distante de um falcão. Ele pegou sua mão, puxando-a mais rápido, carregando uma corda comprida e uma grande bolsa.

— Está na hora de roubarmos um homem rico — disse, com um sorriso, enquanto jogava para o telhado a extremidade com um laço.

Judite observou enquanto ele tentava laçar um canto ou uma saliência, mas errava. Seu coração batia acelerado, causando dor no peito.

— Rápido, Dimas — sussurrou. — Logo vão acabar os sacrifícios no Templo.

Ela suspirou quando o laço finalmente prendeu em um canto do telhado e ele jogou a bolsa para ela e começou a escalar.

De pernas abertas e mãos na corda, suas sandálias lutavam para gerar atrito contra a pedra empoeirada. Quando já havia escalado metade do muro, Dimas escorregou, seu corpo batendo contra a parede, balançando enquanto ele lutava para se apoiar. Os murmúrios e gemidos dele preocupavam Judite, que se perguntou se ele conseguiria. Mas, com esforços redobrados, e, apesar de vários passos em falso e de balançar sem sentido, ele finalmente alcançou o telhado. Ela correu para a porta lateral na viela e, em poucos minutos, ele estava destrancando e abrindo a porta pelo lado de dentro.

Judite seguiu-o e eles correram pelo pátio, cercado por divãs estofados com linho, jardins bem desenhados e uma enorme piscina. Os mosaicos florais e os afrescos coloridos na sala principal pareciam ser realçados pelo gostoso cheiro de hibisco. Ele balançou a cabeça, enojado.

— Esses homens ricos ganharam dinheiro com os romanos, agora é a nossa vez.

Dimas, vendo uma cortina roxa ao lado da sala de jantar, seguiu na sua direção e acenou para Judite segui-lo. Atrás da cortina, havia um pequeno quarto em que estavam guardadas elegantes louças, vasos romanos de vidro verde, baixelas de prata e de ouro e cerâmicas com safiras incrustadas. Dimas abriu a bolsa e começou a enchê-la.

No outro canto, Judite encontrou as túnicas dobradas, os livros de orações e os filactérios de um fariseu. O nome *Nicodemos ben Gorion* estava escrito em vários livros. Em uma prateleira, havia o que parecia um porta-joias esculpido, comprido e profundo. Ao colocar a caixa em cima da prataria, escutou um tilintar que ecoou sobre ela como culpa.

Ao observar Dimas enchendo a bolsa, estremeceu por ter descido a este ponto: roubando de um homem rico como uma simples ladra. O pensamento a deixou paralisada e ela permaneceu imóvel sobre o chão de pedra polida enquanto a culpa fazia seus olhos lacrimejarem.

Vozes.

A expressão no rosto de Dimas mostrava que ele também tinha escutado. Ele fechou a cortina, colocou o dedo indicador sobre os lábios e ambos permaneceram em silêncio e imóveis, presos no quartinho.

As vozes se aproximaram e ela identificou a de um homem mais velho, que supôs ser Nicodemos ben Gorion, convidando uma pessoa para entrar e tomar um vinho.

— Aqui está tranquilo e poderemos conversar sobre a carta — apontou Nicodemos.

— O que você me disse sobre o lado obscuro dentro de nós me ajudou a compreender por que Judite e Dimas me traíram — disse Gabriel, a dor contaminando suas palavras.

Judite arquejou.

— O que foi isso? — perguntou Nicodemos, e ficou quieto para escutar melhor. Após alguns momentos, disse: — Deve ter sido o vento.

Judite encarou Dimas, boquiaberta ao perceber que Gabriel era o convidado de Nicodemos e que estava buscando conselhos com o amigo do pai para curar seu sofrimento. Dimas franziu a testa ao escutar a voz do irmão e ela viu gotas de suor se formarem na fronte dele.

Gabriel continuou.

— Depois do que você me contou sobre o rabino Jesus de Nazaré e a carta que escrevera a Maria Madalena, compreendo a compaixão dele pela prostituta na casa de Simão ben Ephraim. Agora sei que ele não queria magoar Maria Madalena.

Judite colocou a mão na boca, percebendo o quão profundamente magoara Gabriel, sentindo-se mal com a própria traição. Com vontade de gritar, conteve-se mordendo o lábio até sangrar. Perguntou-se quem era o rabino Jesus de Nazaré.

— A carta contém mais ideias radicais — disse Nicodemos. — Perdoar Judite e Dimas vai ajudá-lo a se aliviar de sua dor, mas não lhe fará ficar bom. Para isso, você precisa alcançar a sua completude. O feminino e o masculino dentro de você precisam se tornar um só.

— O feminino! — disse Gabriel, agitado. — Não existe nada feminino dentro de mim.

Ao ouvir Gabriel, Judite se lembrou da natureza divertida dele, de como as pessoas se sentiam atraídas por ele e ficavam impressionadas com sua inteligência e seu dom natural para os negócios. A culpa a atingiu de novo, tirando seu fôlego como um soco no estômago.

Nicodemos limpou a garganta e disse:

— Na carta, Jesus descreve a unidade do feminino e do masculino através da história da criação na Torá. A história explica que Deus criou o primeiro ser humano como feminino *e* masculino ao mesmo tempo, à sua imagem.

— Achei que o primeiro ser humano tivesse sido um homem chamado Adão e que Deus criou a primeira mulher de sua costela — disse Gabriel.

— Essa é uma interpretação da história — respondeu Nicodemos. — Mas, em hebraico, a palavra *tsela*, que às vezes é traduzida como "costela", geralmente significa "lado". A carta de Jesus dá ênfase aos significados maravilhosos associados a essa segunda interpretação. "Adão" não é necessariamente um nome de homem; literalmente, significa "terra vermelha". Talvez o primeiro ser humano fosse feminino *e* masculino, como está implícito na Torá. Essa interpretação descreve Deus colocando o primeiro ser humano para dormir e dividindo-o em dois seres diferentes, um homem e uma mulher. Adão e Eva originalmente compartilhavam um lado. Foram criados iguais, a união perfeita entre masculino e feminino.

Judite sentia a tensão aumentar dentro de si conforme escutava. Sentiu a cabeça começar a latejar ao perceber que Nicodemos estava contando a história da criação espelhada na experiência dela. Apaixonar-se por Dimas foi como voltar para casa, retornar a uma alegria há muito perdida. Quando fez amor com ele no deserto, a alegria se completou. Mas quando brigavam, ela se sentia novamente perdida. Aquele sentimento continuara até aquele momento e ela não tivera um momento sequer de paz, exceto nas raras ocasiões em que Dimas a escutara tempo suficiente para seduzi-la para o sexo.

O sorriso pretensioso no rosto duro e insensível de Dimas fazia com que ela se sentisse completamente separada dele. Traíra Gabriel e agora estava presa a um casamento vazio que parecia tão sufocante e inescapável quanto aquele quartinho. Precisou de todas as forças para não soluçar alto, já que de repente se sentia dominada pela culpa.

Nicodemos continuou.

— Com a criação da mulher, Adão ficou separado da essência espiritual que já vivera dentro dele e começou a ansiar por ela, corpo e alma. A voz dela o acordava de seu sono profundo e dali em diante ele passou a desejar que ela sussurrasse seu nome. A mulher sentia o mesmo desejo. A carta cita a Torá: "Por isso, o homem deixa seu pai e sua mãe para se unir à sua mulher; e já não são mais que uma só carne."

Judite podia escutar a respiração ofegante de Gabriel. Ele começou a falar mas parou, a voz falhando. Finalmente, conseguiu dizer:

— Mas o que tudo isso tem a ver com o sofrimento que Judite me causou?

Judite olhou para o chão, evitando o olhar de Dimas enquanto lágrimas queimavam os olhos e um nó se formava na garganta. As lágrimas caíram na túnica suja, deixando marcas que pareciam escuras e duradouras. Mantendo a cabeça abaixada, rezou para que a resposta do velho fariseu aliviasse seu sofrimento.

Nicodemos disse:

— Eva vivera dentro de Adão e ele dentro dela, mas ela se tornou um ser terreno quando Deus a separou de Adão. Eva era mulher, mas sua alma se lembrava da unidade original com Adão, e essa dolorosa separação só podia ser curada através da reunião física. Eles alcançaram isso celebrando sua nudez no êxtase sexual do paraíso. Adão e Eva ficavam nus e não se sentiam envergonhados por isso, pois se lembravam de ser masculino e feminino. Só quando desobedeceram a Deus o homem começou a se ver exclusivamente como masculino e a mulher exclusivamente como feminino. Eles tornaram-se cientes da separação que os marcou no corpo e separou-os na alma. A dor lembrou-lhes que seu oposto sexual, que uma vez participara de sua essência, agora residia em seu exterior. Assim, homem e mulher foram deixados com o corpo em sofrimento e o espírito partido. Então, começaram a sentir vergonha porque estavam com uma pessoa do sexo oposto e passaram a se cobrir. Finalmente, quando Deus os expulsou do Jardim, colocou um querubim na entrada, com uma espada flamejante para impedir que voltassem. Desde então, o sexo tem dado ao homem e à mulher um gosto do Éden.

Os olhos de Judite se encheram de lágrimas de forma que não conseguia ver Dimas, mas olhou para baixo e mordeu o tecido da túnica para não chorar alto. *O que eu fiz?* O pensamento ficava ecoando na mente, cada repetição mais devastadora do que a anterior. O único alívio e conforto que encontrava era nas palavras de Nicodemos. Ela imaginou o que Gabriel estaria pensando e se ele aceitaria ou desafiaria os ensinamentos da carta. Finalmente, Gabriel disse:

— Nunca escutei a história de Adão e Eva interpretada dessa forma. — A voz dele parecia rouca e contida, cheia de pesar. — Aceitar os ensinamentos da carta significaria mudar minha visão de mim mesmo. Significaria me ver como feminino e masculino. Como faço isso?

Nicodemos não respondeu imediatamente, mas acabou dizendo:

— Você só conseguirá fazer isso através de reflexão profunda e uma crescente consciência de sua verdadeira natureza. Todos somos como Adão e Eva fora do Jardim. A atração sexual parece eufórica porque nos leva de volta à época em que homem e mulher eram apenas um. Amantes encontram um no outro o elo que perderam entre o feminino e o masculino dentro de si mesmos. Eles também veem *através* do outro a imagem de Deus em seu companheiro. Isso faz a mulher parecer uma deusa e o homem, um deus.

— Foi isso que você quis dizer quando me falou que eu não entendia a atração sexual? — perguntou Gabriel.

Judite olhou disfarçadamente para Dimas. Ele parecia estar escutando Nicodemos com tanta atenção quanto ela.

— A mulher no homem e o homem na mulher são os parceiros invisíveis na atração. Pessoas saudáveis sabem disso e o utilizam em benefício próprio, tanto em suas vidas de solteiro como de casados. Infelizmente, é difícil viver dessa forma saudável, porque é preciso vigilância e disciplina constantes. O sofrimento nos casamentos e nas famílias de Abraão, Isaac e Davi ilustra essa questão, assim como muitas outras. Dimas e Judite são como essas pessoas que, em sua ignorância, trouxeram sofrimento para si próprias. Graças a Deus, Jesus recuperou a imagem de Deus como feminino e masculino e ele pode nos mostrar o caminho da cura.

Gabriel se esforçou para manter a voz firme.

— Quero ver Jesus de novo. Mas, dessa vez, o verei com novos olhos.

Nicodemos disse:

— Se você quer se recuperar do golpe que Judite lhe infringiu, precisa encontrar a imagem feminina de Deus dentro de você. Essa é a maneira de se ter acesso aos tesouros de sua alma, como Jesus fez. Ele é como o primeiro ser humano antes da separação de Adão de Eva. Ele é o novo Adão, um homem perfeitamente completo, com uma intimidade profunda entre o feminino e o masculino em sua alma. Quanto mais fundo você adentra nessa intimidade, mais capaz de amar você se torna. Sei disso porque, desde que li a carta, estou me conhecendo mais a fundo e nunca fui mais feliz na minha vida nem no meu casamento.

Enquanto Nicodemos estava falando, Judite escutou outras vozes. Uma mulher chamou do pátio, pedindo que ele saísse logo.

— Hadassah está quase morrendo e quer vê-lo!

Judite supôs que a voz fosse da esposa de Nicodemos, já que ele e Gabriel saíram imediatamente.

Depois que eles saíram, Dimas foi logo para a sala de jantar, Judite atrás. Enquanto subiam até o telhado do terceiro andar, ela não conseguia se esquecer da angústia de Gabriel. Mas também não conseguia se esquecer do papel que Nicodemos desempenhara. Suas palavras ainda sussurravam em sua mente, enigmáticas e confortantes.

Dimas entregou-lhe a bolsa, amarrou a corda e desceu. Judite jogou a bolsa para ele e começou a deslizar pela corda. Quando estava se aproximando do chão, uma vizinha a viu.

— Ladrões! A casa de Nicodemos está sendo assaltada! Parem, ladrões!

Ela pulou os últimos centímetros e correu com Dimas, lembrando-se da noite em que fugiram juntos. *Como as coisas estão diferentes agora,* pensou. *Como gostaria de nunca ter saído de casa.* Esforçou-se para acompanhar o marido, dirigindo-se para a caverna de Zedekiah e os túneis embaixo da cidade.

CAPÍTULO 24

A maior luta da vida de Judas Iscariotes começou em Cesareia de Filipe. Ele estava com Jesus de Nazaré e seu íntimo círculo de seguidores no lado oeste da cidade. Simão, o Cananeu, entregou a ele um odre de água. Enquanto bebia, Judas fitou Maria Madalena enxugando o rosto com uma toalha. Intrigado pelos olhos dela, que olhavam por cima da toalha, admirou os cabelos brilhosos, os lábios carnudos e os seios fartos e percebeu que a desejava. Um desejo ardente e frenético.

Sentiu um nó no estômago. A cabeça girava enquanto ajudava os outros a tirar as pequenas pedras espalhadas pelo terraço, localizado acima de uma antiga estrada romana. Havia tanto homens quanto mulheres entre os seguidores: os irmãos Simão Pedro e André; Tomé e Mateus, o coletor de impostos; João e o irmão Tiago; Filipe e Bartolomeu; Tadeu e Tiago, filho de Alfeu; Maria Madalena e Joana, Marta e a irmã Maria; Susana e Maria, mulher de Clopas. Enquanto tirava as pedras, Judas olhava para o céu sem nuvens e pensava em Qumran.

E em como Judite o havia estapeado.

Encorajado pelo sucesso com mulheres no passado, a agarrara à força e pagara caro por isso.

Quando terminaram de tirar as pedras, Judas se sentou, tirou as sandálias e, com raiva, trincou os dentes ao se lembrar de Dimas o atacando e Barrabás o exilando para o monte Arbel. Não acreditava que cometeria o mesmo erro com Maria Madalena. Ela não era mulher de outro homem, como Judite, e embora Maria fosse a amiga especial de Jesus, o nazareno mantinha distância dela. Judas tinha consciência da semelhança entre as duas mulheres, embora

Maria Madalena — a mulher mais bonita que já vira na vida — fosse mais velha e mais madura do que Judite.

Para se acalmar, inspirou o ar matinal da primavera. Como podia pensar em Maria Madalena dessa forma depois de Jesus lhe mostrar nada além de generosidade? Um fértil vale verde se estendia embaixo do terraço, mas Judas não conseguia ver sua magnificência, muito menos os tons de branco e amarelo das árvores e flores. Em sua mente, via apenas a fantasia de Maria Madalena nua, a imagem deles dois na cama, com os corpos entregues um ao outro.

Simão, o Cananeu, o cutucou. Judas levantou o olhar e viu Jesus, com uma expressão preocupada no rosto queimado de sol, se aproximando.

— Vós pareceis cansados — disse Jesus, abaixando-se.

Judas pegou as sandálias, evitando o olhar de Jesus.

— Tu nos dás o descanso de que precisamos, rabino.

Jesus colocou a mão sobre o ombro de Judas, fazendo com que ele levantasse o olhar.

— Tu realmente recebeste descanso, Judas? Ou estás dizendo o que achas que eu gostaria de escutar?

O rosto de Judas ficou quente enquanto se sentia atravessado pelo olhar de Jesus. Judas brincou com a correia da sandália.

— Rabino, sempre acho vossas palavras restauradoras, assim como todos que a escutam. O povo acredita que tu és o enviado para libertar a nossa nação.

Jesus se levantou e sorriu.

— Rezo para que encontres a liberdade que ofereço, Judas.

Enquanto Jesus seguia em frente para falar com outros discípulos, Judas observou-o por trás. Disse a si mesmo para não sentir ciúme do relacionamento de Jesus com Maria Madalena nem de seu poder sobre o povo, mas o sentimento só ficou mais forte e ele precisou desviar o olhar.

Os pés de Judas cobertos de bolhas estavam doloridos da viagem de dois dias desde o Mar da Galileia, então juntou-os e jogou água sobre eles, tentando, ao mesmo tempo, afastar as fantasias da mente. Nunca conhecera um homem tão tolerante e piedoso quanto Jesus. Como podia pensar em roubar Maria Madalena dele? A água refrescou seus pés e aliviou as bolhas. Não queria magoar Jesus, mas suas fantasias eram como demônios que possuíam sua mente, devorando a sanidade e atormentando-o.

Os demônios tinham atacado cedo. Depois de conhecer o nazareno na Planície de Genisaré e se juntar aos discípulos, Judas se acostumara ao gemido dos doentes, aos sinos dos leprosos, ao som das muletas dos aleijados. Conforme o sofrimento deles se tornava alegria provocada pela cura, ficava tão espantado quanto os outros. Mas quando percebeu o quanto Maria Madalena era atenciosa com Jesus, Judas desejou aquela atenção para si e começou a planejar uma forma de obtê-la.

Pegou uma toalha da bolsa que as mulheres haviam lhe dado. Os outros discípulos estavam conversando entre si enquanto espalhavam seus pertences sobre a grama. Judas começou a secar os pés e a pensar em como conquistar a aclamação do povo e o poder que a acompanhava. O poder de atrair uma mulher com tamanha beleza.

O monte Hermon se erguia de forma majestosa a distância, banhado por tons de âmbar e cinza. Tentou escutar as águas do rio Jordão correrem ali perto, mas, em vez disso, escutou alguns dos homens discutindo o que Jesus fizera enquanto pregava no Mar da Galileia.

Mateus, com os olhos escuros brilhando, disse:

— Nunca negarei o que vi.

Tomé, forte e com ombros largos, balançou a cabeça de forma desafiadora.

— O que você *acha* que viu.

Judas percebeu que Jesus estava se aproximando dos homens e o seguiu, enquanto as mulheres também se juntavam em volta.

Simão Pedro, grande e moreno como o irmão, com olhos penetrantes e barba da cor de mogno, disse:

— Qualquer um que alimente toda aquela gente com apenas alguns pães e peixes é mais do que um homem.

Judas observou enquanto Jesus lentamente analisava cada rosto.

— Quem o povo diz que sou? — perguntou.

Todos fitaram-no, surpresos com a pergunta. Tomé olhou todo o grupo e disse:

— Uns dizem que tu és João Batista.

Mateus fez um gesto expressivo com a mão.

— Outros dizem que és Elias.

— Outros ainda dizem que és Jeremias ou um dos profetas — disse André.

Judas viu fogo nos olhos de Jesus enquanto se fixava nos de Pedro.

— Mas e tu, quem dizes que sou?

Pedro ficou em silêncio por um momento e então respondeu com confiança:

— Tu és o Cristo, o Filho do Deus vivo.

Chocado com as palavras de Pedro, Judas quis perguntar o que significavam, mas antes que conseguisse, Jesus disse:

— Bem-aventurado és tu, Pedro, filho de Jonas, porque não foi carne ou sangue que te revelou isso, e sim meu Pai que está nos céus. — Judas se aproximou, assim como os outros, e Jesus abaixou o tom de voz ao dizer: — Mas não deves contar a ninguém quem sou, pois ainda não é chegada a hora.

Os discípulos murmuraram sobre as curas e sua relação com a afirmação de que Jesus era o Messias, mas Judas mal os escutava. Estava consumido demais pela tempestade que acontecia dentro de si. Um tremor percorreu seu corpo quando seu respeito por Jesus se chocou com a inveja que sentia dele. O nazareno tinha algo que ele queria — Maria Madalena — e não importava o fato de que Judas passara a amá-lo. Ele *precisava* tê-la.

Os joelhos de Judas ficaram fracos enquanto visões violentas invadiam sua mente. Imaginou-se lutando com Jesus, ou atacando-o com uma faca, ou afogando-o no Jordão. Sem o nazareno, Judas poderia se tornar admirado e poderoso. Imaginou-se no trono de Jerusalém, vestindo túnicas de rei, dando ordens aos servos, comendo refeições extravagantes e, acima de tudo, deleitando-se com Maria Madalena, sua deslumbrante esposa.

De onde vinham essas visões? Judas não sabia, nem conseguia afastá-las da mente. Horrorizado, afastou-se do grupo e saiu andando sem destino entre os pertences dos outros espalhados pelo chão. Então, olhou para Jesus e viu Maria Madalena ao lado dele. Judas tentou desviar o olhar, mas a imagem dela o prendia e suas fantasias se tornaram tão vívidas que não conseguia pensar em mais nada. Fitando-a enquanto brincava com o anel que Helena lhe dera tantos anos antes, soube que *precisava* satisfazer os prazeres de suas fantasias.

Maria Madalena corou quando percebeu que Judas Iscariotes estava encarando-a. Desviou o olhar e o coração disparou. Então, olhou para Jesus e as batidas se acalmaram, sendo substituídas por um torpor que se espalhava por seu coração. Embora estivesse ao lado dele no círculo de discípulos, sentia-se distante como as areias de Magdala. Ouvir Jesus dizer que a amava mas não podia se casar com ela era devastador. Será que ele não sabia que amor e casamento andam juntos? Que um homem não deveria professar um sem oferecer o outro?

Ela lutou para controlar a raiva que vinha crescendo desde a conversa que tiveram no Mar da Galileia. O que podia fazer? Três semanas antes, fugira para a casa dos tios. Agora não podia ir embora. Cesárea de Filipe ficava mais longe de Jerusalém do que Naim e depois de ser atacada na estrada, nunca mais viajaria sozinha.

Além disso, queria ficar. Jesus tinha o apoio do povo e era o único que poderia levar a paz para aquele país em guerra. Mas ela precisava de mais do que amizade. Ansiava por amor como um deserto ressecado anseia por chuva.

Deveria corresponder ao olhar de Judas apesar de ainda amar Jesus? Como poderia se interessar por qualquer outra pessoa? As sombras estavam caindo sobre o monte Hermon a distância enquanto ela refletia sobre essa questão. Judas, junto com o amigo Simão, o Cananeu, a quem Jesus dera o apelido de "o zelote", haviam se juntado a eles duas semanas antes na Planície de Genesaré. Mal conhecia Judas, mas a atenção que ele lhe dispensava a intrigava. Queria apenas conhecê-lo melhor? Ou tinha esperanças de que o flerte dele despertasse ciúmes em Jesus?

O último motivo soava mais verdadeiro. Despertar o ciúme em Jesus era uma forma de fazer com que ele percebesse o quanto gostava dela e decidir se casar, afinal.

Ela hesitou, prometendo a si mesma não deixar seu interesse por Judas ir longe demais. Suor começou a brotar em suas costas. Uma voz interior estava avisando-a para ter cuidado, que estava se arriscando, mas o que mais podia fazer?

Correspondeu ao olhar de Judas.

Ele sorriu e, por um momento, ela o examinou com cuidado. Então, sorriu também. De repente, constrangida, desviou o olhar, mas, em seu íntimo, gostou da aproximação dele.

— Seu sorriso chamou a minha atenção — disse Judas, estendendo a mão e falando baixo. — É o mais lindo que já vi.

Vendo o carinho nos confiantes olhos escuros, ela disse:

— Muita gentileza sua, senhor.

Judas deu um sorriso envergonhado.

— Não sou gentil, apenas observador e sincero. — Pegou a mão dela e analisou. — Como uma mulher tão deslumbrante não usa uma aliança de casamento? — Acariciou a mão dela antes de soltá-la. — Você deve ser uma mulher de muito bom-senso que ainda não encontrou o homem certo.

Maria Madalena sentiu o rosto corar e resolveu mudar de assunto.

— Você e seu amigo são novos em nosso grupo. O que os trouxe a Jesus?

— Vimos as multidões vindo a ele e observamos enquanto ele os curava e falava de liberdade.

Encantada pela voz suave, até cadenciada, ela não conseguiu se virar enquanto ele falava e fixava o olhar no dela. Ele lhe parecia estranhamente familiar, como se fosse um velho amigo, e ela não sentiu necessidade de ter cuidado.

— Jesus *é* um libertador — disse ela. — Ele proclama justiça para os pobres e promete que o reino de Deus está prestes a chegar.

O jeito informal de Judas de repente se tornou formal e um tom de urgência marcou suas palavras quando disse:

— Se Jesus é o Messias, ele libertará nosso povo. Como ele disse, é melhor manter isso em segredo por enquanto. Se os romanos descobrirem que ele é o Messias entre nós, tentarão matá-lo. Até os pagãos sabem que não podem se opor ao ungido de Deus.

Maria Madalena deu um passo para trás, surpresa pela forma confiante com que Judas falava. Ela admirava Jesus, mas achava difícil acreditar que era o Messias. Antes que pudesse pedir mais explicações a Judas, Jesus anunciou que estava levando Pedro, Tiago e João ao monte Hermon para rezar. Esperava que os outros montassem o acampamento e divulgassem as novidades sobre o Reino de Deus em Cesárea de Filipe. Quando as mulheres começaram a passar o jantar composto por pão, queijo, figos e azeitonas, Jesus disse:

— Quando voltar, devo ir a Jerusalém para purificar o Templo. Passarei por muito sofrimento. Serei rejeitado pelos mais velhos, sacerdotes e escribas. — Ele parou de falar por um momento, durante o qual o grupo permaneceu em silêncio. — Serei morto e ressuscitarei três dias depois.

Maria Madalena cobriu a boca, chocada. Como ele podia dizer isso? O povo precisava dele mais do que nunca. Se ele achava que sua vida sofreria alguma ameaça em Jerusalém, não deveria ir. Estava disposta a falar isso quando notou o rosto bronzeado de Pedro ficar pálido. Ele endireitou o grande corpo, balançou a cabeça e fitou Jesus.

— Que Deus não permita isso, Senhor! Isso não pode te acontecer!

Maria Madalena ficou feliz por Pedro ter expressado o que ela sentia, mas ficou alarmada quando Jesus parou de comer e encontrou o olhar de Pedro.

— Afasta-te de mim, Satanás! Tu és um obstáculo para mim, teus pensamentos não são de Deus, mas dos homens! — Jesus fitou todo o grupo. — Se alguém quiser vir comigo, renuncie a si mesmo, pegue sua cruz e siga-me. Porque aquele que quiser salvar sua vida a perderá, mas aquele que tiver sacrificado sua vida por minha causa a recobrará. Que servirá ao homem ganhar o mundo inteiro se vier a ter sua vida prejudicada? Ou que dará um homem em troca de sua vida?

Em resposta às palavras de Jesus, o grupo ficou soturno e continuou a comer em silêncio. Maria Madalena cruzou os braços para não mostrar que estava tremendo. Lágrimas impediam sua visão. Se sofrimento esperava por Jesus em Jerusalém, por que ele insistia em ir para lá? Ele era incapaz de escolher felicidade em vez de martírio? Ele poderia se casar com ela e viver em paz na Galileia. Mas, em vez disso, preferia ir a Jerusalém e provocar um confronto com as autoridades políticas e religiosas às quais não poderia vencer.

Sua mão tremia ao passá-la pelos cabelos. Por que Jesus era tão imprudente? Será que não percebia do que estava abrindo mão? Sua cabeça latejava. Sua nuca estava quente. Se ele queria se destruir, ela não podia impedi-lo. A escolha era dele. Mas ela se recusava a se destruir junto com ele. Judas estava disposto a preencher o vazio. Talvez se Jesus os visse juntos, ficasse com ciúmes e a desejasse de novo.

As mulheres estavam pegando suas esteiras e seus cobertores e subindo o monte, onde dormiriam separadas dos homens. O ar estava quente e o céu, claro; então, não precisavam de barracas. Pegou sua bolsa e começou a seguir as companheiras. Então sentiu alguém apertar sua mão. Virou-se e viu Judas. Ele sorriu e murmurou:

— Virei procurá-la mais tarde. Há algo que quero lhe mostrar.

Ela hesitou, desconfortável com a paixão ardente que viu nos olhos dele. Não podia deixá-lo saber por que iria com ele. Se ele descobrisse, ficaria furioso e ela perderia os dois homens — além da sanidade. Apertou a mão dele e correu para alcançar as outras mulheres.

Judas Iscariotes se juntou ao grupo de discípulos, rezando para que ninguém tivesse percebido sua ausência. Respirou fundo várias vezes para acalmar o coração, que continuava batendo descontroladamente. Esperava que não lhe perguntassem nada ou que não precisasse falar, pois não conseguiria. Era como se Maria Madalena tivesse lhe invadido o corpo. A imagem dela nua dançava na frente de seus olhos. Conseguia sentir o perfume de limão dela, sentir sua pele macia, escutar sua voz suave. O sangue de Judas corria quente nas veias, como se ele tivesse morrido e tivesse, por um milagre, voltado à vida.

Que bom que ninguém percebera nada do que ele estava sentindo. Estavam distraídos com a saída de Pedro, Tiago e João com Jesus. Os quatro estavam descendo a estrada que levava ao monte Hermon. Quando desapareceram de vista, Judas escutou André dizer:

— O rabino está determinado a ir para Jerusalém. Espero que meu irmão, Tiago e João consigam convencê-lo a ficar. Se Jesus quer viver, Jerusalém é o último lugar para onde deve ir.

Judas se aproximou, ansioso para escutar a resposta ao comentário de André, e se perguntou como poderia tirar proveito do plano de Jesus de purificar o Templo.

O magro Natanael levantou a mão.

— Vamos dizer ao rabino que não vamos com ele.

Tomé nem sequer tentou esconder a irritação.

— Que bem isso faria? Ele é teimoso o suficiente para ir sem nós.

Escutar a conversa dos discípulos deu uma ideia a Judas. Ele os convenceria de que tinha um plano para proteger Jesus, mas o plano na verdade o colocaria em perigo. Deu um passo à frente e fitou os oito homens.

— Se Jesus está determinado a ir para Jerusalém, então devemos mantê-lo longe do perigo. Tenho amigos lá que são guerreiros rebeldes. Irei à cidade e contratarei alguns para protegê-lo.

Mateus o fitou desconfiado.

— E por que confiaríamos em você para fazer isso?

Judas não respondeu na hora, ainda formulando seu plano. Sabia que os guerreiros da resistência estariam escondidos na caverna Zedekiah; antes de deixar Qumran, ele mesmo havia se escondido lá. Iria à caverna e diria a eles que Jesus estava chegando acompanhado de multidões. Se os zelotes esperassem para atacar os romanos quando Jesus estivesse na cidade, Pilatos acharia que o nazareno era um deles e o mataria junto com os rebeldes. Era o plano perfeito para Judas: poderia se apresentar como o protetor de Jesus enquanto planejava se livrar dele.

Respirou fundo e falou de forma confiante:

— Não posso provar que sou digno de confiança, mas estou disposto a viajar para Jerusalém sozinho. É uma viagem perigosa e poderia ir embora e voltar para o monte Arbel, mas estou oferecendo ajuda.

Filipe, que era magro e tinha barba cerrada, olhou para Mateus.

— Não podemos nos dar ao luxo de questionar Judas. Não temos nenhum plano e não podemos deixar Jesus ir para Jerusalém desprotegido. A não ser que alguém tenha uma ideia melhor, acho que devemos dar dinheiro a Judas e mandá-lo para Jerusalém.

Judas sentiu um frio no estômago. Seu plano estava dando mais certo do que imaginara. Os discípulos estavam tão preocupados com os perigos em Jerusalém que nem desconfiavam dele.

Filipe foi até Mateus, parando na frente desse.

— Precisamos agir antes que Pedro, Tiago e João voltem. Talvez eles não aprovem. — Filipe estendeu a mão. — A bolsa de dinheiro está com você, Mateus. Sugiro que entreguemos dinheiro suficiente a Judas para que os zelotes saibam que ele tem dinheiro suficiente para contratá-los.

Mateus abraçou a bolsa de couro, mantendo-a junto ao peito.

— Esse é um plano arriscado. — Sacudiu um dedo acusador para Judas. — Se dermos nosso dinheiro para esse homem, talvez nunca mais o encontremos.

Judas temeu que a conversa estivesse se virando contra ele e sabia que precisava fazer algo drástico para conquistar a confiança deles. Tirou do dedo o anel que Helena lhe dera.

— Aqui, fiquem com isso. É o meu bem mais valioso. Prefiro morrer a perdê-lo.

Natanael se aproximou e aceitou o anel antes de se virar para os outros.

— Concordo com Filipe. Não temos outra alternativa a não ser aceitar a oferta de Judas. Se ele quiser ver o anel de novo, deverá se encontrar conosco em Jericó antes de seguirmos para Jerusalém. — Natanael se aproximou de

Mateus e entregou-lhe o anel. Só então, de forma relutante, Mateus lhe deu a bolsa de dinheiro. — Estamos contando com você, Judas — disse Natanael, ao entregar a bolsa.

Judas enfiou-a dentro da túnica.

— Provarei que sou digno de sua confiança.

Ao falar essas palavras, a imagem de Maria Madalena nua dançava em sua mente, seus lábios macios prontos para beijá-lo. Ele levaria Jesus para uma armadilha da qual não conseguiria escapar e uma vez que o nazareno não estivesse mais ali, Judas teria Maria Madalena. Segurou a bolsa de dinheiro no peito e apreciou sua sorte.

Maria Madalena não conseguia dormir. Enquanto fitava o céu, a lua e as estrelas pareciam ainda mais distantes. Escutando Jesus profetizar o próprio sofrimento e a própria morte, sentiu como se tivessem arrancado todo o ar de seus pulmões. Estava sendo sufocada pelo medo e pela confusão e precisava de ar.

Só queria compartilhar sua vida com o homem que amava, mas esse sonho estava prestes a deslizar entre seus dedos e agora ela se perguntava o que deveria fazer em relação a Judas. Por que estava ansiosa para que ele viesse procurá-la? Será que estava atraída por ele, mas tinha medo de admitir? Eram muitos fatores para considerar. Tudo o que podia fazer era prosseguir com seu plano e esperar que não fosse tarde demais para salvar Jesus.

As outras mulheres estavam dormindo; não queria acordá-las, então permanecia deitada sem se mexer. Quando sentiu alguém sacudindo seu braço, sentou-se e encontrou o rosto sedutor de Judas Iscariotes.

— Venha comigo — disse ele, puxando seu braço. — Há algo que quero lhe mostrar e não temos muito tempo.

Maria Madalena olhou para a lua cheia, o brilho distante banhando o campo com uma luz suave.

— Ir com você aonde?

— Por favor, não faça barulho nem acorde ninguém. Apenas me siga.

Com medo de ser pega com um homem à noite, ela hesitou, mas viu nos olhos de Judas uma seriedade e uma intensidade que a intrigaram. Não podia dizer não. Após calçar suas sandálias, seguiu-o pelo terraço inclinado na direção do barulho da água. Gradualmente, seus olhos se adaptaram à escuridão e ela conseguiu ver que Judas a estava levando para uma encosta acidentada. Quando se aproximaram, viu uma enorme cavidade na base, abrupta, funda e cheia de água. Judas apontou e disse:

— É nesta fonte que nasce o poderoso Jordão.

— Por que você me trouxe aqui? — perguntou.

— Porque vi desejo em seus olhos, o mesmo desejo que sinto por você.

Os joelhos de Maria Madalena ficaram bambos; seu estômago revirou. Judas sorriu e ela se virou, mas ele conseguiu pegar seu queixo e, suavemente, puxá-lo em sua direção.

— Precisava trazê-la aqui, Maria. Queria que você visse a nascente do Jordão. Esse rio pertence ao nosso povo, assim como Jerusalém. Vou para lá amanhã. Se Jesus é o Messias, vai tomar a cidade dos romanos, mas, sem proteção, certamente morrerá. Conversei com os outros e me ofereci para viajar na frente e providenciar para que os zelotes o protejam. Depois, esperarei em Jericó e seguirei até Jerusalém com Jesus. Antes de ir, queria que você visse esta nascente iluminada pela luz da lua. — Ele deu um passo para trás e a analisou. — Acima de tudo, queria ver sua beleza refletida na água.

Lisonjeada, ela não conseguiu evitar um sorriso. Quando seus lábios se abriram, Judas se inclinou e a beijou, lenta e intensamente. Ela sentiu os músculos rijos do peito dele e sentiu seu cheiro de canela. Tinha se esquecido do doce gosto de um beijo, de como eram calorosos, picantes e cheios de prazer. Ao mesmo tempo, pensou: *O que estou fazendo? Judas está indo para Jerusalém e agora Jesus previu a própria morte.*

Deveria de afastar de Judas e correr de volta para o acampamento, mas o poder de seus sentimentos a surpreendeu. Não esperava desejar Judas e se perguntou se seus sentimentos eram reais ou se apenas o desejava porque não podia ter Jesus. Sentia como se o estrondo das águas do Jordão tivesse penetrado no corpo e se alojado no coração, um estrondo ensurdecedor e traiçoeiro.

O som fez com que se lembrasse de uma tempestade se aproximando do Mar da Galileia e, de repente, era uma menina de novo, correndo descalça na praia em Magdala, a areia molhada sob os pés. O vento forte batia contra o rosto, as ondas ecoavam nos ouvidos. Parecia que podia viver para sempre e que cada dia seria mais feliz do que o anterior. Era como se nunca tivesse sido casada, como se nunca tivesse se divorciado, como se nunca tivesse tido uma decepção amorosa. Apenas aquele momento era real.

Desesperada para fazer aquele instante durar, mergulhou nos braços de Judas, que a aqueciam. Seu carinho era suave e ela sentiu a doçura de seus lábios. O beijo era tão refrescante quanto uma tempestade após uma longa seca. Enquanto se entregava ao beijo sob a pálida luz da lua, com as águas do Jordão ecoando nos ouvidos, esqueceu-se de Jesus.

Só Judas importava.

DIAS ATUAIS

CAPÍTULO 25

As razões do coração desafiam respostas fáceis. Em meio à inquietação da atração ou às lutas de um relacionamento, podemos nos questionar se existe alguma resposta.

Elas existem.

Mas para encontrá-las é necessária uma busca interior constante. Essa busca envolve explorar histórias de família, compreender feridas de relacionamentos anteriores, abraçar a singularidade do outro enquanto homem ou mulher. Acima de tudo, é uma busca pela graça de Deus quando todas as estratégias falham.

E considerar essa graça como suficiente.

Do diário do irmão Gregory Andreou

Mosteiro dos Anjos Sagrados
Quinta-feira, 4 de abril

Karim Musalaha desconfiou que havia algo errado quando bateu na porta de irmão Gregory e ninguém abriu. Ao olhar para Rachel, mal conseguindo ver seu rosto na escuridão, Karim sentiu um aperto em seu âmago ao pensar que algum mal podia ter acontecido a irmão Gregory. Karim parou de bater e lançou um olhar preocupado para Rachel. Gostaria de ter saído da universidade uma hora antes, quando mandou a mensagem para irmão Gregory. Mas estava muito claro para fugirem da sala dos aquecedores sem serem pegos. Depois que escureceu, andaram pelo labirinto de prédios e calçadas da universidade e conseguiram chegar ao jipe sem serem vistos. Agora, receava que Kenyon tivesse seguido eles até o mosteiro e machucado irmão Gregory.

Karim deu alguns passos para a esquerda, segurou na janela de madeira e puxou seu corpo para cima para ver melhor. Através do vidro, só viu escuridão.

— Ele não pode levar tanto tempo para abrir a porta.

— Vamos procurar alguém que tenha a chave — sugeriu Rachel.

Karim bateu mais uma vez e esperou um momento. Como não obteve resposta, ele e Rachel seguiram pela calçada em frente ao apartamento dos monges. Pensou em Robert Kenyon. Perguntou-se se ver Karim na universidade o motivara a procurar a tradução mais recente de irmão Gregory. Karim pensou em ligar para a polícia, mas decidiu que não podia arriscar revelar sua identidade. A APP era forte em Belém; boatos sobre o seu paradeiro podiam chegar ao pai. Além disso, sem provas físicas de que um notável professor o atacara, a polícia não acreditaria em sua história. Seu coração estava acelerado. Independentemente do que acontecera, *precisava* descobrir o que Judite de Jerusalém escrevera em seu diário.

Depois que passaram por vários apartamentos, Rachel disse:

— O que aconteceu na sala dos aquecedores... O beijo me pegou de surpresa.

— A mim também.

— Nunca tinha beijado um palestino.

— E eu nunca tinha beijado uma israelense. Foi maravilhoso.

Rachel entrelaçou seu braço no dele.

— É tudo muito novo e, honestamente, perigoso. Você escutou o aviso de Ezra... E agora o irmão Gregory desapareceu. — Ela parou. — Estou com medo.

Ele a abraçou.

— Se formos pensar nos perigos, esse relacionamento, assim como a busca pela verdade sobre a carta de Jesus estarão acabados. Não podemos mudar nossos pais nem nossas religiões, muito menos a história desta terra. Só podemos confiar no que temos em nossos corações e fazer o que pudermos na busca pela paz.

Ela acariciou o rosto dele enquanto ele continuava a fitá-la. Ficaram assim um segundo a mais do que deveriam e, então, como sabiam que precisavam ser cautelosos, continuaram andando.

Karim a conduziu até o apartamento do abade. Ao encontrar tudo escuro, bateu e esperou. Quando uma luz finalmente se acendeu, o abade Zeno respondeu.

— Já passa das 21h. O que está fazendo aqui a esta hora? — Virou-se para Rachel. — E por que trouxe uma mulher ao mosteiro?

— Esta é minha amiga Rachel Sharett — disse Karim. — Podemos falar sobre ela depois, mas neste momento estou preocupado com irmão Gregory. Batemos na porta dele, mas ele não atende.

O abade Zeno passou a mão pela barba grisalha.

— Talvez ele tenha ido para cama mais cedo. Está ficando velho e perdendo a audição.

Karim balançou a cabeça impacientemente.

— Eu bati na porta muitas vezes e com força. Se ele estivesse em casa, teria escutado.

O abade desapareceu dentro do apartamento e voltou com um molho de chaves.

— Você me deixou preocupado. É melhor nos certificarmos de que nosso querido irmão está bem.

Karim e Rachel seguiram o abade até o apartamento do irmão Gregory. O abade parecia calmo, mas na cabeça de Karim se formava um cenário terrível. Ladrões podiam ter invadido. Imaginou encontrar irmão Gregory ferido, ou mesmo morto.

Quando chegaram à porta do apartamento, o abade procurou a chave antes de abrir. Karim pressentia o perigo; tudo estava quieto demais. Quando a porta finalmente se abriu, Karim entrou na frente e congelou. Livros e papéis estavam espalhados por todos os lados. A escrivaninha estava revirada, a cadeira giratória de cabeça para baixo e manchada de sangue. Karim fez uma busca rápida no apartamento de um cômodo.

Nada de irmão Gregory.

Nada de laptop.

Foi quando entrou um homem careca de meia-idade usando uma túnica marrom.

— Escutei uma confusão. Quando cheguei, encontrei irmão Gregory desmaiado — disse ele, sem fôlego. — Consegui acordá-lo. Está descansando em meu apartamento.

— Por favor, nos leve até ele — pediu Karim.

Enquanto andavam na calçada, o Abade Zeno apresentou o homem como irmão Theodore.

— Como você entrou no apartamento do irmão Gregory? — perguntou o abade.

— A porta estava aberta — disse irmão Theodore, levando-os para seu apartamento. — Quando irmão Gregory recobrou a consciência, liguei para seu número, mas o senhor não atendeu. Então eu o trouxe para cá e tranquei a porta dele e a minha. Fiquei com medo de o ladrão voltar.

Quando Karim viu irmão Gregory deitado na cama, correu para seu lado, assim como Rachel. O monge estava deitado em um travesseiro, segurando sobre a cabeça uma toalha cheia de gelo manchada de sangue. Rachel procurou os batimentos na carótida de irmão Gregory.

— Os batimentos estão normais, mas acho que devemos levá-lo a um hospital.

— Não, não precisa. Ficarei bem. — Irmão Gregory tentou parecer forte, mas a voz saiu trêmula.

— Acho que devemos seguir as ordens médicas — disse Karim. Depois, ficando sério, perguntou: — Quem lhe fez isso?

Irmão Gregory fez uma careta, virando a cabeça no travesseiro.

— Não sei. — Ele se sentou e esfregou as têmporas. Após quase um minuto, ele disse: — A última coisa de que me lembro é de voltar para meu apartamento e me sentar para trabalhar. Alguém deve ter me atingido por trás. Devia estar escondido no banheiro.

— Como a pessoa pode ter entrado? — perguntou Karim.

— Não sei — disse irmão Gregory. — Quando cheguei em casa, não havia nenhum sinal de arrombamento. — Ele fez uma pausa, a expressão lúgubre. — O invasor devia ter uma chave, ou conhecia alguém que tinha. Ele obviamente me atacou por trás para que eu não pudesse identificá-lo.

O abade Zeno colocou a mão gentilmente sobre a perna de irmão Gregory.

— Posso lhe garantir que isso será investigado. Agora você precisa descansar.

A fisionomia agradável de irmão Gregory se contorceu em aflição.

— O laptop... onde está?

— Sumiu. Junto com todas as outras coisas que estavam na sua escrivaninha — respondeu Karim.

Rachel apontou o dedo para o irmão Gregory.

— Vamos levá-lo para o hospital. Você pode se preocupar com o laptop desaparecido depois.

Irmão Gregory sacudiu a mão, dizendo:

— Só preciso de uma aspirina. Você é a única médica de que preciso.

— Esta médica está dizendo que você vai para o hospital. Você pode ter tido uma concussão. — Ela se levantou, procurando as chaves do carro. — Vou trazer o jipe até a porta. Karim e os outros cavalheiros vão lhe ajudar a entrar.

Irmão Gregory se apoiou em um cotovelo.

— De verdade, não é necessário. Ficarei bem.

Quando Karim escutou o jipe parando, pegou o braço do monge para ajudá-lo a levantar. Irmão Gregory protestou de novo e Karim disse:

— Você escutou a médica. É uma ordem.

Irmão Theodore pegou o outro braço e os dois o carregaram até o jipe, que estava parado perto da porta. Karim e irmão Theodore colocaram-no no banco da frente. Entrando atrás, Karim entregou para irmão Gregory a toalha com gelo enquanto o abade fechava a porta e dava um passo atrás junto com irmão Theodore.

— O hospital mais perto é o Beit Jala, a oeste de Belém. — Rachel saiu do estacionamento e se dirigiu para o norte, entrando na rua Manger. — Mantenha o gelo na cabeça até chegarmos lá.

Irmão Gregory deitou o banco.

— Se eu precisar de pontos, quero que você seja a minha médica.

— Se eu tivesse um corte, ia querer também — disse Karim. — Mas se eu precisasse de alguém para proteger a minha casa, não escolheria o senhor.

Irmão Gregory soltou uma gargalhada contida.

— Não o culpo. Se o ladrão roubou tudo da minha mesa, tem mais do que o meu laptop. Também tem uma cópia da minha tradução, as fotografias dos manuscritos e o pendrive onde salvo meus trabalhos.

Karim se inclinou para a frente enquanto contornavam o centro de Belém.

— Isso quer dizer que o ladrão está com tudo, menos com o manuscrito original. Quando ele descobrir o conteúdo, não consigo nem imaginar o que fará para consegui-lo. — Quando acabou a frase, Karim sentiu o jipe acelerar. A estrada estava praticamente deserta àquela hora, mas naquele momento Karim viu um farol alto bem atrás deles.

Rachel acelerou mais o jipe.

— Aquele carro apareceu do nada. Ele está grudado em mim, e se acelero, ele também acelera.

— Robert Kenyon devia estar escondido no mosteiro e nos viu sair — disse Karim, e depois explicou ao irmão Gregory o que tinha acontecido na universidade. Ao mesmo tempo, achava que Abdul Fattah podia estar seguindo-o. Abdul, que o forçaria a voltar para Nablus. Abdul, que poderia revelar para Rachel quem era o irmão de Karim.

O terror tomou conta de Karim enquanto olhava pelo vidro traseiro, mas só conseguiu ver o farol de luz branca, nada de Mercedes preta ou Impala cinza. Acabou de explicar sobre Kenyon e então disse para irmão Gregory:

— O homem que me atacou em Qumran provavelmente é o arqueólogo que foi lhe procurar no mosteiro.

Os pneus cantaram quando Rachel fez uma curva em alta velocidade, o outro carro ainda na sua cola.

— Vou tentar despistá-lo em Belém — disse ela, diminuindo um pouco a velocidade ao se aproximarem do Alexander Hotel à direita. Antes de chegarem, ela virou de repente para a esquerda e o jipe entrou em uma rua estreita de pedras.

Karim bateu com o corpo na porta e se endireitou. Olhou para trás e viu o outro carro fazer a mesma manobra, ainda incapaz de identificá-lo. Então, nervosamente, olhou para Rachel, a silhueta de seu perfil contornada pelos faróis, o olhar fixo na rua sinuosa. Ela dissera que estava com medo, mas ele só via firmeza e determinação nos olhos dela. Assim como em Bil'in, a vida dele estava nas mãos dela, e a de irmão Gregory também.

Os músculos de suas costas se contraíram quando foi jogado para cima. Ela era israelense, mas que Alá o ajudasse, pois a amava. Abraçá-la e beijá-la fez com que encontrasse uma parte perdida de si mesmo. Esperava que o mesmo tivesse acontecido com ela, e que juntos tivessem começado a recuperar os sonhos que os terroristas tinham roubado deles. Se pelo menos conseguissem chegar ao hospital...

Irmão Gregory jogou o gelo no chão e falou:

— No caso de eu não sair desta, preciso contar o que descobri no diário.

Rachel conduzia o jipe por uma viela na direção da praça Manger. Muitos pedestres saíam correndo de seu caminho, grudando nos muros das casas que se alinhavam dos dois lados. Karim se aproximou de irmão Gregory e disse:

— Conte-nos logo.

Irmão Gregory virou o pescoço para encarar Karim e aumentou o tom de voz para falar mais alto do que o motor.

— Judite de Jerusalém relatou que Judas Iscariotes estava apaixonado por Maria Madalena. Que ele sentia como se estivesse competindo com Jesus pelo amor dela, e perdendo. De acordo com Judite, Judas traiu Jesus por motivos que não estão descritos na Bíblia. — A voz de irmão Gregory ficou contida e tremeu quando o carro bateu na traseira do jipe. — Judas não traiu Jesus apenas por dinheiro. Não fez isso apenas porque estava desiludido com ele. Fez por ciúme.

O jipe atingiu uma lata de lixo, amassando-a.

— Rachel, cuidado! — O coração de Karim estava acelerado por causa do perigo e pela chocante revelação de irmão Gregory. — Como pode ter certeza de que Jesus e Judas estavam apaixonados por Maria Madalena?

— Não podemos provar isso a partir de fontes existentes — disse irmão Gregory, falando mais alto para ser escutado. — Nem os evangelhos canônicos nem os gnósticos falam qualquer coisa sobre a inveja de Judas. Mas Judite diz ter outra fonte... outro texto antigo.

Irmão Gregory fez uma pausa para dar ênfase a cada palavra.

— Judas Iscariotes deixou um bilhete para Maria Madalena, explicando por que cometeu suicídio. Maria contou a Judite que enterrou o bilhete na Gruta de Getsêmani. Maria até revelou o local: no canto nordeste.

— O que Judas escreveu? — perguntou Rachel, fazendo uma curva.

Irmão Gregory se segurou.

— Judite só disse que Maria Madalena falou do bilhete entre soluços.

— Então, para descobrirmos a verdade, precisamos encontrar o bilhete que Judas deixou para Maria. — Karim levantou o tom de voz para ser ouvido apesar dos pneus cantando. — Que irônico. O traidor agora é a chave para sabermos se a carta de Jesus e o diário de Judite são autênticos. Se conseguirmos encontrar o bilhete de Judas, solucionaremos o mistério.

Irmão Gregory olhava para a frente.

— É melhor se apressarem. Quem quer que tenha roubado meu laptop também vai procurar o bilhete na Gruta de Getsêmani.

Quando Rachel virou à direita na Igreja da Natividade, o carro de trás se aproximou e tentou jogá-los para fora da estrada. O jipe quase rodou, cantando pneus, e Karim conseguiu ver o carro que os estava perseguindo: um Impala cinza.

— É Kenyon quem está atrás de nós — disse ele mais alto do que os sons do jipe que voltava para a estrada e quicava para a frente.

Naquele momento escutou uma sirene.

Rachel continuou em frente e o Impala desapareceu em um beco.

— A polícia deve ter assustado Kenyon — disse Rachel, diminuindo a velocidade e parando. Logo as luzes da sirene se aproximaram. — Não digam nada, a não ser que eu peça.

Com os conhecimentos limitados que Karim tinha de hebraico, não conseguiu entender o que Rachel dizia para o robusto policial israelense. Ela gesticulava freneticamente apontando para irmão Gregory e para o corte na cabeça dele. Por um curto, mas assustador momento, o policial encarou Karim. Rachel mostrou a toalha manchada de sangue do monge e disse algo que Karim não compreendeu — exceto o nome *Ezra Sharett*. O oficial hesitou como se estivesse pensando no que fazer. Então, olhou uma última vez para Karim, aquiesceu e voltou para a viatura.

Quando o oficial desligou a sirene, Rachel o seguiu, se afastando da Igreja da Natividade e voltando para a rua Manger. Enquanto o policial os acompanhava até o hospital, Karim não podia estar mais aliviado.

ERA ROMANA

CAPÍTULO 26

Judite não conseguia tirar a voz de Gabriel da cabeça. Enquanto se banhava sob a luz de uma tocha na caverna Zedekiah, continuava pensando na conversa que escutara entre ele e Nicodemos ben Gorion. A água escura na cisterna subterrânea parecia gelo. Ela bateu em sua superfície, esperando que o barulho do líquido respingando distraísse seus pensamentos, mas a voz de Gabriel continuava voltando a lhe assombrar. Após três dias com os zelotes na caverna, estava se sentindo pior. Estar em Jerusalém fazia com que sentisse ainda mais saudades de casa, que estava tão perto...

Agora não era apenas adúltera, mas também ladra. Se fosse pega, certamente seria apedrejada. Não tinha alternativa a não ser ficar com Dimas.

Inspirou o ar úmido da caverna e fitou as paredes cobertas de limo, esforçando-se para entender como viera parar em um lugar que tinha cheiro de ferrugem. Minutos se passaram. *Nenhuma mulher teria resistido a Dimas,* disse para si mesma. A paixão tomara conta dela e estava prestes a destruí-la.

Enquanto se lavava, tentou tirar tanto a sujeira da pele quanto a culpa por ter traído Gabriel. O rosto parecia limpo, mas não a consciência. Mergulhou a cabeça na água e balançou-a, tentando apagar a lembrança da traição. O barulho nos ouvidos, tão alto quanto o das ondas do mar, não conseguia abafar os arrependimentos dela. Tonta por ficar embaixo da água, emergiu para a superfície, desesperada por ar. Alguém estava gritando.

Dimas.

Não o escutara se aproximando da cisterna, mas ali estava ele, com uma tocha na mão, gritando o nome dela.

— Você está bem? — perguntou, enquanto ela tentava recobrar a respiração.

Judite virou-se para encará-lo.

— Estou sim, mas gostaria de ficar sozinha.

— Já não está há muito tempo aí? — A frustração brilhava nos olhos dele. — Barrabás veio para Jerusalém e comerá conosco hoje à noite. Quero que se junte a nós.

— Tudo bem — disse, sabendo que não tinha escolha. — Apenas me dê alguns minutos.

Dimas assentiu e saiu. Deitou-se e chutou o chão áspero da cisterna. *Eu iria embora se tivesse para onde ir!* Saiu da água e pegou a túnica que servia como toalha. Enquanto se enxugava, as lembranças de como se envolvera com Dimas dançavam em sua mente.

Seu pai o contratara para expandir o pátio da casa deles. Lembrava-se de que suas conversas com Dimas eram casuais até ela elogiar o trabalho dele e prever que ele teria sucesso. Para sua surpresa, ele jogou uma grande pedra no chão e disse: "Nenhum judeu poderá ir longe enquanto os romanos reinarem na Judeia."

Quando ela comentou que também odiava os romanos, a postura dele mudou, como uma mudança de equilíbrio, expulsando todas as inibições. Naquela noite, Judite virou de um lado para o outro na cama, incapaz de tirar Dimas da cabeça.

No dia seguinte, ela pediu que ele a encontrasse nos jardins herodianos ao cair da noite. Contou a ele como os romanos tinham matado Reuben e a história endureceu a expressão de Dimas enquanto ele xingava os romanos, seus impostos injustos, sua idolatria e blasfêmia, a opressão contra os judeus, a arrogância e a brutalidade. Depois, ele se sentou e tomou-a nos braços. Ela falou sobre como o pai a culpara pela morte de Reuben. Como arrumara seu casamento logo depois do funeral. Como não se importara com as objeções dela. Quando ela terminou, Dimas colocou o indicador sobre os lábios dela. "Por favor, não fale; isso apenas a fará sofrer mais."

Judite pensou em como conversaram e quanto mais conversavam, mais ela acreditava que Dimas era o único que a compreendia. Tentava esquecê-lo mas não conseguia. Enquanto se vestia, amaldiçoou sua fraqueza, sua estupidez. Já tinha calçado as sandálias quando Dimas chegou, pronto para levá-la ao jantar com os zelotes. Enquanto voltavam para o acampamento, o caminho iluminado pela tocha, ela perguntou:

— Nunca vamos falar sobre Gabriel?

— Não. — Ele continuou olhando para a frente. — Minha família contribui tão pouco para nossa causa que é praticamente como se eles fossem romanos. Principalmente Gabriel, aquele covarde.

Mais de trinta zelotes estavam sentados ao redor da fogueira. Judite notou que Dimas tinha exposto os tesouros que haviam roubado: as cerâmicas, os vasos de vidro romano, as baixelas de prata e de ouro e até mesmo o porta-joias. Ele não abrira a caixa.

— Guardei isto aqui para você — disse, entregando-a a ela. — Depois de toda a sua ajuda, você merece o tesouro mais valioso.

Afogada em culpa, Judite fitou a caixa de madeira, mas como todos estavam observando, afastou o constrangimento e a relutância e pegou o objeto. Quando o colocou no chão e abriu-o, prendeu a respiração, surpresa. Havia um rolo de papiro dentro dela. Ela pegou, levantou o papiro e desenrolou. Obviamente, era uma longa carta; começava assim: "Uma mensagem de Jesus de Nazaré para Maria Madalena e para todas as pessoas de todas as idades..." Respirou fundo e desenrolou ainda mais o papiro. Era escrito de forma clara e, no fim, Jesus assinara seu nome. Esta era a carta que Nicodemos ben Gorion falara a respeito! Ela a enrolou rapidamente, não querendo que Dimas soubesse.

— Tem mais alguma coisa na caixa? — perguntou ele.

Com as mãos tremendo, ela verificou:

— Não, está vazia.

Ela guardou o papiro dentro da caixa e fechou a tampa. *Lerei a carta, mas só quando estiver sozinha*, pensou, colocando a caixa junto com os outros itens roubados. Para se distrair, ficou admirando a prataria até que Barrabás convidasse todos para tomarem sopa de lentilha.

CAPÍTULO 27

O fogo de repente pareceu tão quente que Dimas ficou com medo de se queimar. Levantou e se afastou, permitindo que outros zelotes enchessem as tigelas, o estômago enjoado só de pensar em comida. As perguntas de Judite sobre Gabriel estavam corroendo-o por dentro, assim como a conversa que escutara na casa de Nicodemos ben Gorion. Observando Judite encher a tigela, percebeu que pagara um preço por ela: sentia pena de Gabriel e culpa por ter roubado Judite. Mas quando observou seu perfil tão bem esculpido e as linhas de expressão em seu rosto, a culpa deu lugar ao orgulho. Conquistar uma esposa tão linda e corajosa valia qualquer sacrifício.

Dimas só desejava que estivessem em tempos de paz. Sonhava em construir uma casa no campo com ela e com os filhos fortes e talvez uma ou duas filhas, que ela lhe daria. A família seria próspera, ele expandiria o negócio e o deixaria para os filhos. Era um sonho de liberdade e segurança. Quando Barrabás se levantou para falar, Dimas se perguntou se aquele sonho algum dia se tornaria realidade.

Barrabás, homem com peito largo e pernas tão fortes quanto pilares, estava de pé perto do fogo, as chamas fazendo sua poderosa silhueta refletir na pedra retorcida da caverna. A voz intensa ecoou nas paredes:

— Nossa vitória está perto. Na próxima semana, milhares de judeus patriotas se reunirão em Jerusalém. Na Páscoa, organizaremos nosso povo e atacaremos o Exército romano na Fortaleza Antônia. Nossos homens serão mais numerosos do que os soldados de Pilatos e os expulsaremos da nossa cidade!

Primeiro, a proclamação de Barrabás foi recebida com silêncio. Os homens se olharam, nervosos, sabendo que o líder estava pedindo lealdade até a morte. Finalmente, Gestas levantou o punho e gritou:

— Vitória ao Deus de Israel!

Como se tivessem recebido a deixa que precisavam, os outros zelotes gritaram em uníssono:

— Vitória ao nosso Deus!

Embora Dimas tenha gritado também, tinha reservas quanto ao plano de Barrabás. A Fortaleza Antônia ficava perto do Templo e tinha vista para ele. O exército de Pilatos tinha cavalos, armaduras e as melhores espadas; os zelotes tinham poucos cavalos, as espadas eram toscamente feitas e os porretes e as adagas não serviriam muito em uma guerra. Sua maior preocupação era que os zelotes agissem precipitadamente e fossem massacrados. O fundador da resistência, Judas, o Galileu, tivera esse destino quase três décadas antes, quando os romanos arrasaram com ele e seu grupo de rebeldes na época do censo.

Dimas encheu-se de coragem ao se levantar e pigarrear.

— Seu plano é arriscado demais, Barrabás. Devemos purificar o Templo primeiro. Nossa prioridade deve ser matar Caifás e seus amigos saduceus corruptos. A purificação do Templo irá inspirar nosso povo! Não podemos atacar os romanos até que o povo esteja do nosso lado.

— E como faríamos essa purificação? — perguntou Barrabás.

Todos os olhos estavam fixos em Dimas.

— Sugiro que entremos nos pátios com as adagas escondidas embaixo de nossas capas, para poder surpreender o inimigo.

Gestas apontou um dedo acusatório para ele.

— Acho que devemos seguir o plano de Barrabás. Um ataque surpresa à Fortaleza Antônia é a nossa melhor chance de vitória.

Os homens gritaram de novo. Dimas não sabia se eles acreditavam no plano de Barrabás ou se só queriam manifestar seu apoio. Eles continuaram murmurando entre eles e Dimas escutou muitas censuras ao plano do líder. Ele torceu para que os homens que criticavam fossem corajosos o suficiente para enfrentar Barrabás e sua estratégia equivocada. Ele *precisava* trazer o líder à razão antes que o plano se tornasse fatal para todos eles.

Judas Iscariotes sentiu o estômago revirar. Dos fundos da caverna Zedekiah, podia observar Barrabás, Dimas e Judite, mas não era visto. Engoliu em seco enquanto escutava a discussão que o rodeava. Após dois dias escondido, sabia que estava na hora de falar, mas hesitou. Tinha apenas uma chance para preparar sua armadilha para Jesus de Nazaré — uma armadilha que poderia servir também para se vingar de Dimas e Barrabás e que desejava desde o dia em que tentou se aproximar de Judite.

Judas mordeu o lábio e ensaiou seu discurso enquanto admirava Judite a uns 6 metros de distância. Ela parecia mais velha do que ele se lembrava. O brilho dos olhos se apagara. Os cabelos castanhos que caíam até a altura dos ombros, que um dia foram espessos e brilhosos, estavam despenteados e opacos. A ansiedade cobrira seus bonitos traços, e a pele estava pálida, como se estivesse se recuperando de uma doença.

Ainda assim, achava Judite atraente, com seios fartos, cintura fina e um lindo perfil. Admirou seus dedos finos e compridos — dedos que suavemente trocaram seus curativos. Desejara que aqueles dedos acariciassem partes mais sensíveis de seu corpo, como muitas outras mulheres tinham feito, e que ela o recebesse de braços abertos, que correspondesse aos seus beijos.

As lembranças dela dando um tapa em seu rosto e de Dimas atacando-o fizeram seu sangue ferver. A hora da vingança tinha chegado. Agora Dimas, assim como Jesus de Nazaré, estava na sua mão e a proposta de Dimas de purificar o Templo antes de atacar a Fortaleza Antônia se encaixava perfeitamente com os planos de Judas. Sorriu diante de sua sorte. Se tudo corresse como o planejado, Dimas, Barrabás e o nazareno seriam mortos pelos romanos.

Uma onda de tristeza tomou conta de Judas ao se lembrar das crianças vindo até Jesus no Mar da Galileia. Os discípulos ficaram irritados e quiseram afastá-las, mas Jesus abraçou os pequeninos e disse que eles faziam com que se lembrasse do reino dos Céus. Judas nunca conhecera um homem mais generoso.

O homem o aceitara como discípulo. Aquele homem passara horas tentando ajudá-lo a entender o verdadeiro significado de liberdade e escutara até tarde da noite enquanto Judas contava sobre sua infância em Queriote. Mas nada disso importava agora, não com o amor de Maria Madalena em jogo. Judas precisava dela como um homem se afogando precisando de ar. Só de pensar em Maria Madalena ele entrava em um estado enlouquecido de pânico e tentou afastar o pensamento de Jesus morrendo. Ficou um pouco sem fôlego e sentiu o sangue ferver. Só seria realmente livre se conquistasse o amor dela.

Judas respirou fundo e ensaiou seu discurso mais uma vez. Aqueles que argumentavam que tentar purificar o Templo era perigoso estavam certos.

Mas tiraria proveito do perigo por tudo que ele valia. Para fazer isso, precisava convencer os zelotes de que suas chances de sucesso eram maiores se coordenassem seus esforços com os de Jesus de Nazaré.

Precisava se certificar de que Jesus, Dimas e Barrabás estariam juntos no Templo. E que os soldados romanos estivessem esperando por eles. Judas sorriu ao se ver assumindo o controle e usando suas habilidades de liderança. Ele se tornaria um herói do povo. Ganharia concessões de Pilatos, deporia Herodes e forçaria Caifás a cumprir suas ordens. O povo o aclamaria como o Messias! Eles o coroariam rei! Estava pronto para falar.

Dimas fitou a escuridão da caverna Zedekiah. A discussão sobre sua proposta estava saindo de controle com facções se formando. O alto e robusto Eliseu ben Jonas o enfrentou, com olhos faiscantes:

— Quem é você para desafiar Barrabás, Dimas? Ele organizou a revolta e arriscou tudo para alcançar o sucesso. Se você acha que tem ideias melhores, guarde-as para si mesmo!

Quando os zelotes gritaram, Dimas teve certeza de que a maioria estava contra ele. Muitos estavam proclamando que apoiariam Barrabás até a morte. Mas no meio desse clamor, um homem bonito de cabelos escuros se levantou nos fundos da caverna e pediu calma.

Dimas o reconheceu imediatamente: Judas Iscariotes.

O que ele poderia ter a dizer? Da última vez que vira Judas, eles tinham brigado. Dimas fechou as mãos ao se lembrar da angústia que aquele homem causara a Judite. Estava pronto para gritar que ninguém deveria escutar Judas, mas Barrabás interrompeu:

— Peguem aquele homem. Ele não deveria estar aqui.

Judas se afastou do grupo, indo para uma grande área aberta ao lado. Mas Simão da Betânia e Matatias ben Gardi pegaram-no e seguraram-no pelos braços. Eles o prenderam enquanto Barrabás se aproximava. Dimas se aproximou, ansioso por ver Judas sendo castigado.

— Você deveria estar no monte Arbel fazendo armas — disse Barrabás. — Quem lhe deu permissão para vir a Jerusalém?

Judas lutou para se soltar.

— Não preciso de permissão para trabalhar pelo sucesso da revolta, e meu trabalho valeu a pena. Se esses homens me soltarem, contarei o porquê.

Dimas se aproximou mais dos dois homens que se fitavam.

— Por que eu não deveria simplesmente lhe jogar os romanos? — Barrabás agarrou Judas pelo pescoço. — Eles o soltarão se você prometer não fugir. Se não cumprir a promessa, o castigo será severo.

Judas se contorcia e fazia uma careta, mas Dimas não sentia pena dele.

— Não tenho... nenhum motivo... para fugir — disse Judas. — Vim até aqui... para tratar de negócios.

Barrabás o soltou e assentiu para que Simão e Matatias também o fizessem.

Judas procurou dentro da túnica e pegou a bolsa de dinheiro. Levantou-a e disse:

— Estava fazendo armas mas também estava conseguindo dinheiro para a nossa causa. — Soltou a fita que amarrava a bolsa, tirou a mão cheia de moedas e entregou-a para Barrabás. — *Agora* vocês acreditam que sou sincero e confiável?

A pergunta ecoou pelas paredes da caverna, chegando aos ouvidos de Dimas. Quando os zelotes viram o dinheiro, cercaram Judas.

— O que você quer de nós? — perguntou Dimas, esperando que Judas criticasse sua proposta de purificarem o Templo antes de atacarem a Fortaleza Antônia.

Em vez disso, Judas expirou e disse:

— Escutei os dois planos e concordo com Dimas. Os romanos têm mais homens do que nós. Para ganharmos, precisamos de Deus do nosso lado. E a única forma de garantir a bênção Dele é restaurando a pureza do Templo.

Dimas deu um passo para trás, surpreso. Judas Iscariotes era o último homem que esperava que lhe desse apoio. Limpou o suor da testa, desconfiando dos motivos de Judas, e pensou em como responder. Preferia que Barrabás tivesse batido em Judas por deixar o monte Arbel. Mas Dimas precisava de todo apoio que conseguisse. Se o Templo não fosse purificado antes de a revolta começar, todos poderiam morrer.

— Vamos escutar o que Judas tem a dizer — disse.

Judite agarrou o braço de Dimas e puxou-o para trás.

— Não! Não podemos confiar neste homem.

Barrabás levantou a mão e colocou o dedo indicador sobre os lábios.

— Você não está no comando aqui, eu estou. E dou permissão para Judas falar.

Dimas segurou Judite enquanto observava Judas guardar a bolsa de dinheiro dentro da túnica. Então, Judas disse:

— Conheci um rabino chamado Jesus de Nazaré. Multidões se reúnem para escutá-lo falar e sei que ele também está planejando purificar o Templo. Proponho que usemos esse rabino e sua popularidade a nosso favor. Se entrarmos no Templo com ele, as pessoas acharão que ele é um zelote. As multidões que o reverenciam vão nos ajudar na purificação e depois se juntar à nossa revolta. Precisamos do apoio de Jesus e de seus seguidores para que a nossa revolta seja bem-sucedida. — Judas fitou os zelotes de forma determinada. — O nazareno está a caminho da cidade. Os planos dele são de chegar no domingo antes da Páscoa. Assim que souber quando ele fará a purificação do Templo, avisarei a vocês, para que possam se juntar a ele.

Dimas viu que Matatias ben Gaddi estava sussurrando para Simão da Betânia e Misael, o Justo, ambos homens grandes e respeitados como guerreiros. Matatias deu um passo à frente para falar:

— Achamos que Dimas e Judas estão certos. Purificar o Templo deve ser nossa prioridade. Se não livrarmos o lugar sagrado da influência pagã, como podemos esperar que Deus nos dê a vitória contra os romanos? Por que não tirar proveito desse Jesus de Nazaré? Temos um objetivo em comum e seus seguidores irão se juntar aos nossos soldados. Para esse plano dar certo, tem de ser na Páscoa. Lutaremos pelo nosso Deus e Ele nos protegerá na batalha!

Dimas ficou grato ao escutar esse apoio, mas ficou horrorizado quando Judite se soltou e disse:

— Imploro que me escutem. Judas Iscariotes é um mentiroso, um impostor. Se querem, purifiquem o Templo, mas não façam nenhum acordo com esse homem traiçoeiro!

Dimas não aprovou o que Judite fez e deixou isso claro ao encará-la, que desviou o olhar quando Barrabás acenou, voltou para a fogueira e se sentou. Ele fez um gesto para que os outros se juntassem a ele.

— Deixem-me analisar a proposta de Judas — disse Barrabás, cruzando os braços sobre o peito.

Um silêncio sinistro tomou conta da caverna; Dimas escutava apenas o leve som de uma nascente subterrânea a distância. Apertou a mão de Judite, mas ela puxou e colocou o porta-joias embaixo do braço, como se para protegê-lo com a própria vida. Chocado pela beleza dela contra as rígidas formações rochosas, Dimas temeu estar perdendo a mulher. *Precisava* fazer com que a purificação do Templo desse certo. Se ela o visse como forte e bem-sucedido, perceberia o quanto precisava dele.

Finalmente, Barrabás se levantou e falou pensativamente:

— Decidi concordar com Dimas, Judas e Matatias: precisamos da bênção de Deus para derrotar os romanos. Coordenaremos nossos esforços com os de Jesus de Nazaré. Judas pode nos informar quando Jesus estará no Templo; então nos juntaremos ao nazareno para expulsar os cambistas. Também mataremos Caifás e seus adeptos antes de convocarmos o povo e atacar a Fortaleza Antônia.

O grupo escutou em silêncio reverente enquanto o fervor de Barrabás crescia.

— Caifás deve morrer por causa dessa corrupção e Pilatos deve sofrer por trazer a idolatria para dentro de nossa cidade. Ele nunca mais roubará dinheiro do Templo para construir seus aquedutos. Nunca mais iremos pagar impostos aos romanos nem tolerar que se intrometam na nossa religião. Pelo sangue de Judas, o Galileu, não fracassaremos. Que sejamos o instrumento de vingança de Deus para derrotar nossos inimigos!

Enquanto Barrabás falava, os zelotes gritavam, mostrando aprovação. Repetiam o nome de Barrabás e se abraçavam alegremente, levantando espadas e adagas, amaldiçoando Caifás e os blasfemos romanos. Dimas se juntou a eles, o coração acelerado de entusiasmo, esforçando-se para gritar. Mas quando voltou para perto de Judite, só viu repulsa em seu rosto.

— Você fez um pacto com um homem traiçoeiro — disse ela.

— Não tivemos escolha. Precisávamos que Judas convencesse Barrabás a aceitar um plano melhor. — Dimas colocou a mão sobre o ombro dela. — Por favor, não se preocupe. Judas perderia muito se nos traísse.

Ela o empurrou.

— Você sabe o que pode acontecer. Se perdermos, todos podemos ser...

Ele colocou o dedo indicador sobre os lábios dela, interrompendo-a.

Ela pegou uma tocha.

— Vou dormir.

Não querendo fazer uma cena, Dimas acenou e disse boa noite.

Enquanto ela saía, ele notou que Gestas estava perto da fogueira, com o olhar perdido na direção da parede da caverna. Dimas se aproximou.

— Por que não está comemorando?

— Porque alguns de nós podem morrer no Templo. — Gestas se levantou e fitou Dimas com desdém. — E se isso acontecer, a culpa será sua!

— Você não tem o direito...

Gestas o interrompeu.

— Barrabás está com sede de batalha e você o encorajou. Pelo menos, o plano dele fazia sentido; o seu é apenas uma distração do nosso objetivo principal e ainda vai nos colocar na prisão, se não morrermos primeiro. — Gestas o agarrou pela túnica. — O plano era melhor antes de você modificá-lo. — Gestas o empurrou e saiu. — Qualquer morte será culpa sua!

CAPÍTULO 28

Judite sufocou um soluço enquanto segurava o porta-joias perto do peito e atravessava a escuridão. A escuridão mais profunda estava dentro dela, um abismo de vergonha e culpa tão sem forma quanto o vazio antes da criação do mundo. Caíra nesse abismo quando escutou Gabriel descrever como ela e Dimas tinham arrasado sua vida. Quando roubara do generoso fariseu que estava tentando ajudar Gabriel, a queda se acelerou, tirando dela toda a luz e calor.

Seus pés escorregaram no chão de pedra úmido. Parou para recobrar o equilíbrio e praguejou baixinho. Como podia estar em tal posição? Judas Iscariotes, por quem sentia mais ódio do que pelos romanos, poderia agora determinar seu futuro. A purificação do Templo se tornara mais importante do que ela imaginara e estava carregando a carta do rabino Jesus de Nazaré, cujo apoio podia significar sucesso ou fracasso.

Se a purificação desse certo, o povo se juntaria à revolta; os zelotes teriam sua melhor chance de derrotar os romanos; e talvez ela pudesse começar uma vida nova em uma Jerusalém livre. Se a purificação não desse certo, os zelotes seriam presos ou mortos e a revolta terminaria antes mesmo de começar. Nesse caso, todos os seus esforços teriam sido em vão e ela ficaria sozinha.

Acelerando o passo, Judite balançou a cabeça, enojada. Por que Dimas e Barrabás confiaram em Judas Iscariotes? Ele era um mentiroso que só se importava consigo mesmo. Tivera esperanças de nunca mais vê-lo. Agora ele estava de volta, com ainda mais poder sobre ela. Ah, por que assaltara aquela casa? Sendo adúltera e agora *ladra*, não tinha para onde ir. A não ser... a não ser que devolvesse o porta-joias e a carta a Nicodemos ben Gorion. Talvez ele a ajudasse...

Mas decidiu que antes de colocar qualquer plano em prática, precisava ler a mensagem. Sabia que a carta continha sabedoria eterna, mas essa sabedoria teria significado para ela? *Precisava* saber. Aliviada por estar em seu refúgio, a plataforma onde ela e Dimas dormiam, abriu a caixa e começou a ler o rolo, iluminado pela tocha.

Uma mensagem de Jesus de Nazaré para Maria Madalena e para todas as pessoas de todas as idades: Graça a vós e paz Dele que foi, é e será. Permitás que todos que tenham ouvidos escutem.

Esta carta contém informações sobre o maior de todos os amores. Quero que essas verdades se tornem vossas, principalmente em tempos de confusão, problemas e sofrimento. Isso deve acontecer para que esta mensagem chegue a tempos e lugares distantes e a todos que dela precisarem. Aqueles que buscam Deus honestamente entenderão suas verdades. Tende cuidado com aqueles que tentarem refutar ou ridicularizar a carta e mantende vossa fé pura prestando atenção à minha promessa: pedi e vos será dado; procurai e encontrareis; batei e a porta será aberta para vós...

Enquanto Judite lia, seus olhos estavam cravados no papiro. As ideias na carta eram novas, apesar de soarem estranhamente familiares, como se Judite estivesse apenas se lembrando delas, e não tomando conhecimento delas pela primeira vez. O rabino Jesus explicava como o amor entre um homem e uma mulher estava relacionado ao maior de todos os amores: o amor de Deus. Esse amor era a fonte de toda bondade e bênção. Ele aumentava com o nascimento de cada pessoa e envolvia todos.

Judite abriu mais o rolo e continuou a ler. Seu coração foi se aquecendo conforme lia que Deus a amava como só ela precisava ser amada. A epístola dizia que ninguém nunca fora amado dessa forma, nem seria. Abaixando a carta, ela se levantou. Isso queria dizer que Deus a aceitava completamente? Para sempre? Cruzou os braços e fitou a noite. Uma voz sussurrou em seu coração:

— Sim, tu serás aceita sempre! Nunca duvides dessa aceitação, mesmo quando não te sentires amada.

Embora nunca tivesse escutado essa voz antes, era como se sempre tivesse conhecido seu som.

Respirou fundo e continuou lendo até chegar aos ensinamentos de Jesus sobre culpa e perdão. Ele enfatizava que, às vezes, todos precisam de perdão, dos outros e de Deus. Em uma história sobre um pai e o mais jovem de dois filhos, Jesus descreveu a alegria que o perdão traz. Os olhos de Judite se encheram de lágrimas ao ler sobre o filho que exigira sua herança e a gastara toda em terras distantes. Ela não fizera pior? Quando o filho voltou para casa, o pai não o mandou embora. Em vez disso, o abraçou, colocou um manto em seus ombros e um anel em seu dedo e então deu uma festa em sua homenagem. As mãos de Judite tremiam e lágrimas escorriam enquanto por seu rosto se perguntava se seu pai faria o mesmo.

A carta afirmava que Deus era um pai misericordioso e parecido com uma mulher procurando sua moeda perdida. Judite escutou a voz de novo: "Podes confiar no amor de Deus! Nunca o perderás. Ele nunca te abandonará. Os anjos de Deus se alegram quando um pecador se arrepende."

Seu corpo inteiro foi se aquecendo conforme lia linha após linha. A carta destacava a importância de receber perdão da pessoa que se magoou. Judite tentou controlar as mãos trêmulas. Jesus disse que é necessário ir a essa pessoa e reconhecer o erro. Se for perdoado, estará livre da culpa; se não for perdoado, ainda assim deve se perdoar e acreditar que Deus também o perdoou.

Judite pensou em Gabriel e como desejava se jogar em sua misericórdia e implorar seu perdão. Em como nunca teria a chance. O fundo de sua boca ardia por tentar engolir com a garganta seca. Quando abaixou a carta e enxugou as lágrimas com a túnica, escutou a voz dizer: "Corrige as coisas da melhor forma possível. Não remoas tuas ações erradas. Se fizeres isso, estarás dando a elas a força para destruir sua alma."

Pegou o rolo e continuou lendo mais um pouco, mas então parou, confusa. Como uma judia fiel, Judite sempre encontrara Deus seguindo a Lei. Juntar-se aos zelotes — para ajudá-los a expulsar os romanos do país — foi o supremo ato de obediência. Mas a carta desafiava essa ideia. Jesus escreveu sobre um reino maior do que o que está sob o domínio romano: o Reino de Deus. Ele dizia ter trazido a presença desse Reino para a terra, mas a plenitude desse Reino só se daria no futuro. Receber o Reino traria paz no coração e promoveria a paz na terra. A chegada do Reino acabaria com a pobreza, com a guerra e com o sofrimento. Jesus Cristo reinaria sobre a nova terra, na qual todas as pessoas conheceriam a segurança da justiça na plenitude da paz.

Judite escutou os zelotes comemorando à distância e imaginou qual inspiração a mais Barrabás lhes dera. Esperou até os gritos se dissiparem, então leu mais rápido, querendo terminar antes que Dimas chegasse.

Ela prendeu a respiração quando a carta descreveu a união do feminino e do masculino no Reino de Deus — a mesma união que existia no Jardim do Éden antes do pecado de Adão e Eva. Esse ensinamento era novo para ela, que o considerou chocante. A carta também afirmava que as imagens masculinas de Deus seriam equilibradas pelas femininas. Assim como nas Escrituras, Deus não seria retratado apenas como um pai, mas também como uma mulher dando à luz, uma mãe amamentando, uma esposa ou uma mãe águia ou ursa. A mensagem enfatizava que os seres humanos não vão conseguir encontrar paz, nem dentro deles nem entre eles, até que alcancem o equilíbrio entre o masculino e o feminino.

Judite colocou a mão na testa. Agora a conversa que escutara fazia sentido. Assim como Nicodemos falara para Gabriel, para se tornar inteiro um homem precisa encontrar a imagem feminina de Deus dentro de si, e uma mulher, a masculina. Tentara encontrar sua imagem masculina através de Dimas, abrindo mão do juízo de si mesma para agradar a ele, mas ele a decepcionara profundamente e, se a carta estivesse certa, a violência dele destruiria ambos. Pior, destruiria todos, os judeus e romanos, pois só o amor pode curar.

Judite começou a suar ao pensar nas implicações desse ensinamento. Os valores de Jesus viravam os dos zelotes de cabeça para baixo. Os zelotes acreditam em paz através da conquista; Jesus prometia paz através do renascimento interior. De acordo com ele, o amor deve ser supremo, mesmo o amor aos inimigos. Mas como qualquer humano poderia alcançar padrões tão impossíveis? Apenas sendo nascido do Espírito, dizia a carta. Esse renascimento revela o verdadeiro propósito, a razão mais profunda para a qual as pessoas nascem. Perdendo suas vidas para Deus, elas as têm de volta, mais completas e ricas do que antes.

A sabedoria da carta oferecia significado e alegria. O mundo material valorizava a riqueza, o poder e a beleza com seus prazeres. A mensagem mostrava uma forma de escapar daquela insensatez. Prometia uma vida inteiramente nova àqueles que abrissem seus corações para Jesus e renascessem em espírito. Levada por esses ensinamentos, ela sentiu que ele estava falando com ela.

Lágrimas a cegaram, não permitindo que continuasse a leitura. Escutou Dimas se aproximando. Abaixou o rolo e enxugou as lágrimas. Mais do que qualquer coisa, queria o amor que Jesus descreveu, ainda que precisasse perder todo o resto. Sem amor, nada importava. Como a carta ensinara, ela começou a rezar para que o Senhor enchesse seu coração de amor.

— O que você está fazendo?

Dimas estava de pé ao seu lado, a luz da tocha acentuando o cansaço no rosto sombrio. Decidida a deixá-lo se ele não abandonasse a violência e seu acordo com Judas Iscariotes, ela precisava dar uma última chance a ele. Depois de enrolar o papiro, ela o entregou a ele.

— Estava lendo a carta do rabino Jesus de Nazaré. Quero que você também conheça a sabedoria dele.

Dimas franziu a testa e, com relutância, pegou o rolo.

— Normalmente, não me interessaria pelo que diz um pregador, mas esse Jesus tem uma reputação que aumenta a cada dia.

Judite ficou em silêncio enquanto Dimas lia. Observando os olhos escuros dele correndo o papiro, ela rezou para que ele também abrisse seu coração para a mensagem da carta.

Dimas ainda não tinha lido muito quando abriu um sorriso debochado e começou a ler o texto com voz zombeteira:

Amai vossos inimigos, fazei o bem aos que vos odeiam, abençoai os que vos maldizem, orai pelos que vos injuriam. Que absurdo! — Ele continuou de forma sarcástica: *Ao te ferir numa face, oferece-lhe também a outra; e ao que te tirar a capa, não impeças de levar também a túnica. Dá a todos o que te pedir; e ao que tomar o que é teu, que não lho reclames. O que quereis que os homens vos façam, fazei-o também a eles.* — Jogou o papiro no cobertor sobre a pedra. — Esse Jesus de Nazaré fala coisas absurdas! Amor e perdão são para os fracos. Só um tolo seguiria esse homem.

Ela pegou o rolo e protegeu-o, abraçando-o sobre o peito.

— Isso é realmente o que você acha? Então por que concordou com o plano de Judas?

— Claro. Nossos inimigos não precisam de amor. — Pegou a adaga e levantou-a. — Eles precisam disto! Só concordei com o plano porque Jesus pode nos ajudar a purificar o Templo.

— Você acredita apenas em violência, não posso ficar com você.

— Não seja ingênua, Judite. O amor não move o mundo. A única forma de se conseguir respeito é lutando, até a morte se necessário. Primeiro, vamos purificar o Templo, depois atacar a Fortaleza. Depois de livrarmos o lugar sagrado de todas as impurezas, Deus nos ajudará a expulsar os romanos de nossa terra. Nossa vitória vai provar o que estou dizendo. Se você me deixar, será a mais tola de todas!

— Sei o quanto você é teimoso, mas não posso viver assim.

Ela colocou a carta dentro da caixa, pegou a bolsa e se afastou de Dimas com a caixa embaixo do braço. O rolo não pertencia a ela e continha a mensagem mais poderosa que ela já conhecera. Seu futuro dependeria do que fizesse com aquilo. De alguma forma, precisava devolver a carta a Nicodemos ben Gorion. *Não sei para onde vou*, pensou. *Mas preciso ir embora, mesmo se eu morrer. É a única forma de meu espírito viver.*

CAPÍTULO 29

Judas Iscariotes ficou arrepiado ao ver os soldados na rua principal de Jericó. Viera de Jerusalém para se encontrar com Jesus e os discípulos. Tinham jantado na véspera com um rico coletor de impostos chamado Zaqueu e estavam prontos para viajar até a Cidade Sagrada. A armadilha para Jesus estava armada. Judas não podia deixar que nada arruinasse seus planos, nem mesmo um confronto com os romanos, que, ele desconfiava, viam Jesus como um rebelde.

Colocou a mão dentro do cinto da túnica e sentiu a adaga escondida ali. Certo de que a arma estaria pronta se precisasse dela, tirou a mão e olhou para os discípulos. Os pescadores entre eles eram fortes, mas diante dos ensinamentos de Jesus sobre amar o inimigo, Judas temia que o único discípulo que lutaria junto com ele seria Simão, o zelote.

Conforme o sol tornava a manhã dourada, Judas, preparado para qualquer coisa, não afastava os olhos dos soldados que se aproximavam. Felizmente, eram apenas dois, enquanto a multidão chegava a quase trinta pessoas. Vestidos com uniformes completos, os soldados estavam sobre cavalos brancos passando por sicômoros e palmeiras que pontilhavam a estrada árida. Judas jurou que não permitiria que os soldados impedissem Jesus de seguir para Jerusalém. Se o nazareno ficasse longe da cidade, poderia se manter a salvo. Maria Madalena só estaria livre para amar outro homem quando ele morresse. Jesus *tinha* de ir para Jerusalém.

A ideia de ter Maria Madalena para si deixou Judas tonto e ele precisou respirar fundo para recobrar a calma. Estava tão desesperado pelo amor dela que faria qualquer coisa — até uma monstruosidade — para conquistá-lo. Aquela sensação fazia com que ele se sentisse poderoso.

Cheio de luxúria, ontem, tinham conversado de forma casual, mas amigável, o que fez com que Judas acreditasse que ela queria um relacionamento mais intenso. A lembrança do beijo que trocaram em Cesárea de Filipe estava constantemente em sua mente, alimentando ainda mais seu desejo. Se os beijos eram tão arrebatadores, nem ousava imaginar o êxtase de fazer amor com ela. Só de pensar sentia uma ardência no estômago e estremecia.

Enfrentar os soldados seria uma oportunidade para impressionar Maria Madalena. Seu futuro com ela talvez dependesse do modo como lidaria com eles. Olhou disfarçadamente para ela, que vinha andando ao lado do nazareno. Os soldados estavam se aproximando, as armaduras brilhando sob o sol. Judas protegeu os olhos da claridade no momento em que eles paravam os cavalos e desciam, bloqueando a estrada. O soldado magro e mais jovem segurou as rédeas dos cavalos enquanto o mais velho e robusto, com olhos irascíveis, disse:

— Ninguém poderá passar até que revistemos todos vocês.

Judas deu um passo à frente.

— Por quê? Não fizemos nada de errado.

O soldado robusto se manteve firme.

— Vocês judeus só sabem causar problemas. Nosso trabalho é encontrar os inimigos de Roma e impedir qualquer rebelião antes mesmo que comece.

Judas viu Maria Madalena se afastar enquanto os discípulos e Jesus se reuniam em volta. João se apresentou ao soldado, seguido pelo irmão Tiago.

— Não tenho nada a esconder — disse João. — Pode me revistar, se quiser.

O soldado robusto ordenou que os irmãos ficassem parados, braços do lado do corpo, enquanto os apalpava. Não encontrou nada e passou para Judas. O soldado fez com que levantasse os braços até a altura dos ombros e começou a revistá-lo. Judas sentiu o rosto corar, as veias do pescoço pulsando, mas ficou imóvel até a mão do soldado de aproximar da cintura. Um momento antes de o soldado chegar lá, Judas enfiou a mão dentro da túnica e puxou a adaga.

Pegou o soldado desprevenido e o atingiu no rosto com a parte de trás da mão. O homem recuou; Judas se precipitou e começou a estrangular o romano com o braço esquerdo, segurando a adaga na garganta da vítima com a direita. Judas estava prestes a cortar a garganta dele quando Jesus gritou:

— Não, Judas! Esse homem não merece morrer. Abaixe a adaga e deixe-o em paz.

Judas o ignorou e apertou mais a adaga contra o pescoço do soldado. Fitou com olhos furiosos o parceiro mais jovem e disse:

— Jogue a espada no chão ou seu amigo morrerá. — O rapaz obedeceu. Simão, o zelote, pegou a espada e tirou a do outro soldado. Judas soltou o romano robusto, pegou uma espada com Simão e, brandindo-a com violência, disse: — Vocês dois, tirem os capacetes, as armaduras e as sandálias.

Jesus deu um passo à frente do grupo, o maxilar tenso, e levantou um dedo para Judas.

— Tu já desarmaste esses homens. Não precisas humilhá-los.

Judas continuou brandindo a espada, forçando os soldados a tirarem as roupas de baixo.

— Agora, ajoelhem-se — disse Judas, apontando para o chão. — Vocês, romanos, não têm o direito de tratar os judeus da forma que tratam. Só queremos governar nosso próprio país e viver em paz. — Virou-se para Jesus. — Não temos alternativa, temos de tratar esses homens de forma severa. Senão, mandarão reforços atrás de nós.

Jesus segurou o pulso de Judas e abaixou a espada.

— Não é assim que se derrota um inimigo. Derrotamos os inimigos transformando-os em nossos amigos.

Judas resistiu por um momento, então decidiu que para seu pacto com os rebeldes dar certo não devia se indispor com Jesus. Largou a espada e deixou Simão, o zelote, tomando conta dos homens enquanto ia até os dois cavalos, dava um tapa em seus traseiros e os observava saírem galopando. Com o trotar dos cavalos, não conseguiu gritar alto o suficiente para impedir Tiago e João de pegarem os capacetes, as armaduras e as sandálias e devolverem aos romanos.

Com o rosto vermelho e a respiração pesada, Judas confrontou os irmãos.

— O que vocês estão fazendo? Temos de ensinar esses romanos a nos respeitarem. Se acharem que somos fracos, nunca vão deixar de nos oprimir.

Jesus disse para ele:

— Se consideras o amor fraco, não compreendes meus ensinamentos. — Então, virou-se para os soldados. — Segui vosso caminho e deixai que sigamos o nosso.

Quando Jesus começou a se afastar, Judas hesitou, fazendo uma careta, enquanto João entregava uma espada a um homem forte na multidão. Quando Simão, o zelote, fez a mesma coisa com a segunda espada, Judas se juntou ao grupo, satisfeito pelos romanos não terem retrucado e desapontado por não ter sido o mais forte. Acima de tudo, estava aliviado por saber que Jesus continuaria seu caminho para Jerusalém.

Gabriel saiu da multidão que só aumentava, o coração batendo tão forte que conseguia escutar. Agradeceu silenciosamente por os boatos de que Jesus de Nazaré estava passando por Jericó a caminho de Jerusalém serem verdadeiros. Depois que o ferimento na cabeça ficara bom e ele estocara o armazém para a Páscoa, foi procurar o nazareno, mas não esperava ver uma briga com os romanos. A possibilidade de retaliação tornava sua tarefa ainda mais urgente.

Estava tremendo por dentro quando se aproximou do grupo de Jesus, formado por cerca de 20 homens e mulheres. Depois de esperar desde o amanhecer na rua principal de Jericó, Gabriel não podia se preocupar agora com a violência e precisava avisar Jesus dos perigos em Jerusalém.

Se fracassasse e Jesus acabasse morto, os judeus perderiam a melhor chance que possuíam para a paz. Os romanos acabariam com os zelotes, e ele talvez nunca mais tornasse a ver Judite.

Viu que Maria Madalena andava logo atrás de Jesus junto com várias outras mulheres, todas com as mãos protegendo os olhos do sol matinal. Gabriel se infiltrou e, suavemente, tocou no braço dela.

— Maria Madalena, você se lembra de mim?

Quando ela o viu, um grande sorriso iluminou seu rosto.

— Como poderia me esquecer do homem que salvou minha vida? Mas o que está fazendo aqui, Gabriel?

Ele a puxou para o lado enquanto os outros seguiam em frente.

— É uma longa história e não tenho tempo para contar, mas preciso da sua ajuda, Maria. Existem novos perigos em Jerusalém. Precisamos convencer Jesus a se manter afastado da cidade.

— Os discípulos já tentaram, mas ele insiste em prosseguir. — Maria Madalena aumentou o tom de voz, frustrada. — Como você acabou de chegar da cidade, talvez ele o ouça. — Ela pegou a mão de Gabriel e se apressou para alcançar os outros.

O grupo cada vez maior estava se aproximando dos portões de Jericó, seu arco emoldurando o buraco na grossa parede de pedra que cercava a cidade. Conforme mais gente se juntava à multidão, Gabriel podia sentir a agitação de corpos e escutar um coral de espectadores murmurando. Precisava agir logo, ou nunca conseguiria impedir que a multidão seguisse para Jerusalém.

Estava perto e escutou quando Jesus disse aos discípulos:

— Vós ainda não entendeis o que tenho ensinado. Judas e Simão quiseram impor a força contra esses soldados. Isso não pode acontecer no meio de vós. Quem quiser tornar-se importante deverá ser servo e quem quiser ser o primeiro deverá ser escravo, pois o Filho do Homem não veio para ser servido, mas para servir e dar sua vida em resgate para muitos.

As palavras de Jesus tiveram um efeito apaziguador e a multidão atravessou os enormes portões de madeira em silêncio. As coxas de Gabriel queimavam enquanto a estrada começava a subir para Jerusalém, mas sua preocupação com o rabino queimava ainda mais — *precisava* falar com ele. Conforme Gabriel tentava se adiantar, vários pedintes, sujos e vestindo trapos, se dirigiam a Jesus, implorando por suas almas. Gabriel cobriu o nariz para não sentir o cheiro dos corpos sujos. Pôde perceber pelos olhos inchados dos homens que eram cegos.

Jesus o surpreendeu parando. Um homem cego, baixo, com barba rala, começou a gritar:

— Jesus, Filho de Davi, tenha misericórdia de mim!

Gabriel não se juntou àqueles que tentaram calar o homem. Escutou Jesus perguntar ao homem:

— Qual é o teu nome?

— Sou Bartimeu, filho de Timeu — disse o homem.

— O que queres de mim? — perguntou Jesus.

Bartimeu estendeu as duas mãos e falou hesitante:

— Rabino, quero enxergar de novo.

Jesus pegou as mãos e então, suavemente, tocou os olhos dele.

— Segue teu caminho; tua fé te curou.

Gabriel ficou imóvel e observou Bartimeu abrir os olhos, protegendo-os com as mãos e balançando a cabeça, como se estivesse sentindo dor. O homem deu as costas para o sol e começou a piscar freneticamente. Abaixou-se e sentiu o chão; então, sem aviso, levantou-se com toda a sua força.

— Posso ver! Posso ver! — gritou, pulando de alegria.

Gabriel correu até ele junto com vários outros homens que examinaram os olhos de Bartimeu e perguntaram o que ele via. Quando Bartimeu identificou os sicômoros, as palmeiras, a parede de pedra e o que os homens estavam vestindo, eles o abraçaram e o homem curado também se juntou à crescente multidão.

Como os discípulos e as mulheres, Gabriel estava encantado com o que Jesus acabara de fazer. Nicodemos estaria certo sobre esse homem? Deus estaria mandando extraordinário poder e sabedoria através do rabino de Nazaré? Se era verdade, Gabriel tinha ainda mais motivos para mantê-lo longe de Jerusalém. Se Jesus fosse para lá, tudo isso poderia se perder para sempre.

Gabriel estava perto quando o nazareno disse aos discípulos:

— Se acreditarem em mim, tereis vida eterna. Mas se quereis ter uma vida *abundante*, deveis residir em mim e deixar que minhas palavras residam em vós, para que a alegria seja completa.

Gabriel notou a confusão no rosto de Maria Madalena quando ela disse para Jesus:

— Nenhum de nós compreende completamente seus ensinamentos, rabino.

Jesus levantou uma sobrancelha.

— Nem um fariseu chamado Nicodemos ben Gorion as compreendeu, e ele é membro do Sinédrio.

Gabriel sabia que essa era a sua chance.

— Sou amigo de Nicodemos — disse, tocando o braço de Jesus. — Eu o conheci em Naim na casa de Simão ben Ephraim. Vim de Jerusalém com um aviso importante para o senhor, rabino... Pilatos desconfiou que uns galileus estavam planejando uma revolta e mandou matá-los. Temo que o mesmo aconteça com o senhor.

Jesus pareceu imperturbável.

— Sei dos perigos, mas acredito que a vontade de Deus é que eu vá para Jerusalém.

Gabriel viu fervor e dedicação nos olhos do nazareno. Lembrou-se da primeira vez em que fitara aqueles olhos profundos e havia se sentido totalmente reconhecido e aceito. Sentindo-se assim de novo, segurou o braço de Jesus.

— Precisamos do senhor na Galileia, rabino. Só tu podes salvar nosso povo dos planos assassinos dos zelotes. — Gabriel pegou o outro braço de Jesus e falou de forma ainda mais arrebatada. — Por favor, não sigas adiante. Pilatos crucifica rebeldes para servir como exemplo, e temo que te considere uma ameaça. — Gabriel sacudiu os braços de Jesus. — Senhor, eu lhe imploro. Se preza a própria vida, por favor, vá para casa!

Gabriel sentiu um aperto na nuca. Virou e viu o discípulo que humilhara os soldados poucos minutos antes. O discípulo o fitou.

— Quem é você? E por que está perturbando Jesus?

Gabriel encarou o homem com um olhar determinado.

— Sou Gabriel ben Zebulom, um comerciante de Jerusalém. Vim avisá-lo de como a cidade está perigosa.

A agitação do discípulo ficou visível quando disse para Jesus:

— Sigam na frente. Responderei às preocupações dele. — Quando Jesus e os outros continuaram andando, o homem puxou Gabriel para o lado e disse:

— Você tem um irmão chamado Dimas?

Gabriel levantou a sobrancelha, surpreso.

— Como sabe disso?

— Trabalhei com Dimas perto do Mar Morto. Também conheço a esposa dele, Judite.

Gabriel agarrou a manga da túnica do homem.

— Qual é o seu nome?

— Judas Iscariotes. Fui um zelote, mas agora sou um seguidor do nazareno.

Gabriel manteve a voz baixa, para não levantar suspeitas em Judas.

— Judite está viva? — Estreitou os olhos. — Sabe onde ela está?

Os lábios de Judas se transformaram em uma linha fina.

— Sim, ela está viva e lhe direi onde ela e seu irmão estão, mas só se me prometer que não tentará impedir que Jesus chegue a Jerusalém.

Gabriel deu um passo atrás, a nuca queimando, o estômago revirando e a cabeça girando. Finalmente, encontrara alguém com informações sobre Judite e Dimas. Agora podia ir atrás deles e exigir uma vingança justa. Mas ao pensar em como poderia matar o irmão ou levar a noiva diante do Sinédrio, percebeu que não poderia fazer nenhum dos dois.

A carta explicara por que Judite e Dimas tinham-no traído. Sabia agora que eles não tinham agido com malícia, mas por ignorância, e saber disso o enchia de pena, e não de raiva. Sem a traição, talvez nunca tivesse descoberto a imagem de Deus como masculina e feminina. Essa descoberta estava fazendo com que compreendesse melhor a si mesmo — e isso o estava libertando.

Não sendo mais ingênuo sobre o poder da atração sexual, Gabriel estava tentando perdoar, como a carta ensinava. Seu desejo de encontrar Judite e

Dimas acabaria desaparecendo, ele achava... a não ser que — a não ser que Judite estivesse em perigo. O coração começou a bater acelerado. Analisou Judas.

— Da última vez que você viu Judite, ela estava bem?

Judas abriu um sorriso sagaz.

— Depende do que você acredita ser "bem".

Gabriel sentiu que estava diante de um homem desonesto, como se estivesse tentando esconder alguma coisa por trás da fala mansa e da arrogância. Por que alguém vil e hostil iria querer seguir o profeta da paz? Gabriel enxugou o suor da testa com a parte de trás da mão. Não tinha uma resposta, mas aquele homem era sua única fonte de informação sobre Judite.

— Por favor, me conte tudo que sabe.

Judas evitou fazer contato visual ao responder.

— Vi Judite um mês atrás. Ela estava a salvo na época... mas um tanto infeliz.

Os agitados olhos de Judas fizeram Gabriel se perguntar se ele não sabia de mais nada. Podia confiar nele? Talvez Judite estivesse infeliz, talvez não. Talvez Judas estivesse manipulando seus sentimentos para que prometesse não deter Jesus. Se isso fosse verdade, por que Judas estava tão inflexível quanto à ida de Jesus a Jerusalém?

Gabriel juntou as mãos, lutando com seus pensamentos. Como poderia deixar Jesus ir aonde Pilatos poderia matá-lo? Por outro lado, como poderia não ir atrás de Judite, se tivesse a chance? Gabriel olhou para o sol que subia no céu da manhã. Cruzou os dedos, juntando-os e separando-os. A cabeça doía, como se tivesse batido no chão.

Judas estava encarando-o, esperando.

— Por que está tão interessado na esposa de seu irmão? Talvez esteja interessado em mais do que apenas sua segurança... Posso entender por quê. Também acho Judite muito atraente.

Gabriel encarou Judas e ignorou o comentário. Fizera tudo que podia para convencer Jesus, então decidiu:

— Não tentarei mais deter Jesus.

Judas abriu um sorriso.

— A última notícia que tive dizia que Dimas e Judite estavam em Qumran, no Mar Morto, mas planejavam ir para Jerusalém.

Quando Judas terminou de falar, correu para alcançar a multidão. Gabriel o seguiu, perguntando-se onde Dimas e Judite poderiam estar escondidos em Jerusalém e pensando no que diria se os encontrasse.

Mais tarde naquela manhã, quando Jesus e os discípulos pararam para descansar em uma nascente perto da estrada, Maria Madalena saiu caminhando sozinha. Ainda aflita por causa do confronto com os soldados, tentou se acalmar respirando fundo várias vezes. Odiava os romanos como qualquer judeu, mas não sentia necessidade de humilhar os soldados, como Judas fizera. Conhecendo-o apenas como um homem charmoso e carinhoso, fora apresentada a um lado dele que nunca vira.

Jogando água no rosto, percebeu que seu plano para deixar Jesus com ciúmes tinha fracassado e agora talvez estivesse envolvida com um homem violento. Lembrou-se do ex-marido chegando em casa tarde certa noite. Desconfiara que Jonathan estivera com outra mulher e quando o confrontou com sua suspeita, ele lhe deu um tapa, jogando-a no chão e deixando-a com o rosto inchado. Depois, caiu na cama, bêbado. Passou a mão pelo rosto que fora ferido. *Judas seria capaz de fazer a mesma coisa?*

O homem sensível que a beijara às margens do Jordão não existia mais, fora substituído por um guerreiro fervilhando de raiva, pronto para mutilar e matar. *Será que ele vai ficar violento quando eu disser que não o amo?* Ensaiando as palavras, ela sabia que não ficaria em paz até que as falasse para Judas e terminasse claramente seu relacionamento com ele.

Voltando para o grupo, começou a procurar Judas. Mais de 30 outros viajantes também estavam bebendo água da nascente e enchendo os odres. Entre eles, havia várias famílias, com burros e carrinhos de mão cheios de frutas, grãos e vegetais para as oferendas da Páscoa.

As crianças estavam andando na parte rasa do rio, jogando água umas nas outras. No meio do caos, Maria Madalena viu Judas na beira da água comendo figos secos. Quando se aproximou, tocou de leve no braço dele. Ele levantou o olhar e sorriu para ela, que falou baixo:

— Preciso falar com você.

Ela seguiu rio abaixo, para os outros não a escutarem. Judas se aproximou quando ela estava enchendo seu odre de água. Maria Madalena falou com calma:

— Fiquei preocupada com a forma como você tratou aqueles soldados em Jericó. Não consigo parar de pensar nisso.

Judas se manteve afastado.

— Por que você está preocupada? Viu que sou capaz de me defender. Da forma como os soldados nos trataram, não tínhamos alternativa a não ser reagir.

— Você não se defendeu apenas. Tentou humilhar os soldados.

Os olhos de Judas brilharam de ódio, mas ele manteve a voz calma.

— Você deveria me apoiar, não me condenar. Se Jesus não tivesse interferido, eu teria matado aqueles soldados.

Maria Madalena acabou de encher o odre e se levantou.

— Então Jesus estava errado?

Judas falou baixo, mas não conseguiu disfarçar o tom de insatisfação na voz.

— É claro que estava errado! Se realmente fosse o Messias, seria corajoso, e não covarde. Em Jerusalém, terá a última chance de provar quem é. Se não convocar o povo para a guerra, saberemos que é um impostor.

Maria Madalena se afastou, pronta para ir embora.

— Se é tão cético em relação a Jesus, por que continua com ele?

Judas se postou na frente dela, bloqueando o caminho.

— Porque ficar com ele significa estar perto de você.

— Não mais. Nunca deveria ter permitido que me beijasse e não cometerei esse erro de novo.

Quando ele tentou pegá-la, ela se desviou dele e saiu.

— Se você preferir Jesus a mim, vocês dois vão se arrepender — disse ele.

DIAS ATUAIS

CAPÍTULO 30

A única forma de encontrar o amor é amando. Conecte-se às pessoas. Envolva-se em atividades que o conectem ainda mais a elas.

Nunca fique cínico ou cansado demais para ser despertado pelo e para o amor. Esse despertar e os relacionamentos que vêm com ele trazem a verdadeira felicidade.

Mesmo quando sacrifícios forem necessários.

Reconhecimento, sucesso, ganhos financeiros, beleza física. Nada disso nos satisfaz sem amor. Pratique dar e receber o maior dos presentes, e você vai ter tudo que realmente importa.

Do diário do irmão Gregory Andreou

Jerusalém
Sexta-feira, 5 de abril

Aquele nicho antigo na Gruta de Getsêmani era o lugar perfeito para Karim Musalaha e Rachel Sharett se esconderem. Eles se afastaram do grupo de turistas e se apertaram dentro da pequena área quadrada que mais parecia uma tumba. Localizado nos fundos da capela da gruta, os monges que rezavam missas ali usavam o local para guardar suas coisas.

Enquanto turistas tiravam fotografias e conversavam, Karim pegou a mão de Rachel e descobriu que estava úmida. Pegar a mão dela fez com que se lembrasse da forma como ela dirigiu o jipe por Belém e como conseguira mantê-los a salvo. Depois de o irmão Gregory ser tratado no hospital, ela os levou de volta ao Mosteiro dos Anjos Sagrados e, finalmente, voltou para seu apartamento. Descansaram aquela noite e o dia seguinte até o final da tarde, quando ela o pegou no mosteiro.

— Onde está aquele jovem casal?

Uma voz masculina no meio dos turistas fez a pergunta. A garganta de Karim ficou seca. As alças da mochila esfolavam seus ombros enquanto se comprimia contra a parede, os joelhos dobrados e a cabeça abaixada por causa do teto baixo e inclinado. Rachel conseguira entrar ao lado dele, a cabeça enfiada embaixo de uma pedra irregular. Conseguiam ver a parte central da gruta porque um buraco no teto permitia a entrada de luz. Mas o nicho em que estavam escondidos ficava no escuro e ninguém conseguiria vê-los, a não ser que colocasse a cabeça lá dentro.

— O casal estava aqui um minuto atrás — disse uma voz feminina aguda.

Karim escutou passos se aproximando deles.

Então os passos pararam abruptamente.

— Eles devem ter saído — disse a voz masculina.

Karim prendeu a respiração em silêncio, escutando a conversa. Permaneceu imóvel e pensou no plano que ele, Rachel e irmão Gregory haviam arquitetado. O monge retiraria o manuscrito do cofre, no Banco de Belém, tiraria novas fotos e começaria uma segunda tradução. Não levaria muito tempo, uma vez que se lembrava da maior parte do que já fizera. Primeiro, traduziria a seção na qual Judite de Jerusalém falava do bilhete de Judas estar enterrado naquele local. Enquanto isso, Karim e Rachel iriam fotografar, medir e esboçar o local que Maria descreveu, o canto nordeste. Com tudo isso em mãos, eles procurariam um museu ou universidade famosa pedindo ajuda para uma escavação.

O rosto de Karim estava quente. Provavelmente, o ladrão também via o bilhete como a peça que faltava no quebra-cabeça. A peça que iria revelar e confirmar o segredo do relacionamento de Jesus com Maria Madalena. Não podiam permitir que ele vencesse. Ao pensar nisso, Karim notou duas mulheres paradas do lado de fora do nicho. Ele e Rachel congelaram. Se as mulheres olhassem para dentro, já estava preparado para dizer que ele e sua amiga estavam apenas explorando.

As mulheres se viraram na direção do nicho.

O estômago de Karim subiu para sua garganta.

Então, uma autoritária voz masculina disse:

— Certo, pessoal. Hora de ir.

Karim relaxou quando os passos começaram a se distanciar. Esperou até a gruta ficar completamente em silêncio e, então, saiu do nicho e ajudou Rachel a sair também.

— Temos muita coisa a fazer. — Quando eles chegaram ao canto nordeste, ele fez uma reverência e foi para trás do altar que fora construído para missas. Abaixando-se para examinar o chão, ele disse: — Esta pedra moderna vai dificultar a escavação. Irmão Gregory disse que a superfície do século I está, pelo menos, 1 metro abaixo.

Rachel pegou a câmera digital e tirou fotos da área que parecia uma cripta.

— Faz sentido Maria Madalena ter enterrado o bilhete em Getsêmani, o lugar da traição de Judas.

Karim pegou uma pequena pá em sua mochila e bateu no chão. Quando confirmou que a pedra era dura demais para permitir uma escavação, deixou a pá de lado e pegou a fita métrica.

— Se o diário de Judite é preciso, quando Judas percebeu que Maria Madalena não o amava, ele começou a perder a cabeça. Chegou ao ponto mais baixo quando traiu Jesus com um beijo. Pode também ter sido um ato de vingança. Como Judas não desfrutava mais dos beijos de Maria Madalena, traiu o homem que ela amava... com um beijo.

Rachel guardou a câmera na mochila.

— Não posso nem imaginar o que ele escreveu para ela antes de se enforcar. — Pegando um bloco de notas da mochila, Rachel começou a esboçar um desenho da área atrás do altar. — Você acha que Maria esperava que o bilhete fosse encontrado algum dia?

— Acho que sim. Senão o teria queimado. — Karim tirou algumas medidas. — Talvez ela o tenha enterrado porque ele continha alguma informação importante. Uma informação pessoal demais para ser compartilhada enquanto ela ainda estava viva. Ou talvez ela quisesse revelar o verdadeiro Judas. — Ele colocou a fita de volta na mochila. — Mesmo se encontrarmos o bilhete — disse ele, se afastando do altar —, talvez nunca entendamos os motivos dela.

Rachel se aproximou de Karim no centro da gruta, colocou o bloco na mochila e fechou.

— É melhor irmos embora. O sabá vai começar logo. — Ela apertou a mão dele.

O toque dela fez com que ele sentisse um arrepio. Como ela era linda, esbelta, com um perfil altivo. Ela se virou e levantou o olhar para fitá-lo, olhos brilhantes que transmitiam otimismo interminável, vulnerabilidade expressa em seus traços impressionantes. Pensamentos de campos de refugiados, postos de controle e muros de separação se esvaíram da mente de Karim. O ar do início da noite trazia um vento que cheirava a primavera, carregado de possibilidades. Os últimos raios de sol entravam pelo buraco no teto, criando um bonito brilho.

Ele se aproximou dela, testando para ver qual seria sua reação. Quando ela respondeu, pescoço caído para trás, olhos fechados, ele a tomou nos braços e beijou-a gentilmente. O lábio superior dela tremia, refletindo o ritmo em que seu coração batia. Ele gostaria que estivessem em algum outro lugar — o apartamento dela, um quarto tranquilo no mosteiro. Mas afastou esses pensamentos de sua mente e disse:

— Esqueça que sou palestino e que você é israelense. Esqueça que estou ilegalmente em Jerusalém. Esqueça até o motivo que nos trouxe aqui. — Ele a puxou para ainda mais perto. — Tudo que importa agora é que eu amo você.

Rachel o fitou com lágrimas nos olhos e disse:

— Soube que você era especial desde a primeira vez que o vi. Mas eu tinha medo de trair a minha família, o meu país. Agora eu sei que o verdadeiro traidor era o meu coração. — Ela o abraçou com mais força. — Quando eu acredito em alguma coisa, luto por ela. Foi por isso que fui para a faculdade de medicina, que entrei no movimento pela paz. Não tenho medo de lutar pelo direito de amar você.

Ele sentiu sua garganta se apertar ao passar os dedos pelos cabelos dela.

— Se eu viver décadas ou se morrer amanhã, nunca me esquecerei de você, nunca deixarei de lutar pelo nosso amor. Se ele é verdadeiro, nem todas as cercas de arame farpado ou elétricas vão conseguir nos separar.

Vendo a receptividade nos brilhantes olhos dela, ele a beijou de novo com lábios suaves e ousados. O coração dele estava em brasas, entrando em uma erupção de desejo. Ela retribuía cada beijo e carinho, seus corpos tão próximos quanto a linha do horizonte, suas almas unidas pela luz que expulsa toda a escuridão e pelo calor que acaba com todo frio.

Rachel acariciou a testa dele.

— Se os extremistas dos dois lados pudessem sentir o que estamos sentindo agora, eles abaixariam as armas.

Karim pegou as mãos dela e falou baixinho:

— A carta de Jesus nos uniu. Se ela conseguisse fazer o mesmo com outros muçulmanos e judeus...

— É por isso que temos de provar que ela é autêntica.

Rachel enterrou o rosto no peito de Karim, que sentiu o calor de suas lágrimas. Ficaram abraçados em silêncio, perdidos na emoção do momento durante algum tempo quando, de repente, ele escutou um barulho.

Passos!

Colocou a mochila nas costas, segurou a mão de Rachel e correram para o nicho. Enfiando-se ali dentro com Rachel, ele se escondeu ao lado dela no escuro conforme os passos ficavam mais altos. Viu um homem grande entrando na gruta, usando uma bengala.

Um homem grande demais para ser Kenyon.

Como podia ser? Só Kenyon sabia que Maria Madalena tinha enterrado o bilhete de Judas ali, porque Kenyon roubara o laptop de irmão Gregory e a tradução original. Quem era aquele homem na gruta?

Os passos chegaram mais perto e pararam. Karim avançou um pouco para a frente do nicho, Rachel logo atrás, e olhou para fora. O intruso estava observando a área atrás do altar e tirando fotografias. Então, começou a bater no chão com a bengala.

Quando o homem se virou, Karim reconheceu o perfil com queixo duplo do abade Erasmus Zeno.

Saindo do nicho, Karim acenou para Rachel segui-lo. Eles se aproximaram no altar sem que o abade notasse.

— Perdeu alguma coisa? — perguntou Karim.

O abade virou-se, assustado.

— O que vocês estão fazendo aqui?

— Estamos nos perguntando a mesma coisa sobre o senhor — disse Rachel.

— Gosto desta gruta. Venho aqui com frequência.

Karim balançou a cabeça.

— Ao anoitecer, depois que todo mundo foi embora? Pouco provável.

— Quem é você para me questionar? Posso explorar uma gruta a hora que eu quiser.

— Certo, o senhor está explorando... em busca do bilhete de Maria Madalena. — Karim deu um passo à frente, se esforçando para conter a raiva. — O senhor nos fez acreditar que foi Kenyon quem atacou o irmão Gregory e roubou o laptop. Mas foi o senhor, não foi?

— Cale a boca! — A voz do abade era hostil e ameaçadora. — Quem é *você* para *me* questionar?

As palavras foram como uma facada no peito de Karim.

— Alguém que acreditava que o senhor era um homem de Deus.

Silêncio pesou na gruta.

— Por quê? — perguntou Rachel.

O abade não respondeu, mas abaixou o olhar, os lábios tremendo.

— Trabalhei duro na minha vida no mosteiro e nunca recebi qualquer reconhecimento. Eu iria morrer e ser esquecido. Então, vi a chance de ser lembrado como o homem que encontrou a carta de Jesus...

— O senhor arriscaria a sua posição e trairia seus votos monásticos por fama? — questionou Rachel. — Se precisa de reconhecimento, então não compreendeu a carta.

A resposta do abade foi rude.

— O que vocês sabem da vida em um mosteiro? Abri mão de qualquer prazer. Qual é o mal em querer reconhecimento por meu trabalho duro e sacrifício?

— Através da traição? — disse Karim. — Usando violência? O senhor entrou no apartamento do irmão Gregory e se escondeu para poder atacá-lo por trás, não foi? O senhor quase o matou.

— Eu poderia tê-lo matado, mas não matei. E, além disso, vocês estão aqui ilegalmente, então não há nada que possam fazer a esse respeito. — O abade ergueu o queixo de forma desafiadora.

— É aí que o senhor se engana — disse Rachel. — Meu irmão, Ezra Sharett, é comandante das Forças de Defesa de Israel, e é muito conhecido na polícia de Jerusalém. O senhor pode voltar ao mosteiro e confessar, ou pode passar os próximos anos na prisão pensando no que fez.

Por um momento, o abade Zeno pareceu pronto para a luta, mas então deve ter visto a futilidade desse ato porque desviou o olhar, os ombros caídos, derrotados.

Rachel pegou-o pelo braço e afastou-o do altar.

— O senhor pode começar a se redimir devolvendo o laptop e tudo o que roubou.

O abade se soltou.

— Deixem-me em paz. Minha vida está arruinada.

— O senhor está errado — disse Karim. — Sua vida acabou de começar, porque uma coisa que *todas* as religiões têm em comum é a chance de receber o perdão e recomeçar.

ERA ROMANA

CAPÍTULO 31

Judite parou na frente da porta de Nicodemos ben Gorion, apavorada com a possibilidade de ele mandar prendê-la por roubo. Mas aquele homem era sua última esperança. Quebrara todas as regras de etiqueta, sem mencionar os mandamentos sobre não mentir, não roubar e não desonrar pai e mãe. O que poderia dizer para as pessoas que magoara se voltasse para casa? Talvez algum dia encontrasse coragem para encará-los, mas ainda não. Só quando o coração começasse a cicatrizar.

Vagara pelas ruas de Jerusalém, o porta-joias escondido embaixo da capa, e dormira uma noite em um beco isolado. Agora, após um segundo dia sem ter para onde ir, decidiu que chegara a hora de devolver a caixa e a carta ali guardada. Também poderia avisar Nicodemos sobre os planos dos zelotes e talvez ele pudesse evitar a morte de muitas pessoas, incluindo a do rabino chamado Jesus.

Anoitecia e a luz da lua que subia mal penetrava a nebulosa escuridão. Ela rezou para que Nicodemos não houvesse se retirado e, pessoalmente, abrisse a porta. Pela janela, via uma luz dos fundos da casa. Encheu-se de coragem e bateu à porta. O barulho poderia acordar os vizinhos, mas ela não se importava.

Alguém se mexeu lá dentro e ela escutou passos se aproximando.

— Quem está aí? — perguntou uma voz de homem.

— Você não me conhece, mas preciso falar com o fariseu chamado Nicodemos ben Gorion.

Judite se esforçou para parecer confiante. Quando a porta se abriu um pouco, ela viu um homem velho com uma longa barba branca. Vestindo uma túnica marrom de pele de camelo, ele a fitou desconfiado.

— Sou Nicodemos — disse. — O que você quer?

Ela tirou o porta-joias de dentro da capa e estendeu para ele. Uma expressão de surpresa tomou conta do rosto um pouco enrugado. Ele abriu a porta e pegou a caixa.

— Como você conseguiu isso? — perguntou, abrindo-a. Quando Nicodemos viu que o rolo da carta estava ali dentro, suspirou, fechou a tampa e a convidou a entrar. Uma mulher rechonchuda com rosto rosado estava no grande pátio, usando túnica branca e segurando uma vela. — Essa é minha esposa, Ester — disse ele, apontando para a mulher. — Qual é o seu nome?

— Meu nome é Judite de Jerusalém.

Ele deu um passo atrás, tentando esconder o choque.

— Sei quem você é.

Judite percebeu na voz dele a surpresa, e temeu ter escutado raiva também.

— É verdade, o senhor me conhece, embora nunca tenhamos nos visto. — Ela olhou em volta e se lembrou da primeira vez em que entrara na casa daquele homem: como uma ladra. Envergonhada, teve a sensação de que as paredes do pátio estavam se fechando. Sufocando a vontade de gritar ou fugir, buscou as melhores palavras, mas sabia que essas não existiam. — Como consegui seu porta-joias é uma longa história. — Ela parou, nervosa. — Infelizmente, é a história de um crime. Sei que é um homem generoso. Vim aqui para implorar sua misericórdia.

Nicodemos se mexeu, fitando o rosto sujo e as roupas maltrapilhas que ela usava. Após um momento de hesitação, ele a guiou para dentro da casa, para a sala de jantar, as lindas paredes contrastando com a aparência esfarrapada dela, e a convidou para se sentar à sua longa mesa. Sua esposa trouxe um cobertor, envolveu-o sobre os ombros de Judite e perguntou se ela queria um copo de água.

— Sim, por favor — disse Judite, que não bebia há horas.

Ester voltou com dois copos de água. Colocou-os sobre a mesa e acendeu a vela. Então se despediu e se retirou.

Nicodemos se sentou perto de Judite e pigarreou.

— Pois bem, estou ouvindo.

Ela hesitou, os lábios tremendo. Se contasse a verdade, ele gritaria com ela? Expulsá-la-ia de sua casa? Mandá-la-ia para a prisão? Ao pensar em todos esses cenários, Judite ficou sem ar, tentada a contar mentiras. Então, fitou os olhos envelhecidos de Nicodemos e viu compaixão neles.

— Eu e meu marido invadimos sua casa e roubamos o porta-joias, junto com algumas outras coisas. Ninguém estava aqui quando entramos, mas você voltou quando ainda estávamos escondidos.

— Vocês me roubaram bem embaixo do meu nariz? Como escaparam?

Judite ficou tensa ao se lembrar das ruas desertas e da casa silenciosa como uma tumba.

— Era sabá. O senhor voltou do Templo com Gabriel... Como sabe, éramos noivos antes de eu fugir com o irmão dele. Ouvi todas as suas palavras e quando sua esposa o chamou para ir à casa de um amigo doente, fugimos. — Judite fez uma pausa e mordeu o lábio. — Resolvi procurá-lo por causa da forma como aconselhou Gabriel e porque li a carta.

Nicodemos abriu a caixa, tirou o papiro e o desenrolou.

— Jesus me avisou que coisas misteriosas aconteceriam com a carta. Ele disse que não deveria me preocupar, mas eu me preocupei, claro.

Judite olhou para o quartinho, horrorizada por ter entrado ali como uma ladra comum. Engoliu com dificuldade e se virou. Condenada por suas ações, mas incapaz de mudá-las, se agarrou a sua última esperança.

— Estou aqui por causa de Jesus. Quando estava escondida, ouvi o senhor explicar para Gabriel o que significa ser criado à imagem de Deus e como Jesus via essa imagem tanto como masculina quanto como feminina.

Nicodemos a fitou, os olhos brilhando.

— Estava tentando ajudar Gabriel. Depois do que você e Dimas fizeram, ele ficou desesperado. Quanto mais contava a ele sobre a carta, mais esperançoso ele ficava.

Judite fitou os grãos em cima da mesa, lutando para não chorar, as mãos tremendo.

— Que bom que ajudou Gabriel. Ele é um bom homem e não merecia sofrer — disse, com a voz trêmula. — Agora sou eu quem precisa de ajuda... Fugi com Dimas para batalhar por justiça pelo meu irmão, que foi morto pelos romanos. Dimas é um zelote e achei que o amava. Agora, sei que foi tudo um terrível engano.

Nicodemos estava sentado imóvel, o que só aumentava o nervosismo dela. Judite tentou disfarçar o tremor em sua voz.

— Quando vi um zelote morrer, questionei a violência que usam e quis ir embora, mas não tinha escolha a não ser ficar. Continuava esperançosa de que Dimas iria mudar. — Ela parou e reuniu coragem para continuar. — Só quando li a carta percebi o que tinha feito da minha vida. A mensagem me deu força para ir embora. Agora, quero saber mais sobre esse Jesus de Nazaré, e Maria Madalena, também. Vim aqui com a esperança de que o senhor pudesse me ensinar... e me perdoar — acrescentou, baixando o olhar.

Nicodemos pegou a mão dela.

— Você foi muito corajosa de vir aqui. Posso ver que está realmente arrependida, então... sim, eu a perdoo. Mas você precisa de mais uma coisa: o perdão de Deus. Quando receber esse dom, aprenderá a se perdoar. A carta chama esse processo de "nascer de novo". Começa quando você entrega o coração a Jesus.

— Gostaria de conhecê-lo.

— Fui avisado de que ele está vindo para a cidade para celebrar a Páscoa. Perguntarei se você pode se juntar a nós. Seria bom para você conhecer algumas das mulheres que são seguidoras dele, principalmente Maria Madalena.

Judite queria falar, mas as palavras não saíam da garganta. Se revelasse o plano dos zelotes, Nicodemos poderia compreender errado e vê-la como uma inimiga, uma conspiradora do mal. Agora que Nicodemos a perdoara, poderia se arriscar a se indispor com ele de novo? E se ele se virasse contra ela? Não, precisava fazer o que era certo e agir para impedir a violência.

— Diga a Jesus para ficar longe do Templo! Os zelotes estão planejando um ataque lá!

Nicodemos ficou pálido.

— Então Gabriel estava certo quanto ao perigo. Tentei enviar uma mensagem a Jesus, mas vejo que fracassei. Infelizmente só sei onde ele vai celebrar a Páscoa, mas não onde ele está, então não tenho como mandar outro recado para ele. Precisamos rezar. Como não há nada mais que possamos fazer, lhe trarei um jantar e depois você deve ter uma boa noite de sono. As mulheres farão mais por você de manhã.

Judite temia não conseguir dormir bem até que Jesus estivesse a salvo e ela tivesse recebido o perdão de Deus. Mas não tinha escolha, precisava esperar e ver o que iria acontecer. Quando Nicodemos trouxe-lhe pão, peixe e queijo, comeu vorazmente.

— Estive pensando em uma coisa — disse ela. — Jesus escreveu a carta para Maria Madalena, então por que estava com você?

— Eu deveria entregar a ela — respondeu ele. — Maria não sabe que você roubou a carta, e não pretendo falar para ela.

Enquanto ele a levava para o quarto de hóspedes, ela pensou: *Esta Páscoa será diferente de todas as outras*. Nicodemos lhe desejou boa noite, ela se deitou e tentou dormir, mas o sono não vinha. Fitando a escuridão, não conseguia controlar todos os pensamentos que enchiam sua mente.

Para sua surpresa, começou a se sentir enjoada. Sentou-se e respirou fundo várias vezes, achando que tinha comido rápido demais e esperando que a sensação passasse. Mas só piorou. De repente, tomada pela náusea, pulou da cama e vomitou. Primeiro, culpou as atribulações do dia, ou achou que poderia estar doente. Depois, pensou nos seus desconfortos mensais, geralmente tão regulares, e começou a suar.

Não, não pode ser.

CAPÍTULO 32

Enquanto Maria Madalena voltava pelas pedras, as palavras de Judas Iscariotes ecoavam em sua mente: "Se você preferir Jesus a mim, vocês dois vão se arrepender." Depois das pedras, podia ver um pequeno riacho abaixo da ribanceira. O impacto das palavras quase fez com que caísse. Parando para recuperar o equilíbrio, deu um passo cuidadoso, abaixando-se e indo de pedra em pedra.

Mais cedo, ajudara a montar o acampamento às margens da estrada de Jericó para Jerusalém. De manhã, Jesus e seus seguidores entrariam na Cidade Sagrada; em preparação, ele fora rezar. Esta era sua última chance de falar com ele a sós. Equilibrou-se e seguiu em frente enquanto a luz do dia começava a desaparecer, dando lugar à escuridão. *Em Jerusalém, ele não terá tempo para mim. Preciso encontrá-lo!*

Ela fixou os olhos na encosta acidentada e se dirigiu a ela. Havia uma oliveira alta e espigada perto do riacho. Os galhos tortos da árvore fizeram com que ela se lembrasse da própria vida tortuosa, do por que precisava falar com Jesus. Sua respiração estava ficando ofegante e rezou para conseguir encontrá-lo. *Por que o amo tanto?* Ele não era bonito como Judas. Seus traços eram comuns, seus braços e suas pernas compridos demais para o corpo. Ainda assim, quando fitava seus olhos e escutava sua sabedoria, sentia que formavam uma poderosa unidade. *Deve ser porque ele é pleno e tem bom coração, qualidades que sempre admirei em um homem.*

Maria chegou ao fim do caminho de pedras e olhou para trás. Com a luz fraca, viu que alguém vinha atrás dela com uma tocha. Não querendo ser encontrada, acelerou o passo, quase pulando agora de uma pedra para a outra, os olhos se esforçando para ver na escuridão. Achou que tivesse deixado o acampamento sem ser notada. Agora só podia esperar que aquele homem percebesse que acelerara o passo e que queria ficar sozinha. Mas quando olhou para trás, viu que o homem estava quase correndo, se aproximando rapidamente.

Agora ela correu, tentando fugir. Sem cuidado, pulou de uma pedra grande para uma menor e seu pé escorregou, fazendo-a cair de lado, arranhando o quadril e o cotovelo. Caída na pedra, tentou recobrar o fôlego. Podia ver que quem quer que estivesse carregando a tocha era musculoso e alto. Quando conseguiu ver seu rosto, reconheceu e suspirou.

Era Gabriel ben Zebulom. Ele parecia sem fôlego.

— Maria, você está bem? — Ele estendeu a mão. — Procurei-a por todo o acampamento e não consegui encontrá-la. Fiquei preocupado e vim procurá-la.

Ela pegou a mão dele e se levantou. Se alguém poderia compreender sua necessidade de falar com Jesus, esse alguém era Gabriel, mas ficou hesitante em contar-lhe sua preocupação.

— Fico feliz que seja você, Gabriel, e agradeço por ter vindo me procurar, mas... — Ela hesitou, examinou o cotovelo e ficou aliviada ao encontrar apenas alguns arranhões. — Preciso conversar com Jesus a sós.

Gabriel aproximou a tocha e a fitou, desconfiado.

— Não podia esperar até ele voltar para o acampamento? O que pode ser tão urgente?

Maria Madalena ficou ruborizada e constrangida. Gabriel já a salvara uma vez. Por causa de sua generosidade e coragem, sentia-se à vontade em confessar seus sentimentos a ele.

— Acho que você é único para quem eu admitiria isso, mas preciso falar com Jesus sobre um problema que estou tendo com Judas Iscariotes.

Gabriel franziu a testa.

— Falei com Judas mais cedo hoje e não confio nele. Compreendo por que tem um problema com ele.

— Para falar a verdade, Judas me assusta — disse Maria Madalena. — Fiz uma coisa tola, Gabriel... Aproximei-me demais dele. — Ela desviou o olhar, respirou fundo para organizar os pensamentos e continuou: — Depois que você me encontrou na Samaria, voltei para Jesus e, quando confessei meu amor por ele, respondeu-me que não poderia se casar comigo por causa de sua missão. Estava solitária e me aproximei de Judas, mas agora ele quer mais do que posso dar. Ele está furioso porque o rejeitei. Temo que fique com ciúmes de Jesus e tente se vingar.

Gabriel sentou-se em uma pedra grande e acenou para que ela fizesse o mesmo.

— Judas disse que sabia onde meu irmão e minha noiva estavam escondidos. Ele concordou em me contar, mas só se eu prometesse não tentar impedir que Jesus fosse para Jerusalém. — Gabriel fez uma pausa antes de continuar. — Acabei dando a minha palavra, pois é a única forma de encontrar Dimas e Judite.

Maria Madalena compreendia enquanto escutava e fitou o enorme céu noturno que parecia debochar da pequenez dela. O som dos galhos da oliveira sendo agitados pelo vento parecia um coral de lamentos. Pensou bem no que ia dizer, mas decidiu que devia falar.

— Judite o traiu profundamente, Gabriel. Por que quer vê-la de novo?

Ele balançou a cabeça, resignado.

— Não consigo esquecê-la, da mesma forma que você não consegue esquecer Jesus. Ela me deve uma explicação. Talvez se me der uma, eu consiga parar de sofrer.

— Se ao menos fosse tão simples... Jesus tentou me explicar o episódio com a prostituta, e apenas fez com que as coisas piorassem.

— Mas acredito que sua opinião mudaria se lesse a carta que ele escreveu a você. Nicodemos compartilhou alguns pontos dela comigo, e achei-os muito instrutivos.

Maria Madalena pensou por um momento antes de falar:

— A carta é o último dos meus pensamentos agora. Quando disse a Judas que não o amava, ele disse algo que soou como uma ameaça. Preciso avisar Jesus para ficar atento. Judas se diz um discípulo, mas acredito que ele possa ser seu pior inimigo.

Gabriel entregou a tocha para ela.

— Pegue isso e vá procurar o rabino. Vou atrás de Judas. Ele provavelmente não sabe como se relacionar com mulheres. Não será fácil, mas muito do que aprendi com a carta deve ser compartilhado com ele.

Maria Madalena agradeceu a Gabriel e pegou a tocha, sentindo a fragrância vagar na brisa. Depois que ele foi embora, ela continuou a descer. Atravessou o riacho, suas ondulações quase chegando aos seus tornozelos, a água fria molhando seus pés. Nada se mexia na ribanceira de pedra, mas ela encontrou uma trilha e começou a segui-la. Ao colocar a visão em foco, viu uma pessoa sozinha sentada embaixo de uma oliveira no topo de um pequeno monte. Era um homem, a silhueta contra a luz fraca. Enquanto se aproximava, Maria Madalena percebeu que os olhos dele estavam fechados, as pernas cruzadas embaixo de si e as mãos em cima do colo.

Jesus.

Correu até ele.

— Rabino, desculpe interromper, mas preciso falar com o senhor.

Jesus abriu os olhos, assustado.

— Maria. — Ele se levantou e a abraçou, os braços fortes firmes, mas, ao mesmo tempo, suaves. Quando ele se afastou e estendeu o braço, ela pegou sua mão e estremeceu ao toque dele. — Vens comigo — disse ele.

Sentindo um leve tremor por causa da brisa da noite, ela o seguiu monte abaixo.

— Preciso falar com você sobre Judas Iscariotes.

Ele parou, um olhar de reconhecimento em seu rosto.

Ela hesitou, constrangida de falar sobre o que aconteceu; então reuniu coragem e disse:

— Eu... Eu me aproximei muito dele, mas percebi que era um erro e disse isso a ele. Judas sabe dos meus sentimentos por ele e temo o que ele pode fazer com você movido pelo ciúme.

Ao invés de se chatear, os olhos dele demonstraram toda sua compaixão.

— Não te preocupes comigo. Minha preocupação é contigo.

O coração de Maria Madalena deu um pulo, grata pela compreensão dele.

— Se você realmente gosta de mim, se permite me amar como eu o amo.

Jesus ficou imóvel.

— Nunca rejeitei teu amor, Maria; eu o recebo como um tesouro. Mas fiz a opção por não expressar meu amor por ti fisicamente e peço que faças o mesmo, não porque não te amo, mas porque preciso cumprir uma missão diferente. Não tenhas dúvida de que te amar me modificou de uma forma que nunca poderia ter imaginado. Achava que conhecia o amor, mas tu me ensinaste o quanto ainda tinha para aprender. Não podemos nos casar, mas sou um homem melhor por ter te amado.

As palavras dele fizeram com que Maria Madalena sentisse como se estivesse morrendo por dentro. Como poderia fazê-lo mudar de ideia? Se ele não mudasse, como ela poderia aceitar que eles nunca se casariam? A ideia era difícil demais de tolerar, então soltou um riso.

— És o homem mais sábio que já conheci... o que eu poderia te ensinar sobre o amor?

O vento aumentou e Jesus não respondeu de imediato. Em vez disso, pegou a tocha e guiou Maria Madalena para o leito do rio seco que fazia parte da planície do riacho que cortava a encosta. Uma vez ali, ela podia escutar o vento assoviando baixinho, mas estava protegida dele pelas três paredes esféricas de pedra e terra da caverna.

Jesus parou alguns metros à frente e disse:

— Minha paixão por ti me forçou a analisar meu desejo. Achava que compreendia por que homens e mulheres se sentiam tão atraídos um pelo outro. Como está escrito, Deus mandou que se multiplicassem e enchessem a terra. — Ele se aproximou, mas não a tocou. — Agora sei que nosso desejo sexual é igual ao de Adão e Eva: um desejo não apenas de procriação, mas também de restauração da nossa unicidade perdida. Precisei me afastar porque estava tentando encontrar minha unicidade através de ti.

Sabendo que talvez nunca pudessem ser um, ela disse:

— A maioria dos homens precisa de uma mulher para se sentir completo. Isso é errado?

— Não, claro que não. — Os olhos dele brilhavam com uma intensidade ardente, mas controlada. — Casamento é uma dádiva de Deus e deve ser honrado e celebrado. Para um casamento satisfazer a vontade de Deus, marido e mulher devem começar de uma maneira saudável. No meu caso, eu estava em perigo de me perder em ti, e isso não seria bom para nenhum de nós. Só quando comecei a meditar sobre a imagem de Deus como masculina e feminina recuperei o controle dos meus sentimentos. Disse não para meu desejo porque sabia que não podia me casar contigo e permanecer fiel à minha missão. — Ele parou e respirou. — Mas sempre serei grato por teres me ajudado a crescer. A força do desejo que sentia por ti e a tentação que isso representou para mim mostram a minha humildade.

Lutando contra as lágrimas, ela se perguntou por que ele não podia amá-la e cumprir sua missão.

— Ainda não compreendo. Por que seria errado se entregar ao amor?

Jesus colocou a mão sobre o ombro dela de forma reconfortante.

— O que queres de mim precisas encontrar dentro de ti mesma, Maria. Às vezes o amor mais intenso e verdadeiro não é consumado, mas satisfeito em forma de amizade. Só compreenderás isso quando te tornares totalmente unificada e honrares o feminino e o masculino dentro de ti. Então, serás mais feliz do que nunca e te tornarás uma mulher forte.

Maria franziu a testa e disse com a voz trêmula:

— Prefiro ser fraca e te ter.

Jesus pegou o rosto dela nas mãos.

— Ah, Maria, quando vais compreender? Tu não precisas de um homem para te dar uma vida abundante. Tu encontrarás essa vida quando descobrires tua abundância interior. Então, se escolheres amar, te casarás com um homem que seja realmente bom para ti. — Ele deu um passo atrás e pegou as mãos dela. — Tenho uma missão especial para ti, Maria. Os discípulos homens querem poder sobre as mulheres, mas não deves permitir que isso aconteça. Tu precisas nutrir teu interior e proclamar o evangelho a partir dessa unidade. Então, serás uma poderosa testemunha do amor de Deus e serás reverenciada por homens e mulheres. Deves encorajar esses homens a pregarem o evangelho de forma a unificar o masculino e o feminino, porque eles ainda não compreendem essa unidade e têm medo dela. Apenas aqueles que encontram a intensidade do amor se tornam destemidos.

Maria passou por ele e foi até a entrada da caverna, a palavra *destemidos* ecoando na mente. A palavra contrastava totalmente com a imagem que fazia de si mesma. Desde a infância, organizara a vida de forma a encontrar um homem para sustentá-la e protegê-la. Mas Jesus estava descrevendo uma mulher que consegue lidar com esses desafios sozinha, convidando-a a ver a si mesma e ao mundo de uma nova forma. Uma rajada de vento levantou poeira e levou-a para dentro da caverna. Protegeu os olhos com as mãos. Quando a poeira abaixou, ela disse:

— Não sei onde encontrarei a força da qual tu estás falando.

O vento começou a enfraquecer e a noite ficou calma. A luz da tocha brincava com o rosto de Jesus quando ele disse:

— O espírito de Deus é mais forte do que imaginas. Esse poder mora dentro de ti. Entrega teu coração à oração e o poder será teu.

As palavras de Jesus a desafiavam a mudar o foco que tinha nele para uma parte desconhecida dela mesma. Talvez seu sonho de amor se tornasse verdadeiro, mas de uma forma inesperada. Sentando-se em uma grande pedra perto da entrada, ela disse:

— Sinto-me mais perto de Deus quando estou contigo.

Jesus levantou a mão como se fosse abençoá-la.

— Espero que sempre procures essa unidade, pois ela é a fonte da harmonia e da força.

Maria Madalena enxugou gotas de suor na testa enquanto pensava na busca pela força e pela harmonia interiores, e não podia negar que precisava delas. Se houvesse juntado toda sua força interior, teria deixado Jonathan da primeira vez em que ele bateu nela. Mas tinha tanto medo de ficar sem um homem que tolerou o abuso até que Jonathan a jogasse na rua. Seu envolvimento com Judas Iscariotes era até mais perigoso. Como pôde ser tão tola em se envolver com um homem tão violento? Ao se levantar, soube a resposta. Sua intensa necessidade a deixara vulnerável a ele e ao planejar provocar ciúmes em Jesus, arriscara a própria vida e a do rabino.

Jesus deu um passo à frente e ela percebeu o brilho sutil em seus olhos. A respiração dela estava ofegante ao dizer:

— Para mim, é difícil aceitar que nunca ficaremos juntos, mas sei que preciso. Tu cresceste e fico feliz por isso, mesmo que tenha custado o nosso amor. — De repente, ela se sentiu envergonhada e pequena diante da presença calma dele. A presença serena dele era o modelo de pessoa que desejava se tornar. Perdendo-o, talvez conseguisse encontrar a si mesma. Ela ficou na ponta dos pés e deu um beijo no rosto dele. — Apenas um grande rabino poderia ter essa compreensão da vida e de Deus. Devo me tornar a mulher destemida que desejas que eu seja.

Jesus a tomou nos braços.

— Aconteça o que acontecer, Maria, nossos corações sempre serão um. E nunca deixes de fazer com que Deus seja teu primeiro desejo. Fazendo isso, só receberás coisas boas.

Os braços dele eram reconfortantes, mas agora ela o via não como um marido em potencial ou amante, mas como um amigo sábio que a ajudara a se compreender. Finalmente, fazia sentido. Cada vez que inspirava, ela prometia a si mesma que buscaria a plenitude da imagem de Deus. Afastou-se, sabendo que finalmente estava se livrando do desejo que sentia por ele.

Jesus olhou para fora da caverna na direção do riacho e escutou com atenção.

— Alguém está chamando meu nome — disse, guiando-a pela lateral pedrosa da caverna.

Enquanto se apressavam na direção do riacho, ela reconheceu a voz de Pedro. Quando se aproximaram, ela viu Pedro, Tiago e João levando vários discípulos na direção deles. Pedro disse:

— Mestre, onde o senhor estava? Estávamos preocupados.

— Eu precisava falar com ele antes de entrarmos em Jerusalém — disse Maria Madalena.

— E eu precisava falar com ela. — A firmeza na voz de Jesus fez com que todos os olhares se voltassem para ele. — Maria Madalena me compreende como ninguém. Expliquei meus ensinamentos a ela para que possa vos mostrar o caminho da cura interior e como pregar o evangelho com poder.

Maria Madalena viu um sorriso de desdém no rosto de Pedro enquanto ele fazia seu comentário:

— Mas ela é mulher. Como pode saber mais do que nós?

— Porque ensinei a ela o verdadeiro significado do amor — disse Jesus. — Ela não é uma mulher comum, mas uma mulher cuja sabedoria perdurará por séculos. — Jesus deu o braço a ela e começou a levar o grupo de volta ao acampamento. — Quando ela compartilhar sua sabedoria, será impossível ignorá-la.

Enquanto andavam, ela ficou admirada na confiança que ele tinha nela e rezou para não decepcioná-lo. Ele olhou para a frente como se estivessem fitando um horizonte que só ele podia ver. Ele realmente podia ser o Messias? Se era, ela sabia que o que o esperava em Jerusalém determinaria o futuro dele — e o futuro da nação. Rezou para que Judas Iscariotes não levasse sua ameaça adiante.

CAPÍTULO 33

Esta é a oportunidade perfeita para roubar o dinheiro, pensou Judas Iscariotes. Com o afastamento de Maria Madalena, Judas esperava que o dinheiro o deixasse mais desejável e facilitasse sua ascensão ao poder.

Fechou a aba da barraca, soltou a corda que amarrava a bolsa de couro e jogou as moedas na grama. Alguns dos discípulos tinham ido procurar Jesus; outros estavam conversando em volta da fogueira. Precisava agir rápido para que ninguém sentisse sua falta. Esta podia ser sua última chance antes de chegarem a Jerusalém, de manhã.

Ele sorriu quando pensou em como tinha sido fácil enganar os outros discípulos. Ele os convencera de que sua experiência no ramo da prata o qualificava como tesoureiro, e eles foram ingênuos o suficiente para acreditar.

Iluminado por uma tocha que apoiara no chão, separou os denários romanos das moedas de meio *shekel* que seriam usadas para pagar os impostos do Templo. Organizando as moedas em pilhas de dez, contou 24 denários e 22 meio *shekels*. Como Jesus e os discípulos ficariam com Maria, Marta e Lázaro na Betânia, precisariam de muito pouco. Dez denários seriam o suficiente para a comida e outras necessidades. Podia ficar com 14 denários junto com os 10 que já tinha pegado do dinheiro usado para pagar os zelotes para protegerem Jesus.

Começou a separar as moedas, a barraca abafada com o cheiro de seu suor. Guardou algumas moedas na bolsa de couro, outras na própria bolsa de viagem. Adorava tocar em dinheiro. Para ele, era quase tão doce quanto a nudez de uma mulher. Mas precisava admitir que seu desejo pelo corpo de Maria Madalena era maior do que pelo dinheiro e estava convencido de que ser rico e poderoso o ajudaria a consegui-lo.

A cabeça começou a latejar quando se lembrou de como seu plano para impressioná-la fracassara. Ela ficara assustada pela forma como ele humilhara os soldados. Não tinha previsto tal reação da parte dela. Mas nenhuma mulher que beijara tinha resistido por tanto tempo. Maria Madalena seria sua; ela só precisava do incentivo certo.

Judas imaginou como ela finalmente se entregaria a ele. Abalada pela morte de Jesus, ela perceberia que precisava de um homem e, com seu dinheiro recém-descoberto, Judas seria a quem ela recorreria.

Tirou da bolsa a toalha que as mulheres tinham lhe dado e, enquanto colocava as moedas no fundo, decidiu que precisava procurar Pilatos e avisá-lo da ameaça que o famoso nazareno representava. Isso garantiria a morte de Jesus. Caifás ficaria igualmente furioso pela tentativa de Jesus de purificar o Templo e também ia querer vê-lo morto. Talvez um dos dois estivesse disposto a pagar por alguma informação sobre onde encontrar esse desordeiro.

Ao escutar passos, Judas rapidamente guardou a toalha na bolsa e fingiu estar contando as moedas restantes. Alguém entrou na barraca.

Gabriel ben Zebulom. Surpreso, Judas estreitou os olhos.

— Por que não se anunciou? Achei que fosse um ladrão.

Gabriel levantou as mãos, como se estivesse pedindo desculpas.

— Preciso falar com você, Judas.

— Já nos acertamos. O que você quer?

Gabriel se mexeu, parecendo desconfortável.

— Venho como amigo de Maria Madalena. Ela me contou que disse algo que o deixou chateado.

Judas continuou fingindo que contava o dinheiro. A última coisa que queria era que o irmão de Dimas se intrometesse nos seus assuntos.

— Você veio aqui me espionar?

Gabriel se ajoelhou ao lado dele.

— Não, vim porque estou preocupado com você. Meus sentimentos por Judite, que estava em Qumran com meu irmão, eram parecidos com os seus por Maria Madalena. Acho que posso ajudá-lo.

A menção ao nome de Judite fez Judas estremecer. Ela era a única mulher, além de Maria Madalena, que o rejeitara, e ele ainda estava furioso. Judas pegou alguns denários e enfiou dentro da bolsa de couro.

— *Você* vai *me* ajudar? — disse, desdenhoso.

Gabriel levantou a tocha e a aproximou das moedas.

— A maioria dos homens não gosta de admitir que precisa de ajuda. Mas agora que estou no caminho para encontrar a verdadeira felicidade, percebo quando outro homem está sofrendo.

Judas pegou o restante das moedas e jogou dentro da bolsa de dinheiro. Elas atingiram o fundo da bolsa produzindo um tilintar, como para enfatizar a irritação de Judas. Talvez se agisse a favor de Gabriel no caso de Judite, conseguisse se livrar dele.

— Eu não lhe contei tudo que sabia sobre Judite e Dimas — disse Judas, pegando a tocha da mão de Gabriel e fitando-o através da escuridão. — Eles provavelmente estão escondidos com os zelotes na caverna Zedekiah em Jerusalém.

Gabriel deu um passo atrás, mas não deixou Judas mudar de assunto.

— Quando descobri que eles tinham fugido, fiquei arrasado, mas a experiência me ajudou a amadurecer. Tudo começou com uma conversa que tive com um fariseu chamado Nicodemos ben Gorion.

Quando Gabriel explicou o que tinha aprendido, Judas riu e se levantou.

— Já escutei os ensinamentos do nazareno e não consigo imaginar como ele pode saber tanto sobre homens, mulheres e sexo. — Judas abriu a aba da barraca e saiu com a tocha. Enquanto Gabriel o seguia, Judas se dirigia para a nascente do rio. — Jesus poderia ter se casado com Maria Madalena ou ser seu amante. Em vez disso, ele a ignora.

Gabriel colocou a mão no ombro de Judas para fazê-lo parar.

— Como você disse, Jesus poderia se casar com ela, mas ele continua celibatário para seguir com sua missão. Sua sabedoria fortalece seus ensinamentos sobre compaixão, e pode ajudá-lo a se curar depois de ser rejeitado.

Judas não se lembrava de algum outro homem encará-lo com um olhar tão fixo quanto Gabriel. Sob a fraca luz da tocha, Judas viu paixão nos olhos do jovem. A noite estava tranquila e era possível sentir o cheiro de heras e mato. A lua e as estrelas iluminavam o caminho até a nascente. Judas continuou:

— Estou seguindo Jesus há mais de um mês e nunca o escutei falando dessa sabedoria.

— É porque isso ainda é secreto. — Gabriel mantinha o ritmo do passo e falava com firmeza. — O que ansiamos encontrar através do sexo existe dentro de nós mesmos. Em outras palavras, a paixão que você sente por Maria

Madalena é uma ilusão. Você a vê como a mulher perfeita, como a realização dos seus sonhos, mas ela é apenas humana, com defeitos e hábitos irritantes como qualquer outra pessoa.

Judas se perguntou o quanto Maria Madalena tinha contado para aquele homem. Como Gabriel sabia da paixão que sentia por ela? Parte dele queria encerrar aquela conversa, que estava ficando pessoal demais. Outra parte estava fascinada pelo que Gabriel estava dizendo. A fascinação venceu.

— Então o que você sabe sobre o amor que eu desconheço?

— Sei quando um homem se casa com uma mulher, independentemente de sua beleza, ele rapidamente descobre seus defeitos e deixa de vê-la como divina. O que quer que o atraia em Maria Madalena agora pode se tornar um aborrecimento mais tarde. — Gabriel se aproximou mais de Judas e continuou falando baixo. — A atração sexual não diz respeito apenas a uma mulher, mas às forças dentro de você. O que você vê em Maria Madalena é um reflexo da imagem feminina de Deus na sua alma. Você precisa parar de procurar essa imagem nela e encontrá-la em si mesmo. É assim que retomará seu poder como homem e se sentirá completo de novo.

Judas empurrou Gabriel e começou a andar, confuso com as palavras de Gabriel. Que homem com algum amor-próprio falaria de uma imagem feminina de Deus? Judas balançou a cabeça. Gabriel não sabia que Deus era masculino, portanto era uma alma de homem? Levantou a mão, frustrado.

— O que você está dizendo me ofende.

Gabriel parou por um momento.

— Quando escutei esses ensinamentos pela primeira vez, tive a mesma reação. Assim como a maioria dos homens. Eles lutam para descobrir o que poderia ser a fonte de sua felicidade, mas ela lhes escapa. Eles colocam expectativas impossíveis em cima das mulheres e se uma mulher os rejeita, ficam arrasados. Mesmo quando elas se entregam a eles, com o tempo eles acabam se desiludindo, porque nenhuma mulher pode satisfazer totalmente o desejo de um homem pelo seu feminino interior.

Quanto mais Judas escutava, compreendia menos. A cada passo em direção da nascente estava perdendo mais a paciência com Gabriel. Acelerou o passo.

— Se uma mulher não o satisfaz, isso só quer dizer que ainda não encontrou a mulher certa.

— O problema geralmente não está nas mulheres; está na falta de consciência do homem. — Gabriel pegou água com as mãos e bebeu, depois continuou: — Quando o homem compreende sua mulher interior e se torna íntimo dela, encontra o segredo da felicidade. E dessa experiência de comunicação intensa, ele encontra a liberdade para amar de verdade. Esse amor poderoso e resistente não está baseado na aparência da mulher, mas na forma como completa a alma do homem. Ele flui da alegria de estar totalmente vivo.

Judas jogou água no rosto, refletindo sobre essas ideias estranhas. Se Gabriel não reconhecia a beleza incomparável de Maria Madalena, então era cego. Na presença de tal deusa, que homem se preocupa com seu interior? Ele só pensava em fazer amor com ela. As palavras de Gabriel sobre a mulher interior de um homem eram absurdas. Judas o pegou pelo braço e o virou.

— Você está falando besteiras. — O sangue de Judas estava fervendo naquele momento. Sacudiu Gabriel e apontou um dedo para ele. — Você diz que quer me ajudar... bem, não preciso da sua ajuda. O meu plano para o nosso povo e para Maria Madalena é o *meu* segredo de felicidade.

Judas observou enquanto o entusiasmo no rosto jovem de Gabriel dava lugar à preocupação. Judas não se importava. Apenas um tolo ou homossexual diria que um homem tem uma mulher interior. A ideia era ridícula. Como Gabriel ousava insultá-lo dessa forma? A ira tomou conta de Judas quando agarrou Gabriel pelo pescoço.

— Guarde suas ideias estúpidas para você! — Judas segurou com mais força, sufocando-o. — Você me entendeu? Nunca mais fale sobre elas!

Gabriel enterrou os dedos no pulso de Judas, lutando para respirar e tentando se soltar. Finalmente conseguiu empurrá-lo, mas Judas correu para cima dele e o empurrou na água. Enquanto Gabriel tentava ficar de pé, Judas foi embora e disse, furioso, sobre os ombros:

— Vou repetir para você o que disse para Maria Madalena: se ela preferir Jesus a mim, os dois vão se arrepender.

CAPÍTULO 34

Como todo verdadeiro zelote, Dimas vivia para matar ou morrer pela sua causa. Ao entrar no Templo, em Jerusalém, estava pronto para as duas coisas, mas rezou para que a segunda opção não fosse o seu destino.

O sol matinal no pátio, além do qual os gentios não podiam passar, parecia se estender e convidá-lo a um novo futuro. Enquanto ele andou para o sul, em direção à área fechada que se chamava Pórtico Real, seu coração ansiava por aquela época vindoura de paz.

Uma época que apenas podia ser alcançada através da rebelião armada.

Ele olhou para o oeste, na direção das nobres colunatas, pilares de mármore com ouro. Milhares de peregrinos apinhavam o Templo; perdera-se de Gestas e Barrabás. Sem querer levantar suspeitas, não ousava olhar para trás para ver se Matatias, Simão e mais vinte zelotes o seguiam.

Dimas dirigiu-se para as mesas dos cambistas dentro das colunatas. Barrabás e Gestas tinham combinado com Judas Iscariotes de começar a revolta ali e depois juntar forças com Jesus de Nazaré e sua multidão de seguidores. Juntos, expulsariam os cambistas e, quando Caifás e a polícia interviessem, os zelotes os matariam e fugiriam.

Dimas olhava para a frente, esperando localizar Barrabás e Gestas na multidão. Os balidos e mugidos dos animais presos ecoavam em seus ouvidos, quase abafando o arrulho dos pombos engaiolados. Mesmo àquela hora da manhã, o Templo já cheirava a carne queimada, resultado dos sacrifícios matinais conhecidos como *tamid*. O aço polido da adaga escondida sob o cinto tranquilizava Dimas. Qualquer dúvida sobre a revolta àquela altura era perigosa. Questionar a justiça da causa — mesmo que por um minuto — era plantar as sementes da derrota. Os zelotes tinham de lutar com os romanos até a morte. Pensar de outra forma seria uma maneira de se entregar à escravidão.

Enquanto caminhava discretamente na direção da mesa dos cambistas, Dimas se perguntou por um rápido momento se cometera um erro ao não convencer Judite a ficar. A lembrança da dolorosa separação deles na caverna Zedekiah o assombrava.

Sua mente estava se transportando para a carta de Jesus de Nazaré. *Concentre-se*, disse Dimas para si mesmo. A carta falava de um amor que podia mudar vidas, até mesmo o mundo. Jesus pregava que o Espírito do Senhor estava acima dele, porque o Senhor o ungira para trazer as boas-novas aos pobres. Jesus acreditava que Deus o mandara para pregar a libertação dos presos, recuperar a visão dos cegos, libertar os oprimidos e proclamar o ano do Senhor.

Isso podia ser verdade? Os mansos, e não os guerreiros, herdariam a terra? O Reino de Deus pertencia aos misericordiosos e humildes de espírito, e não aos poderosos e orgulhosos?

Os ensinamentos de Jesus condenando a violência assombravam Dimas. Ele vivia pela adaga e morreria por ela. Poderia haver outra forma? Jesus realmente viera para salvar o mundo, como proclamava? E será que seus ensinamentos sobre paz, justiça para os oprimidos e reconciliação entre inimigos trariam salvação sem o uso de armas?

Basta, disse Dimas para si mesmo. *Essa carta é perigosa! Está me tentando a baixar a guarda. Em confiar em alguma coisa além da minha força. Não farei isso. Um homem precisa defender o que é certo e lutar por isso. Com violência, se necessário!*

— Pegue suas moedas do Templo! Troque o dinheiro sujo dos romanos pelas mais puras moedas de prata! — Os gritos dos cambistas interromperam seus pensamentos.

— Nada de cabras e pombos! Compre um cordeiro imaculado aqui! — gritava um homem robusto, enquanto apontava para um alfeire com dez cordeiros balindo. Fixou o olhar suplicante em Dimas. — Quer um, senhor?

Antes que Dimas conseguisse negar a oferta, um cambista magro com olhos agitados o abordou.

— Por aqui, amigo! — O homem apontou para três grandes mesas de pedra. Estavam cheias de moedas e cercadas por vendedores ocupados. — Ficaremos felizes em ajudá-lo — dizia o homem, enquanto os vendedores atendiam longas filas de clientes. — Nossas taxas são as melhores de Jerusalém.

Dimas balançou a cabeça e se afastou, ofendido pelo fedor e pelo caos no Grande Pátio do Templo. Um lugar que já fora um espaço sagrado onde os fariseus se reuniam para discutir e debater a Lei, o Pátio estava agora profanado. A atmosfera de mercado, o tilintar das moedas de prata e bronze nos contêineres de metal, os gritos incessantes dos comerciantes, os ruídos dos animais... tudo isso era uma ofensa a Deus. Caifás permitia isso. A culpa era dele!

Estou pronto para atacar, mas onde estão Barrabás e Gestas? Onde estão Judas Iscariotes e Jesus de Nazaré? Um músculo se contraiu no pescoço de Dimas. Ficou sem ar ao ver os guardas em cima da Fortaleza Antônia. Havia pelo menos vinte deles, vestindo seus uniformes completos. Sentia-se como um gladiador na véspera da batalha. Muitas coisas podiam dar errado, a maioria delas, incluindo a possibilidade de caos, fora de controle. Os zelotes precisavam agir com rapidez e precisão ou enfrentar a ira das legiões romanas, e ele sabia o que isso significava... A boca ficou seca; os joelhos, bambos. Engolindo em seco para impedir que o terror que estava no estômago tomasse conta dele, Dimas sabia que não podia se entregar. Tinha de lutar com valentia.

Pelo seu futuro.

Pelo futuro da nação.

Pelo amor e pela honra de Deus.

Dimas escutou um alvoroço perto da entrada do Pátio dos Israelitas. Um homem jovem, magro e alto estava parado frente a frente com vários cambistas vermelhos de raiva. Quando se aproximou, viu o homem passar a mão por cima da mesa, fazendo dezenas de moedas saírem voando. Os cambistas o xingaram e correram para recuperar as moedas.

Esse homem deve ser Jesus de Nazaré! Dimas se aproximou, mantendo uma distância segura. Por mais que odiasse Judas Iscariotes, era grato por ele ter apoiado a purificação do Templo e ter trazido Jesus. Mas onde estava a multidão de seguidores? O nazareno tinha apenas alguns amigos com ele. Dimas amaldiçoou baixinho. Judas prometera mais do que podia cumprir. Juntando os zelotes, Jesus e seus seguidores, somavam uns trinta homens que nunca tinham lutado juntos. Dimas não sabia que tipo de guerreiros eram esses galileus ou qual era seu plano, mas não podia se preocupar com isso agora. Enfrentando um cambista, o nazareno se tornara um aliado e Dimas podia ver que ele era corajoso e forte. Esperava que seus amigos fossem guerreiros ferozes e ajudassem os zelotes a acabar o que Jesus tinha começado.

Quando Dimas viu Barrabás e Gestas se aproximando do nazareno, colocou a mão na adaga, pronto para entrar na briga. Jesus desamarrou as vacas e cabras, soltou os cordeiros, deixando-os fugir. Dois vendedores de pombos tentaram impedi-lo, mas ele os empurrou e abriu várias gaiolas.

— Polícia! — gritaram. — Socorro! Prendam esse maluco!

Jesus ignorou os protestos, empurrou os vendedores e se dirigiu para as mesas dos cambistas. Uma atrás da outra, ele virava as mesas. Enquanto centenas de moedas tilintavam no chão, disse:

— Está escrito: "A minha casa será chamada Casa de Oração", mas vós a transformastes em um covil de ladrões. Saí! Deixai este Pátio sagrado e não volteis mais!

Pelo canto do olho, Dimas viu Barrabás e Gestas ameaçando vários cambistas com suas adagas. Os dois zelotes, então, começaram também a derrubar mesas, uma atrás da outra, criando pânico e revolta por toda a colunata.

— Saiam, seus ladrões! — gritava Barrabás. — Vocês profanaram o Templo sagrado de Deus!

Essa foi a deixa de Dimas. Avançou e acenou para Matatias, Simão e os outros. Eles empurraram os cambistas, viraram as mesas de cabeça para baixo e libertaram animais de jaulas e gaiolas. Logo, Caifás chegou correndo, cercado pela polícia do Templo, as espadas em punho. Dimas tinha se preparado para aquele momento durante anos. O sangue subiu a sua cabeça, a fúria deixando-o mais forte do que dez homens.

Barrabás e Gestas primeiro foram na direção de Caifás, com Dimas logo atrás. Um homem forte com barba cerrada ruiva gritou:

— Jesus! Olhe! Esses homens estão armados!

Quando o nazareno viu as adagas, parou de derrubar mesas e começou a recuar, assim como seus amigos. Dimas viu Judas Iscariotes e acenou freneticamente.

— Judas, aonde você vai? Precisamos que todos vocês e o nazareno lutem conosco!

Judas o ignorou e se virou para sair com os outros através do portão do leste, na direção do Monte das Oliveiras. Dimas ficou furioso. A surpresa que Jesus e seus amigos exibiam em seus rostos mostrava que eles não esperavam o ataque. O que Judas dissera a eles? Que a purificação seria pacífica? Que os zelotes derrubariam algumas mesas e fugiriam? Ou ele não lhes dissera nada? Talvez Judas estivesse usando a situação em benefício próprio. Dimas se repreendeu por ter confiado em um homem que comprovadamente era um mentiroso. E não lera na carta que o nazareno era contra violência?

Naquele momento Dimas precisava lutar com ainda mais determinação. Ao se juntar à confusão, um guarda impassível estava tentando atingir Barrabás com uma espada. Ele errou o golpe e perdeu o equilíbrio. Barrabás enfiou sua adaga no estômago do guarda, puxou-a rapidamente e o empurrou. Sentindo-se afrontados pelo assassinato, vários policiais do Templo atacaram Barrabás.

Dimas se juntou a Gestas para defendê-lo. Sendo atacado, Dimas golpeou um guarda, mas com isso sua adaga caiu da mão. Agora só tinha os punhos. A polícia veio para cima dele; ele recuou. Desarmado, não duraria muito. Gestas e Barrabás lutavam com valentia, adaga contra espada, assim como os outros. Dimas se desviou de vários golpes, mas foi sendo acuado rapidamente.

Os cambistas e comerciantes gritavam para os romanos acabarem com o motim. Os guarda-costas de Caifás cercaram Barrabás e esse matou mais um deles, cortando a garganta. Enquanto o guarda caía, mais de cem soldados desceram do Forte Antônia e muitos zelotes fugiram. Os soldados usavam suas lanças para empurrar os rebeldes, ganhando vantagem com armas superiores e mais homens.

Dois soldados surpreenderam Dimas por trás e o derrubaram. Viraram seu rosto para o chão e algemaram suas mãos e seus pés. A esta altura, Jesus já tinha ido embora havia muito tempo, mas quando o sangue bloqueou sua visão, Dimas se perguntou se o nazareno não tinha feito a escolha certa. Talvez a violência só gere mais violência. Quando estava de pé, Dimas viu que Barrabás e Gestas estavam recebendo tratamento parecido.

— Vocês estão presos! — gritou um tribuno, enquanto Caifás observava com um sorriso pretensioso.

Conforme os soldados levavam os zelotes embora, Dimas escutou os gritos dos cambistas:

— Assassinos! Que sejam crucificados pelos seus crimes!

DIAS ATUAIS

CAPÍTULO 35

Nossas chances de encontrar e manter o amor se aperfeiçoam conforme crescemos em compreensão espiritual. Experimentar o amor de Deus aumenta nossa capacidade de amar a nós mesmos.

Aceitação e perdão, paciência e compaixão, compreensão e apoio — com que frequência nos damos esses presentes? Apenas depois de recebê-los de Deus podemos concedê-los a nós mesmos.

Não é egoísmo fazer isso.

É um ato de generosidade.

Amar a nós mesmos como Deus nos ama é o primeiro passo para amarmos outro ser humano.

Do diário do irmão Gregory Andreou

Jerusalém
Segunda-feira, 8 de abril

De todos os riscos que Karim Musalaha assumira, comparecer ao comício de recrutamento para a Marcha pela Paz em Jerusalém foi o maior. Juntou-se ao comício entre o Portão de Damasco e a Porta Nova, assombrado pela ameaça de Ezra Sharett de atirar se o visse. Uma multidão de mais de mil pessoas estava reunida ali, em frente ao muro da Cidade Antiga, noroeste do Monte do Templo. Quando Karim viu um policial israelense na multidão, sua visão embaçou. Olhou em volta à procura de mais boinas azuis. Não havia nenhum patrulhando perto do palco no qual uma banda de rock israelense estava tocando. Mas um oficial estava misturado aos participantes que carregavam faixas dizendo "Vamos mudar o futuro agora!" e "Participem da Marcha pela Paz!" em hebraico e árabe.

Karim pensou em ir embora, mas continuou distribuindo folhetos. Faria qualquer coisa por Rachel. Ela precisava de sua ajuda para espalhar a notícia da demonstração internacional que cercaria os locais sagrados na quarta-feira, dia 17 de abril. Igualmente importante, ela também queria o apoio dele quando ela falasse no comício daquele dia como membro fundador da Iniciativa de Paz Abraâmica.

Karim afastou a impaciência crescente em seu peito. Cada minuto no comício o distraía de sua missão de solucionar o mistério do relacionamento de Jesus com Maria Madalena e se este envolvia ou não Judas Iscariotes. Assim que o comício acabasse, planejava voltar para o mosteiro. Ele e Rachel *precisavam* solucionar o mistério e relatar a descoberta da carta de Jesus para a Agência de Antiguidades do Governo. Senão, Robert Kenyon poderia voltar a ser uma ameaça e se apossar do manuscrito original ou da tradução. Se isso acontecesse, Kenyon reivindicaria os créditos pela descoberta e tiraria proveitos pessoais dela. Rachel tinha um plano diferente: exibir o manuscrito na marcha como testemunha do segredo de paz do Galileu.

Se ela e Karim conseguissem provar que o manuscrito era autêntico, ele atrairia milhares a participar e se tornaria símbolo de uma unidade religiosa. Felizmente, Erasmus Zeno devolvera o laptop de irmão Gregory e os outros materiais usados na tradução quando deixou seu cargo de abade do mosteiro. Agora irmão Gregory estava fazendo os procedimentos para conseguir que o manuscrito passasse pelo teste do carbono. Apenas se fosse provado que datava da época de Jesus eles poderiam fazer o pedido de autenticidade. E, só então, poderiam pedir ajuda para escavar a Gruta de Getsêmani.

— Não se preocupe. — Rachel estava quase gritando para ser ouvida sobre o som das guitarras e baterias. Ela puxou Karim para mais perto e disse baixinho: — Não temos escolha a não ser estar aqui. A marcha é a esperança de essa terra encontrar a paz. Talvez a última.

Karim concordou e continuou a distribuir folhetos conforme a música ia diminuindo. Quando começaram os discursos, Rachel acenou para ele e foi na direção do palco. O gesto fez com que o coração dele acelerasse, o que sempre acontecia na presença dela. Foi esse sentimento que fez com que viesse a Jerusalém, contra todo bom-senso.

Como estivesse sendo enterrado em areia movediça, quanto mais ele tentava sair, mais preso ficava. Finalmente cedeu. Se era errado um palestino amar uma israelense, ele se declararia culpado sem o menor remorso. Por que julgar a si mesmo pelo que não podia controlar? Não via seu amor como sábio ou tolo, racional ou irracional, certo ou errado.

Ele simplesmente a amava.

Como resultado desse poderoso desejo, uma situação já perigosa se tornou ainda mais ameaçadora. Rachel insistiu em comparecer ao comício, mas ele não queria que ela viesse sozinha. Vir junto com ela era uma oportunidade de provar seu amor. Então, ele evitava a polícia israelense e esperava que ela cumprisse a promessa de ir embora assim que terminasse seu discurso.

Um homem mais velho, com barba cheia, terminou de falar enquanto Karim se aproximava do palco. Ao ziguezaguear pela multidão, notou um homem à sua esquerda, mais ou menos no centro, que tinha uma testa proeminente e nariz achatado. Virou-se para o outro lado, sua mente girando. Apenas um homem tinha esses traços distintos: Abdul Fattah. A possibilidade de Abdul ter sido avisado sobre o comício e ir até ali ocorrera a Karim, mas decidira não deixar o medo atrapalhar seus planos de ajudar Rachel. Agora, precisava evitar Abdul, ir para a frente e sair com Rachel logo após o discurso dela.

Levantou o olhar no momento em que ela se aproximava do palanque, os cabelos castanho-avermelhados na altura dos ombros voando com a brisa, seu vestido de linho comprido acentuando sua forma esbelta. Ela começou com uma rápida introdução de si mesma e da Iniciativa de Paz Abraâmica, o grupo inter-religioso que ela ajudara a fundar. Então, ela lamentou o sofrimento devido ao Muro da Cisjordânia, postos de controle, campos de refugiados e assentamentos. E, depois, censurou o interminável derramamento de sangue e mortes que aconteciam dos dois lados.

A voz dela ficou mais urgente.

— Apesar desse sofrimento, eu acredito que israelenses e palestinos podem ter um futuro brilhante, vivendo lado a lado em dois Estados soberanos. Isso pode ser feito! A inimizade entre israelenses e egípcios era maior do que entre israelenses e palestinos e, mesmo assim, conseguimos a paz com os egípcios, e essa paz dura até hoje. Para que a solução de dois Estados dê certo, pessoas conscientes dos dois lados devem se tornar mais visíveis e ser mais ouvidas do que os extremistas. Também precisamos de ajuda de outros países, porque o que acontece aqui afeta o mundo inteiro.

Karim parou quando se aproximava da frente. Um jovem louro e alto usando um quipá o cutucou.

— Ela é uma excelente oradora. Já ouviu falar dela?

Karim abriu um sorriso sem graça.

— Só depois que ela salvou a minha vida.

— Está brincando!

— Não, não estou.

Karim voltou sua atenção para Rachel, que continuava:

— Precisamos reconhecer as bases comuns das nossas três religiões como um jardim fértil para cultivar a paz. Nós, judeus, falamos da era messiânica; os cristãos anseiam pela volta de Cristo e os muçulmanos esperam o advento do Madhi. Nesta era que está por vir, as hostilidades acabarão e todos os povos viverão na justiça, harmonia e abundância. Podemos discordar de quem vai começar essa era de ouro; podemos não saber como ou quando ela virá, mas precisamos acreditar nela.

Karim olhou em volta quando a multidão começou a aplaudir. Um grupo de fotógrafos se dirigiu para o palco tirando fotos. Repórteres faziam anotações furiosamente e equipes de televisão posicionavam suas luzes e ligavam suas câmeras.

A voz de Rachel aumentava em cadências melódicas.

— Não precisamos mais de doutrinas religiosas. Precisamos de uma espiritualidade da paz. Se o mundo não está se encaminhando para uma catástrofe e sim para a transformação, a vitória final pertence ao amor e não ao mal.

As palavras de Rachel levantaram o ânimo de Karim, mas a voz de um homem saiu do meio da multidão, assustando-o.

— Não seja ingênua! A vitória final será do país que tiver a melhor força militar e as melhores armas.

Rachel puxou o microfone para mais perto.

— Sei que é difícil acreditar que o amor triunfará, mas sem essa crença, qual é a nossa esperança? Israel tem mais de 200 armas nucleares e mais cedo ou mais tarde elas vão cair nas mãos dos terroristas. Quanto mais armas existem, menos seguros ficamos. Não digo isso como uma pessoa que ficou imune ao sofrimento, mas como alguém que sofreu. O meu pai foi morto por um homem-bomba.

Karim sentiu a reverência embutida no silêncio que caiu sobre a multidão. O rapaz louro o encarou, olhos arregalados.

Rachel respirou fundo e continuou:

— Aprendi que só superamos a nossa raiva, o nosso ódio e o nosso medo quando encontramos a cura dentro de nós mesmos. Através dessa cura, descobrimos o amor em seu nível mais profundo: o perdão. Então, nos tornamos capazes de viver sem violência e buscar a compreensão entre as religiões. Podemos compartilhar a terra e seus recursos e trabalhar para acabar com a opressão e com a guerra. Tenham coragem de sonhar! Imaginem um mundo sem bombardeios terroristas. Idealizem um mundo onde não existam mais vizinhanças esquálidas e campos de refugiados infestados de desespero. Isso pode acontecer, mas apenas se o perdão triunfar.

Enquanto a multidão aplaudia, Karim se aproximou do palco.

Rachel concluiu:

— Convido vocês a tornarem a esperança real nesta cidade sagrada no dia 17 de abril. A nossa força vai despertar a consciência do mundo. Vocês podem ajudar a começar uma revolução de justiça e cura. Se marcharem aqui conosco, em volta do Domo da Rocha, do Muro das Lamentações e da Basílica do Santo Sepulcro, vão inspirar a consciência do mundo. Faremos uma declaração poderosa do quanto nossas religiões precisam mudar para apoiar a paz duradoura. Diremos não a qualquer interpretação do livro sagrado que justifique a violência. Diremos não às formas de religião que criam injustiça e opressão. Diremos não à religião que divide e empobrece o povo em vez de uni-lo e sustentá-lo. O conflito entre israelenses e palestinos é *a* questão moral dos nossos tempos. Se conseguirmos fazer a paz, o futuro trará enormes bênçãos para judeus, muçulmanos e para todos os povos. Mas se a nossa geração falhar nessa tarefa, o resultado será catastrófico. Será impossível mudar a realidade atual de apenas um Estado, e o mundo árabe nunca se esquecerá da injustiça com os palestinos. Isso significará um futuro de medo e insegurança não apenas para israelenses e árabes, mas para todas as nações que participam do conflito. Não vamos deixar isso acontecer! Vamos nos unir! Vamos fazer dessa marcha um chamado retumbante para a religião humana e a ética, que possamos viver em paz e que esta paz possa viver conosco. Que as bênçãos e proteção de Deus estejam com todos nós!

Aplausos ecoavam pela praça enquanto Karim ia para a escada atrás do palco. Rachel finalmente desceu, ele a parabenizou e eles ficaram conversando ali quando ele sentiu alguém se aproximando. Karim virou-se e viu Ezra, vestido com camisa branca e calças pretas, encarando-os.

— Por que não retornou às minhas ligações? — perguntou ele para Rachel.

— Tenho andado ocupada.

Ezra virou-se para Karim.

— Não mandei você se afastar? Com a presença da polícia aqui, você não vai conseguir escapar da prisão.

Rachel se posicionou entre eles.

— Ezra, não!

— Eu disse para ele nunca mais voltar a Jerusalém.

— Ezra, por favor. Ele é meu amigo.

Ezra se esforçou para recobrar o fôlego.

— Sua opinião sobre seu amigo vai mudar bastante quando souber quem ele realmente é.

— O que...? — Rachel tentou fazer uma pergunta, mas Ezra a interrompeu.

— Fiz uma pesquisa sobre o *seu amigo* e descobri que ele é de Nablus, não de Belém. — Ezra apontou para Karim. — O pai dele é Sadiq Musalaha, líder político da APP, e o filho dele mais velho se chamava Saed Musalaha. — Ezra levantou os dois punhos e sacudiu-os furiosamente. — Você sabe quem era Saed Musalaha? — Ele aumentou o tom de voz para dar ênfase a cada palavra. — Ele matou nosso pai.

Rachel se virou para encarar Karim.

— Como pode ser? Por favor, me diga que ele está mentindo.

Karim fitou as pedras da praça, bile subindo por sua garganta.

— Gostaria de poder dizer isso.

O rosto de Rachel ficou pálido.

— O seu irmão matou meu pai? Você sabia disso e mesmo assim agiu como se não soubesse? — A voz dela falhou. — Você está me enganando desde o começo.

As pedras da praça pareciam se mexer embaixo dos pés de Karim. Ele estava tonto, os joelhos bambos.

— Como eu poderia lhe contar a verdade? Você teria me odiado, se recusado a escutar qualquer coisa que eu tivesse a dizer.

Rachel balançou a cabeça, enojada.

— E você disse que me amava. — A voz dela estava embebida em sarcasmo quando ela começou a se afastar.

Virando-se para trás, ela disse para Ezra:

— Faça o que tiver de fazer. Esquecerei que um dia o conheci.

Ezra agarrou o braço de Karim e o girou. Foi quando uma voz o fez parar.

— Solte-o.

Karim virou-se e viu Abdul Fattah encarando Ezra.

— Quem é você? — perguntou Ezra, indignado.

— Sou o tenente-chefe de Sadiq Musalaha. Não posso permitir que prenda o filho dele em uma prisão israelense. Ele nunca sairia vivo e isso traria consequências para o pai dele.

— Por que eu deveria me importar com o que o pai dele pensa?

— Porque — disse Abdul — Sadiq Musalaha pode desencadear uma dúzia de ataques suicidas quando bem entender, e se o filho dele estiver em uma prisão israelense, ele teria a desculpa perfeita para fazer isso.

Quando Ezra o soltou com um empurrão, Karim se sentiu um felizardo por poder evitar uma prisão israelense. Mas quando Abdul o levou para a Mercedes, Karim soube que estava sendo levado para outro tipo de prisão.

ERA ROMANA

CAPÍTULO 36

O som abafado da porta batendo atrás de Judite a deixou assustada. Era a porta do quintal da casa onde Jesus de Nazaré comemoraria a Páscoa, mas o som a fez pensar em uma cela da prisão romana sendo fechada, e em como seria ficar trancada ali dentro e se tornar vítima da crueldade que matara seu irmão. Se fosse presa por ajudar os zelotes, esse seria seu destino, e ninguém poderia salvá-la.

Enquanto Judite seguia Nicodemos ben Gorion pelo modesto quintal que levava à cozinha, sua mente passava de um cenário terrível para outro. Não apenas fracassara ao tentar vingar a morte de Reuben como agora poderia ter uma morte ainda mais cruel. Parecia que o estômago ia sair pela boca. A mesma sensação que tivera antes do amanhecer, quando vomitara. Convencida de que estava grávida e temendo vomitar de novo, parou e respirou fundo várias vezes para se acalmar.

Lembrou-se do rosto de Dimas, contorcido de sofrimento e fúria, na noite em que ela partira. Ela o deixara na véspera do grande desafio, quando ele mais precisava dela, e então ela o traíra da mesma forma que traíra Gabriel. Talvez nenhum dos dois irmãos conseguisse perdoá-la, mas Nicodemos a perdoara e agora que estava sozinha no mundo, ele era sua única esperança. Ele encontrara paz em Jesus de Nazaré, e acreditava que Jesus e seus seguidores poderiam ajudá-la a fazer o mesmo.

Ela queria acreditar na promessa de uma vida nova a partir da carta. Mas quem poderia perdoar os graves pecados que cometera, se ela mesma não conseguia se perdoar? Maria Madalena teria razão em ficar com raiva dela. Jesus escrevera para Maria — a carta era de propriedade dela, e Judite havia roubado. Maria e seus amigos tinham mais motivos para entregá-la aos romanos do que para serem bondosos. Colocou a mão no estômago e esfregou suavemente para aliviar a ansiedade que a consumia ali dentro. Em vez de despertá-la, o ar matinal da primavera zombava do inverno que habitava seu coração, onde nenhuma flor nascia e nenhum pássaro cantava.

Esforçou-se para alcançar Nicodemos. Sem nenhum outro lugar para ir, *precisava* confiar nessas mulheres. Estava tonta quando entrou na cozinha cheia de grandes jarros com ingredientes para a Páscoa. As cinco mulheres que preparavam o jantar e o Seder, a ceia da Páscoa, para aquela noite levantaram o olhar. A familiaridade ao ver mulheres cumprindo aquelas tarefas acalmou seus nervos inquietos.

Judite viu várias crianças no caminho enquanto era apresentada a Joana, esposa de Chuza, o mordomo de Herodes Antipas. Nicodemos contou como Joana, que estava tomada por uma tristeza que a riqueza não conseguia curar, encontrara alegria em seguir Jesus. Judite também conheceu Susana, uma viúva que Jesus curara do luto, e conheceu Salomé, a mãe das crianças, que morava ali perto com o marido e a família.

Depois que Nicodemos apresentou a mãe de Jesus, Maria, e, finalmente, Maria Madalena, disse:

— Trouxe Judite aqui porque ela quer seguir o rabino. E ela precisa que vocês a guiem. — Judite admirou os bonitos cabelos de Maria Madalena, a macia pele morena e as maçãs do rosto proeminentes. Nicodemos fitou as honradas mulheres e continuou: — Judite precisa de uma amiga que tenha passado pelas mesmas coisas que ela. Você pode ser essa amiga, Maria Madalena... Por favor, ajude-a a encontrar as respostas.

Um sorriso inquisidor surgiu nos lábios cheios e sensuais de Maria.

— Qualquer mulher que deseje seguir Jesus já é minha amiga.

Virando-se para sair, Nicodemos assegurou a Judite de que voltaria naquela noite. Maria Madalena entregou a ela uma faca e pediu que cortasse maçãs, tâmaras e nozes para o *charosset*, um símbolo do barro que os escravos hebreus usavam nas construções. Judite trabalhou silenciosamente por um tempo, o cheiro do *matzá* no fogão de barro fazendo com que se lembrasse das páscoas que passara com a família. Comendo *matzá*, os judeus recordavam a pressa com que os ancestrais tiveram de fugir dos opressores egípcios.

De repente, desejou ir para casa, ajudar a mãe a se livrar de qualquer rastro de *chametz*, alimento fermentado; ralar ervas amargas para o *marer*, para compartilharem o sofrimento dos ancestrais; e servir as quatro canecas de vinho, representando as promessas de Deus, para cada participante do Seder. Judite se perguntou se algum dia poderia voltar para casa.

— Jesus está cada dia mais controverso — disse Maria. — E todos que o seguem estão arriscando suas vidas.

— Estou arriscando a minha vida desde que saí da casa do meu pai. Mas eventos misteriosos me levaram até Nicodemos e ao caminho de Jesus. Esses eventos envolveram um zelote chamado...

O nome de Dimas estava na ponta da língua quando bateram na porta, interrompendo-a. A porta se abriu e três homens entraram. A mãe de Jesus, uma mulher robusta com pesados cabelos castanho-avermelhados e um rosto oval agradável, apresentou o maior deles. Ela o chamou de Pedro, e seu irmão, que parecia sua versão mais jovem, de André.

— Esses homens pescam para sobreviver — disse ela.

— Eu não!

Os olhos do terceiro homem brilharam com indignação, os traços redondos retorcidos em uma careta. Ele se apresentou como Mateus, um ex-coletor de impostos.

Pedro fitou Judite com desconfiança e, então, perguntou para Maria Madalena:

— Ela é seguidora de Jesus?

— Ela está aqui para aprender — disse Maria, passando o braço em volta dos ombros de Judite.

Pedro fitou Judite com desprezo.

— Não confio nela. Nicodemos me disse que ela ajudou os zelotes. — Baixou o tom de voz, falando quase em um sussurro com Maria Madalena. — Você não sabe que os romanos prenderam os homens que começaram um motim enquanto Jesus estava purificando o Templo? Eram zelotes liderando a revolta. Pilatos provavelmente acha que Jesus era um deles. — Apontou um dedo de acusação para Judite. — Se os romanos a pegarem aqui, certamente vão prender Jesus. Essa garota deve ir embora e acho que devemos avisar Jesus para ficar longe da cidade.

Joana, uma mulher mais velha que usava os cabelos grisalhos presos para trás, balançou a cabeça.

— Fico me perguntando por quem você realmente teme: por Jesus ou por si mesmo?

Maria Madalena andou pela cozinha, pedindo que todos se acalmassem. Abraçou cada homem e cada mulher até que todos parassem de falar.

— Não podemos prever o que vai acontecer — disse. — Mas Jesus sempre recebe a todos de braços abertos à sua mesa, até mesmo os pecadores. Judite veio buscar a graça, como todos nós. Quem somos nós para expulsá-la?

— Você está sendo ingênua, Maria — disse Pedro. — Essa moça é uma ameaça para Jesus. Se os romanos acharem que ele é um zelote, vão crucificá-lo. Se formos pegos com ele, o mesmo acontecerá conosco. Ela deve ir embora. Agora!

Ele andou na direção de Judite. Maria Madalena entrou na frente dele com os braços estendidos.

— Suas palavras mostram o quão pouco aprendeu dos ensinamentos de Jesus, Pedro. Ele está tão vivo em Deus que não teme a morte e não deveríamos temer também. Sentimos medo quando estamos presos a esta vida terrena. Nosso propósito maior é fazer a vontade de Deus. Esse é o segredo da profunda serenidade de Jesus. Devemos estar dispostos a amar de forma tão radical quanto ele e não temer as consequências.

Pedro levantou as mãos.

— Sabemos que Jesus a ama de uma forma diferente do que ama as outras mulheres, mas isso não lhe dá o direito de colocar o resto de nós em perigo.

— Essa menina não é a única que pecou. Existe escuridão dentro de todos nós, da mesma forma que existe luz. Mas para vencer a escuridão, precisamos seguir Jesus e buscar a verdade na ignorância. Quando fizermos isso, não seremos mais escravos dos nossos corpos. Nem seremos enganados pela ilusão terrena de riqueza. Jesus me disse que o verdadeiro tesouro é a forma como vemos Deus e o Seu Reino. Encontramos esse tesouro dentro de nós. Desde que descobri a paz.

Judite percebeu que André cruzara os braços, parecendo desconfortável. Quando Maria Madalena terminou, ele disse:

— Nunca escutei Jesus ensinando essas coisas. Como podemos acreditar se estão vindo de uma mulher?

— E o que é pior é que ela fala essas coisas para defender uma zelote! — acrescentou Pedro.

A expressão de Maria ficou sombria.

— Como vocês podem se dizer discípulos de Jesus se humilham uma mulher? Jesus nunca fez isso! Ele diz que não existe nem feminino nem masculino no paraíso. Os homens não têm uma posição especial perante Deus; o que importa é a qualidade da alma, independentemente de ser feminina ou masculina.

— Se Jesus ama Maria, devemos respeitar o que ela diz — disse Mateus. — Mostraremos que somos seus verdadeiros seguidores se vivermos no amor, o que significa deixar a moça ficar. A escolha de Jesus de vir para cá esta noite mostra que ele está disposto a morrer pelo seu ideal; devemos fazer isso também. Vamos para Betânia encontrar com ele na casa de Maria, Marta e Lázaro.

Maria Madalena pegou a mão de Judite e a tirou da cozinha, subindo uma grande escada e entrando em uma sala espaçosa. Os raios de sol entravam pelas enormes janelas, que ofereciam uma vista das ruas estreitas e congestionadas de Jerusalém. Uma meia dúzia de sofás estava encostada nas paredes da sala; havia uma mesa baixa e retangular no centro. Maria e Judite começaram a aproximar os sofás da mesa para preparar o Seder. Enquanto levantavam o primeiro, Maria disse:

— Os ensinamentos de Jesus são um mistério para a maioria das pessoas, às vezes até para seus discípulos.

Judite a ajudou a colocar o sofá perto da mesa.

— Depois de tudo que passei, preciso desse amor mais do que de qualquer outra coisa.

— Estava me perguntando o que a trouxe aqui.

Judite contou sobre a fuga com Dimas, irmão do noivo, no dia do casamento.

— Foi errado, mas na época me pareceu certo. Quando finalmente me dei conta, eu o deixei. Não sei onde Gabriel está, mas preciso encontrá-lo e implorar seu perdão.

Maria Madalena, com os olhos arregalados como duas moedas e uma expressão espantada, perguntou:

— Gabriel ben Zebulom era seu noivo?

— Sim, o nome dele é Gabriel ben Zebulom.

Maria balançou a cabeça e pegou as mãos de Judite.

— Gabriel salvou a minha vida. — A voz dela era tão plena que suas palavras soavam indistintas. — Ele é o homem mais corajoso e verdadeiro que já conheci e agora também é um seguidor de Jesus.

Judite não podia acreditar no que estava escutando. Apertou as mãos de Maria.

— Como isso pode ser verdade?

— Gabriel escutou a palavra de Jesus por meio de Nicodemos. Conheci Gabriel na casa de um fariseu chamado Simão de Naim.

Judite respirou fundo para parar de tremer.

— Como Gabriel salvou sua vida?

— Dois homens me atacaram na estrada de Samaria, quando Gabriel estava voltando para Jerusalém com Nicodemos. Tempos depois, Gabriel veio procurar Jesus para avisá-lo de que Pilatos matara alguns galileus. Como muitos de nós, Gabriel acredita que Jesus é o único que pode nos salvar da violência dos zelotes.

Judite não ficou surpresa ao saber da coragem de Gabriel. Sempre soubera que ele era um homem de caráter e valente. Ela tentou se virar, mas Maria Madalena a puxou e deu-lhe um abraço. Com o rosto encostado no pescoço de Maria, Judite disse:

— Se o que diz é verdade, ambas sabemos o homem raro que Gabriel é... e eu... o traí.

Maria Madalena se sentou em um sofá.

— Mais cedo ou mais tarde, a paixão nos faz sofrer. Também conheci seus terrores. Alívio percorreu o corpo de Judite. Ela precisava em determinado momento confessar que roubara a carta, e a honestidade de Maria lhe proporcionou uma abertura para tal. Mas Judite hesitou, temerosa de que Maria se zangasse, ou, pior, a rejeitasse. Judite a encarou, incapaz de se mover ou falar. Parte sua queria ser honesta, senão Maria poderia se sentir traída quando soubesse da verdade. A outra parte estava tentada a fugir da sala e procurar outro lugar para se esconder. Apenas quando Maria a confortou foi que Judite reuniu a coragem necessária. Sentando no sofá, Judite disse:

— Sei do que está falando porque li a carta que Jesus escreveu para você.

Maria ficou chocada:

— O quê? Como?

Judite encarou o chão.

— Dimas e eu roubamos a casa de Nicodemos para conseguir dinheiro para os zelotes. O rolo estava entre o que roubamos. Ao ler a carta, percebi os motivos da minha angústia. Eu o devolvi a Nicodemos e prometi mudar a minha vida.

Maria suspirou:

— Eu ainda não li a carta.

— Ainda não? — Judite não pôde conter sua surpresa. — Posso perguntar por quê?

— Porque Jesus demonstrou a outra mulher a bondade que pensei que apenas eu merecesse. Minha dor me impediu de ler a carta. Permiti, então, que Nicodemos ficasse com ela. — Maria sorriu. — Posso ver as dores que nós compartilhamos.

A cada palavra que Maria Madalena falava, Judite a admirava mais. Fitou o rosto de Maria com seus grandes olhos e disse:

— Nicodemos achou que ouvir a sua história me ajudaria. Quando a vi pela primeira vez, percebi que tem a mesma serenidade que ele. Faria qualquer coisa para ser assim.

Maria Madalena colocou a mão sobre o ombro de Judite.

— Quando conheci Jesus, o sofrimento me consumia havia anos. Ele expulsou os demônios dos meus sonhos despedaçados e me apaixonei por ele. Achei que morreria se ele não correspondesse ao meu afeto, mas em vez disso ele me explicou a alma do amor e me ajudou a encontrar minha verdadeira riqueza como mulher.

Judite sentia seu coração batendo acelerado no peito, desesperada para obter o conhecimento que Maria tinha.

— Jesus também explica o amor na carta. Eu li e ela me tocou profundamente, mas tem muita coisa na epístola que não entendi.

Maria falou mais baixo, dando ênfase a cada palavra.

— Jesus me ensinou como é destrutivo para uma mulher amar por necessidade de preencher um vazio. Somos capazes de comunhão com a alma de um homem, mas só depois de nos tornarmos íntimas de nós mesmas poderemos amar de uma forma saudável.

Consolada pela franqueza de Maria Madalena com ela, Judite questionou se deveria ou não confiar a ela sua gravidez. Maria a ajudaria a decidir o que fazer? Quase contou a ela, mas então hesitou e decidiu falar mais sobre a carta e de como ela a fizera perceber que seus sentimentos por Dimas estavam baseados na necessidade, e não no amor.

— Precisava da força dele para cobrir minhas fraquezas. Através da violência dele, descarregava meu ódio pelos romanos que mataram meu irmão. Através da impetuosidade dele, tentei fugir do tédio. Mas, no fim, só encontrei sofrimento.

Maria Madalena pegou o rosto de Judite nas mãos.

— Jesus pode lhe mostrar o caminho para a cura. Ele me mostrou a fonte da harmonia, que é Deus. Eu me sentia atraída pelo corpo de Jesus, mas ele gostava demais de mim para nos tornarmos íntimos. Ele me livrou das ilusões de desejo e me ensinou que tudo que é físico passa.

Judite franziu a testa.

— Isso significa que Jesus não acredita em sexo e casamento?

Maria Madalena começou a rir e foi arrumar a mesa.

— De forma alguma! Ele acredita que até que encontremos harmonia interior, não conseguiremos amar sem nenhum interesse. Nós nos afeiçoamos às pessoas e tentamos tomar posse delas. Isso não é amor de verdade; é um devaneio do qual ele quer que acordemos. Voltando para nossa fonte em Deus, vemos através das ilusões do mundo e da nossa própria pecaminosidade. Os ensinamentos dele me dão a esperança de me tornar totalmente humana, como ele. Isso quer dizer que, como mulher, devo desenvolver o masculino dentro de mim, como Jesus desenvolveu o feminino nele.

A sabedoria de Maria Madalena soava como a voz de um amigo digno de confiança. Judite sabia que a sabedoria era real, pois estava vendo seu efeito na força e no equilíbrio extraordinários de Maria. A voz do coração de Judite estava implorando para ela revelar seu segredo a Maria.

— Não lhe contei a história toda — disse, com o coração acelerado. — Acho que espero um filho de Dimas. — Ela engoliu em seco, tentando não chorar. — Não posso criar um filho com um fora da lei como Dimas, mas também não posso ter esperança de que Gabriel me receba de volta. Certamente, não nesta condição. Ah, Maria, o que devo fazer?

Maria Madalena ficou abraçada a ela até que se acalmasse.

— Pense no que é melhor para o bebê. Talvez esteja subestimando o caráter de Gabriel. — Maria a soltou e sorriu carinhosamente. — Você deve rezar e aprender a confiar. Esta vida é uma grande lição e ninguém a compreende perfeitamente ou de uma só vez. Confiamos quando entregamos nossos problemas e nosso futuro nas mãos de Deus; *realmente* entregamos. Quando fazemos isso, não nos preocupamos mais com o amanhã, mas nos concentramos em amar e ser amados agora. Então, deixamos a vida acontecer como deve ser e conseguimos aceitar o que ela traz.

— Mas sou uma mulher grávida sem um homem para me apoiar.

— Você deve aprender com o passado, mas manter os olhos no futuro. Para fazer isso, precisa confiar no Senhor e contar com sua própria força inexplorada. Esse é o seu maior desafio; se aceitá-lo se tornará uma nova mulher. Pode começar indo para casa e enfrentando seus pais. Quando souberem que está grávida, eles vão querer ajudar o neto.

Judite balançou a cabeça.

— Meu pai pode ser muito duro. Talvez até me renegue.

— Se isso acontecer, você pode ficar comigo e meus amigos. Não deixaremos que você e seu bebê fiquem desamparados.

O conselho de Maria Madalena e sua generosa oferta fizeram Judite sorrir. Queria pedir a Maria para apresentar-lhe Jesus, mas antes que pudesse falar, escutou passos pesados e vozes altas.

— Judite de Jerusalém está aqui? — perguntou uma voz rouca de homem. — Diga-nos onde ela está ou todos serão presos.

O que está acontecendo? Judite se levantou e correu para a janela.

— Não pule! — disse Maria. — É muito alto.

— Preciso fugir — respondeu Judite.

Era tarde demais. Dois soldados romanos apareceram no topo da escada, os capacetes e as armaduras de bronze reluzindo sob a luz da manhã, as espadas na mão.

— Qual de vocês é Judite de Jerusalém? — perguntou o líder.

— Sou eu — disse ela, sabendo que não tinha saída.

— Venha conosco — mandou o soldado. — Está presa por roubar do fariseu Nicodemos ben Gorion. Uma vizinha a reconheceu como a mulher que invadiu a casa de Nicodemos com um homem.

Judite gritou aterrorizada enquanto os soldados a arrastavam escada abaixo.

— Você irá conhecer a prisão de Pilatos — zombou um deles. — Está cheia de judeus hoje em dia.

Ela usou suas últimas forças para se virar.

— Por favor, Maria, me ajude! Conte ao meu pai o que aconteceu. Ele é a minha única esperança.

Os soldados empurraram Judite na direção da porta. Ela não podia fazer nada além de obedecer.

CAPÍTULO 37

Maria Madalena entrou sem bater no pátio da casa de um andar com telhado reto, suas pernas fracas, seu corpo encharcado de suor. Exausta depois de correr os 3 quilômetros que separam Jerusalém de Betânia, fechou a porta e parou para recuperar o fôlego, o suor caindo na pedra empoeirada do chão enquanto se lembrava de tudo que acontecera naquela manhã.

Depois que os soldados prenderam Judite, Maria temeu que Jesus e seus amigos seriam os próximos. Instruiu Joana, Susana e Salomé a continuarem em casa preparando a Páscoa, depois partiu para a casa de Maria, Marta e Lázaro na Betânia, para avisar do perigo.

No caminho, parou no mercado em Jerusalém para procurar o pai de Judite. O segundo comerciante a quem perguntou lhe disse que a loja de especiarias de Natan era conhecida e lhe explicou onde ficava.

Maria encontrou a loja em uma rua agitada atrás do mercado. O rosto marcado de Natan revelou sua agonia quando Maria contou a ele sobre Judite.

— Minha filha em uma prisão romana imunda? Preciso falar com Gabriel — disse. — Precisamos ir atrás dela!

Natan deixou os dois ajudantes cuidando da loja e correu para fora. Quando Maria se virou para sair, viu um frasco com essência de nardo em cima do balcão. Embora o caro unguento custasse 300 denários, era o presente ideal para Jesus. Desejava mostrar a ele a abundância de seu amor, mas nada que o dinheiro podia comprar era capaz de expressar totalmente a intensidade de seus sentimentos. Apenas um presente inviável, exagerado, poderia começar a expressá-los. Apesar da pressa, comprou o unguento e se dirigiu para Betânia, a leste do Monte das Oliveiras.

Parada ali na porta da casa que pertencia a Maria e Marta, irmãs de Lázaro, sua respiração estava voltando ao normal quando abriu a pequena bolsa onde estava o frasco de unguento. Ao admirar os contornos do frasco, o conselho que dera a Judite sobre Dimas e Gabriel ecoava em sua mente. As palavras não tinham sido ensaiadas, saíram de algum lugar bem no fundo de seu coração e refletiram uma sabedoria maior do que a que tinha. Em Judite, ela se viu dois anos antes: uma mulher em fuga, diante da possibilidade de precisar viver como prostituta ou como mendiga se os parentes não a ajudassem.

Mas Maria Madalena não estava mais presa aos resultados ou tentando controlá-los. Estava aprendendo a aceitar o que a vida lhe dava, as alegrias e os sofrimentos, e a encontrar uma extraordinária riqueza neles. Depois de fechar a bolsa, enxugou o suor da testa e engoliu em seco. Talvez Jesus realmente *seja* o Messias, pensou.

Sabia que não podia impedi-lo de se colocar em perigo. Estranhamente, a total entrega dele — sua ousada dedicação a Deus — tornava-o ainda mais atraente. *Algum dia conseguirei me recuperar do que sinto por ele?* Parecia impossível e, de verdade, ela não queria, porque depois de amá-lo nunca mais conseguiria amar outro homem. Pelo menos devia contar sobre os soldados que tinham ido a casa em Jerusalém e também precisava agradecer a ele por ter lhe dado uma vida nova.

Acalmando as mãos trêmulas, foi na direção do burburinho de vozes. O som estava vindo dos fundos da casa e ao se mover naquela direção, através de uma grande sala com móveis de madeira e dois quartos modestos, as vozes ficaram mais altas. Quando chegou à sala de jantar nos fundos, encontrou Jesus sentado a uma grande mesa. Os doze discípulos estavam ali, além dos anfitriões: Maria, Marta e Lázaro da Betânia. Sabendo que Lázaro estivera doente, ficou feliz ao vê-lo saudável.

Jesus estava gesticulando ao falar. Maria Madalena admirou as mãos, os dedos compridos e finos, mas confiantes; as palmas um pouco mais claras do que a pele escura, flexível mas forte. Essas mãos de carpinteiro, extensões de seu coração, apaixonadas e distribuindo amor, fizeram o aleijado andar, o mudo falar e o cego enxergar. Perfeitas, as mãos não combinavam com o resto do corpo. Ele estava contando histórias com a casualidade de um pai na cabeceira do filho e, como sempre, sua voz capturou a atenção de Maria. As palavras fluíam como música, um rio de refresco para sua alma sedenta.

Os olhos dela analisaram o grupo e pararam em Judas, os cabelos encaracolados pretos penteados para o lado, a grossa barba perfeitamente aparada. O estômago dela se revirou e ela afastou o olhar. Jesus a ensinara como se proteger de homens doentios e ela o amava por isso, agora mais do que nunca. Respirou fundo, escutando as batidas do coração.

Jesus virou-se quando a escutou entrar.

— Maria, venha se juntar a nós.

Os outros abriram espaço à mesa, mas ela não conseguiu se mexer, as pernas congeladas. Marta, uma mulher roliça com enormes e generosos olhos, se aproximou dela.

— Tem comida mais do que suficiente, Maria. Temos lugar para você. — Marta passou o braço em volta dela e levou-a para a mesa.

Maria deu alguns passos e parou.

— Algo horrível aconteceu — disse. — Os soldados invadiram a casa de Jerusalém. Eles prenderam a jovem que Nicodemos trouxera para seguir Jesus. Agora ela está na prisão e temo que o mesmo aconteça com todos nós.

Jesus falou calmamente.

— Não vou permitir que os romanos nos impeçam de celebrar a Páscoa na Cidade Sagrada. Eles se acham poderosos, mas o verdadeiro poder pertence a Deus.

O rosto de Pedro ficou pálido.

— O perigo na cidade está aumentando. Devemos ficar na Betânia e não nos arriscar.

— Concordo — disse João. — A purificação do Templo inflamou os ânimos. Temo que os romanos nos prendam como zelotes.

Judas Iscariotes fitou Jesus e disse:

— Deixem que pensem o que quiserem. Com Barrabás na prisão, o senhor é a nossa única esperança, Jesus! Precisa ir a Jerusalém e organizar nosso povo. Provar que é o Messias! Levar-nos à vitória!

Jesus franziu a testa.

— Assim como os profetas que vieram antes de mim, irei a Jerusalém para fazer a vontade de Deus. Mas tu não entendes a minha missão, Judas. Mais violência não vai conquistar a liberdade de nosso povo; só trará mais sofrimento. Não vim para matar nem destruir, e sim para curar e salvar.

Maria Madalena pensou nos ensinamentos proféticos de Jesus, em como hipnotizava as multidões, e se lembrou da conversa com João no dia em que fugira. *Jesus é realmente o Messias? Esse homem com aparência desajeitada conseguirá salvar nosso povo?* A autoridade de Jesus parecia vir de além dele, como se viesse de outro mundo. *Ele é tão extraordinário. Talvez ele seja quem estávamos esperando.* Ela sabia que precisava honrá-lo como o ungido de Deus e precisava fazer isso com audácia, aqui e agora, na frente de todos, principalmente de Judas Iscariotes.

Aproximando-se de Jesus um pouco sem jeito, como em um sonho, ela se lembrou da prostituta na casa de Simão, o fariseu. *Como as coisas eram diferentes agora! Como sabia mais sobre Jesus! Preciso mostrar aos outros quem ele realmente é.* Ela levantou a bolsa e disse:

— Tenho um presente especial para você, rabino.

Tirou o frasco da bolsa, removeu a rolha e começou a passar o unguento na cabeça de Jesus. Conforme o cheiro doce se espalhava pelo ambiente, passou o unguento nos cabelos dele, esfregou no rosto e nas pálpebras, no nariz, nas orelhas e na barba.

— Senhor, por que está deixando que ela faça isso? — perguntou Pedro.

Jesus não respondeu, mas fechou os olhos e sorriu enquanto ela passava o unguento em sua cabeça, não deixando nenhum pedaço dos cabelos nem do rosto descoberto. Pelo canto do olho, Maria Madalena viu Judas franzindo a testa, o rosto vermelho, os olhos em chamas. Fixou o olhar nele, recusando a se afastar, e então fez algo que surpreendeu até ela mesma: soltou os cabelos e jogou-os aos pés de Jesus. Então ungiu os pés dele, secando-os com os próprios cabelos, como a mulher fizera na casa do fariseu.

— Quando vai parar de nos constranger, Maria? — Pedro parecia enojado.

— Jesus merece ser tratado como rei — disse, continuando a esfregar os pés de Jesus com os cabelos. — Mas Jesus merece ser tratado como rei. Aplico esse unguento nele para celebrar o reino dele em meu coração. Aplico esse unguento pois reconheço nele o masculino e o feminino, reconheço nele aquele que Deus mandou para nos guiar para um caminho de paz. Ele não é apenas um sábio pregador, mas um homem iluminado, o Messias. Que sua luz venha a cada um de nós e alcance todo o mundo. — Dirigindo-se a Jesus, disse: — Perdoe-me por ter ficado com ciúmes da prostituta na casa de Simão, o fariseu. Se soubesse naquela época quem você é, e tudo que você deu aos homens e às mulheres, teria me juntado a ela a ungi-lo.

Jesus abraçou-a, depois deu um beijo em seu rosto. Judas Iscariotes ficou de pé, furioso, e apontou para eles:

— Isso é um ultraje! Maria desperdiçou esse precioso unguento. Poderíamos tê-lo vendido por 300 denários e dado o dinheiro para os pobres!

Jesus disse para Judas:

— Por que acusas Maria? Ela fez uma coisa bonita por mim. Vós sempre estareis no meio dos pobres e sempre que quiserdes podereis mostrar vossa generosidade a eles; mas não tereis a mim para sempre. Ela fez o que pôde, ungiu meu corpo, preparando-o para seu enterro. Em verdade, vos digo, onde o evangelho for pregado no mundo, o que ela fez será lembrado em sua memória.

Jesus se levantou, pegou a mão de Maria Madalena e guiou o grupo para fora da casa. Ao se dirigirem para Jerusalém, Maria viu que Judas andava sozinho. Braços cruzados sobre o peito, a testa franzida furiosamente. De repente, ele estourou e confrontou Jesus.

— Tu vais arregimentar nosso povo contra os romanos, ou não vais?

Jesus parou e correspondeu ao seu olhar.

— O meu reino não é deste mundo. Precisamos viver tendo Deus como nosso soberano, não César, e isso significa amar a todos, até nossos inimigos.

Judas balançou a cabeça, enojado.

— Agora tenho minha resposta — disse ele, se virando. Depois, puxou Maria Madalena para um canto e disse baixinho: — Saber que tinha preferido Jesus a mim já tinha sido doloroso o suficiente, mas quando você enxugou os pés dele com seus cabelos, você zombou de mim. — Ele se aproximou mais dela. Vocês dois são traidores!

Maria, com o coração acelerado, observou Judas seguir até o fim do grupo. Ao se juntar a Jesus na frente, pensou: *Se Judas acha que somos traidores, por que continua conosco?*

CAPÍTULO 38

Era a maior decisão da vida de Gabriel. Estava atrás do balcão de sua loja refletindo sobre isso enquanto se perguntava se todo mundo em Jerusalém deixara para fazer compras na véspera da Páscoa. Se outro cliente entrasse, acharia que a loja iria explodir. Estava cansado dos pés embaralhados e rostos ansiosos, das vozes agudas e dos cheiros intensos de raiz-forte, tâmara e maçã. Os pés doíam; estava rouco de tanto negociar; os ouvidos zuniam e ele fitava as prateleiras vazias.

Mas, com tanto lucro, como podia reclamar? Com o pôr do sol, viria a tranquilidade; então descansaria. Por enquanto, precisava atender às expectativas dos vizinhos e de estrangeiros que tinha conquistado como clientes. Entregou a caixa de dinheiro para o careca e corpulento Caleb ben Thassi, um ajudante que contratara para o feriado, e foi para o estoque verificar os suprimentos.

Sabia que não podia tomar essa decisão apenas uma vez. Teria de tomá-la repetidas vezes, durante dias, semanas, até anos. Essa decisão não dizia respeito ao seu negócio nem a dinheiro. Não era sobre sua saúde nem sobre sua fé como judeu — era sobre seu coração.

Tentando analisar as prateleiras alinhadas nas paredes do cômodo que mais parecia uma caixa, não conseguia se concentrar nas jarras de vinho nem nos fardos de ervas, cebolas, e outros ingredientes essenciais ao Seder. Os aromas dos suprimentos misturados disputavam sua atenção, mas só conseguia pensar em Judite e Dimas e se deveria perdoá-los.

Com as mãos tremendo, começou a carregar com suprimentos, mecanicamente, um carrinho de mão de madeira. Conversar com Nicodemos o ajudara a compreender por que Judite e Dimas tinham-no traído, mas como conseguiria superar a dor? Pensara em pedir a Natan e Gideon, pai e irmão de Judite, para irem com ele à caverna Zedekiah para procurar os dois. Mas desde que Jesus viera para Jerusalém, a cidade estava inquieta e ir ao esconderijo dos zelotes — com Pilatos crucificando cada zelote que os soldados encontravam — seria imprudente.

Se pelo menos tivesse conseguido convencer Jesus a não vir a Jerusalém! Ele tentara, mas o nazareno não quis escutar, e agora Gabriel temia pelo que poderia acontecer. Os clientes tinham mencionado como Jesus pregara no Templo e criara controvérsias. Se Gabriel não o conhecesse, não acreditaria que um carpinteiro galileu poderia causar tanta agitação, mas como vira o poder de Jesus curando e conquistando o coração do povo, acreditava.

Gabriel continuou a carregar a mercadoria e pensou no significado da Páscoa: liberdade. Apesar da incerteza sobre o perdão, sabia que o coração estava livre. A carta o ajudara a compreender a atração sexual e como ela envolvia mais do que o corpo ou os sentimentos de alguém. Agora compreendia a natureza espiritual de se apaixonar.

O desejo por Judite não era menos forte do que o que Adão e Eva sentiam um pelo outro. Como eles, tivera esperança de que a união sexual curaria a alienação de sua alma e ficara obcecado por Judite. Mas agora sabia que aquilo era apenas sua busca pelo feminino perdido dentro de si mesmo e em sua imagem de Deus. Pensou rapidamente em Judas Iscariotes, que estava obcecado por Maria Madalena e que até que encontrasse sua cura interior só sofreria. Judas não apenas resistira a essa cura, como fora hostil com ele, tornando-se um perigo para si mesmo e para os outros.

Gabriel levou os suprimentos para a loja e começou a ajudar Caleb com os clientes. Um homem alto com nariz romano comprou farinha. Parecia estrangeiro. Gabriel gostava dos estrangeiros, pois não sabiam sobre a vergonha do dia de seu casamento. Perguntava sobre o trabalho deles, casa e família, e então respondia às perguntas deles sobre os mesmos assuntos, sem medo de se sentir humilhado. Era mais difícil quando encontrava clientes que eram velhos amigos ou familiares. Nenhum deles perguntava sobre Judite, mas a pena estampada em seus olhos era esmagadora. Ele conversava sobre as compras deles, e geralmente guiava a conversa para o tempo, as políticas do Templo ou qualquer outra coisa para desviar a atenção. Começara a reabastecer as prateleiras quando viu um homem de cabelos brancos com um longo manto.

Nicodemos.

Gabriel viu um papiro enrolado em sua mão e rezou para que fosse a carta. Quando Nicodemos se aproximou, estendeu a mão com o rolo.

— Coisas misteriosas aconteceram com esta carta desde a última vez em que nos falamos. Podemos conversar?

Gabriel, com o coração acelerado, levou-o para o depósito. *Coisas misteriosas? O que Nicodemos queria dizer com isso?*

O velho fariseu começou a falar:

— Tenho novidades sobre Dimas e Judite... Os zelotes estavam desesperados por dinheiro e assaltaram minha casa. Além de joias e outros objetos de valor, roubaram a caixa em que a carta estava escondida.

Gabriel ofegou. Sabia que o irmão tinha conhecimento da riqueza de Nicodemos, mas nunca imaginou que roubaria um membro do Sinédrio. Deve ter considerado a casa do fariseu um alvo fácil.

— Agora meu irmão transformou Judite em uma ladra, além de adúltera! Como pode ser tão insensível?

Nicodemos segurou no ombro de Gabriel para acalmá-lo.

— A notícia que tenho não é de todo ruim... Judite leu a carta e ficou tão comovida que deixou Dimas e me devolveu o papiro.

A cabeça de Gabriel estava girando.

— Você a confrontou com todos os seus crimes? — A voz estava tremendo de emoção. — Disse o quanto ela se tornou abominável?

— Tive vontade, mas ela explicou que a carta a convencera a se tornar seguidora de Jesus e implorou meu perdão. Eu a perdoei, pois me pareceu sincera, e fiquei contentíssimo em ter o rolo de volta. Eu a apresentei a Maria Madalena e algumas outras discípulas. Ela prometeu contar a Maria o que ela havia feito.

Gabriel fitou o velho fariseu, a cabeça rodando, os joelhos fracos.

— Onde ela está?

Nicodemos deu um passo atrás, segurando o papiro com as duas mãos.

— Eu a levei para a casa de um amigo, onde Jesus irá celebrar a Páscoa esta noite. Quero que se junte a nós, mas primeiro precisa ler a carta. — Nicodemos entregou-lhe o papiro. — Por favor, pegue. A mensagem irá ajudá-lo a decidir o que fazer.

Gabriel hesitou por um momento. Não estava disposto a perdoar com tanta facilidade quanto Nicodemos. Antes de roubar a carta, Judite roubara sua felicidade e ele não tinha muitas esperanças de conseguir recuperá-la. A raiva ardia no peito quando tentava perdoar. Por respeito à sabedoria da carta, e porque queria lê-la, pegou o papiro.

— Voltarei amanhã — disse Nicodemos, partindo tão rápido quanto aparecera.

Gabriel se sentou em um saco de trigo e inspirou o cheiro de noz-moscada e cardamomo. A garganta se apertou ao abrir a carta que o ajudara tanto e começou a ler.

Como Nicodemos dissera, a mensagem descrevia o amor de Deus pelo mundo e por cada pessoa. Enfatizava que conhecer esse amor e torná-lo conhecido são os verdadeiros segredos da felicidade. Os olhos de Gabriel absorviam cada palavra, movendo-se devagar de linha para linha. Após alguns parágrafos, compreendeu por que o conteúdo tocara Nicodemos tão profundamente. Possuía um conhecimento além deste mundo, sobre o eterno Reino que Jesus viera revelar. Conforme continuava a ler, os debates do nazareno sobre sofrimento, oração, sabedoria espiritual, cura para homens e mulheres, liberdade para os pobres e oprimidos e a chegada de um novo paraíso e um novo mundo, com a paz na terra, desafiaram a mente de Gabriel e trouxeram alívio a seu coração.

Inconsciente, começou a andar de um lado para o outro enquanto lia. Segundo a carta, aprender a perdoar era parte de amar como Jesus ama. Ater-se ao sofrimento só nos torna amargos e miseráveis. O perdão é o caminho para sair da infelicidade, mas ele não vem de forma fácil nem rápida. O perdão leva tempo e esforço. Gradualmente se livrando do sofrimento e do ódio e entregando-os a Deus, a pessoa fica livre para começar uma nova vida. O perdão não faz bem ao perdoado, mas a quem perdoa. É o caminho para a cura.

Gabriel balançou a cabeça. Antes de começar a ler, não estava pronto para perdoar, mas agora sabia que não estaria totalmente curado até que fizesse isso. Os ensinamentos sobre o equilíbrio interno entre o masculino e o feminino eram poderosos, já tinham mudado a forma como Gabriel via a si mesmo e como se relacionava com as mulheres e com a própria vida. De acordo com a carta, o masculino e o feminino são um só em Jesus. Essa união significa que o Reino de Deus está perto, manifestado na cura, na criatividade e na alegria.

Gabriel nunca teria descoberto isso sozinho. Talvez os ensinamentos da carta sobre perdão fossem igualmente verdadeiros. Mas eram difíceis de seguir.

Seus passos se tornaram mais lentos conforme ficava cada vez mais extasiado. Jesus de Nazaré pregava que o maior amor de todos viera ao mundo por meio dele. Se Gabriel nunca tivesse visto nem escutado Jesus, acharia tal afirmação um escândalo. Mas Gabriel fitara os olhos do nazareno, sentira sua serenidade, testemunhara sua compaixão e assistira quando ele abriu os olhos do cego Bartimeu.

Mudou o peso do corpo de uma perna para a outra, esforçando-se para compreender o que o amor de Deus significava para ele. A carta dizia que experimentamos esse amor ao nascer do Espírito. Através desse renascimento, encontramos nosso verdadeiro propósito, a razão mais profunda pela qual estamos aqui. Começamos a morrer para nós mesmos e a viver para Deus. Tamanha abnegação significa colocar os sonhos de Deus acima dos nossos, o que traz uma sensação de perda de controle. Mas a carta prometia que os sonhos de Deus excedem em muito qualquer um que tenhamos. Perdendo a nossa vida para Deus, nós a ganhamos de volta, mais completa e rica do que era antes, uma vez que aqueles que querem salvar suas vidas a perderão e aqueles que perderem suas vidas por Jesus a encontrarão.

Gabriel se sentou, com os olhos fixos no poder dessas palavras. Investira toda a vida em seu negócio. Tornar-se bem-sucedido e melhorar sua reputação tomara toda a sua energia. Ainda assim, costumava se sentir vazio e se perguntava se na vida não havia nada mais do que trabalho. Na carta, Jesus dizia que nascer de novo pode ser uma experiência dramática, que muda nossa vida totalmente, ou pode acontecer de forma gradual, mais tranquila, mas igualmente poderosa. O vento escolhe para onde sopra e escutamos o seu som, mas não sabemos de onde vem ou para onde vai. O mesmo vale para todos que nascem do Espírito, disse Jesus. Podemos renascer diversas vezes, não apenas uma. A vida apresenta constantes desafios, mas mesmo o desespero mais sombrio tem lições a nos ensinar se mantivermos nosso coração aberto e tocarmos as profundezas de Deus.

A mente de Gabriel fervilhava com perguntas. *O meu coração está aberto? Tenho interesse em assuntos espirituais? Conheço alguma coisa sobre felicidade?* Conforme continuava lendo, a carta ia lhe dando cada vez mais respostas. Dizia que devemos explorar as profundezas dentro de nós. Quando descobrimos a verdade sobre quem somos e quem é Deus, nos tornamos livres. O preço dessa liberdade é a coragem. Confrontar nosso lado obscuro interior pode ser assustador porque revela nosso egoísmo, orgulho e nossa violência. Precisamos suportar o sofrimento de nos conhecermos porque, se não fizermos isso, nossa vida será baseada em ilusões e seremos vítimas de nossas necessidades, feridas e nossos desejos ocultos. Não é o que vem de fora que destrói a alma de alguém, mas o que vem de dentro, pois é do interior, do coração do ser humano, que as más intenções vêm.

Gabriel fechou os olhos. *Tenho más intenções? Quais são meus verdadeiros desejos?* Continuou lendo. A carta afirmava que quanto mais nos conhecemos, mais sábias nossas decisões se tornam. Descobriremos nossa luz como uma pessoa criada à imagem de Deus. Se nosso corpo inteiro estiver cheio de luz, com nenhuma parte na escuridão, seremos como um lampião que leva luz ao mundo. Conhecer a verdade sobre nós mesmos fará com que questionemos os valores do mundo quando eles se chocarem com os nossos. Ao invés de usarmos uma máscara e seguirmos a multidão, devemos honrar a pessoa que somos, mesmo se com isso nos tornarmos impopulares. Então, encontraremos a riqueza da nossa vida, porque onde está nosso tesouro, também está nosso coração.

Gabriel desenrolou ainda mais o papiro. Jesus discutia o particular tormento causado por pecados sexuais. Independentemente de a tormenta vir como uma vergonha privada ou uma humilhação pública, Jesus dizia que compartilhava a dor, pois a sexualidade é um grande mistério e até *ele* lutava com isso no relacionamento com Maria Madalena. Revelou a natureza desse relacionamento e o quanto aprendera com ele. Com base na própria experiência, ensinou que devemos tratar a sexualidade com delicadeza e humildade. Fazer diferente, envergonhar pessoas ou tratá-las como párias é pecar contra Deus, sob cuja imagem fomos criados.

Gabriel fitou as prateleiras do estoque sem realmente vê-las. Vinha condenando Dimas e Judite, até desejando vingança. Mas sua atitude estava errada. Em vez de buscar vingança, devia buscar perdão. Devia vê-los não como maus, mas como fracos — pessoas como todas as outras, que precisam da graça maravilhosa e desmerecida que Jesus descreveu na carta e compartilhou durante toda a sua vida. Nicodemos estava certo: amar significa querer o melhor para a outra pessoa e Gabriel sabia que ainda amava Judite.

Lágrimas encheram seus olhos ao se lembrar da cena com a prostituta na casa de Simão, o fariseu. Embora ela fosse atraente, de uma forma sensual e provocativa, estava sentada com os ombros encolhidos, os olhos baixos, a expressão desamparada, mas quando escutou as palavras de Jesus, sua postura mudou e, quando o ungiu, seu rosto irradiava alegria. Outros a condenaram, mas Jesus mostrou compaixão e ofereceu perdão.

Gabriel abaixou o papiro e se levantou. Cruzando os braços sobre o peito, recostou-se, esticou-se e olhou para o teto de pedra. Um calor inesperado subiu por sua espinha. Primeiro devagar, depois seu corpo começou a tremer sem controle e lágrimas escorriam de seus olhos. Enxugou-as com as duas mãos e sentou-se para se acalmar. Após pegar a carta, releu a parte sobre o perdão ser a maior expressão de amor e soube o que precisava fazer: oferecer a Dimas e Judite o mesmo perdão que Jesus oferecera à prostituta.

A carta prometia que se Gabriel se agarrasse à sua fé mesmo nos momentos de sofrimento, cresceria nesse amor. O passado não pareceria mais tão poderoso: poderia deixá-lo para trás e começar de novo. Ouviu as palavras de Jesus dizendo a ele para se concentrar no presente. Prolongar o passado não acabará com o sofrimento nem recuperará a felicidade perdida. Preocupar-se com o futuro não acalmará seus medos nem transformará um único sonho em realidade. O presente — este momento — é tudo que temos e pode ser o último. Precisamos buscar o bem neste momento, mesmo se for difícil encontrar, e viver de forma completa e sendo sempre grato.

Os segredos da vida estavam fluindo através desse rabino galileu! Gabriel queria as qualidades que Jesus estava descrevendo: o amor próprio que o libertaria de se comparar com os outros; o conhecimento interior que lhe asseguraria a presença de Deus; a graça e a coragem para perseverar durante qualquer dificuldade; a falta de apego que lhe traria alegria.

Os ensinamentos de Jesus eram irresistivelmente convincentes. Ele dizia: "Não te preocupes com tua vida, com o que vais comer ou beber, com teu corpo nem com o que vais vestir. A vida não é mais do que comida e o corpo mais do que roupa? Olha para os pássaros no céu; eles não semeiam nem colhem nem se reúnem em celeiros e mesmo assim o Pai os alimenta. Tu não tens mais valor do que eles?"

Lendo essas palavras, Gabriel sentiu o amor de Deus crescendo como fermento em seu coração ázimo. Jesus estava construindo um caminho superior, em direção a uma completa mudança de vida através de uma fé crescente. Mais do que qualquer coisa, Gabriel ansiava por trilhar esse caminho com ele. Não tinha mais ambições por riquezas ou prazer, por conhecimento, sucesso ou fama. Ao invés disso, sua ambição era o Reino de Deus, acreditando que todas as coisas boas viriam para ele.

Agora sabia o que faltava em Dimas: o renascimento que poderia tê-lo libertado de sua violência. Também perguntou-se sobre Judite. Quanto a carta a modificara? Ela se tornara uma seguidora de Jesus, mas o que isso significava para Gabriel? Estava pronta para pedir seu perdão? Se estava, poderia amá-lo verdadeiramente. Ou o abandonaria quando não precisasse mais dele?

— Gabriel ben Zebulom! Gabriel ben Zebulom está?

Um homem estava gritando alto o suficiente para Gabriel escutar do depósito. A voz parecia tão desesperada que ele enrolou o papiro e correu para ver quem estava chamando. Quando chegou à loja, ficou surpreso ao ver o pai de Judite, Natan.

— O que o senhor está fazendo aqui? — perguntou Gabriel.

— Você precisa vir comigo imediatamente — disse Natan Silva.

— Ir com você? Para onde?

— Os romanos prenderam Judite. Uma amiga dela, chamada Maria Madalena, veio à minha loja me avisar. Ela disse que Judite invadiu a casa de Nicodemos ben Gorion, um membro do Sinédrio, e os romanos a prenderam por roubo.

Gabriel o encarou, com olhos arregalados:

— Nicodemos acabou de sair daqui, não falou nada sobre isso.

— Acabou de acontecer; ele não sabia. — Natan agarrou Gabriel pelos ombros. — Com tantos criminosos naquela prisão, temo por ela. Consegui marcar uma reunião com o governador de manhã. Precisamos tirá-la de lá!

Antes que Natan terminasse a frase, Gabriel sabia que o acompanharia, e que levaria o rolo. Ele rezou para que Pilatos fosse piedoso. Gabriel não podia nem imaginar pelo que ela havia passado.

Ou que o reencontro deles provavelmente se daria em uma prisão romana.

DIAS ATUAIS

CAPÍTULO 39

A crença de que o amor traz felicidade é uma meia-verdade. A união de duas almas em uma produz uma rara forma de bem-aventurança.

Mas isso não é tudo.

Nuvens negras podem aparecer. Discussões acontecem. Doença e tragédia se infiltram. Tudo, desde tarefas domésticas até o mais íntimo dos assuntos, precisa ser negociado.

Entregar o coração a uma outra pessoa é carregar uma cruz. Ninguém ama sem sofrer.

Fazer um relacionamento dar certo exige a mais profunda maturidade e a mais forte força de vontade. Para ter sucesso, lembre-se diariamente de que o amor não diz respeito à felicidade.

Diz respeito à evolução da alma.

Do diário do irmão Gregory Andreou

Nablus
Sábado, 13 de abril

Karim Musalaha entrou no escritório do pai, fechou e trancou a porta, depois empurrou um arquivo de metal em frente a ela, suas mãos tremendo. Na Mercedes, durante a viagem de 63 quilômetros de Jerusalém a Nablus, ele esperara que aquele momento chegasse. Após passar o dia em seu quarto no final do corredor, vigiado por Abdul Fattah, conseguiu sair sem ser visto quando a sentinela saiu momentaneamente de seu posto.

Ansioso para mandar um e-mail para Rachel após cinco dias de confinamento, Karim sentou-se à mesa bagunçada do pai e ligou o computador. Palavras de desculpas dançavam em sua mente. Mentira para Rachel ao omitir a verdade. Fracassara como amigo e como companheiro em busca da paz. Pior de tudo, perdera o amor e o respeito dela.

Enquanto o computador estava ligando, levantou o olhar e viu uma foto emoldurada da mãe na prateleira acima da mesa. Ela usava um *hijab* verde e seus olhos negros eram penetrantes. Karim tentou desviar o olhar, mas não conseguiu. No rosto austero da mãe, via enorme sofrimento e uma profundidade ainda maior.

Não queria nenhuma dessas coisas.

Não se precisasse sofrer para ganhar essa profundidade.

O que desejava quando abriu sua caixa de e-mail era a mais pura felicidade dos beijos de Rachel, o arrepio provocado por seu toque, o prazer de seu abraço. Mas talvez não tivesse alternativa a não ser seguir o mesmo caminho que a mãe. Ambos tinham se apaixonado por pessoas cuja compreensão da fé entrava em conflito com a deles, e esse tipo de relacionamento sempre envolvia dor.

Ao digitar o nome de Rachel, ele se perguntou se seu amor por ela era tão forte porque era proibido. Ele parou e passou o dedo na aliança de ouro que um dia pertencera a sua mãe. Ela não deixara Sadiq Musalaha porque não tinha para onde ir. Karim, por outro lado, podia continuar sua vida sem Rachel. Então por que não conseguia? Por que pensava o tempo todo na beleza dela e na busca inacabada pela verdade sobre Jesus e Maria Madalena?

Começou a digitar suas desculpas, mas foi interrompido por batidas na porta.

— Deixe-me entrar ou pegarei a chave. — A voz abafada de Abdul soava furiosa mas trivial. Parecia irônico que este homem severo tivesse salvado Karim de Ezra Sharett. Então, lembrou-se de que nem sempre Abdul foi tão cruel.

— Deixe-me em paz apenas por alguns minutos, por favor.

— Não posso.

Sabendo que Abdul logo voltaria com a chave, Karim digitou rapidamente:

Querida Rachel,

Estou escrevendo estas palavras depois de muitas lágrimas. Omiti a verdade sobre Saed e meu pai porque tive medo de perdê-la. Por favor, me perdoe! Amarei você para sempre.

Em paz e esperança,

Karim

Enquanto mandava o e-mail, Karim escutou uma chave girar na fechadura da porta. Correu até o arquivo de metal, encostou nele e empurrou com as pernas quando Abdul começou a forçar para abrir a porta. As costas de Karim doíam com a pressão crescente, todos os músculos contraídos. Empurrou com mais força, mas o arquivo continuava deslizando.

— Você vai se arrepender por me fazer passar por isso — disse Abdul enquanto se esforçava para abrir a porta.

A cabeça de Karim começou a latejar. Quanto mais força usava para empurrar, mais terreno perdia. Quando o arquivo finalmente foi arrastado para o lado, Abdul entrou no escritório e agarrou Karim pela garganta, deixando-o sem ar. Karim balançava o braço, desesperado para se soltar, mas quanto mais se mexia, mais forte Abdul apertava sua garganta. Conforme os segundos passavam, Karim achou que ia desmaiar.

— Pare!

Sadiq Musalaha entrou no escritório e disse para Abdul:

— Eu mandei ficar de olho no meu filho, não estrangulá-lo. Espere lá fora.

Quando Abdul saiu, Sadiq Musalaha levou Karim para o sofá dourado desbotado que ficava do outro lado da sala.

— Precisamos conversar. — Sadiq fez um gesto para o filho se sentar. Karim olhou pela janela atrás do sofá e viu as ruas cheias de lojas da Velha Nablus. Nada naquela cidade lhe oferecia algum conforto, nem o cheiro de damasco e figo, ou mesmo as encostas verdes do Monte Gerizim. Fitou o pai, desejando estar em qualquer outro lugar, menos ali.

Quando Sadiq Musalaha falou, mal conseguia controlar sua raiva.

— Fugindo como você fugiu, colocou-se em grande perigo. Tem sorte por não estar em uma prisão israelense ou mesmo morto.

— Você sabe o que penso sobre servir na milícia, *Baba*.

— Então você prefere marchar em manifestações com uma mulher israelense? Você ficou louco?

Karim se inclinou para a frente, cotovelos apoiados nos joelhos.

— Loucura é a violência. Até que ela pare, ninguém nesta terra terá uma vida decente. Ninguém estará a salvo.

— E você acha que manifestações vão impedir isso? Já houve milhares delas, e não adiantaram de nada. Violência é a única língua que os israelenses compreendem. Nós a usaremos até expulsá-los da Palestina.

Karim balançou a cabeça, discordando.

— A verdadeira liberdade só virá quando palestinos e israelenses viverem lado a lado em países seguros e soberanos. Agora acredito ainda mais nisso, principalmente depois do que aconteceu com Saed.

— Quer dizer, depois que Saed se tornou um mártir sagrado?

— Saed matou e feriu pessoas inocentes, e a morte dele não mudou nada.

Sadiq Musalaha abriu a mão e atingiu Karim no peito.

— Não fale de Saed sem lhe creditar as honras que ele merece!

Karim recuou e olhou nos olhos do pai.

— Nunca vou compreender a honra em matar e ferir pessoas inocentes.

Antes de se levantar, Sadiq Musalaha pressionou os lábios, assumiu uma postura estranha e examinou Karim.

— Nosso *objetivo* é honrado, só isso importa. Precisamos usar todos os meios necessários para manter nosso povo seguro. — Ele levantou o dedo indicador. — Só existe uma forma de consertar as coisas. Você deve se devotar ao trabalho na APP. — Sadiq Musalaha andou até a porta, parou e, sem virar, disse: — Você não tem escolha, servirá na milícia. Essa é uma decisão minha.

Depois de ouvir a porta do escritório fechar e trancar, Karim foi para a janela e olhou para fora. Sua única esperança era escalar até embaixo e desaparecer no labirinto das vielas da Antiga Nablus. Mas havia areia entre a estrutura e o batente, deixando a janela emperrada. Espalmando as mãos na janela, Karim empurrou-a para cima e conseguiu abrir um pouco de espaço embaixo. Deslizou os dedos por baixo da abertura e, com a outra mão, empurrou para cima. Quando a janela abriu, fez um barulho alto.

Karim escutou passos, então a porta abriu e ele subiu no peitoril da janela, pronto para pular. Antes que pudesse agir, Abdul gritou:

— Pare! — E correu na direção dele, agarrando-o pelo braço e puxando-o para dentro. Abdul jogou-o no chão e ficou de pé ao seu lado. — Devo mantê-lo aqui até que concorde em obedecer às ordens do seu pai.

Karim levantou-se e fitou-o nos olhos.

— Nunca! Você, mais do que todo mundo, deveria entender. Você era como um tio para mim.

— O passado não serve para nada. A APP é a nossa família agora.

Karim franziu a testa.

— As refeições em família, os jogos nas ruas, as orações na mesquita, nada disso tem significado para você? Você mudou muito.

— Não mais do que você. — Abdul o sacudiu. — Até Saed morrer, você era um patriota. Agora, organiza protestos com judeus.

— Pelo menos *eu* ainda tenho coração. Quando eu era menino, você me trazia balas e figos. Você ria e brincava comigo, me dava presentes no meu aniversário. Agora você está duro e amargo.

— Pelo menos *eu* me importo com meu povo, como seu pai e Saed.

Karim foi até o sofá e, então, virou-se para encará-lo.

— Eu também me importo com o nosso povo, com a liberdade, mas nunca conseguiremos isso com a violência. Existe outro caminho que nos leva à paz.

— Do que você está falando?

Karim fez uma pausa, se preparando para falar as palavras que esperava que conseguissem conquistar o coração de Abdul.

— Quando eu fugi, encontrei um manuscrito antigo em Qumran. Nele, existe uma carta escrita por Jesus de Nazaré.

Abdul zombou.

— Isso é impossível.

— Eu também achava, mas quanto mais estudo a carta, mais tenho certeza de que ela é real. Jesus escreveu para Maria Madalena sobre como encontrar a harmonia que cria a paz no mundo. Preciso voltar para Belém... para pesquisar se a carta é verdadeira. — Karim estendeu uma das mãos. — Por favor, Abdul. Você me conhece desde que eu era um menino. Se ainda tem algum sentimento por mim em seu coração, deixe-me ir. Por favor.

Abdul ignorou a mão de Karim.

— Por que eu deveria ajudá-lo?

— Porque os segredos do Galileu me ensinaram uma coisa.

— Que supostos segredos são esses?

Karim respirou fundo antes de responder.

— Existem muitos deles, todos relacionados ao caminho espiritual do amor. Sei que é difícil acreditar, mas esse caminho é a única forma de encontrarmos a paz interior e a paz no mundo.

Abdul riu, desdenhando.

— Nunca ouvi nada mais ridículo.

Karim deu de ombros.

— Para você, os segredos podem parecer ridículos, mas eles são a chave para a liberdade e para a felicidade.

Abdul passou por Karim e foi se sentar na poltrona em frente ao sofá.

— O que você sabe sobre liberdade e felicidade?

Karim sentou-se e examinou-o.

— Quando Saed matou aquelas pessoas, todos celebraram, mas eu me senti enojado. Achei que talvez houvesse algo de errado comigo. Eu devia estar feliz, mas não estava. Mas não melhoramos nada depois disso. Enterramos um atrás do outro; assim como os israelenses. Estou cansado de lágrimas e funerais, você não está?

Abdul parecia ofendido, mas Karim pressionou.

— Violência gera mais violência. Não deu certo e nunca nos garantirá a nossa própria terra palestina. Mas não tentamos amar nossos inimigos e nos reconciliar com eles, como a carta aconselha. Até o Corão diz "É possível que Deus restabeleça a cordialidade entre vós e os vossos inimigos, porque Deus é Poderoso, e porque Deus é Indulgente, Misericordiosíssimo."

Abdul ficou em silêncio, mas Karim viu que sua expressão estava ficando mais suave e seus olhos estavam úmidos. Karim pensou em todos os amigos e parentes que ambos tinham perdido e se perguntou se o nome da sobrinha de Abdul, Hakim Fattah, veio à mente dele. Que forma trágica e insensata para uma menina de 7 anos morrer: no meio do fogo cruzado entre soldados israelenses e militantes da APP em Nablus.

Com o tom de voz mais baixo agora, Karim disse:

— Quero voltar ao mosteiro em Belém para continuar meu trabalho e descobrir a verdade sobre a carta.

Abdul enxugou os olhos.

— Se eu deixar que vá, seu pai vai me rebaixar.

— Ele precisa muito da sua ajuda. — Karim colocou a mão no braço de Abdul e o fitou nos olhos. Então foi para a porta. — É por isso que a violência é tão opressiva. Ela cria camadas de estupidez que prendem as pessoas na armadilha da solidão e da alienação. Eu estou cansado de ficar isolado e sozinho. — Karim continuava andando enquanto Abdul o seguia. — Esta é a sua chance de voltar a sentir compaixão. Esta é a sua chance de mudar as coisas para melhor, de fazer o que é certo.

Lágrimas escorriam pelos cantos dos olhos de Abdul. Ele parecia indeciso.

— Por que eu deveria?

— Porque você me ama — disse Karim com a voz trêmula.

Abdul pareceu surpreso. Mordeu o lábio e balançou a cabeça como se tentando expulsar a ideia, mas não conseguia. Finalmente, ele acenou com a mão e disse:

— Siga-me. Só conheço uma forma de fugir, e é por um túnel embaixo da casa. Seu pai o construiu para o caso de um ataque israelense.

Karim abriu a porta.

— Obrigado, Abdul. Nunca vou me esquecer disso.

Abdul aquiesceu e o abraçou. Quando eles saíram do escritório, o homem o guiou pelas escadas dos fundos e mostrou-lhe o caminho para o túnel. Mesmo não tendo mais Rachel, Karim voltaria ao mosteiro e ajudaria irmão Gregory a descobrir a verdade, aonde quer que ela os levasse.

ERA ROMANA

CAPÍTULO 40

Judas Iscariotes se preparou para o que temia ser um interrogatório. Dentro das portas abertas do pretório, viu um pensativo Pôncio Pilatos. Enquanto Judas atravessava rapidamente o pátio chamado *Gabbatha* em hebraico e aramaico, imagens de Maria Madalena nua distraíam seus pensamentos. Ela estava dançando em volta da cama dele, aproximando-se para acariciá-lo, depois rodeando-o com um brilho no olhar que dizia "venha aqui". Quando ele se levantava para encontrá-la, outra imagem interrompeu: a lembrança dela ungindo e beijando Jesus. A cena latejava em sua cabeça, mais vívida a cada passo em direção às pedras retangulares polidas. A raiva o cegou, seu sangue parecia enxofre fervilhando. *Você a merecia, Judas. Mas ela só estava brincando com você. Seduzindo-o como uma prostituta barata. O tempo todo ela amava Jesus. Agora, ambos devem sofrer.*

Pilatos oferecia esperanças para sua vingança. O coração de Judas acelerou. Precisava convencê-lo de que Jesus, e não Barrabás, incitara o motim no Templo. Nenhum governador romano podia permitir que um rabino popular se autodenominasse o Messias e liderasse uma revolta. Isso era traição! Um nó se formou no estômago de Judas. Se fosse bem-sucedido em sua missão, Pilatos libertaria Barrabás e mandaria seus guardas prenderem, açoitarem e crucificarem Jesus. Isso faria Maria Madalena sofrer muito e Judas conseguiria sua doce vingança.

Mas era isso o que ele queria? Ou ainda ansiava pelo amor de Maria Madalena? Ela permitira que ele experimentasse o amor dela como se fosse um bom vinho e depois afastou o cálice e o deixou querendo mais. Desejava nunca ter se sentido atraído por ela, mas agora tinha a sensação de que não conseguiria viver sem ela. Ainda assim, por mais que quisesse fazê-la sofrer, casaria com ela se tivesse chance.

Mas essa chance não existia mais.

Ela e Jesus tinham esmagado seu coração e o deixado sangrando.

Eles deveriam enfrentar as consequências.

O rosto de Judas estava pegando fogo quando Lucius Sulla, o musculoso guarda pessoal de Pilatos, o levou até o pretório. Olhou os enormes pilares — o teto em forma de domo, as paredes de mármore rosa-alaranjado — ao acompanhar Lucius, com sua postura digna. Um soldado tão respeitado não levantaria suspeitas sobre a propina de 30 denários que aceitara para conseguir a audiência. Lucius se aproximou de Pilatos e disse:

— Apresento Judas Iscariotes, Sua Excelência. Ele tem informações sobre o rabino que vem criando hostilidades pela cidade, Jesus de Nazaré.

A visão de Pôncio Pilatos enojava Judas. O governador de maxilar firme trouxera estandartes de adoração para dentro de Jerusalém e moedas cunhadas que celebravam o culto ao imperador. Até roubara os tesouros do Templo para construir um aqueduto e ainda massacrara muitos judeus que protestaram. Judas considerava Pilatos um homem arrogante e traiçoeiro. Um homem que usara de meios selvagens para solidificar seu poder, e cuja crueldade com os judeus causara problemas com o imperador Tibério César.

Agora Judas precisava dele.

Sentado em uma cadeira com espaldar alto de cedro talhado, Pilatos endireitou os ombros largos e fixou o olhar em Judas.

— Como conhece o nazareno?

Judas admirou o elegante manto branco com detalhes em vermelho de Pilatos. Fez uma reverência e decidiu que seria melhor mentir sobre seu passado zelote.

— Um amigo me apresentou, Sua Excelência.

— Então você é amigo do nazareno?

— Não, Honorável Prefeito, mas o encontrei em diversas ocasiões e o escutei pregando. — Judas fixou o olhar no de Pilatos e falou com confiança. — Vim aqui porque acredito que devo fazer o que é certo. Temo pela segurança de Jerusalém.

Pilatos inclinou o corpo pesado para a frente para questionar Judas.

— O que faz com que se preocupe tanto?

— Jesus diz que é o Messias e muitos acreditam nele. Ele entrou em Jerusalém em cima de um jumento e foi aclamado como rei, o herdeiro do trono de Davi.

Pilatos se virou para Lucius.

— Se isso é verdade, esse nazareno poderia incitar uma revolta que seria pior do que o motim no Templo.

Antes que Lucius pudesse responder, Judas disse:

— Jesus começou o motim, que irrompeu quando ele tentou expulsar os cambistas. — Uma expressão chocada apareceu no rosto gordo de Pilatos enquanto Judas continuava. — Seus soldados prenderam Barrabás e alguns outros, mas Jesus e seus amigos escaparam. Agora estão planejando o próximo ataque à Fortaleza Antônia, na Páscoa.

Pilatos se levantou e fez um gesto furioso para Lucius.

— Por que não fui informado sobre esses perigos? Não existem homens investigando conspirações de traição?

Judas percebeu que a cor sumira do rosto redondo e manchado de Lucius. O guarda disse:

— Tenho lhe passado todas as informações sobre as atividades do nazareno, como mandou, Sua Excelência. Sabemos que ele tem muitos seguidores, mas esta é a primeira vez que escuto falar de uma revolta.

Pilatos começou a andar de um lado para o outro.

— Devemos prender o nazareno imediatamente. Ele será um exemplo, assim como outros galileus rebeldes e assim como Quintílio Varo fez com Judas de Gamala.

Lucius levantou a mão.

— Com todo o respeito, senhor, devemos tratar esse rabino de uma forma diferente. Se o crucificar sem o apoio dos judeus, os amigos dele podem se revoltar.

Quando Judas escutou a palavra *crucificar*, a culpa tomou conta de sua mente. Queria Jesus morto, mas não tinha pensado no horror de uma crucificação. Jesus tinha sido seu amigo e não o ferira intencionalmente. Queria realmente que ele fosse crucificado? Sentiu uma repentina vontade de fugir do pretório. Então, lembrou-se da nudez de Maria Madalena... e em como ele a desejava. Como ele a *merecia*. O desejo que sentira nos braços dela em Cesárea Filipe voltou naquele momento: o cheiro doce, o brilho nos olhos profundos, a força da reação dele. Mas ela nunca seria sua. Por causa de Jesus.

Judas sentiu o cheiro da colônia de limão de Pilatos. A tentação de fugir passou conforme Lucius continuava:

— Devemos agir com cautela, meu governador. Primeiro, desacreditar Jesus na frente do seu povo, *depois* crucificá-lo. — Lucius fez uma pausa, sua expressão se tornando sombria. — Com o apoio de Caifás, podemos nos livrar do nazareno e manter a paz, como o imperador exige. — Lucius baixou o tom de voz para quase um sussurro. — Pense no que está em jogo, senhor. Se contrariar os judeus, como no passado, e eles se rebelarem, pode perder seu cargo. Aconselho que deixe Caifás tomar a iniciativa. Pode até ser bom para sua imagem pública parecer indeciso nessa questão, para que Caifás e o Sinédrio sejam os culpados pela crucificação do popular rabino.

Os pensamentos de Judas mudaram de um cenário para outro. Concordava com Lucius. Os discípulos de Jesus e a multidão que o recebera tão bem em Jerusalém o seguiam com fervor. Ao cobrir o chão com folhas de palmeiras — um símbolo dos zelotes —, tinham feito uma declaração política. Se canalizassem esse fervor para a violência, poderiam começar a maior insurreição já vista.

Judas sentiu a alegria renascer no peito. A mistura de religião e política estava criando uma armadilha para Jesus. Pilatos tinha os próprios motivos para querer Jesus morto, mas para conseguir aquilo, precisava do Sinédrio. Judas viu aonde o argumento de Lucius queria chegar. Pilatos teria de fazer um pacto com Caifás. Apenas se o Sumo Sacerdote levantasse acusações religiosas contra Jesus, Pilatos poderia crucificá-lo sem incitar uma revolta. Como Caifás estava se sentindo ultrajado desde a purificação do Templo comandada por Jesus e por esse se dizer o Messias, o Sumo Sacerdote certamente estaria disposto a cooperar.

Mas Pilatos precisaria de alguém para fazer essa ligação. E Judas sorriu para si mesmo ao perceber que era o homem certo para a tarefa. Prendeu a respiração e esperou a resposta do governador. Após um momento de reflexão, Pilatos disse:

— Entendo o que quer dizer, Lucius. Mas como conseguiremos falar com Caifás? Ele não se encontrará com um gentio durante a Páscoa. Preciso de alguém para conquistar o apoio do Sinédrio para o meu plano de crucificar o nazareno.

Judas se adiantou. Era sua chance.

— Eu falo bem e sou um judeu que conhece Jesus. — Judas respirou fundo e mediu as palavras, determinado a não levantar suspeitas ao parecer ansioso demais. — Procurar Caifás, em seu nome, é uma tarefa perigosa, Sábio Prefeito, mas estou disposto a assumi-la para alcançarmos a paz.

Pilatos fitou Judas e, então, se virou para Lucius.

— Podemos confiar nesse homem?

Lucius colocou uma das mãos sobre o ombro de Judas.

— Ele se arriscou ao vir aqui. Isso mostra bem o seu caráter. Com a Páscoa amanhã, não nos resta nada a não ser agir.

— Certo — disse Pilatos para Judas. — Vá a Caifás e informe minhas intenções. Se ele concordar em fazer as acusações contra Jesus, diga a ele para mandar a polícia do Templo até mim. Darei apoio a eles com soldados armados e você poderá levá-los para fazer a prisão. — Pilatos sorriu friamente. — O Sumo Sacerdote provavelmente vai adorar essa chance de se livrar do nazareno.

Judas não podia acreditar na sua sorte. Seus sonhos mais loucos tinham sido superados. Os cabelos da nuca estavam arrepiados de animação. O plano era engenhoso. Usando o Sinédrio para jogar os judeus contra Jesus, Pilatos poderia crucificá-lo sem levar a culpa. A questão toda seria interpretada como um assunto de judeus. A cidade continuaria em paz e o comando de Pilatos não seria ameaçado.

Judas fez uma reverência.

— Obrigado pela confiança depositada em mim, Sua Excelência. Prometo nunca traí-la.

Ao se virar para sair, Judas imaginou-se diante de Caifás e Anás. Eles ficariam gratos por sua coragem em procurá-los. Talvez até lhe pagassem. Só precisava alimentar as chamas da desconfiança deles em Jesus e assegurar o apoio de Pilatos. Sua cabeça rodava com todas as possibilidades. Depois que Jesus fosse desacreditado e crucificado, os judeus procurariam um novo Messias. Quem melhor para preencher essa vaga do que um homem corajoso o suficiente para expor aquele que se fingia de Messias? Com a ascensão de Judas ao poder, Maria Madalena finalmente seria dele.

CAPÍTULO 41

Judite não conseguia dormir na cela da prisão de Pilatos na Fortaleza Antônia, que além de cheia era úmida, fria e cheirava a urina. A fraca luz do sol da tarde já tinha desaparecido havia muito tempo, deixando o lugar na escuridão. Sentou-se perto da porta fechada, seus pés e suas mãos acorrentados, tentando ver os companheiros de cela, que estavam dormindo. Havia mais de uma dúzia de prisioneiros ali, algumas mulheres descabeladas e vários homens com olhos fundos. Com tantas prisões durante a Páscoa, os guardas tiveram de colocar homens e mulheres juntos.

Alguns homens provocaram-na assim que chegara. Já enjoada por causa da gravidez, tinha ânsia de vômito só de pensar na luxúria dos homens, e o odor de fezes só piorava as coisas. Estava tranquila porque os crimes dos homens, assim como o seu, não envolviam violência. Assassinos e rebeldes ocupavam outra cela no corredor; ela podia escutá-los amaldiçoando a própria sorte e reclamando com os guardas. As duas grandes celas tinham grossas barras de ferro e estavam completamente cheias, o que tornava as tentativas de fuga inúteis e infligia sofrimento a qualquer um preso ali.

Judite temia que os romanos a chicoteassem de manhã, embora duvidasse que qualquer dor pudesse superar o tormento de sua culpa e vergonha. Decepcionara todos que confiavam nela. Cada um deles esperara que fosse corajosa e leal, como irmã, filha, noiva ou amiga. Em vez disso, fora covarde e egoísta, uma mulher vã e fraca cuja traição finalmente conseguira alcançá-la.

Pior de tudo, decepcionara a si mesma. Poderia ter se casado com Gabriel, um comerciante bem-sucedido, e administrado uma casa respeitável enquanto criava uma boa família, em vez de escolher Dimas e uma vida infame e fora da lei. Como podia ter sido tão tola? A carta revelava o porquê e Maria Madalena explicara ainda mais: o que Judite acreditava ser amor era uma dependência perigosa. Uma dependência que a deixara grávida.

Agora era tarde demais. Se tivesse lido a carta meses antes, talvez tivesse se casado com Gabriel. Então, estaria carregando um filho *dele*, não de Dimas, e a criança teria um futuro. Agora o único futuro que esperava uma mãe solteira e seu filho era a pobreza e a vergonha. Sentindo-se como se sua alma tivesse sido jogada despenhadeiro abaixo, direto no Mar Morto, Judite começou a chorar, o corpo inteiro tremendo. Ninguém saberia que estava ali se Maria Madalena não tivesse contado ao seu pai. Ele a encontraria? E se a encontrasse, ele a repudiaria quando soubesse da gravidez?

Naquele momento, escutou um soldado mexendo em chaves e logo ele e mais um guarda trouxeram um novo prisioneiro acorrentado. O ranger da porta acordou alguns dos companheiros de cela, que voltaram a dormir assim que os guardas saíram. As tochas do lado de fora da cela contornavam o corpo do novo prisioneiro. Ele era alto, tinha os ombros largos, mas o maxilar tenso e as rugas em volta dos olhos mostravam uma maturidade superior à idade. Ele permaneceu totalmente imóvel, como se estivesse rezando em silêncio, então virou-se para Judite e perguntou:

— Por que estás chorando, minha filha?

A pergunta a surpreendeu. Parecia tão pessoal para vir de um estranho, mas o tom de voz suave dele a deixou desarmada.

— Nunca estive em uma prisão antes — disse. — Não sei o que será de mim.

— Minha filha, se soubesses quem te fala, não chorarias, mas se alegrarias.

O homem pareceu tão sério que Judite ficou ofegante.

— O que faz um homem ser preso tão tarde da noite?

— Meu único crime é falar a verdade — respondeu o homem, sentando-se. — Mas os líderes do Templo preferem se agarrar às suas ilusões e manter o seu poder a ouvir.

Ela ficou surpresa ao escutar palavras tão sábias de um criminoso insignificante. Cada vez mais curiosa sobre esse homem, ela disse:

— Estou aqui porque fui verdadeira *demais*.

O homem falou baixinho, mas com autoridade:

— A verdade te libertará. Deve haver mais motivos para estares aqui.

Judite hesitou, com a respiração suspensa; não sabia bem o que dizer. A compaixão na voz do estranho finalmente a convenceu a contar sua história.

— Roubei um fariseu. Achei que tivesse joias, mas em vez disso roubei uma caixa que continha uma carta. Eu a li e aprendi sobre um amor que...

O homem levantou a mão, interrompendo-a.

— Eu escrevi a carta — disse, simplesmente. Ela se afastou, descrente.

— Sou Jesus, o rabino de Nazaré. Sei que estás sofrendo, mas se tu te lembrares, a carta descreve o caminho da cura.

Ela tentou falar, mas as palavras não saíam.

Ele continuou:

— Conheço o fardo que carregas. Muitas mulheres me contaram como sofreram nas mãos dos homens. Conheço uma mulher que foi pega em adultério. Ajudei uma mulher na Samaria a se curar das dores de um divórcio e do amor. Quando uma prostituta me ungiu na casa de Simão, o fariseu, eu a estimulei ao invés de condená-la. Homens abusaram dessas mulheres, elas se sentiam sujas e viviam em prisões interiores de tormento, pior do que esta de Pilatos. Assim como na carta, disse a elas que vim para trazer o amor de Deus ao mundo. Quando elas receberam esse amor, começaram a se amar e encontraram um recomeço. O que disse para elas, repito para ti: "Vinde a mim todos que estais cansados e sobrecarregados, e eu os aliviarei."

O coração de Judite batia com tanta força que ela mal conseguia respirar. Que reviravolta extraordinária do destino. Humilhada por estar na prisão, agora via a angustiante provação sob um novo prisma.

— O que o senhor prometeu àquelas mulheres — disse ela —, senti quando li a carta. Era como se estivesse falando para mim. Senti o amor de Deus em suas palavras e soube que queria segui-lo. Devolvi a carta para Nicodemos e ele me apresentou a Maria Madalena. Ela me explicou seus ensinamentos, mas ainda tenho muitas dúvidas.

Jesus se recostou na parede de pedra, as correntes batendo no chão.

— Maria Madalena é muito especial para mim. Ela mudará o mundo porque ela mesma experimentou uma grande mudança dentro de si.

Judite levantou o braço e enxugou o suor da testa. Cada vez que as correntes dele tilintavam, ela se lembrava de como se sentira sozinha naquele lugar úmido e fétido.

— Maria Madalena me contou que o senhor a curou, mas não tenho cura, pequei contra meu noivo e agora carrego o filho do irmão dele em meu ventre. Que esperança posso ter?

Jesus fez um gesto de bênção.

— Teus pecados estão perdoados, minha filha.

Ela o fitou, os braços e as pernas leves. Sua carga tão pesada tinha finalmente acabado e seu coração se sentiu feliz.

— Mas não mereço ser perdoada.

Jesus manteve a mão elevada sobre a cabeça dela.

— Deus é como um bom pastor que deixa 99 ovelhas do rebanho para procurar uma única que se perdeu. Tu te perdeste na escuridão da tua paixão, mas Deus ainda te ama, assim como ama a criança em teu ventre. — Ele a abençoou de novo e abaixou a mão. — Minha própria mãe enfrentou o que tu enfrentarás. Confia em mim e te ajudarei a superar.

Judite assentiu em silêncio. A cela, antes ameaçadora, agora parecia segura e menos opressiva, e ela ansiava por escutar mais.

— A carta fala de um novo futuro. Como posso encontrá-lo?

Ele se aproximou. As sombras formadas pela luz das tochas do lado de fora dançavam no rosto dele.

— Na carta, escrevi sobre um jovem que exigiu sua herança do pai e a esbanjou em um país distante. Ele acabou voltando para casa e, ao invés de ser punido, o pai o abraçou e ofereceu uma festa em sua homenagem. Lembras dessa história?

— Lembro sim.

— Bem, tem mais, e o que aconteceu depois está relacionado a tua cura. O irmão mais velho estava trabalhando no campo quando a festa começou. Ele escutou a música e a dança e ficou furioso. Quando o pai tinha oferecido uma festa para *ele*? Ele merecia mais do que o irmão esbanjador! Parecia que o pai estava demonstrando favoritismo, então se recusou a comemorar. Você acha que ele estava certo?

Judite não precisou de tempo para refletir.

— Claro. Como ele poderia participar de tal injustiça?

Jesus falou devagar, dando ênfase a cada palavra.

— Tua resposta mostra que te importas mais com a justiça do que com a cura. Deus te perdoa, Judite, mas tu precisas aprender a aceitar o Seu perdão, a baixar tua guarda e aceitar *verdadeiramente* o perdão. Estás se agarrando à tua culpa e vergonha para se apoderares do passado, que não pode ser modificado. Existe uma voz dentro de ti dizendo: "Tu precisas ser castigada pelo que fizeste com Gabriel. Precisas pagar por tua gravidez indesejada. Tu não és digna de perdão." É a voz do irmão mais velho e tu deves escutar com mais força a voz de Deus perdoando-te, e não a voz que te condena. Só então serás curada, porque só então tu perdoarás a *ti mesma*.

Essas palavras fizeram a escuridão da prisão brilhar. Judite teve a impressão de que as barras pareciam menos fortes, as paredes menos grossas e que o ar fétido não mais a enjoava. Deus ainda a amava e nada podia mudar isso, nem seus piores pecados. *Precisava* aceitar o amor de Deus e perdoar a si mesma. Não fazer isso seria ingratidão de sua parte, até mesmo arrogância.

— Isso é tudo que o senhor espera de mim? — perguntou.

Ele balançou a cabeça.

— Não, isso é só o começo. Deves continuar procurando se queres encontrar; deves continuar batendo na porta se queres que ela seja aberta. Vim para que tenhas vida abundante, mas deves desejar essa vida todos os dias, em todos os momentos.

Ela franziu a testa, o estômago revirando por causa da decepção.

— Tenho buscado por tanto tempo e olhe onde isso me trouxe. Só quero encontrar... encontrar segurança... encontrar paz e esperança para o futuro.

Jesus manteve a voz séria e firme:

— A busca da qual falo é a única que satisfará o desejo de seu coração. Deves *primeiro* procurar a vida eterna do Reino de Deus. O Reino é uma pérola muito valiosa, um tesouro tão estimado que uma pessoa poderia vender tudo que tem para consegui-lo. Se fizeres do Reino sua maior prioridade, todas as coisas boas virão a ti. Mas entrar no Reino é difícil, pois grande é o portão e fácil é a estrada que levam à destruição; mas estreito é o portão e difícil é a estrada que levam à vida eterna e somente poucos a encontram.

Ela estava tremendo de ansiedade.

— O que preciso fazer para merecer a vida eterna?

— Tornar-te minha discípula e te entregares completamente a Deus.

— Já fiz isso. Aconteceu em meu coração enquanto lia a carta e escutei tua voz falando comigo.

Jesus a fitou através da luz cinza.

350

— Acreditar em mim é o começo; também deves buscar o Reino de Deus em todas as áreas de tua vida. Se confiares em mim com todo teu coração, serás capaz de mover montanhas.

Judite estendeu a mão para tocá-lo e quando ele pegou suas mãos algemadas, ela disse:

— Na carta, você descreve a vinda do Reino de Deus à terra. Quando isso acontecerá, e como?

O tom de voz dele se tornou sombrio, com uma leve luz das tochas brincando em seus olhos.

— Acontecerá quando eu voltar à terra no futuro. Apenas Deus sabe o dia e a hora. Até lá, enquanto os homens e as mulheres forem alheios uns aos outros, a terra viverá em conflito. Para fazer a paz, eles precisam descobrir a plenitude da imagem de Deus dentro deles mesmos. Estou preparando um banquete de celebração de casamento para o feminino e o masculino interiores. Quando encontrarmos essa união, encontraremos a alma do amor. Ajudei Maria Madalena a encontrá-la e ela é testemunha do poder do meu evangelho. O perdido pode ser achado; o quebrado pode ser consertado; o doente pode ser curado. Isso não acontece através do esforço humano, mas quando vós aceitares o dom do amor que voz ofereço.

Ela sorriu e segurou mais forte na mão dele.

— O que seu Reino quer de mim?

— Tu deves viver as verdades que estão na carta. Está chegando o dia em que os ricos compartilharão com os pobres, os famintos serão satisfeitos e os oprimidos, libertados. O mundo não será conquistado pela força, mas pelo maior dos amores. Deves seguir adiante e pregar as boas-novas.

Judite estava tremendo.

— Como posso fazer isso? Estou grávida e não tenho onde morar.

Jesus deu um passo atrás, abençoou-a de novo e disse:

— Se os romanos me crucificarem amanhã, não te esqueças desta conversa. Confia em mim e te ajudarei a compartilhar os ensinamentos da carta com o mundo inteiro. Rezo para que Gabriel te perdoe e que tu e ele tenham outra chance de se amar.

Depois que ele acabou de falar, Judite viu os olhos dele se fecharem para descansar um pouco, o peito subindo e descendo com a cadência lenta e constante da respiração. Ele recostou as costas e a cabeça na parede, ereto e totalmente imóvel, como se ancorado naquele lugar mas concentrado em algum objetivo distante e invisível. Parecia tão tranquilo, tão recolhido em si mesmo que ela se acalmou em sua presença e também dormiu.

O tranquilo descanso acabou com o primeiro raio de luz no amanhecer. Judite escutou o tilintar das chaves dos guardas; a porta foi aberta. Antes de sair, ele se virou para ela e disse:

— Eu sempre te amarei.

Quando ele se foi, ela refletiu sobre a forma como ele a ajudara buscar seu Reino e a tentar um recomeço com Gabriel. Prometeu a si mesma que faria as duas coisas se conseguisse a sua liberdade.

Com o amanhecer, a fraca luz atravessou as pequenas janelas gradeadas da cela no fim do corredor, projetando suaves sombras sobre os prisioneiros apinhados. Dimas estava acorrentado sozinho; Barrabás, Gestas e os outros 14 zelotes presos foram acorrentados em duplas. *Esta é a nossa última chance de fugir,* pensou, preparando-se para atacar os guardas quando eles viessem trazer o café da manhã.

— Os guardas vão chegar a qualquer momento — sussurrou, nauseado pelo fedor de urina e suor. — Ou fugimos ou morremos. — Os olhos estavam pesados da noite insone, o corpo ainda doía depois da surra que levara no Templo.

— Preparem-se para a batalha de suas vidas e que Deus esteja conosco.

Dimas mal conseguia ver, mas reconheceu a voz de Barrabás. A confiança na voz do líder fez com que se lembrasse de seu físico de gladiador, rosto corado e barba cerrada. A imagem acalmou Dimas. *Barrabás é capaz de fugir até de uma prisão romana.*

— Você deveria ter me escutado, Dimas! — Gestas estava respondendo a algum diálogo interior: uma discussão com Dimas que ele continuava repassando em sua mente. As palavras eram como facadas em Dimas. As feições carnudas de Gestas estavam inflamadas. Como se não conseguisse parar, ele continuou: — Eu disse que haveria soldados vigiando o Templo, na Páscoa. Este ano havia ainda mais deles por causa do rabino de Nazaré. Os romanos acham que ele é um dos nossos. A fama dele e sua estupidez nos trouxeram para cá!

Dimas franziu a testa mas não falou nada. Escutar a menção que Gestas fez a Jesus de Nazaré causou um arrepio nele. Talvez a carta dele estivesse certa. Talvez luxúria, cobiça e violência destruíssem a alma e Jesus realmente oferecesse liberdade *interior*. Só agora Dimas percebia que queria a mesma coisa que Judite: alívio da culpa e da vergonha por ter traído Gabriel. *Sairei daqui e começarei uma nova vida*, disse para si mesmo. *Irei deixar os zelotes, implorar o perdão de Gabriel e reconquistar Judite. Temos de fugir!*

Escutou passos. Dois soldados usando escudos e capacetes com uma pluma vermelha apareceram.

— Barrabás! Vimos atrás de Barrabás!

Dimas os encarou, pronto para lutar. Quando eles entraram e estavam a um braço de distância, Barrabás gritou:

— Agora!

Barrabás e Gestas mergulharam nas pernas do soldado que estava mais perto. Dimas pegou o outro guarda e começou a enforcá-lo, enquanto o outro romano gritava pedindo ajuda. Pegos desprevenidos, os soldados cambalearam e tombaram para trás, enquanto os zelotes caíam em cima deles. Dimas pegou as chaves, mas quando foi soltar Barrabás e Gestas, os reforços chegaram. Usando lanças, uma dúzia de soldados empurrou os prisioneiros contra a parede. Dois deles arrancaram as chaves de Dimas, enquanto outro encostava a espada na garganta de Barrabás.

— Você realmente achou que conseguiria fugir de uma prisão romana? — O soldado alto riu com desdém. — Se Pilatos não o quisesse vivo, eu mesmo o mataria. — Tirou um filete de sangue do braço de Barrabás e virou-se para Dimas e Gestas. — Vocês dois vão morrer logo.

O soldado abriu as correntes de Barrabás.

— Hoje é o seu dia de sorte. O povo prefere que o rabino de Nazaré seja crucificado em vez de você. — Ele se virou para Dimas e Gestas: — Só os deuses podem salvar vocês dois. — O soldado riu e tirou Barrabás da prisão.

Judite escutou passos pesados e corpos se colidindo na cela, no fim do corredor. Homens gritavam e ela reconheceu duas vozes: as de Dimas e de Gestas! Puxou em vão as correntes quando se deu conta do que estava acontecendo. Dimas, Gestas e Barrabás tentaram fugir; agora Barrabás estava sendo solto e Jesus, Dimas e Gestas seriam crucificados. *Oh, Deus, oh, Deus, oh, Deus,* pensou. *Como isso pode estar acontecendo? Não permita que os romanos façam isso. Por favor, me ajude, Senhor!*

Nunca se sentira tão sozinha, mas apesar do medo e da raiva que sentia, a serenidade que experimentara na presença de Jesus não se afastava mais dela. Rezou e permaneceu quieta até que, algum tempo depois, escutou os guardas se aproximando. Quando eles abriram a porta, ficou boquiaberta, incrédula.

Lá estavam seu pai e Gabriel.

Eles entraram e abraçaram-na.

— Fomos até Pilatos e dissemos quem você era — disse o pai. — Ele exigiu uma propina alta, mas concordou em soltá-la.

Depois que os guardas a soltaram, ela, enxugando suas lágrimas, fitou Gabriel.

— Sinto muito pelo que lhe fiz. Foi uma crueldade. Será que algum dia poderá me perdoar?

Gabriel, com angústia brilhando nos olhos marejados de lágrimas, disse:

— Só com a ajuda de Deus.

Enquanto saíam da prisão, Judite esfregava os pulsos e tornozelos. As ruas estavam apinhadas de pessoas que deixaram a cidade.

— O que está acontecendo? — perguntou Gabriel ao primeiro homem que passou.

— Pilatos condenou Jesus de Nazaré à cruz e ele será crucificado em Gólgota — respondeu o homem velho e magro sem fazer rodeios.

Embora Judite já esperasse por isso, escutar fez com que sentisse um arrepio subir pela sua espinha. Puxou Gabriel pelas ruas.

— Jesus passou a noite na mesma cela que eu. Dimas será crucificado junto com ele. Precisamos ir para ficarmos com eles.

Gabriel pegou a mão dela e os dois se juntaram à procissão que seguia para Gólgota. O pai dela tentou impedi-los, mas ela se soltou e disse:

— Eu não conseguiria viver comigo mesma se não fosse.

Natan franziu a testa, mostrando sua desaprovação, e foi na direção de casa. Mesmo exausta, Judite seguiu em frente.

Apesar da resistência, os soldados arrastaram Dimas para fora da cela, seguido por Gestas, levando-os para o pátio. Ali, encontraram mais soldados, vários com chicotes nas mãos. Os soldados estavam soltando um homem alto, com ombros largos, do poste de açoitamento. Com aparência desengonçada, ele tinha cabelos compridos e olhos intensos e penetrantes. Dimas nunca vira um homem naquelas condições físicas, a pele pendurada em vários pontos das costas, os músculos e ossos expostos.

Apesar disso, o homem mantinha a cabeça firme, mostrando uma autoridade que nem a violência nem a dor conseguiam desafiar. Ele se recusava a desviar o olhar dos soldados, seu desafio silencioso parecendo estranhamente vitorioso.

Os joelhos de Dimas ficaram bambos. Os soldados colocaram-no de pé, amarraram-no em um poste e começaram a açoitá-lo. Fizeram o mesmo a Gestas. Dimas buscou coragem para resistir ao impacto das pontas de metal e de osso das tiras de couro, mas não conseguiu. O primeiro golpe lançou uma onda quente no seu cérebro enquanto o sol queimava suas costas. Implorou misericórdia, mas não a obteve. As chicotadas continuaram a atingir suas costas.

Depois disso, só se lembrou dos soldados forçando-o a pegar e carregar a cruz à qual seria pregado. Carregou-a sobre ombros ensanguentados, foi ridicularizado pela multidão que se juntava na rua e que também cuspia. Algumas pessoas gritavam palavras de solidariedade para o prisioneiro que fora açoitado antes dele. Cambaleando atrás desse homem, escutou seu nome.

Jesus.

CAPÍTULO 42

O campo coberto de capim atraía Judas Iscariotes como se fosse uma piscina cheia de água refrescante. Ele parou de correr e se abaixou, as mãos pousadas nos joelhos, pulmões pesados, suor saindo de cada poro do corpo. Tentava respirar entre os soluços. Como estava ofegante, os soluços pareciam ânsias de vômito. O brilho matinal zombava da escuridão que cobria seu coração. Ver Jesus ser condenado pelo Sinédrio e levado para Pilatos o enchera de culpa. Fugiu da cidade e, com uma corda na mão, chegou ao terreno rochoso chamado Vale de Hinom.

Através de olhos marejados de lágrimas, viu uma oliveira sólida a uns 10 metros. Agarrou a corda e cambaleou até a árvore. O galho mais baixo ficava a uns 3 metros do chão. Usou os grandes nós do tronco para levantar o corpo e subiu. Enquanto amarrava a corda no galho e fazia um laço na outra extremidade, uma lembrança se formou em sua mente.

Estava conhecendo Jesus, na Planície de Genisaré, observando-o abençoar as cestas de pães e peixes e passando-as para os amigos. Magro e um pouco desengonçado, Jesus portava-se com uma serenidade e uma segurança que inspiravam confiança nos outros. Chamava cada homem e mulher pelo nome e garantiu que todos, incluindo Judas, tivessem o que comer. Mas Judas mal viu Jesus. Seus olhos estavam fixos nos insondáveis olhos escuros de Maria Madalena, nos cabelos sedosos e no mistério por trás do sorriso sensual.

Logo depois de ser rejeitado por Judite, o coração de Judas desejou Maria. Quando os olhos de Jesus encontraram os seus, Judas ficou constrangido por seus pensamentos lascivos. Mas esses pensamentos nunca deixaram sua mente. Como gostaria de ter sabido que eles o levariam para cá, com uma corda na mão, para esse lugar desolado de pedras e capim. A única pessoa que tentou compreendê-lo foi Gabriel, que falou sobre a imagem feminina de Deus. Em como encontrá-la podia curar um homem e trazer alegria e criatividade para a vida dele. Mas nenhum homem de verdade poderia acreditar em uma ideia tão ridícula.

Judas acabou de amarrar a corda ao galho e voltou para o tronco da árvore. A lembrança anterior deu lugar a uma mais recente: a prisão em Gêtsemani. Judas levara os soldados de Pilatos e a polícia de Caifás até lá e traíra Jesus com um beijo. Enquanto via os soldados levarem Jesus, sentiu como se o coração estivesse sendo acorrentado, cada vez com mais força. A lembrança causou tamanha dor que quase perdeu o equilíbrio. Enquanto se segurava na árvore com uma das mãos, a corda na outra, mais lembranças irromperam em sua mente.

Caifás interrogando Jesus.

A polícia do Templo levando Jesus para a prisão.

Judas vagando pelas ruas durante toda a noite como um louco, afundado em culpa.

Jesus sendo entregue a Pilatos de manhã.

A multidão gritando para crucificá-lo.

A garganta de Judas doía de tanto soluçar. As orelhas zuniam, a visão estava embaçada. Devolver as 30 moedas de prata para o chefe dos sacerdotes não aliviou sua dor. Tampouco escrever um bilhete para Maria Madalena e deixá-lo no quarto do segundo andar. Cada batida do coração tinha se tornado insuportável, uma lembrança de que estava vivo, embora a alma estivesse morta. Mentira para muitas pessoas, mas nenhuma das mentiras era maior do que a que contara para si mesmo: a de que Maria Madalena iria amá-lo um dia. Agora sabia que ela não poderia amar um homem que traíra Jesus.

Judas não tinha mais esperanças. Segurando a corda e descendo da árvore, ele segurou o galho com uma mão e a corda na outra. Então passou o laço em volta do pescoço e segurou a corda acima da cabeça. Queria aliviar a pressão para o pescoço não quebrar e sufocar tranquilamente.

Quando soltou o tronco da árvore, sentiu na mesma hora a corda cortando a pele. Pendendo no ar, balançou de um lado para o outro, nauseado. O chão começou a rodar como um redemoinho, ameaçando sugá-lo para as profundezas. Quase mordeu a língua. Uma sucessão de lamúrias tomou conta de sua mente. *Onde está você, Deus? Você se importa? Você ao menos existe? Por que permitiu que eu sofresse tanto e fizesse tantos sofrerem?* Suspenso no espaço, retorceu-se e cuspiu sangue. Quase desmaiou, cada vez mais desorientado.

O nariz sangrava, as têmporas latejavam, o rosto estava pegando fogo. Conseguiu segurar a corda e se levantar por um instante, depois soltou e o peso total do corpo caiu. Uma dor pungente atingiu os braços e as pernas. Vomitou, incapaz de respirar. O cheiro podre o deixou ainda mais nauseado. O corpo se transformou em um peso morto, os braços exaustos ficaram fracos demais para salvá-lo. Não tinha defesas contra o terror.

O laço em volta do pescoço estava sufocando-o devagar. *Perdoe-me, Deus! Perdoe-me, por favor!* Os olhos estavam fechados de tão inchados, o corpo ficando cada vez mais dormente. Sem conseguir ver algo além de escuridão, tentou gritar, mas só conseguiu sussurrar:

— Maria Madalena... Maria Madalena... Maria...

A tensão no pescoço aumentou.

Escutou um estalo.

A escuridão se tornou absoluta.

DIAS ATUAIS

CAPÍTULO 43

O sonho do amor perfeito é apenas... um sonho. Apenas o amor que flui do coração de Deus é perfeito.

Nenhum ser humano falível é capaz de satisfazer todas as necessidades e de não causar dor. Como pessoas imperfeitas vivendo em um mundo imperfeito, não podemos evitar os tempos de conflito, alienação e solidão.

Mas podemos manter a dor em perspectiva, encontrando utilidades construtivas para ela.

Nunca se esqueça de que Deus está trabalhando para redimir e transformar nosso amor imperfeito em uma gloriosa completude. Quando duas almas se tornam uma, elas aceleram o amanhecer e renovam tudo.

Do diário do irmão Gregory Andreou

Belém
Segunda-feira, 15 de abril

— Por que você não me perguntou primeiro?

Karim Musalaha estava com o olhar fixo no irmão Gregory, se esforçando para não gritar. A pergunta estava o corroendo desde que chegara ao mosteiro na noite anterior, vindo de Nablus. Percorrera estradas secundárias de terra e encostas rochosas para evitar os pontos de controle da Cisjordânia. Então encontrara uma agitação da mídia do lado de fora dos portões do mosteiro e ficou sabendo que irmão Gregory marcara uma coletiva de imprensa sem consultá-lo. Começou a ficar furioso.

— Você deveria ter falado comigo antes de chamar a imprensa. — Sua voz tremia, enquanto ele e irmão Gregory entravam na espaçosa sala de leitura do mosteiro, suas mesas substituídas por filas de cadeiras para a coletiva de imprensa.

— O que mais eu poderia fazer? — Irmão Gregory parecia surpreso e magoado. Guiou Karim por um espaço vazio e depois por uma série de prateleiras de livros. — Estava se tornando perigoso demais ficar com o manuscrito. Precisamos mostrar a carta de Jesus ao público e depois entregar o manuscrito para as autoridades. Espero que com toda a publicidade fique mais fácil conseguir apoio para a escavação na Gruta de Getsêmani. Felizmente, a Agência de Antiguidades do Governo está patrocinando a coletiva.

— Perigo? Perigo! E o perigo que eu vou correr quando descobrirem que fui eu que encontrei o manuscrito? — Baixinho, ele disse: — *Inna Lillahi Wa Inna Ilayhi Rajiun.*

— O que isso significa? — perguntou irmão Gregory.

— No islã, usamos essa frase em momentos de infortúnio. Significa "Viemos de Alá e a ele retornaremos." São palavras de encorajamento para mantermos tudo sob controle. — Ele balançou a cabeça. — Estou me esforçando para fazer isso neste momento.

Enquanto Karim seguia irmão Gregory, percebeu a precisão com que os livros tinham sido arrumados nas prateleiras, cada fileira em perfeita ordem, como tudo no mosteiro. Percebeu que tinha saudades da rotina que guiava seus dias na universidade, a previsibilidade de seus horários, a segurança de seus planos de carreira. Desde a descoberta do manuscrito, nada mais tinha sido previsível ou seguro.

E provavelmente nunca mais seria.

Ele se apressou para alcançar irmão Gregory, que apontou para a sala onde seria a coletiva de imprensa e seguiu nessa direção. Procurando a chave em seu bolso, o monge disse:

— Minha intenção não era ir contra seus desejos, mas não tinha como entrar em contato com você.

— Não poderia ter esperado até que eu entrasse em contato? Se o pessoal do meu pai ouvir que estou associado a um artefato cristão, minha vida não vai mais valer muita coisa.

Irmão Gregory destrancou e abriu a porta da pequena sala de reunião.

— Prometo que não mencionarei seu nome. O fato de o manuscrito ter sido descoberto pouco antes da Marcha pela Paz foi apenas uma coincidência. — Irmão Gregory pousou a mão no ombro do amigo. — Pense em uma coisa. Este é o plano de Deus: espalhar a notícia da descoberta para que pessoas de todos os países, de todas as religiões se unam para ouvir sua mensagem de paz. Esta mensagem *precisa* ser divulgada agora, quando o mundo está passando por um momento de agitação. E eu estou disposto a ir para a cadeia, se for necessário, para poder fazer esse anúncio.

Karim entrou na sala cheia de estantes alinhadas de livros no momento em que irmão Gregory espalhava a tradução original sobre a mesa junto com sua declaração para a coletiva de imprensa. O monge apontou para os documentos.

— Quero lhe mostrar o que planejo dizer.

Ver as páginas renovou a preocupação de Karim.

— Mesmo se não revelar meu nome, alguém certamente vai descobrir a minha associação com o manuscrito. Você viu a imprensa lá fora. Eles não vão sossegar até conseguir todas as respostas.

Irmão Gregory apertou o braço de Karim.

— Você não entende? Quando vi que já tinha mais de uma semana e você não tinha voltado, precisei agir. Nenhum acadêmico sério acredita que Judas Iscariotes escreveu para Maria Madalena antes de se enforcar. A ideia de escavar a Gruta de Getsêmani parece absurda para eles. Na coletiva de imprensa, vou divulgar os resultados positivos dos testes que realizei no manuscrito. Precisamos de publicidade para conseguirmos apoio para a escavação. Apenas encontrando o bilhete de Judas poderemos provar que a carta de Jesus é autêntica.

Karim puxou o braço.

— Eu sei, mas sou filho de Sadiq Musalaha. Estar tão intimamente ligado ao cristianismo traria repercussões para qualquer muçulmano. Para mim, pode significar uma sentença de morte. — Karim sentiu o sangue subir para seu rosto, incapaz de esconder a angústia.

O monge puxou uma cadeira da mesa e se sentou, os olhos gentis fixos em Karim.

— Por favor, me perdoe. Não era minha intenção enganá-lo.

— Bem, eu me sinto enganado, quer fosse sua intenção ou não.

Karim olhou os livros alinhados nas paredes da sala. Era como se irmão Gregory o estivesse empurrando para o caos. Seu passado organizado em Birzeit já não existia mais. Nenhuma palavra ou desejo poderia levá-lo de volta. Separado de Rachel e com a coletiva de imprensa marcada, só podia viver o doloroso presente e esperar que o futuro incerto não piorasse ainda mais. Ao ver um exemplar do Corão, foi até ele e pegou-o, então colocou sobre a mesa ao lado da tradução.

Irmão Gregory se levantou e foi para o outro lado da mesa.

Os olhos de Karim ardiam ao ver o Corão e a tradução lado a lado. A carta de Jesus apresentava os mais importantes ideais do Corão, que Karim achava difícil colocar na prática. Devolveu o Corão para a prateleira e falou enquanto voltava para a mesa:

— Promover o cristianismo é uma heresia para qualquer muçulmano. Os seguidores do meu pai vão me matar se desconfiarem que tenho alguma ligação com um documento cristão que defende a paz e a não violência.

Irmão Gregory fitou Karim com compaixão.

— A coletiva de imprensa é amanhã. As equipes de TV estarão aqui, assim como representantes dos maiores museus e universidades, até mesmo do Vaticano. A carta de Jesus tem o potencial de atrair milhares de pessoas para Jerusalém. O único artefato do gênero é o Santo Sudário, o pano que supostamente cobriu o corpo de Jesus após sua morte. Sempre que o sudário é exposto, milhares de pessoas vão ver. Pode imaginar o poder de agregação de um documento escrito por Jesus? Os organizadores da Marcha pela Paz ouviram falar sobre ele por algum vazamento da mídia e pediram que o manuscrito seja exposto na cerimônia de culminação no Muro das Lamentações. Acho uma ideia maravilhosa. Não posso deixar de acreditar que Deus quer que isso aconteça agora. Além disso, é tarde demais para cancelar. Você viu a imprensa.

Karim balançou a cabeça.

— Depois da traição do abade Zeno, é difícil saber em quem e no que acreditar.

Irmão Gregory relaxou os ombros e se inclinou para a frente.

— É verdade. Um objeto sagrado pode ser um aliado para a paz ou um instrumento de discórdia. Depende se vamos usá-lo para servir aos outros ou para obter ganhos pessoais.

— Não tenho o menor interesse em ganhar nada com o manuscrito. No momento, a única coisa que quero é que Rachel me perdoe.

— Sugiro que escreva de novo para ela. Conte sobre a coletiva da imprensa; convide-a a comparecer. Pode ser a sua última chance de... — Ele deixou as palavras no ar.

Karim fitou a tradução da carta de Jesus e pensou em como ela os unira. Passou o olho pelas poucas linhas e se lembrou da compaixão que Rachel demonstrara com ele, da suavidade de seu toque, da urgência de seus beijos.

A tradução da carta estava ali, imóvel, fazendo um convite silencioso que falava do poder e do potencial do amor.

Não, a carta representava um desafio.

O que tinha com Rachel era real, e não podia desistir disso.

Não agora.

Nem nunca.

Karim se levantou.

— Posso usar um computador?

— Claro que pode. — Irmão Gregory acompanhou Karim para fora da sala de conferência e trancou a porta. Então, o monge o levou até uma pequena sala onde havia vários computadores. — Tenho trabalho a fazer no meu apartamento — disse o monge, virando-se para sair. — Eu o deixarei um pouco sozinho.

Depois que irmão Gregory saiu, Karim se sentou no primeiro computador, ligou e começou a digitar.

Querida Rachel,

Amanhã haverá uma coletiva de imprensa no Mosteiro dos Anjos Sagrados. Irmão Gregory decidiu tornar a carta de Jesus pública. Espero que você esteja lá. Também quero que saiba que você me ofereceu algo além de felicidade, ou mesmo alegria. Você me deu esperança em um futuro em que muçulmanos e judeus poderão ser amigos. Em que a guerra e a violência não serão mais usadas em nome da religião.

O nosso amor começou no meio do terror, e amor é a única forma de acabar com esta violência. Acreditei nessa mensagem antes de nos conhecermos. Agora eu sei que é verdade. Se todos tivessem a chance de experimentar o que tivemos juntos, não haveria mais derramamento de sangue nas ruas nem gritos de horror.

Compaixão e perdão são os maiores dons que duas pessoas podem oferecer uma à outra. Não compreendo os dons nem sei descrevê-los adequadamente. Mas, ah, Rachel! Precisamos continuar trabalhando por um mundo melhor, tanto para palestinos quanto para judeus. Um mundo pacífico em que o amor finalmente renovará tudo.

Rezo para que você tenha tido tempo de refletir sobre o que escrevi antes, e que aceite as minhas mais profundas desculpas e me perdoe. Se não puder, ainda assim continuarei amando-a, e acredito que algum dia, talvez no mundo que está por vir, nós nos reencontraremos e nossas almas descobrirão a unidade que compartilhamos.

Até lá e para sempre seu,

Karim

Após enviar o e-mail, Karim navegou pelo site que promovia a manifestação em Jerusalém. Começou a ler as últimas notícias, mas parou quando escutou a porta da biblioteca abrir. Foi apressado até a sala de leitura e viu irmão Gregory correndo em sua direção, o rosto vermelho, a testa franzida.

— Acabei de receber uma ligação de Robert Kenyon. — O monge falava rapidamente, o tom de voz urgente. — Ele sequestrou Rachel. Ele assistirá à coletiva de imprensa amanhã e exige que o nome dele seja mencionado como quem encontrou o manuscrito. Ele só soltará Rachel se dermos todos os créditos a ele e se eu entregar meu laptop e a tradução original a ele.

Karim sentiu o sangue desaparecer de seu rosto. Era como se as paredes da biblioteca estivessem se fechando ao seu redor.

— Ah, não, Rachel não!

Cobriu o rosto com as mãos, tentando se recompor.

— Kenyon é um arqueólogo renomado e respeitado, mas ele me atacou com uma pá em Qumran. Não temos como saber até onde ele iria para conseguir o que quer. — Respirou fundo e fitou ansiosamente o monge.

Irmão Gregory disse:

— Mas não posso ceder à corrupção. Se eu concordar com essa farsa, a AAG poderia me processar por fraude. Precisamos chamar a polícia.

— Que pistas poderíamos dar a eles? Pegou o número de Kenyon?

— Era bloqueado.

Karim levantou as mãos.

— Não acredito que isto esteja acontecendo. — Estreitou os olhos e falou, exasperado: — Não há como a polícia resgatar Rachel antes da coletiva de imprensa. Sem pistas, onde eles poderiam começar a procurar? Além disso, ligar para eles pode ser muito arriscado. Kenyon provavelmente está blefando, mas não podemos arriscar. Você não tem alternativa a não ser dizer que foi Kenyon quem encontrou o manuscrito. Eu entregarei o laptop e a tradução para ele.

Irmão Gregory recuou enquanto seus olhos vagavam pela sala.

— Talvez você tenha razão. Mas não confio em Kenyon. Ele poderia matar Rachel de qualquer forma, aí nós perderíamos ela *e* a nossa credibilidade.

— Não temos escolha.

— Mas a verdade vai acabar aparecendo, e se eu for pego mentindo sobre quem encontrou o manuscrito, posso ser acusado de forjá-lo. A mídia vai ridicularizar a carta de Jesus, dizer que é uma farsa e minha carreira estará acabada. O trabalho de Deus vai ficar inacabado.

Karim agarrou o monge pelos ombros.

— Se você não fizer o que Kenyon quer, eu farei. Mesmo que tenha de ir à TV.

— Isso seria muito perigoso. O seu rosto apareceria em todos os lugares.

— Eu sei, mas que alternativa tenho?

Irmão Gregory hesitou, então, aquiescendo, ele abraçou Karim e se afastou.

— Você está certo. Que alternativa temos? — Como se agora estivesse totalmente comprometido, começou a fazer planos. — Reuni muitas evidências para dar autenticidade ao manuscrito, mas ninguém acreditará se eu for pego mentindo. Sugiro que eu fique à frente da coletiva e faça a declaração inicial. Responderei a todas as perguntas sobre o teste do carbono, a análise da tinta, de linguística e das imagens multiespectrais. Mas direcionarei as perguntas sobre quem encontrou para você.

Karim se esforçava para controlar as pernas bambas enquanto seguia irmão Gregory até seu apartamento. Uma imagem de Rachel amarrada e amordaçada veio à sua mente. As pedras da calçada pareciam quentes conforme ele tentava descobrir uma forma de encontrá-la. Decidiu que era inútil e xingou baixinho o arqueólogo canalha que a raptara. Viu as equipes de televisão do lado de fora dos portões, cercando o mosteiro como um exército, e escutou o som de vozes e veículos. O sol de meio-dia parecia cegá-lo enquanto pensava na coletiva de imprensa que aquelas equipes transmitiriam no dia seguinte.

Nunca poderia imaginar que encontrar o manuscrito levaria a isso. Parte dele desejava tê-lo deixado enterrado em Qumran. Outra parte sabia que não podia voltar atrás. Apenas esperava que Rachel tivesse recebido seus e-mails antes de ser sequestrada e que soubesse que ele a amava. Então, se ele morresse por causa da coletiva de imprensa, pelo menos morreria em paz.

CAPÍTULO 44

Para que o amor dure, ele deve se tornar mais uma ação do que uma emoção. Um relacionamento é tão forte quanto a capacidade do casal de viver seu amor nos bons e maus momentos.

Isso é particularmente difícil de se fazer quando se está irritado, decepcionado ou magoado. Nesses momentos, tente identificar-se com as feridas passadas de seu companheiro e os estresses do presente. Então você poderá trazer compreensão para o conflito e se livrar da raiva e do impulso de retaliar.

Quando respondemos com carinho em vez de rancor, abrimos os caminhos da cura e da reconciliação.

Este é o momento quando um relacionamento se torna algo belo, um jardim no qual o caráter, a nobreza e a profundeza espiritual florescem como hibiscos na primavera.

Do diário do irmão Gregory Andreou

Belém
Terça-feira, 16 de abril

Este era o evento mais importante do qual Karim Musalaha já participara. Apenas no Ka'ba, em Meca, sentira essa agitação à sua volta. Os repórteres, fotógrafos e as equipes de TV enchiam a sala de leitura da biblioteca do mosteiro. A conversa animada deles e os cliques das câmeras criavam uma aura de expectativa e animação. E, ainda assim, a coletiva de imprensa histórica, marcada para acontecer neste espaço arejado, mas sem nenhum adorno, não lhe atraía nem um pouco.

Suas palavras determinariam se Rachel Sharett viveria ou morreria.

Passou a mão pelo encosto de metal da cadeira à sua frente quando irmão Gregory subiu no púlpito. Os flashes incessantes de centenas de câmeras iluminavam o rosto do monge erudito.

Com o seu momento frente às câmeras se aproximando, Karim apertava as mãos, fechando-as em punhos, depois soltava, mas, independentemente de quantas vezes repetisse o movimento, não conseguia acalmar sua ansiedade. Precisaria mentir para salvar Rachel, e depois teria de se esconder dos homens do pai. A única coisa que lhe oferecia consolo era a ideia de Rachel lhe ver na TV. Desejava que ela soubesse que seu amor era fiel.

Enquanto esperava irmão Gregory falar, pensou em Judas Iscariotes e em seus sentimentos por Maria Madalena — e se ele tinha escrito sobre eles ou não.

Irmão Gregory meneou com a cabeça para os especialistas sentados à esquerda do púlpito e, então, virou-se para o manuscrito. Estava sobre uma mesa à sua direita, protegido por uma tampa de acrílico e embrulhado em pano roxo. Karim percebeu a reverência no olhar do homem. Após respirar fundo, o monge de túnica branca apresentou-se e disse:

— Primeiro, quero lhes assegurar que, como um estudioso de línguas e civilizações do Oriente Próximo, não sou dado a exageros. Mas, na longa história de descoberta de antiguidades, nunca houve uma tão importante quanto esta.

À sua direita, Karim deu uma olhada nos dignitários sentados à sua frente: o diretor do Museu Semítico, o chefe de arqueologia da Agência de Antiguidades do Governo, o diretor da Sociedade para Prevenção ao Roubo de Antiguidades. Eles tinham a melhor visão e não precisavam competir com os representantes das mais importantes universidades, seminários, associações arqueológicas e culturais e sociedades de pesquisas, como a National Geographic.

Os cinegrafistas da Israel Broadcasting Authority e das redes de televisão americanas e europeias estavam gravando o acontecimento de todos os ângulos. A câmera da CNN estava focalizada nos emissários do Vaticano, três homens idosos, vestindo mantos pretos até os tornozelos e solidéus vermelhos e faixa de cardeais. Mas enquanto todos prestavam atenção em irmão Gregory, Karim só conseguia pensar em Rachel.

— Tenho idade suficiente para já ter vivido o júbilo de muitas descobertas do passado: os Manuscritos do Mar Morto, a Biblioteca de Nag Hammadi, o evangelho secreto de Judas. Dediquei minha vida profissional à tradução e ao estudo desses textos magníficos. Mas nunca, nem mesmo em sonho, imaginei este dia.

Irmão Gregory fez uma pausa para controlar sua emoção e tomou um gole de água antes de continuar.

— Hoje eu tenho a sagrada honra de revelar uma antiguidade sem precedentes em importância e de valor inestimável.

Se Rachel estivesse com ele, Karim poderia estar aproveitando este momento e comemorando com ela. A cada palavra que irmão Gregory pronunciava, mais perto o monge chegava de descrever as revelações da carta de Jesus, e então o foco passaria a ser Karim, que não estava nem um pouco ansioso para falar. Mal escutou irmão Gregory contar o que todos que estavam nesta sala tinham vindo escutar.

— Um mês atrás, comecei a traduzir uma carta antiga escrita em um papiro bem conservado. A carta é destinada a Maria Madalena.

Um murmúrio agitado tomou conta da sala e fez com que Karim voltasse a sua atenção para irmão Gregory.

— O autor faz uma reivindicação ainda mais audaciosa. Ele se refere a si mesmo como 'Jesus'. — As palavras causaram uma comoção, forçando irmão Gregory a levantar os braços e pedir ordem. Quando os repórteres finalmente se acalmaram, ele disse: — Conforme eu ia traduzindo, me perguntava se a carta era uma fraude. Mas quando cheguei ao fim, acreditava escutar as palavras de Jesus na carta, a mesma voz que ressoa nos evangelhos do Novo Testamento. Levei o manuscrito para os cientistas e epigrafistas aqui presentes, e muitos testes foram feitos, incluindo a datação por radiocarbono, imagens multiespectrais, análises de tinta, de sistema de escrita e de estilo linguístico, e comprovamos sua autenticidade. De fato, esta é a descoberta arqueológica mais importante da história.

Karim continuava escutando enquanto observava a multidão e via os emissários do Vaticano sussurrando entre si. Os representantes de muitos museus e universidades trocaram olhares incrédulos, mas irmão Gregory continuou falando.

— A carta esclarece a natureza do relacionamento de Jesus com Maria Madalena, e explica como ele conseguiu abraçar e personificar o amor perfeito. As revelações da carta têm profunda relevância para os relacionamentos atuais e para nossos sonhos de paz entre israelenses e palestinos... até mesmo para nossos sonhos de paz na Terra...

Karim abria e fechava as mãos enquanto observava as expressões de fascinação, incredulidade e ceticismo entre todos os que estavam ali reunidos.

— No mesmo papiro, embaixo da carta — continuou irmão Gregory, fazendo um gesto com a mão —, também encontrei o diário de uma mulher judia chamada Judite de Jerusalém, amiga de Maria Madalena. Esse diário revela que Jesus não era o único homem a amar Maria. Judas Iscariotes também a amava.

Gritos de protesto assustaram Karim. Murmúrios de incredulidade corriam pelo público enquanto irmão Gregory se aproximava do manuscrito e levantava o pano roxo de forma dramática.

No meio da cacofonia de câmeras clicando, Karim olhou para os repórteres, cinegrafistas, historiadores e arqueólogos e continuou vendo o ceticismo em seus rostos. Um emissário do Vaticano passou um bilhete para seu companheiro cardeal no momento em que irmão Gregory exclamava:

— Segundo o diário de Judite de Jerusalém, Judas Iscariotes traiu Jesus Cristo por ciúme.

Karim ficou tenso ao absorver o alvoroço de emoções e reações espontâneas que a declaração do monge provocou.

— Isso é ultrajante!

— Como podemos acreditar nisso?

Irmão Gregory fez uma pausa, levantando uma das mãos para pedir silêncio. Esperou que os protestos se acalmassem antes de continuar:

— Judite revela que Judas escreveu para Maria Madalena e confessou seu amor antes de cometer suicídio. O bilhete de Judas é a peça que falta no quebra-cabeça. Ele poderia comprovar, de uma vez por todas, a exata natureza do relacionamento de Jesus com Maria Madalena. Ele também poderia fornecer autenticidade à carta de Jesus. Judite diz que Maria Madalena contou a ela que enterrou o bilhete no canto noroeste da Gruta de Getsêmani. É por isso que desejo levantar fundos para uma escavação na gruta.

Assim que irmão Gregory terminou, os repórteres começaram a fazer perguntas aos gritos, o que lançou uma onda de medo em Karim de que alguém fizesse as perguntas erradas.

— Por que o senhor esperou tanto tempo para revelar o manuscrito? Não sabe que todas as antiguidades pertencem ao governo de Israel?

— Outros estudiosos já viram a tradução?

— O que o senhor fará com o manuscrito agora?

Mais uma vez, irmão Gregory pediu silêncio e concordou em responder às perguntas. Uma repórter americana foi a primeira a falar, uma mulher de meia-idade com aparência austera que se identificou como Marjorie Stevens.

— O senhor fala pouco do conteúdo da carta. O que ela diz?

Irmão Gregory voltou ao púlpito.

— A carta refuta duas famosas teorias sobre o relacionamento de Jesus com Maria Madalena. Uma dessas teorias diz que o relacionamento era estritamente platônico; a outra diz que Jesus e Maria Madalena eram casados e tinham um filho. Esta carta revela algo bem diferente: que o relacionamento deles era carregado de sentimentos românticos, mas que Jesus transcendeu esses sentimentos e alcançou um verdadeiro esclarecimento espiritual. Ele foi tentado, como todos nós somos, mas ainda assim permaneceu casto durante o casamento do masculino e do feminino interior.

Marjorie Stevens perguntou:

— Que *tipo* de casamento?

— Estou usando linguagem contemporânea para descrever o mistério do "esclarecimento" de Jesus — disse irmão Gregory. — Enquanto ele lutava em oração contra sua atração por Maria Madalena, teve uma visão de uma alma humana como sendo tanto masculina quanto feminina. Ele viu que uma pessoa só pode se tornar inteira através do casamento interior dos dois, já que os dois são um só em Deus. O Jesus apresentado nos evangelhos bíblicos e nos gnósticos é exatamente assim. Sua intimidade interior o libertava para falar com mulheres em público, o que era proibido aos homens de sua época. Ele tratava todas as mulheres com respeito e compaixão, principalmente as de má reputação. Ele até teve discípulas e, em uma certa ocasião, usou uma imagem feminina de Deus. Da sua vida de oração veio esta extraordinária compreensão espiritual, essa integração de pessoa e sabedoria prática. Na carta, ele compartilha isso tudo com Maria Madalena para que ela também chegasse a esse esclarecimento.

Outro repórter americano, um homem careca que se identificou como P.W. Richardson, foi direto ao ponto:

— Por que seria um pecado se Jesus se casasse com a mulher que amava?

— Não teria sido um pecado — disse irmão Gregory. — Mas continuar solteiro era a única forma de proteger Maria Madalena de um sofrimento enorme. Eles se amavam profundamente, mas Jesus sabia do perigo. Ele era misericordioso demais para se casar com ela e deixá-la viúva, o que naquela época significaria uma vida de pobreza e desespero.

Karim segurou a beirada da cadeira, já antecipando a pergunta que não poderia evitar. Um monte de mãos se levantou quando irmão Gregory terminou de responder. Reconheceu um repórter britânico chamado Robert Dougherty, um homem alto, com cabelos claros e usando óculos.

— Está correndo um boato de que o manuscrito será exibido amanhã na Marcha pela Paz — disse Dougherty. — É verdade? E se for, quais serão as precauções de segurança tomadas para proteger este objeto inestimável?

— Os boatos são verdadeiros — disse irmão Gregory. — Quando eu e a AAG começamos a divulgar a coletiva de imprensa, a notícia da descoberta da carta de Jesus vazou e os organizadores da marcha pediram permissão para exibir o manuscrito no evento. Faz muito sentido uma vez que a carta é um símbolo de reconciliação e paz entre as religiões. Mas prefiro passar a sua pergunta para Dr. Abraham Saltzman, diretor do AAG, para responder sobre a questão da segurança. — Ele chamou ao púlpito um homem com aparência erudita usando terno preto.

— Posso assegurar que tomamos todas as precauções possíveis para proteger o manuscrito — disse Dr. Saltzman. — Um regimento de soldados das Forças de Defesa de Israel foi designado para essa tarefa sob a liderança do Comandante Ezra Sharett.

Ao escutar a notícia, Karim viu tudo ficar preto, como se o anúncio o tivesse deixado cego. Lembranças de Ezra arrastando-o do armário de Rachel e tentando prendê-lo no comício vieram à sua mente. Ainda podia ver a raiva nos olhos de Ezra, escutar seu tom de voz carregado de acusações e sentir o ódio de seus empurrões e sacudidas. O homem que o mandara ficar longe da irmã dele e que ameaçara atirar se ele voltasse a entrar em Jerusalém. Apenas quando Karim silenciosamente suplicou para Alá e passou o dedo pela aliança que sua mãe lhe dera, sua visão começou a voltar lentamente.

Depois que Dr. Saltzman se sentou, a enxurrada de perguntas continuou. Karim se preparou quando irmão Gregory apontou para uma mulher baixa que usava um *hijab* branco. Ela se identificou como Yosri Elbaz, da Al Jazeera, e então disse:

— O senhor nos contou sobre a sua tradução e sobre o conteúdo da suposta 'carta de Jesus', mas não disse quem encontrou o manuscrito e onde. Poderia responder a essas perguntas, por favor?

Karim endireitou-se na cadeira atentamente no momento em que irmão Gregory hesitou. Então, o monge disse:

— Vou chamar meu assistente, Karim Musalaha, para responder a essa pergunta. Ele sabe mais sobre esses detalhes do que eu.

Irmão Gregory acenou para que Karim subisse ao púlpito e se afastou. Imagens de Rachel apareciam na cabeça de Karim como se fossem socos, enquanto ele, já tonto, seguia em frente, sentindo a boca seca.

Quando chegou ao púlpito, a sala parecia ainda mais abarrotada e caótica do que achara olhando de sua cadeira. Era como se os corpos pulsantes, câmeras vertiginosas e microfones apontados para a frente o sufocassem, mas respirou fundo e disse:

— O manuscrito foi encontrado por uma pessoa apenas e, infelizmente, ele não pôde comparecer aqui hoje por motivos de saúde. Robert Kenyon, arqueólogo e professor da Universidade Internacional de Jerusalém, estava explorando as cavernas de Qumran quando se deparou com a parte de cima de um jarro de cerâmica enterrado em uma caverna, a aproximadamente 1 quilômetro do centro de visitantes. Ele cavou e conseguiu retirar o jarro, encontrando o manuscrito dentro.

— Por que o professor não entregou o manuscrito imediatamente ao governo, como manda a lei? — perguntou Yosri Elbaz.

Karim sabia que essa era uma pergunta complicada, e como não queria levantar suspeitas nem comprometer o irmão Gregory, ele disse:

— Deve fazer essa pergunta ao próprio Robert Kenyon. Só ele pode responder isso.

Karim estava pronto para sair do púlpito quando um dos emissários do Vaticano se levantou. Um homem imponente de altura mediana se aproximou do microfone.

— Perdoe-me por esta interrupção — disse ele —, mas tenho uma notícia muito importante a anunciar. Sou o Cardeal Ferdinand Mancini, e estou aqui como emissário especial da Santa Fé e da Biblioteca Apostólica do Vaticano.

Quando eu e meus colegas ouvimos falar da coletiva de imprensa, consultamos Sua Santidade se o Vaticano também deveria fazer uma revelação. Estou convencido de que devemos revelar um documento que está guardado nos arquivos secretos do Vaticano. Papas anteriores e arquivistas acreditavam que o documento era uma farsa, mas as revelações da carta de Jesus e do diário de Judite de Jerusalém provam o contrário. Quando escutamos sobre a carta e o diário, desconfiamos que pudessem servir como evidência da autenticidade do documento que vou lhes mostrar.

Segurando uma folha de papel, o cardeal disse:

— É uma honra para mim revelar a tradução de um bilhete não assinado cujo conteúdo sugere que o autor seja Judas Iscariotes, e seu destinatário seria Maria Madalena. Inúmeros testes científicos foram feitos no papiro e os resultados confirmaram sua autenticidade.

Karim fechou os olhos e abaixou a cabeça, sendo tomado de admiração conforme a sala ficava em silêncio. O cardeal começou a ler:

"Não posso mais suportar.
O fogo que arde em meu coração por você é forte demais, Maria.
Agora sou amaldiçoado por trair meu amigo, o homem que você amava,
e que foi condenado.
Eu também devo morrer."

Karim levantou a cabeça e abriu os olhos quando o cardeal terminou. O silêncio na sala deu lugar a um redemoinho de perguntas, mas Karim só conseguia escutar seus próprios pensamentos. Estas realmente poderiam ser as palavras de Judas Iscariotes? Karim desejava que Saed as tivesse escutado. Desejava ainda mais que Saed tivesse lido a carta de Jesus.

Surpreso, Karim percebeu que o bilhete de Judas dava as respostas pelas quais ele e Rachel procuravam. A carta de Jesus era real! O relacionamento entre Jesus e Maria Madalena tinha uma natureza mística, revelando o caminho que leva ao esclarecimento espiritual e à paz. Seus olhos encheram-se de lágrimas. Teria sido tão bom se Judas Iscariotes e Saed Musalaha tivessem trilhado esses caminhos! Karim sempre associaria os nomes deles a suicídios que poderiam ter sido evitados se tivessem conhecido o significado do amor profundo.

Karim estava ansioso para contar a Rachel sobre essas revelações, mas não sabia onde ela estava. Decidira dar a Kenyon tudo que ele exigia e rezou para que ele soltasse Rachel, como havia prometido. Então, ela poderia falar na Marcha pela Paz como planejado, e Karim poderia encontrá-la no protesto.

Se, pelo menos, ela pudesse perdoá-lo...

Uma onda de adrenalina invadiu Karim ao se lembrar que militantes da APP estariam atrás dele. Precisava fugir imediatamente. Com todas as atenções concentradas no Cardeal Mancini, Karim desceu do púlpito, se encaminhou para o fundo da sala e saiu da biblioteca.

Então o telefone dele tocou.

Kenyon.

CAPÍTULO 45

Qualquer um que ame deve aprender a perdoar. Quando magoados, nossas chances são infligir dor como resposta, recuar, ir embora.

Ou perdoar.

Às vezes, aquele que cometeu o erro vai admiti-lo e pedir perdão. Com a mesma frequência, nenhuma aceitação de responsabilidade ou desculpas virá. A cura está não em perdoar o erro ou negar que ele aconteceu, mas em perdoar e confiar o assunto à justiça de Deus.

Quando perdoamos, começamos o processo de cura guiados pela graça e ancorados na esperança. Esse processo gradualmente nos liberta da raiva e do ódio, tornando um novo futuro possível.

Do diário do irmão Gregory Andreou

Belém,
Terça-feira, 16 de abril

Em circunstâncias diferentes, o mundo de hotéis e táxis poderia ter deixado Karim intrigado, mas não naquela noite. Não com a vida de Rachel em jogo. Ele andava de um lado para o outro na frente do Three Kings Hotel, perscrutando cada táxi que parava, as mãos suando enquanto segurava as alças da sacola de papel. Robert Kenyon telefonara e exigira que Karim chegasse à meia-noite, sozinho, para ser pego e levado para um local não divulgado. Apenas se Karim entregasse o conteúdo da bolsa — o laptop de irmão Gregory, as folhas mais recentes escritas por ele da tradução de Jesus e todos os arquivos de computador e materiais relacionados a isso —, Kenyon soltaria Rachel. Se Karim não entregasse os itens, ou se irmão Gregory fosse à polícia, Rachel morreria.

Só de pensar na possibilidade Karim sentia um calafrio. Desconfiava que Kenyon estava blefando, que o professor não mataria Rachel de verdade, arriscando perder sua carreira e passar o resto da vida na cadeia. Mas enquanto Kenyon estivesse com ela, Karim não tinha escolha a não ser seguir as ordens dele.

Segurou a bolsa mais perto de si quando os faróis de um carro que se aproximava quase o cegaram. Quando o carro parou, Karim viu que era um táxi amarelo palestino. Um senhor vestindo um casaco esporte com padrão em zigue-zague saiu e atravessou a porta giratória do hotel. Karim ficou perto o suficiente para que o motorista o notasse. O táxi virou à esquerda na rua Manger, principal via de Belém, na direção de Jerusalém, que ficava a alguns quilômetros ao norte.

Karim pisou no chão com força e olhou no relógio: 0h06. Se Kenyon estava tentando deixá-lo preocupado, estava conseguindo.

Quando outro táxi se aproximou, Karim foi para a frente da porta do hotel. O sedã branco tinha placa amarela israelense. Um casal muito bem-vestido saiu de mãos dadas. Não carregavam nenhuma bagagem. Karim os imaginou como turistas europeus voltando do teatro em Jerusalém. O homem elegante pagou o motorista e fechou a porta. Então, o táxi acelerou e desapareceu.

Karim olhou para o relógio: 0h13. Colocou a bolsa no chão e enxugou as palmas da mãos antes de pegá-la de novo e segurar as alças com força. Onde Kenyon estava mantendo Rachel presa? Será que ela estava bem?

O táxi seguinte era diferente dos dois primeiros. Era branco e tinha placa amarela, mas não tinha passageiros. Quando o carro parou, o motorista se inclinou em direção à janela do passageiro:

— Você é Karim Musalaha?

— Sou.

O homem troncudo de 30 e poucos anos saiu e o revistou, procurando algum aparelho celular, arma ou outro dispositivo rastreador. Quando o homem chegou à conclusão de que Karim estava limpo, disse:

— Entre.

Karim acomodou-se no banco traseiro enquanto o motorista entrava atrás do volante, colocava um boné vermelho de beisebol e esperava uma brecha no trânsito. Então, seguiu para o sul pela rua Manger.

— Para onde estamos indo? — perguntou Karim.

O motorista ligou o rádio que tocava um rock israelense.

As têmporas de Karim começaram a pulsar. Ele as esfregou em uma tentativa de aliviar o estresse, mas não melhorou. Quando o táxi começou a acelerar, as luzes dos prédios comerciais de Belém que mais pareciam caixas se tornaram um borrão. A estrada fora da cidade era montanhosa, fazendo Karim se lembrar de sua vida: uma jornada acelerada em uma estrada perigosa que ficava cada vez mais íngreme. Agora, se não fosse cuidadoso, podia perder o controle do carro em alta velocidade. A salvação dele e de Rachel estava nos itens da bolsa. Entregando o laptop do irmão Gregory e os materiais da tradução para Kenyon, Karim poderia salvar a vida de Rachel. A pergunta mais difícil era se conseguiria salvar o coração dela.

Ou o dele.

Agarrou-se ao assento de vinil enquanto o táxi ziguezagueava pelo caminho de terra durante 45 minutos ao sul de Belém. Eles seguiram pela estrada sem placas por mais dez minutos e chegaram a um campo aberto. O motorista desviou o carro para a grama e parou.

— Foi aqui que me mandaram deixá-lo. — Ele deu a volta no carro e abriu a porta.

Karim saiu e sentiu o cheiro de estrume de gado. Suas pernas estavam pesadas, a garganta seca, os dedos tremendo.

— Você recebeu alguma outra instrução?

— Não. — O motorista deu a volta no carro e entrou de novo.

Karim andava de um lado para o outro enquanto a luz traseira vermelha do táxi desaparecia na estrada. Não podia fazer nada além de esperar naquele descampado, embaixo das estrelas que pareciam mais longe do que de costume. Sentindo-se cada vez mais furioso, puxou o colarinho para se proteger do vento frio. Chutou uma pedra, desejando que a noite acabasse logo. Kenyon tinha todas as armas. No início, Karim considerara o plano do professor impossível de ser executado. Agora via sua lógica cruel.

Kenyon queria os aplausos e honras que seriam dados ao homem que descobriu e traduziu a carta de Jesus. Ele era um arqueólogo e professor respeitado; agora se tornaria uma personalidade internacional, um ícone, seu rosto sairia na capa da revista *Time*. Karim era um palestino que estava ilegalmente em Israel e filho de um homem que apoiava o terrorismo. Os oficiais da AAG acreditariam em Kenyon, principalmente depois que Karim publicamente lhe dera os créditos por encontrar o manuscrito. Kenyon mostraria aos oficiais os arquivos do computador e os outros materiais como se fossem seus, e Karim teria de cooperar com o esquema. Foi quando um pensamento aterrorizante passou por sua cabeça: Rachel poderia expor tudo e destruir Kenyon, e este podia perceber isso. Será que ele a mataria para silenciá-la?

O barulho de um motor de carro se aproximando interrompeu os pensamentos de Karim. Apertou as alças da bolsa, tentando reprimir a raiva e se manter calmo. Faróis apareceram na estrada e, então, entraram no campo, refletindo nos olhos de Karim.

O Impala parou a 30 metros e abaixou o vidro.

— Entregue-me a bolsa e volte para onde está.

— Primeiro, quero saber se Rachel está a salvo.

— Falaremos de Rachel depois.

— Não! — gritou Karim, depois abaixou o tom de voz. — Quero falar sobre ela agora. Onde ela está?

Kenyon levantou uma arma.

— Se você realmente se importa com Rachel, fará o que eu mandar.

— Não acredite nas ameaças dele, Karim! — gritou Rachel do banco de trás. — Ele não pode escapar desta impune.

Kenyon deu um soco no banco.

— Cale a boca! Farei o que for necessário para sair daqui com o laptop e os papéis.

Karim se aproximou e espiou dentro do carro. No escuro, conseguiu delinear o rosto de Rachel no banco de trás. Ela estava sentada, as mãos amarradas para trás, se contorcendo e tentando se livrar das cordas. Um tremor tomou conta do corpo de Karim. Afastou a bolsa de Kenyon e disse:

— Se quer o laptop e a tradução do irmão Gregory, solte-a.

Kenyon engatou a marcha a ré no carro.

— É o contrário. Ou você me dá a bolsa ou nunca mais verá Rachel de novo.

Karim tentou abrir a porta de trás, mas estava trancada. Sacudiu o carro.

— Se você machucá-la, nunca mais terá uma noite de sono.

— Dormirei muito bem. — Kenyon começou a dar a ré no carro.

Karim bateu no vidro e Kenyon parou o carro.

— Não lhe darei nada até que me entregue Rachel.

— Então diga adeus à sua amiga — disse Kenyon, indo para a frente desta vez.

Se Karim não agisse rápido, nunca mais veria Rachel. Saiu em disparada atrás do carro quando escutou Rachel gritar.

Com relutância, Karim estendeu o braço com a bolsa e gritou:

— Solte-a. Por favor, solte-a.

O carro freou abruptamente e Kenyon pegou a bolsa.

— Assim que eu me certificar de que está tudo aqui. — Acendeu a luz fraca e revirou a bolsa, apontando a arma para Karim.

Parecia que a cabeça de Karim ia explodir.

— Enganar as pessoas não traz felicidade.

— Mas levar o crédito por esta descoberta vale qualquer sacrifício.

Karim pressionou os dedos no vidro.

— Já tem o que quer. Agora solte Rachel.

Kenyon virou-se para ela.

— Se abrir o bico para as autoridades, direi que Karim roubou o manuscrito de mim e ele irá para a prisão. Entendeu?

Rachel permanecia imóvel.

— Perfeitamente.

Karim escutou as portas destrancarem e abriu a porta de trás. Rachel se jogou para fora, as mãos e pés amarrados com cordas.

Enquanto Karim desamarrava os pés dela e ajudava-a a ficar de pé na grama, Kenyon disse:

— Sei que vão ficar de bico calado. E digam para irmão Gregory fazer o mesmo. — Então o carro acelerou, levantando poeira para todos os lados.

— Eu estava rezando que fosse você quem viria me buscar — disse Rachel, fazendo uma careta ao se levantar. Seus cabelos estavam despenteados, a blusa amarrotada. — Esse homem deve ser...

Karim colocou o dedo sobre os lábios.

— Tente não falar nada. O mais importante é que você está salva. — Ele desamarrou as mãos de Rachel.

Ela o abraçou, sufocando um soluço.

— Nunca fiquei tão feliz em ver alguém.

— Nem eu.

Ela se afastou, esfregando os pulsos.

— Kenyon me assustou de verdade. Assistindo à coletiva de imprensa... Não sei. Ele é tão... fanático. Se você não tivesse vindo... — As últimas palavras se perderam quando a voz dela fraquejou.

Karim acariciou o rosto dela, desejando poder falar o que se passava em seu coração.

— Tem uma coisa que preciso saber. Você está realmente feliz em me ver ou apenas porque eu a resgatei?

Ela respirou fundo e limpou a garganta.

— Quando deixei Jerusalém, não queria mais nada com você. Mas seus e-mails...

Ele enxugou uma lágrima do rosto dela.

— Eu ia lhe contar sobre Saed, mas não estava preparado ainda.

— Quando você estaria preparado?

Ele balançou a cabeça.

— Não sei. Quando nos conhecemos, achei que nunca mais a veria, então eu não tinha motivo para lhe contar. Então, fomos nos aproximando e eu fiquei com medo de que você me odiasse se soubesse. — Karim fez uma pausa e olhou bem dentro dos olhos dela. — Sinto muito por não ter contado antes.

Rachel se aproximou mais dele.

— Eu lhe perdoo se você me perdoar por deixá-lo em Jerusalém.

Karim a tomou nos braços.

— Prometo não esconder mais nenhum segredo de você.

— E prometo ser mais compreensiva. — Ela aninhou o rosto no peito dele. — Jesus disse a Maria Madalena que o amor é sempre um risco. Isso é uma verdade ainda maior quando se trata de uma israelense e um palestino. O amor não garante nada exceto que nossas vidas nunca mais serão as mesmas. Esta será a minha oração na Marcha pela Paz: que as vidas de todos nós nunca mais sejam as mesmas.

— Achei que você fosse perder a Marcha.

— Nem Robert Kenyon conseguiria fazer isso. Vou fazer um discurso.

Karim se afastou e fitou os olhos dela, mais insondáveis do que o espaço. Hesitou, baixou o olhar e beijou-a com ternura. Não se importava nem um pouco com o fato de que estavam sozinhos em um campo sem ter como voltar para o mosteiro. O mais importante era o céu de estrelas brilhantes sobre suas cabeças e, ainda mais, os lábios receptivos e macios de Rachel. Abraçou-a com força, acariciando suas costas e ombros.

— Eu amo você — disse ela, apertando o braço dele. — E desta vez, nunca mais o deixarei ir embora.

Karim sorriu e acompanhou-a na direção da estrada.

— Como eu desejava ouvir essas palavras, porque eu também amo você, mais do que posso expressar. — Ele passou um braço em volta dos ombros dela e guiou-a para a estrada, rezando para que um motorista caridoso lhes desse uma carona.

ERA ROMANA

CAPÍTULO 46

Quando Gabriel e Judite chegaram à Porta de Gennath, ele viu que ela não tinha mais condições de seguir em frente, então pegou-a nos braços e a carregou. Os braços dele poderiam doer, mas enquanto subia a íngreme colina do Lugar da Caveira, mal sentia o peso dela. Com um dos braços apoiando as pernas dela e o outro, as costas, segurava o corpo dela horizontalmente contra seu peitoral, o papiro ainda na mão. Os braços dela envolviam seu pescoço e o rosto dela estava grudado ao seu.

Ele avançava através da multidão na direção dos três postes de quase 2 metros de altura nos quais as cruzes seriam pregadas. Sentiu-a estremecendo. Doze soldados robustos, brandindo as armas, mantinham a multidão a uma distância segura. Gabriel parou na frente deles, suando sob o sol forte. Os três condenados estavam deitados no chão, gemendo e fracos, prontos para serem pregados às cruzes que tinham carregado desde a cidade. Jesus parecia particularmente mutilado, com uma coroa de espinhos espetada na cabeça, escondendo o olho direito.

Gabriel não poderia imaginar um lugar mais feio ou mais sinistramente árido. A desgastada rocha de Gólgata, coberta por uma grossa poeira cinza, parecia a cabeça de um cadáver, sem olhos e pontuda. Sem árvores, com exceção de alguns poucos arbustos secos, o lugar cheirava a carne podre e dilacerada por abutres. O abafado ar quente estava enxameado de moscas, e cachorros selvagens latiam a distância. *Por que estou aqui?* Gabriel sentiu um tremor percorrer o corpo. Alguns meses atrás, tudo que queria era um casamento feliz e sucesso nos negócios. Os sonhos chegaram perto de ser realizados no dia do casamento.

Por que não colocava Judite no chão e a deixava ali assistindo a Dimas sofrer? A resposta ecoava em sua mente com uma clareza inconfundível: estava ali por causa da carta. O amor que ela descrevia tomara conta dele. Fitou com reverência o rabino de Nazaré caído no chão. Silenciosamente, agradeceu a Jesus por ajudá-lo a mudar e por ter-lhe dado coragem para estar ali.

Hesitante, finalmente viu o irmão deitado com a barriga para baixo. Sangue escorrendo das costas e se misturando à poeira para formar riachos de lama carmim. Esse era o irmão com quem lutara e competira? Gabriel segurou a cabeça de Judite contra o peito, tapando os olhos dela, o ódio pelo irmão se esvaindo.

— Qual é o nome do outro zelote? — perguntou Gabriel.

— Gestas.

Observou o homem atarracado com feições duras lutar para se soltar, mas as tentativas patéticas de Gestas não eram páreo para os soldados. Os chicotes atingiam seu pescoço, suas costas e seus ombros. Cada chicotada e cada grito faziam com que Judite se encolhesse mais no colo de Gabriel. Os soldados batiam sem piedade no corpo de Gestas jogado no chão. Um grupo de mulheres se aproximou enquanto o espancavam. Elas carregavam jarras de vinho misturado com galha, um narcótico suave. Como retaliação à resistência de Gestas, os soldados não permitiram que ele bebesse. As mulheres ofereceram a Jesus; ele tomou um gole, balançou a cabeça e as dispensou. Apenas Dimas tomou o líquido soporífero; Gabriel se sentia grato por qualquer coisa que diminuísse o sofrimento do irmão.

O centurião robusto, com nariz de falcão, que estava comandando a execução aproximou-se dos homens e examinou as feridas. Mandou que os soldados despissem os condenados, deixando apenas um pano para cobrir suas genitálias. Os soldados obedeceram às ordens, jogando as roupas dos homens ao pé dos postes. Ajoelhados, os soldados esticaram os braços deles e os amarraram às cruzes com cordas.

O forte carrasco, com braços tão grossos quanto as coxas da maioria dos homens, aproximou-se com o malho. Primeiro, foi até Gestas, com vários pregos entre os dentes. Um a um, foi pegando os pregos e os enfiando nos pulsos de Gemas. Gestas, que xingava os romanos a cada golpe, até que os xingamentos se tornaram gritos de agonia.

Quando o carrasco chegou perto de Dimas, Gabriel sussurrou para Judite·

— Por favor, não olhe.

Dimas gritava conforme o metal afiado penetrava na carne macia; os pregos atravessavam os pulsos até atingir a madeira embaixo. Gabriel virou o rosto, lutando contra as lágrimas, a bile subindo do estômago enquanto testemunhava a tortura do irmão. Então, revestiu-se de coragem e olhou de novo, determinado a apoiar o irmão e se mostrar solidário. A cada golpe, Judite apertava o pescoço de Gabriel com mais força. Ele viu o corpo do irmão estremecer quando os soldados levantaram Dimas e prenderam sua cruz ao poste fincado no chão. Gestas, já ereto, xingava os carrascos.

Insultos e zombaria eram escutados na multidão.

— Isso vai ensiná-los a não profanar o Templo!

— Mostrem-lhes a justiça romana!

— Nenhuma piedade com esses criminosos!

— Seus porcos imundos! Estão tendo o que merecem!

Os músculos do pescoço de Gabriel se contraíram ao escutar tamanha crueldade e seu sangue ferveu. O irmão era um inimigo de Roma, mas ninguém merecia tal tortura. Os gritos cessaram quando o carrasco se ajoelhou ao lado de Jesus. Com três golpes fortes do malho, enfiou o prego no pulso do nazareno, fazendo-o gemer. Jesus mordeu o lábio e contorceu-se de dor quando o carrasco repetiu o processo no outro braço.

Os soldados levantaram a cruz de Jesus e a prenderam no poste do meio, com Dimas de um lado e Gestas do outro. Como era costume, prenderam uma cunha entre as pernas dos homens, para ajudar a distribuir o peso de forma que os corpos não se soltassem da madeira. O carrasco, então, foi de cruz em cruz, pregando o pé direito de cada condenado sobre o esquerdo. Quando terminaram, dois soldados usaram uma escada para pregar uma placa acima da cabeça de Jesus. Em hebraico, latim e grego, estava escrito: "Jesus de Nazaré, Rei dos Judeus".

A multidão se aproximou e alguns zombavam dele, dizendo:

— Você salvou muitos; não pode se salvar? Se você é o rei de Israel, desça da cruz agora e acreditarei em você. Se confia em Deus, então por que ele não o protegeu?

Quando Gabriel escutou isso, colocou Judite no chão e correu até os soldados, furioso:

— Por que permitem que zombem dele dessa forma? Não estão no comando? Roma se orgulha de suas leis e mesmo assim vocês crucificam um homem inocente. — Levantou um dedo para eles. — Que o sangue dele seja derramado sobre vocês e seus filhos e sobre aqueles que usam a brutalidade para apoiar a injustiça!

O centurião o empurrou.

— Cale a boca — disse em grego — ou acabará em uma cruz como seu amigo.

Os soldados começaram a disputar as roupas de Jesus. Estavam particularmente interessados no manto vermelho que trouxera do pretório. Finalmente, o centurião sorriu triunfante e disse:

— O manto é meu.

Neste momento, em aramaico, Jesus gritou:

— Pai, perdoai-lhes, eles não sabem o que fazem!

As palavras atingiram Gabriel com tanta força que ele caiu de joelhos. Como Jesus podia perdoar aqueles que o crucificavam? Como podia rezar por aqueles que o despiram e disputavam suas roupas? Jesus devia estar xingando-os! Então, Gabriel lembrou-se do que a carta dizia: que o perdão é uma questão da alma; que não perdoamos em prol de quem nos feriu, mas de nós mesmos; e que só começamos a nos curar quando nos livramos do sofrimento e do ódio.

Gabriel levantou o olhar em profunda admiração. A traição que sofrera ainda corroía dentro dele. Mas em comparação com o sofrimento de Jesus, o seu parecia menor. Virou-se quando o centurião colocou o manto sobre os próprios ombros. Se Jesus podia perdoar a ganância e a crueldade do centurião, Gabriel não devia fazer o mesmo com Dimas? E não deveria dar outra chance a Judite?

Lágrimas quentes queimavam em seus olhos. Levantou-se e se dirigiu à cruz do irmão, cambaleando. Judite também se aproximara e estava ali chorando, as mãos sobre a boca, os bonitos cabelos despenteados, os olhos vermelhos de tanto chorar. Pálida como um cadáver, o corpo tremendo incontrolavelmente, caiu de joelhos e levantou o olhar, horrorizada.

Gabriel passou o braço em volta dos ombros dela e levantou os olhos molhados de lágrimas. Então, com voz decidida, disse:

— Amo você... e o perdoo, Dimas.

Dimas abaixou o olhar, incrédulo.

— Depois do que fiz, como pode me perdoar?

Gabriel apontou para Jesus.

— Por causa dele. — Levantou o papiro que continha a carta. — E por causa disto.

Judite se soltou de Gabriel e caiu ajoelhada aos pés do galileu. Galhos espinhosos formavam a coroa enfiada na cabeça de Jesus, o rosto manchado de sangue contorcido de agonia. Uma mulher alta e honrada, que estava em um grupo próximo, se aproximou e abraçou Judite, sussurrando em seu ouvido. Judite, então, se aproximou de Dimas e disse:

— Não pude continuar com você, mas nunca me esquecerei do que vivemos juntos e do que você significou para mim. Agora, você deve se preocupar com questões mais importantes. Não é tarde demais para receber a paz de Jesus. É sua única esperança de salvação.

Dimas assentiu e virou a cabeça para trás.

— Gostaria de ter *prestado atenção* à epístola — disse, com a voz rouca. — Toda a minha luta foi em vão. — Dimas fez uma pausa, ofegante, esforçando-se para respirar e olhar para Judite e Gabriel. — Mas vocês dois têm a chance de uma vida melhor. — Ele a encarou diretamente. —Amo você... e peço perdão por todo o sofrimento que lhe causei. — Então, fitou Gabriel. — Sabendo que você me perdoa, posso morrer em paz.

Antes que Gabriel pudesse responder, Gestas interrompeu. Imitando as zombarias dos soldados e de algumas pessoas na multidão, insultou Jesus.

— Você não é o Messias? Por que não se salva? Por que não nos salva?

Gabriel ficou admirado com a forma como essas palavras deram força a Dimas. Quase morrendo, sufocando em cada inspiração, Dimas gritou para Gestas:

— Você não teme a Deus, uma vez que está sob a mesma sentença de morte? E fomos condenados justamente. Estamos recebendo o que merecemos por nossos atos, mas esse homem não fez nada de errado. — Então, Dimas virou para a cruz central e disse: — Jesus, lembre-se de mim quando chegar ao seu Reino.

Jesus respondeu:

— Em verdade, eu te digo, ainda hoje estarás comigo no paraíso.

O coração de Gabriel batia acelerado, mas ao escutar a promessa de Jesus a Dimas, surpreendentemente se acalmou. Uma paz peculiar tomou conta dele, acompanhada de uma visão poderosa: imaginou que ele e Dimas estavam em um lugar com uma luz gloriosa, se abraçando. Eles tinham morrido e tinham sido reunidos em paz, o passado esquecido, um novo relacionamento começando. O rosto de Dimas parecia radiante, como se iluminado por milhares de estrelas. Embora Gabriel reconhecesse os traços do irmão, era como se os estivesse vendo pela primeira vez e não conseguia desviar o olhar da perfeição deles. Queria manter essa visão para sempre, mas Judite apertou seu braço, interrompendo seus pensamentos.

— Tem uma coisa que preciso contar para vocês dois — disse, fitando Dimas com lágrimas nos olhos e falando com a voz alta e trêmula. — O que vou dizer afetará a todos nós. — Ela se esforçou para recuperar o fôlego. — Vocês dois precisam saber que... — Ela gaguejou, a voz falhando. — Vocês precisam saber que... estou esperando um filho de Dimas.

Gabriel a encarou, depois o irmão agonizante. A agonia nos olhos de Dimas e de Judite espelhava a de Gabriel. Dimas levantou a cabeça e gritou:

— Por favor, perdoe-a, Gabriel! Se não puder fazer isso por ela, faça pela criança. Judite era jovem e inocente... a culpa foi toda minha! Ela precisa que você cuide dela e do bebê.

Gabriel percebeu que o céu estava escurecendo e seu estômago se revirou. Ele começou a andar para trás. Olhando para cima, esperava ver nuvens bloqueando o céu, mas não havia nenhuma.

— Uma tempestade está se aproximando — disse um homem magro que estava ali perto.

Um escriba se virou para um grupo de espectadores.

— Vamos, é melhor irmos para não ficarmos encharcados.

Gabriel balançou a cabeça e fitou o céu, perplexo. Não poderia haver uma tempestade sem nuvens. Por que ficara escuro à tarde? Enquanto refletia sobre o mistério, a luz continuava a enfraquecer. Os soldados acenderam tochas para poder continuar o trabalho sórdido.

Mal conseguindo enxergar, Gabriel se virou e deixou o rolo de papiro cair. Precisava sair dali. Para longe do sangue e das lágrimas de Gólgota. Para longe de Judite e Dimas, que arruinaram sua vida. Para longe de Jesus, com seu espírito clemente ao qual não podia se comparar. Gabriel não sabia o que o estranho desaparecimento do sol significava ou para onde iria. Só sabia que a revelação de Judite trouxera sombras para seu coração. E elas eram mais escuras do que a noite que caía sobre Gólgota.

CAPÍTULO 47

À luz das tochas, Judite conseguia ver os três homens morrendo nas cruzes, embora diferentemente. Desviou os olhos de Dimas por um momento para procurar Gabriel. O pânico tomou conta dela quando não o encontrou. Ele tinha ido embora! Ela o perdera na escuridão! Começou a tatear por entre a multidão, procurando:

— Gabriel! Gabriel ben Zebulom! Onde está você?

Enquanto se movia para a direita, depois para a esquerda, perguntou-se se deveria ter contado a Gabriel sobre a gravidez. Não podia mais guardar segredos. Nem poderia deixar Dimas morrer sem saber sobre o filho. Depois que Gabriel a salvara da prisão, achou que ele a amasse o suficiente para compreender e perdoar. Como estivera errada.

Vagava pelo meio da multidão como uma mulher possuída, a voz quase tão desesperada quanto os gemidos vindos das cruzes.

— Gabriel ben Zebulom! Alguém viu Gabriel ben Zebulom?

Finalmente, ela se cansou de ouvir as pessoas responderem não e voltou para perto de Dimas.

Perto da cruz dele, tropeçou em alguma coisa no chão. Abaixou-se e reconheceu o que era. O papiro! Ela o pegou e o segurou contra o peito. Pelo menos, teria a carta de Jesus para confortá-la. Nesse momento, alguém lhe deu o braço. Ela se virou e escutou uma voz tranquilizadora:

— Graças a Deus você não está mais na prisão — disse a voz.

Sob a luz fraca, ela viu o rosto manchado de lágrimas de Maria Madalena. Judite lhe estendeu o rolo.

— Isto pertence a você.

— O que é?

— A carta que Jesus escreveu para você.

Maria Madalena pegou o rolo de papiro.

— Como chegou até aqui?

— Nicodemos entregou-o para Gabriel. Ele esteve aqui antes, mas eu o perdi no meio da escuridão. Ele deixou o rolo.

Maria Madalena pegou a mão de Judite e levou-a para perto da cruz de Jesus.

— Estou tão feliz de ter a carta de volta, Será meu bem mais valioso.

A mãe de Jesus estava ali, com mais duas mulheres e um jovem de cabelos escuros e feições delicadas.

Judite fitou os homens sofrendo nas cruzes e não pôde deixar de soluçar. Sabia do plano dos zelotes de purificar o Templo. Não deveria ter tentado avisar Jesus? Se tivesse conseguido, ele teria sido poupado daquele sofrimento. Olhou, então, para Dimas e colocou a mão fechada sobre os lábios trêmulos. Dimas foi o primeiro homem que amara. Agora seus braços estavam estendidos em uma cruz, com o sangue escorrendo das mãos e os sonhos se desvanecendo para sempre.

Lágrimas pingaram em sua mão enquanto ela observava Dimas. Nunca mais seria abraçada por ele. Nunca mais sussurraria segredos nos ouvidos dele ou fitaria desejosa seus olhos, nem escutaria sua voz implorando por mais uma chance. Nunca mais brigaria com ele, para depois se reconciliarem e fazerem amor, afogando o sofrimento nas profundezas da paixão. Sua vontade era subir naquela cruz e tirá-lo dali, levá-lo para casa, onde quer que fosse, e cuidar dele até que ficasse bom. Mas não era para ser. Ela o abandonara na véspera de sua maior batalha. Se ao menos tivesse conseguido convencê-lo a deixar os zelotes com ela... Agora era tarde demais.

Passou a mãos pelos cabelos, sentindo-se parcialmente culpada pelo sofrimento dele e rezando para que terminasse logo. Ajoelhando-se, cobriu o rosto com as mãos. Cometera tantos erros, decepcionara tanta gente. Mas não podia desfazer seus erros nem o sofrimento que causara. A única coisa que podia fazer era ficar de vigília.

Maria Madalena passou o braço em volta de seus ombros e Judite apontou para Dimas.

— Ele é o homem de quem lhe falei, com quem fugi. Foi preso no Templo, e agora está morrendo com Jesus. O irmão dele, Gabriel, me salvou da prisão; mas também me deixou. Ah, Maria, não tenho ninguém e é tudo culpa minha.

Maria Madalena abraçou Judite com mais força.

— Precisamos ser fortes por esses homens que estão morrendo. Por favor, reze conosco.

Maria levou-a para o grupo. Judite reconheceu as mulheres que estavam na casa quando foi presa e também o discípulo chamado João. Quando Jesus viu o grupo reunido, chorando e rezando, fixou o olhar na mãe:

— Mulher, eis aqui o teu filho! — Então, virou-se para João e disse: — E eis aqui a tua mãe.

Maria Madalena e as outras estavam abraçando a mãe de Jesus, e Judite se juntou a elas. Os soluços da mãe dele partiram seu coração, embora o ritmo constante de sua respiração e a firmeza com que a abraçou mostrassem que tinha uma profunda força interior. Embora o futuro de Judite parecesse tão incerto quanto o retorno do sol, ela se espelhou na coragem dessas mulheres que a incluíram em seu círculo de sofrimento e oração.

A preocupação de Jesus com a própria mãe fez com que Judite se lembrasse de como ele era íntimo das mulheres. Ah, como desejava receber um amor terno como aquele de um homem! Mas Gabriel tinha ido embora e talvez nunca mais voltasse. Ela o humilhara no dia do casamento deles; estava esperando um filho do irmão dele. Talvez ele nunca conseguisse perdoar, nunca acreditasse que ela tinha mudado.

E por que deveria acreditar? Provavelmente, temia que ela o traísse de novo. Pensar na palavra *traição* formou um nó em sua garganta e lágrimas encheram seus olhos. A traição era uma prisão pior do que a de Pilatos. Era uma prisão sem paredes, mas a vergonha a mantinha trancada ali dentro. E essa prisão era mais escura e mais solitária do que qualquer uma que Roma já houvesse construído.

Escutar os gemidos de Dimas fez seu corpo começar a tremer e não conseguiu mais parar. Ele estava sofrendo, assim como Gabriel e os pais deles. Em cruzes do coração. As traições dela tinham erigido as vigas e prendido os pregos. Agora, não poderia mais fugir da prisão dentro de si, sua sentença de vergonha nunca acabaria, nunca mais voltaria para casa nem seria inocente de novo.

Não parecia justo ter de pagar por seus pecados pelo resto da vida. Mas ao fitar a escuridão do Gólgota e sentir o cheiro da fumaça das tochas, dos corpos suados, a carne apodrecendo, percebeu que questões de justiça não eram permitidas ali. A crucificação não era justa. Era cruel e ali a crueldade reinava. Ela também fora cruel e nenhuma explicação poderia livrá-la das consequências de suas ações.

Estremeceu ao pensar em criar um filho sem um homem. Como comeriam? Onde morariam? As questões a atormentaram até que se lembrou das palavras de Maria Madalena: *Você está com medo porque ainda não aprendeu a confiar.*

Judite suspirou e fechou os olhos, por um momento se afastando do horror das crucificações. *Não quero perder Gabriel. Mas se ele não pode me perdoar e se entregar de coração a um compromisso comigo, devo deixá-lo ir.*

Outro grito veio da cruz, um som gutural, assustando-a. Dessa vez, Jesus levantou a cabeça e exclamou:

— Estou com sede!

Essas palavras vieram logo depois das que dirigira à mãe e Judite percebeu que ele estava pedindo mais do que algo para beber. Tinha passado a vida sedento de Deus e de seu Reino, de relacionamentos sinceros, de justiça e de paz. O lamento cortou a alma dela e fez com que Judite percebesse o quanto a própria boca estava seca.

Ela observou Maria Madalena olhar de forma astuta para os soldados. Maria acenou para Judite, apontou para a jarra de vinho dos soldados e instruiu-a a pegar quando estivessem distraídos conversando. Judite esperou até que os soldados estivessem rindo de uma piada grosseira, então correu e pegou a jarra, Maria Madalena ao seu lado. Elas foram até a cruz de Jesus, afundaram uma esponja no vinho e a levantaram até ele com a ajuda de um galho. Jesus sugou um pouco do vinho, mas quando os soldados viram o que estava acontecendo, enxotaram Maria Madalena e Judite. Quando elas voltaram para o grupo, Jesus gritou:

— Meu Deus, meu Deus! Por que me abandonaste?

As palavras partiram o coração de Judite. Ela olhou para Jesus e viu uma expressão de total abandono no rosto retorcido, os olhos fechados, a boca formando uma careta, o queixo caído sobre o peitoral como se estivesse grudado. Perplexa e nauseada pelo horror, ela se virou, esperando ver apenas escuridão, mas encontrou um dossel de estrelas cobrindo o céu. Levantou os punhos, balançou-os e, assim como Jesus, perguntou:

— Por que, Deus? Por que tanta paz no céu quando há tanta desgraça na terra?

Mas sua pergunta, assim como a expressão de desamparo de Jesus, foi recebida por um silêncio indiferente.

Frente a tanto horror, *parecia* que Deus tinha desamparado Jesus. Tudo que acontecera era demais. Ela se afastou das mulheres. Jesus perdera a esperança dele; a dela também se fora. Conseguira permanecer forte durante as batalhas de Qumran e o conflito com Judas Iscariotes e sua decisão de deixar os zelotes, mas agora não lhe restavam mais forças. Estava separada de Dimas, da família, dos zelotes, de Gabriel. Precisava ir embora do Gólgota e nunca olhar para trás. Mas quando se virou para ir embora, sentiu a mão de Maria Madalena no ombro e escutou sua voz:

— Judite... Judite de Jerusalém, não vá embora. Precisamos de você... e você precisa de nós.

Judite parou. Queria continuar, mas não conseguia. Os olhos sofridos das mulheres fitaram-na por um longo momento. Os insultos da multidão ecoavam em seu ouvido, cada vez mais cruéis conforme a morte de Jesus se aproximava.

— Ele está chamando Elias para salvá-lo!

— Um Messias sofredor! Que piada!

— Só um tolo ameaçaria Roma! Ele está tendo o que merecia!

Jesus estava ofegante agora, tentando respirar, tendo convulsões, a voz rouca, distante. As palavras eram ininteligíveis, como se ele estivesse preso em um desfiladeiro que abafava seus gritos por ajuda. A respiração de Judite também ficou difícil em uma resposta solidária à dele, seus pulmões contraídos em espasmos de tosse e soluços. Na prisão, Jesus falara de perdão e dissera que ela poderia recebê-lo e até mesmo se perdoar. Ela sentia o enorme peso da própria condenação e da de todas as pessoas que traíra. Naquele momento, sentiu em algum lugar recôndito que Jesus entendia seu sofrimento, que de uma forma misteriosa ele estava sofrendo com ela, por ela. O amor dele acendia como uma chama dentro dela, espalhando calor para cada osso e músculo de seu corpo. Ela sentia que Jesus a amava como ninguém nunca tinha amado ou poderia amar e que a chama nunca morreria. A escuridão, o fedor e a brutalidade de Gólgota não importavam mais. Ficaria com ele.

Em seguida Jesus se endireitou, reuniu suas forças e proclamou triunfante:

— Acabou! — A multidão ficou em silêncio, perplexa. Parecia que ele não tinha mais nenhuma energia, mas ele suspirou: — Pai, em tuas mãos entrego meu espírito.

Judite soltou um grito e se ajoelhou na frente dele com a cabeça baixa, os cabelos molhados de suor, os olhos cheios de lágrimas. Então, ele pendeu para a frente e ficou imóvel.

Judite se aproximou das outras mulheres, todas se abraçando. A terra começou a tremer. Raios cortaram o céu. Trovões ecoaram. Rochas se partiram e o chão se abriu. Pessoas se jogavam em busca de abrigo. O centurião, com o manto vermelho nas mãos, olhou para Jesus e, quando a tempestade acabou, disse:

— Esse homem, de fato, era o Filho de Deus.

Judite notou que os outros soldados fizeram caretas quando escutaram as palavras do comandante. A expressão de descrença no rosto deles aumentava conforme a escuridão começava a dar lugar à luz do sol. Um soldado forte, com uma grande cicatriz no rosto, viu o papiro no chão e o pegou. Ele o desenrolou e deu uma olhada na carta.

— O que você tem aí, Petrônio? — perguntou o centurião.

O soldado chegou ao fim da carta.

— Uma coisa melhor do que o manto. — Apontou de forma zombeteira para Jesus. — É uma mensagem do nosso rei aqui.

Judite acompanhou Maria Madalena, que se aproximou de Petrônio horrorizada e disse:

— Essa carta pertence a mim. Você não tem o direito...

— Não mais.

Petrônio se afastou delas, indo na direção de Dimas com vários soldados. No silêncio daquele momento, pegaram seus malhos, preparando-se para quebrar as pernas de Dimas e Gestas, para assim acelerar a morte deles. Petrônio estava com o papiro em uma das mãos e o malho na outra. Judite foi em sua direção, mas Maria Madalena a segurou.

— Eles já não sofreram o suficiente? — Judite lutou para se soltar, a voz num grito desesperado.

Não adiantou. Ela se encolheu quando Dimas gritou:

— Por favor! Tenha piedade!

Petrônio e outros dois soldados quebraram as pernas de Dimas e Gestas, produzindo gritos de dor em ambos. Dimas continuou a gemer e Judite tapou os ouvidos e fechou os olhos, mas não conseguia deixar de ouvir o som de um homem se afogando no próprio vômito. O som horrendo penetrou nela. Judite balançou a cabeça, sem poder acreditar que realmente estava ali, que aquilo realmente estava acontecendo. Ela e Dimas estavam juntos havia apenas alguns meses, mas ela se sentia muitos anos mais velha. No começo, tudo era possível: fugir em um cavalo, derrotar os romanos, construir uma família juntos. Quando eles fugiram, ela acreditava no amor verdadeiro — tanto quanto na lua, no sol e nas estrelas —, mas tivera muitas vidas desde então e essa crença a traíra da mesma forma que ela fizera com Dimas e Gabriel. Agora estava acabando em agonia e morte. Se pudesse voltar e começar de novo, faria escolhas diferentes. Mas não tinha essa opção...

Abriu os olhos e fitou Dimas. Poucos minutos depois, a cabeça dele caiu sobre o peito e ele morreu, assim como Gestas. Ela tentou afastar os soldados, mas eles a ignoraram e se aproximaram de Jesus, que já tinham visto que estava morto. Petrônio o atingiu na lateral do tronco com uma lança, fazendo sair uma mistura de sangue e bile amarela. Então, sem nem parar para respirar, Petrônio e os outros soldados começaram a ir embora.

Judite acompanhou Maria Madalena enquanto ela corria e os alcançava.

— A carta é tudo que tenho para me lembrar de Jesus. — Ela segurou o braço dele. — Por favor, não tire isso de mim.

Petrônio não demonstrou a menor emoção e a empurrou.

— Já perdi o manto, mas a carta é minha. — disse, indo embora com os outros soldados. Apenas o centurião e quatro homens ficaram para trás.

A multidão estava diminuindo enquanto Judite voltava para se juntar às mulheres.

— Posso ficar com vocês para o sabá? — perguntou a Maria Madalena, sentindo-se totalmente sozinha.

Maria Madalena parecia arrasada, o rosto vermelho de tanto chorar. Segurou o braço de Judite com carinho.

— Claro. Vamos voltar para aquela sala do segundo andar onde tivemos a nossa última ceia com Jesus. Passaremos o sabá lá.

Quando Maria ainda estava falando, dois homens mais velhos se aproximaram. Vestiam longos mantos de fariseus e um deles carregava uma mortalha e panos molhados, enquanto o outro trazia duas grandes jarras. Judite reconheceu o mais forte dos dois como Nicodemos ben Gorion. Ele cumprimentou as mulheres com pesar e apresentou seu amigo, José de Arimateia, um homem de estatura mediana com um rosto simpático e cabelos pretos com alguns fios brancos.

José apresentou ao centurião uma ordem escrita de Pilatos em que permitia que ele levasse o corpo de Jesus. O centurião examinou o documento com cuidado e depois disse para José:

— Certo, tem permissão para levar o corpo do nazareno, mas só o dele.

Judite se aproximou de Nicodemos e sussurrou:

— Por favor, senhor, podemos enterrar também o corpo de Dimas?

Nicodemos lançou um olhar nervoso para o centurião, que estava vigiando.

— Você escutou a ordem. É melhor nem tentarmos.

Usando as escadas e as cordas dos soldados, José, Nicodemos e João baixaram o corpo de Jesus da cruz. Quando deitaram-no no chão, sua mãe embalou em seus braços a cabeça do filho uma última vez. Ela tirou a coroa de espinhos, carinhosamente tocou os olhos dele e beijou-o com ternura. José desenrolou a mortalha e disse:

— Nem todos os membros do Sinédrio aprovaram a execução de seu filho. O mínimo que podemos oferecer a ele é um enterro apropriado.

Os homens colocaram o corpo de Jesus sobre a mortalha e Nicodemos pediu ajuda às mulheres para embalsamá-lo. Primeiro, Judite recuou, nauseada pelo corpo ensanguentado e dilacerado. Depois, se controlou e, junto com as outras, começou a lavá-lo, com o estômago revirado e as mãos tremendo. Esfregou suavemente os ferimentos infligidos pelo chicote, pelos pregos e pela lança; depois tirou mirra e babosa dos jarros e espalhou as especiarias no torso pálido, nos braços flácidos, nas pernas manchadas de sangue.

A tristeza lhe pesava cada vez mais. Cada movimento exigia tanta energia que ela achava que seria o último, mas seu amor por Jesus lhe deu forças para continuar. Parecia que tinha apenas começado quando José de Arimateia viu o sol se pondo, pouco visível no horizonte escuro.

— O sabá está prestes a começar; não temos tempo para terminar o embalsamamento — disse. — Precisamos levar o corpo de Jesus para a tumba imediatamente.

Quando Nicodemos estava se levantando, Judite contou a ele sobre o soldado e a carta. Nicodemos a fitou e franziu a testa.

— Precisamos encontrar esse soldado e recuperar a carta. Precisamos dela agora mais do que nunca.

Maria Madalena, a mãe de Jesus e muitas outras mulheres da Galileia foram até a tumba com os homens; Judite ficou para trás com Susana, Joana e algumas outras que nem conhecia. Quando seu grupo se dirigiu para a cidade, ela parou por um momento e fitou o rosto inchado de Dimas, as pernas feridas, desejando poder fazer mais por ele. Fitou o céu roxo e se lembrou das estrelas na noite em que ela e Dimas fizeram amor pela primeira vez. Como tudo estava diferente agora! Como a paixão os levara até a morte e o desespero!

Judite ficou imóvel, as pernas bambas, a cabeça girando. Um silêncio lúgubre tomara conta da tarde escura. Não o silêncio revigorante de uma noite tranquila, mas o silêncio assombrador de um campo de batalha depois da guerra. Um cachorro latiu longe dali. O som de lamentação partiu seu coração e fez com que se lembrasse de que estava sozinha: a esperança tinha acabado; a felicidade, a liberdade e os sonhos também.

O cachorro latiu de novo e ela caiu, um ouvido grudado no chão implacável, o outro coberto pela mão trêmula. Empurrou com força, desesperada para calar o latido que a fazia se lembrar do gemido de Dimas. Mas ela sabia que o terror dos gritos angustiados dele sempre a acompanharia, assim como a lembrança das traições que ela cometera, pois nunca conseguiria calá-los ou esquecê-los. Da mesma forma que o corpo dele fora crucificado, o coração dela também o fora e ela temia que nunca mais conseguiria se reerguer, que morreria com Dimas. Mais do que uma pequena parte dela queria que isso acontecesse.

Mas a lembrança de Jesus lhe deu forças para se levantar de novo: "Em verdade, eu te digo, ainda hoje estarás comigo no paraíso." Seus olhos se encheram de lágrimas, e ela colocou as mãos na barriga. Algum dia, quando seu filho perguntasse sobre Dimas, essas seriam as palavras que ela falaria. Independentemente do que fizera, por mais trágica que tenha sido a morte dele, no fim, essas eram as palavras que importavam. Precisara de muito tempo, mas finalmente entendera. Ele cedera e se entregara a Jesus. Virou-se para seguir as outras mulheres, confiante de que carregaria essas palavras consigo para sempre e se lembraria delas todas as vezes que se lembrasse de Dimas.

DIAS ATUAIS

CAPÍTULO 48

Quando sofremos por amor, pensamos em desistir desse sentimento, em voltar atrás e jurar nunca mais amar de novo. Dessa forma, podemos evitar a dor e minimizar o risco.

Mas nunca conseguimos voltar atrás o suficiente para ficarmos totalmente a salvos.

A melhor estratégia é continuar empenhado. O amor pode perder muitas batalhas, mas mesmo os fracassos são vitórias para os corações que se recusam a endurecer. No final, esses corações vencerão.

Enquanto Deus viver, eles vencerão.

E já venceram.

Do diário do irmão Gregory Andreou

Jerusalém
Quarta-feira, 17 de abril

A Marcha pela Paz foi maior do que se imaginava, mas apesar de seu aparente sucesso, Karim estava decepcionado. Esse sentimento o surpreendeu enquanto ele e Rachel marchavam junto com o povo na direção da praça em frente ao Muro das Lamentações. Acabara de sussurrar uma oração em agradecimento por Kenyon tê-la libertado e por um motorista que passava tê-los levado até o mosteiro. Mas ao olhar para o Muro das Lamentações e para o Domo da Rocha acima dele, sua gratidão se transformou em melancolia. Desejava compreender por quê.

Não estava decepcionado por causa das milhares de pessoas que marchavam em volta dos muros da Cidade Antiga. Bandeiras de países da África, Ásia, Europa e Américas o deixaram contente, assim como os cartazes coloridos decorados com pombos e ramos de oliveiras que o inspiravam a continuar acreditando na paz. Famílias e universitários se misturavam com padres, rabinos e imames e faziam com que se lembrasse de que todos os povos podem conviver juntos. A diversidade dos manifestantes não desapontara, mas sim excedera suas expectativas — judeus envolvidos em seus xales de oração brancos, sacerdotes russos ortodoxos usando longas túnicas pretas, homens muçulmanos com seus chapéus *kufi* e mulheres muçulmanas com os rostos cobertos por *hijab*.

Mas, ao refletir mais, Karim identificou a fonte de sua decepção. Jerusalém significava "cidade da paz", mas nunca um nome soou como uma ironia mais amarga. Esta cidade de profetas e sábios, reis e peregrinos, eruditos e poetas também era uma cidade de generais, guerreiros e homens-bombas.

Cercado por lugares sagrados, Karim sentiu o confronto entre o sonho da bênção divina e do pesadelo da guerra e do potencial desperdiçado, da grande possibilidade comprometida por um ciclo sem fim de brutalidade e vingança. Jerusalém era como uma noiva amorosa com um coração de prostituta. Ela o seduzia com eminentes promessas de paz, apenas para lhe deixar chorando quando essas promessas eram destruídas pelas pedras do derramamento de sangue e morte.

As conversas e risos da humanidade marchando transbordavam de uma riqueza multicolorida. Mas a cor dominante em Jerusalém era o bege: seus muros, suas ruas, suas calçadas, seus prédios. A cena falava de religião — que quando a justiça e a compaixão são promovidas, a religião pulsa com cor e vida, mas quando ela inspira ódio e violência, era tão bege quanto os ossos apodrecendo nas centenas de túmulos nos Vales de Hinom e Kidron.

Karim e Rachel foram desviando da multidão para alcançar irmão Gregory, gratos por, depois de tanta discussão, e em resposta às pressões de Washington, o governo israelense ter aliviado as restrições naquele dia. Conforme abriam caminho no meio dos manifestantes, cercados por soldados israelenses com gás lacrimogêneo na mão, Karim brincou com a aliança em seu dedo, a aliança de sua mãe.

A noite anterior tinha sido um momento decisivo para ele e Rachel. Eles passaram o tempo que restara da noite conversando, compartilhando suas esperanças, seus sonhos... e seus medos. Ele a confortara quando as lágrimas escorreram de seus olhos, e ela adormecera por alguns minutos em seus braços. A experiência o convencera de que a queria ao seu lado para sempre.

De que precisava pedi-la em casamento.

Quando virou-se para olhá-la, ficou impressionado de como ela se recuperara do sequestro. Apesar de não ter dormido nada, a beleza saudável e a capacidade de recuperação o atraíam.

— Está nervosa com o seu discurso?

— Claro.

— Mantenha o foco na sua mensagem e tudo vai dar certo. — Ele continuou acompanhando-a, ansioso para ver o manuscrito, mas ainda mais ansioso para encontrar um momento em que pudesse fazer o pedido que o estava consumindo: *Quer se casar comigo?* Afastou a pergunta de sua cabeça quando se aproximaram de irmão Gregory e do manuscrito. As manifestações públicas pressionaram a Agência de Antiguidades do Governo a permitir que o manuscrito fosse exibido na marcha. Temendo uma revolta popular, a AAG cedera e confiara o manuscrito a irmão Gregory. Estava guardado em uma caixa de madeira, carregado por quatro monges e protegido por uma tampa de acrílico e por guardas israelenses com armas automáticas. Olhou em volta mas não viu Ezra.

Com Rachel ao seu lado, Karim foi abrindo caminho através do enorme mar de manifestantes até alcançarem irmão Gregory e a caixa. Equipes de televisão filmavam de todos os ângulos, transmitindo o evento para o mundo todo. Karim esperava que as imagens de dezenas de milhares de pessoas rezando pela paz inspirassem apoio para a solução por dois Estados.

Naquele momento, lembrou-se de seu encontro com Kenyon e sentiu um calafrio percorrer seu corpo apesar do calor do sol de meio-dia. Esperava que Kenyon não causasse mais problemas. Agora que o patife do arqueólogo estava com o laptop de irmão Gregory e todo o material usado na tradução, podia acusar Karim de ter roubado o manuscrito e mandá-lo para a cadeia. Karim não tinha onde se esconder. Brigado com o pai, não podia voltar para casa. E também não podia ficar indefinidamente no mosteiro nem em Jerusalém sem permissão. Era um homem sem país.

Karim cutucou Rachel.

— Estou nervoso por estar aqui.

Ela desviou de um homem robusto.

— Não se preocupe. Onde você poderia estar mais invisível do que no meio de uma multidão com milhares de pessoas?

Karim passou o dedo na aliança. Sonhava com o dia em que poderia levar Rachel para jantar fora, caminhar sob a luz das estrelas, compartilhar momentos de carinho. Queria que ela estivesse sempre ao seu lado, queria se casar com ela para criarem uma família juntos.

Mas casamento parecia impossível. Suas famílias os separavam. A animosidade entre muçulmanos e judeus os separava. As fronteiras e muros os separavam. Ainda assim, ele estava determinado a não desistir. Embora as chances de ele e Rachel se casarem e viverem felizes parecessem tão remotas quanto as de uma paz duradoura, prometeu que tentaria. Lembrando-se dos ensinamentos da carta sobre o significado do amor verdadeiro, ele a conduziu para fora da multidão. O único lugar tranquilo era uma escadaria na parte de cima da praça. Ele se afastou dos manifestantes, tendo Rachel ao seu lado, e subiu as escadas.

— Não posso imaginar a minha vida sem você — disse ele.

— E se você voltar para a Cisjordânia e eu ficar em Jerusalém... — Ela não terminou.

— Meu pai nunca vai me perdoar por desafiá-lo. Não posso voltar.

— Pode ficar no mosteiro?

— Não para sempre.

— Eu deixaria que ficasse comigo, mas seria muito perigoso. Tivemos sorte ontem à noite no mosteiro, mas seríamos tolos se tentássemos de novo.

Ele a puxou para mais perto.

— Estou pensando em uma coisa muito mais perigosa.

— E o que poderia ser?

Ele fez uma pausa.

— Em nos tornarmos marido e mulher.

Ela o fitou com surpresa nítida no rosto.

— Está me pedindo em casamento?

Ele mexeu na aliança e se lembrou de onde vinha, o que significava. Então, confirmou.

Por um momento, os olhos dele esquadrinharam os dela, e então ela ficou imóvel.

— Você está certo... casar *seria* perigoso demais, mas não apenas por causa de nossas diferenças. Não nos conhecemos há muito tempo.

Ele pegou a mão de Rachel e entrelaçou seus dedos com os dela.

— A carta não diz que o amor é sempre um risco? — Quando ela fitou os manifestantes que passavam e não respondeu, ele percebeu como essa afirmação era verdadeira. Não tinha planejado pedi-la em casamento daquela forma. As palavras saíram espontaneamente, surpreendendo-o tanto quanto a ela. Então a sensação de risco tomou conta dele da mesma forma que as ameaças de Ezra. Se ela dissesse não, Karim sabia que ficaria arrasado, mas precisava arriscar. Acariciou a mão dela com o polegar.

Talvez devesse ter esperado. Talvez devesse ter escolhido um lugar mais tranquilo, um local mais romântico, um momento mais oportuno. Mas com todos os perigos que enfrentavam, teria outra chance? Sonhava em tirá-la do conflito e da opressão daquela terra, em encontrar um lugar onde fossem aceitos como um casal e pudessem viver em paz, mas se não ficassem ali e lutassem por mudança, tal lugar jamais existiria. Nunca teria escolhido o meio da marcha como o momento, nem o Muro das Lamentações como o lugar para pedi-la em casamento. Era como se eles o tivessem escolhido. Com os olhos de Rachel expressando o conflito de sentimentos que ele sentia, não podia voltar atrás.

Ela baixou o olhar de novo, e para ele o tempo estava passando tão devagar quanto de um Ramadã para o outro... uma eternidade. Como ousara ter esperança de que ela o amasse, um palestino? Mas tivera esperança. E agora ela estava prestes a partir seu coração.

Finalmente, ela o fitou com um sorriso cheio de lágrimas e o surpreendeu dizendo:

— Eu teria muito orgulho em ser sua esposa.

Uma onda de alívio e depois alegria tomou conta dele quando a tomou nos braços. Queria se casar com ela ali, naquele momento, antes que ela mudasse de ideia, antes que o mundo deles explodisse em violência de novo.

— Quando podemos marcar a data?

— Assim que encontrarmos um rabino que faça a cerimônia.

Ele a beijou carinhosamente.

— E um imame?

Ela o puxou de volta e riu.

— Sim, claro, e um imame.

Karim tirou a aliança de seu dedo mínimo e mostrou-a a Rachel.

— Esta aliança pertenceu à minha mãe. Quero que você a use.

Rachel hesitou, olhando a aliança como se tivesse sido pega desprevenida.

— Mas a forma como sua mãe morreu... são tantas lembranças dolorosas! Tem certeza de que quer que eu use?

Ele pegou a mão dela.

— A melhor forma de esquecer as lembranças tristes é substituí-las por lembranças felizes. — Ele colocou a aliança no dedo dela. — Vamos fazer um futuro melhor do que o passado.

Ela admirou a aliança.

— Como sua mãe se sentiria tendo uma nora judia?

— Horrorizada — disse Karim com um sorriso enorme. — Mas o horror acabaria no momento em que ela conhecesse você.

Aplausos quase sufocaram as palavras de Karim. Com a cerimônia em andamento, se reuniram à multidão. O rabino Jonathan Meltzer estava falando de cima de um palanque armado na área livre em frente ao Muro das Lamentações. Ele estava reafirmando a esperança de que o Estado de Israel ajudasse judeus de todo o mundo, e enalteceu os feitos do país em educação, negócios, saúde e arte. Mas quando os aplausos se calaram, ele enfatizou as terríveis consequências de um fracasso na tentativa de paz.

— A realidade de um só Estado gera consequências desastrosas não apenas para Israel e Palestina, mas para todo o mundo.

— O rabino Meltzer está quase acabando — disse Karim a Rachel. — É melhor você ir para o palanque. — Quando olhou para a esquerda, Karim notou um rosto familiar.

O homem com maxilar quadrado, usando uniforme das Forças de Defesa de Israel, estava parado no muro norte da praça com dois outros soldados, rifles de gás lacrimogêneo nas mãos.

Ezra Sharett.

Karim mostrou para Rachel.

— Só espero que ele fique calmo — disse ela.

Karim se escondeu atrás de um homem careca na frente deles.

— É melhor nos separarmos para que seu irmão não nos veja juntos.

Ela já ia saindo, mas ele a segurou.

— Eu amo você, Rachel Sharett.

Ela meneou a cabeça uma vez, com lágrimas nos olhos. E, então, desapareceu. Karim atravessou a multidão de manifestantes para se aproximar do palanque. Observou irmão Gregory e os monges, cercados por soldados, colocarem o manuscrito ao lado do palanque.

Rabino Meltzer terminou seu discurso apresentando Rachel como uma das fundadoras da Iniciativa de Paz Abraâmica e enaltecendo-a. A multidão aplaudiu e o rabino a abraçou.

Quando ela se aproximou do microfone, precisou esperar uns dois minutos para pararem os aplausos antes de começar seu discurso.

— Estamos aqui para exigir o fim da violência e da opressão! — As palavras fervorosas de Rachel provocaram um urro enérgico da multidão, lançando uma onda de energia pelo corpo de Karim. Quando os gritos pararam, ela continuou: — Sabemos que a luta só vai acabar quando palestinos e israelenses tiverem Estados soberanos com fronteiras seguras. Os líderes dos dois lados também sabem disso. Hoje, nós os convidamos a sonhar conosco e a começarem a curar nosso sofrimento individual e coletivo. Nenhuma oposição política, econômica ou militar pode prevalecer contra esta força unificadora. O dia da vitória está se aproximando.

Mais gritos vieram da multidão. Quando o furor diminuiu, uma universitária que segurava um cartaz, gritou:

— Como conseguiremos isso se todos os esforços do passado fracassaram?

Rachel levantou as mãos e pediu silêncio.

— Deixe-me contar uma história. Existia uma grande civilização construída às margens de um enorme rio. O povo era próspero até poluírem o rio e começarem a morrer das doenças que ele espalhava. A única esperança deles era a água pura de um lago profundo no topo de uma montanha próxima, mas os afluentes estavam obstruídos com lixo e não podiam ser limpos devido ao grande perigo que isso envolvia. Um jovem subiu até o lago e conseguiu abrir uma passagem para que a água pudesse fluir. Mas ele foi levado correnteza abaixo e morreu. O povo encontrou seu corpo nos pés da montanha e o enterrou com honra. Em sua lápide, escreveram: "Não existe amor maior do que este: sacrificar sua vida pelos outros."

Os olhos de Karim estavam fixos em Rachel, assim como os de todas as outras pessoas.

— O que essa história quer dizer? — perguntou uma jovem magra.

Rachel falou com toda convicção.

— A justiça é a água pura da montanha. Quando ela flui como um rio, dá vida a todos na terra. Mas a justiça tem um preço. Precisa que sacrifiquemos nossas vidas pelos outros. E quem consegue fazer isso? Só aqueles que têm amor no coração. Este amor é a fundação para toda religião ética. Estou falando de religião que tem suas raízes na igualdade, na verdade, na liberdade e na paz. Nem as Nações Unidas nem qualquer país podem fabricar essa religião, nem mesmo impô-la. A religião que cura e une surge em corações honestos e abertos. Ela inspira coragem, autoconsciência e arrependimento profundo. Essa essência espiritual entra em confronto com a escuridão que existe dentro de todos nós e nos leva para a luz.

— Queremos paz! — O grito em árabe veio do lado direito de Karim. Quando cânticos semelhantes surgiram em hebraico, depois em inglês, francês e alemão, Karim ficou arrepiado. A multidão aplaudiu com tanto fervor que soava como um trovão.

— Apenas a solução de dois Estados pode transformar a intolerância religiosa em justiça que flui como um rio — disse Rachel, seus cabelos brilhosos e grossos caindo para a frente.

Karim notou que a multidão foi ficando em silêncio, enquanto ela puxava os cabelos para trás e continuava.

— Chegamos a um ponto decisivo da história. O conflito entre israelenses e palestinos não apenas causa sofrimento nesta terra, como também alimenta os ataques terroristas em todo o mundo. A janela da oportunidade para encerrar este conflito está se fechando, e se não tivermos sucesso, o terrorismo vai continuar nas gerações futuras.

"Encontrei uma nova fonte para tratar a causa do ódio e da violência. É uma carta que Jesus de Nazaré escreveu para Maria Madalena, e ela trata da alienação espiritual como sendo o cerne do problema. — Ela apontou para o manuscrito. — Esta carta foi recentemente encontrada e está aqui na nossa frente. Sabemos que ela é genuína porque passou por vários testes e até o Vaticano aceitou sua autenticidade. O conteúdo da carta ilumina o significado da religião hoje em dia. Como judia, considero Jesus como um professor espiritual. O islã o considera um profeta. De alguma forma, os judeus e os muçulmanos precisam aprender a viver em paz. E eu acredito que esta carta possa nos ajudar."

Quando os murmúrios aumentaram na multidão, Rachel disse:

— Sei que devem estar se perguntando o que Jesus e Maria Madalena têm a ver com judeus e muçulmanos. Deixem-me explicar. — Ela levantou as mãos pedindo mais silêncio quando mais sussurros começaram, e continuou: — A luta de Jesus com seu amor por Maria Madalena o levou até a história da criação, aceita por judeus, cristãos e muçulmanos. Ele recebeu a revelação da imagem de Deus como masculina e feminina. A integração entre o masculino e o feminino em Jesus foi essencial para sua genialidade espiritual. Os dons de seu lado feminino estão presentes em todos os povos: criatividade, compaixão, capacidade de relacionamento, capacidade de sentir, de cuidar dos outros e expressar emoção. Mas, para receber esses dons, precisamos encontrar a completude de Deus.

"Este é o mistério e o desafio do judaísmo, do cristianismo e do islã. Nossas revelações de Deus pesam em favor do masculino. Sempre vemos Deus como sendo principalmente poderoso, racional e autoritário. Portanto, essas são qualidades que respeitamos em nós mesmos. Se Deus é um guerreiro, podemos justificar nossas tendências guerreiras e evitar lutar pela paz. Apenas honrando e abraçando a dimensão feminina do divino, poderemos restaurar o equilíbrio que nos tornará um todo. Assim, iremos cuidar dos filhos dos outros como se fossem nossos e parar de matar em nome de Deus. A carta de Jesus foi descoberta agora, no momento em que mais precisamos. Que sua sabedoria se torne uma fonte vital para cristãos, muçulmanos e judeus e para nossa busca, unidos, pela paz."

Quando terminou, Rachel convidou os manifestantes a darem as mãos e cantarem:

De mãos dadas, começaremos a jornada que nos levará além do passado.
De mãos dadas, encontraremos uma paz que seja forte o suficiente para durar.
Divididos, certamente fracassaremos; não haverá paz
Apenas guerras e confrontos, apenas fronteiras e muros.
Além do horizonte, um dia compreenderemos
Que precisamos caminhar juntos de mãos dadas.

O cântico da multidão se transformou em gritos de "Paz, paz, paz!" em muitas línguas. Karim se encheu de orgulho por ver que sua futura esposa provocara uma resposta tão fervorosa dos manifestantes. Queria gritar junto, mas então se lembrou do ataque suicida de seu irmão Saed, uma tragédia sem sentido, e um nó em sua garganta o silenciou. Karim buscou os olhos de Rachel, ansiando por um sinal de seu amor. Foi andando na direção do palanque, sem afastar os olhos dela um minuto sequer.

Quando chegou perto o suficiente para ela vê-lo, ele notou um homem que se aproximava rapidamente do palanque. Rachel abriu um sorriso radiante para Karim, que fez com que ele se lembrasse por que estava disposto a arriscar tudo por ela. Mas não teve tempo de saborear o gesto, porque o homem subiu no palanque. Preocupado, Karim avançou. Os manifestantes aplaudiam o discurso de Rachel, os gritos alcançando um ritmo frenético. Ela acenou para o público e se afastou do microfone. Quando Karim chegou mais perto, reconheceu o homem que estava no palanque.

Robert Kenyon.

Karim empurrou as pessoas, ignorando os berros de raiva, mas não conseguiu alcançar Kenyon antes de ele entrar na frente de Rachel e falar no microfone.

— Eu sou o Dr. Robert Kenyon. Sou o arqueólogo que encontrou este manuscrito. A Agência de Antiguidades do Governo nunca podia ter permitido que ele fosse exibido aqui. O lugar do manuscrito é em um museu, e é para lá que ele deve ir imediatamente.

Uma mulher de meia-idade que usava um *hijab* de cor laranja disse:

— O manuscrito trouxe esperança para *todos* os povos, não apenas para cristãos e judeus, e não apenas para os homens. Ele também trouxe esperança para as mulheres muçulmanas.

— Não! — gritou Robert Kenyon, então segurou-se no palanque quando vários organizadores da marcha e guardas tentaram tirá-lo dali. Ele resistiu, socando o ar, até que finalmente conseguiram dominá-lo. Rachel implorava por calma, mas cinco homens vestindo colarinhos de padre estavam indo na direção do palanque. Um deles, um homem troncudo, com rosto redondo e cabelos ruivos, abriu caminho até o microfone. Causou comoção entre os monges quando disse:

— Nós concordamos com o Dr. Kenyon. Aqui não é lugar para o manuscrito.

Karim sentiu um vazio no peito quando os monges e padres se encararam. Começou um empurra-empurra no meio da multidão, jogando-o para a frente. Segundos depois, escutou gritos quando judeus começaram a brigar com muçulmanos e cristãos, com judeus. Olhou para o palanque e viu Rachel tentando apartar a briga entre padres e monges. Então, pelo canto do olho, Karim viu Ezra Sharett e seus soldados se preparando para lançar bombas de gás lacrimogêneo. Ezra pegou um alto-falante e mandou a multidão se dispersar, mas as brigas só aumentaram até que ele deu um aviso final, que ficou perdido no meio do caos.

Segundos depois, Karim escutou tiros e bombas de gás lacrimogêneo foram lançadas no meio do povo que brigava. Uma bomba caiu no palanque, soltando fumaça. Os manifestantes começaram a fugir, tossindo e com ânsia de vômito. Alguns caíram. Outros, sem conseguir enxergar por causa da fumaça, tropeçavam neles. A correria e os corpos caídos criaram uma cena de caos na praça, o cheiro acre, os gritos e berros frenéticos. Irmão Gregory e os monges protegiam o manuscrito enquanto a briga só aumentava.

Quando a fumaça começou a dispersar, Karim escutou um tiro e viu quando Rachel lentamente caiu no chão do palanque.

Não, não, não! Por favor, Alá, não! A oração ecoava na cabeça de Karim enquanto ele corria na direção do palanque, soando mais como uma ordem do que um pedido. Enquanto subia os degraus, a ordem se transformou em uma tentativa de barganha: *Farei qualquer coisa pelo Senhor, misericordioso Alá! Qualquer coisa! Mas deixe Rachel viver.*

Queria que a oração fosse por ela, mas também era por ele. Por um homem sem água no deserto. Por sua morte lenta sob um céu sem estrelas. *Precisava* chegar até ela, precisava ajudá-la. Ela era tudo que havia entre ele e uma vida de sofrimento e solidão.

Karim sentia o sol queimando sua pele enquanto corria na direção de Rachel. Ela estava deitada de costas, com a mão no peito onde a bala de gás lacrimogêneo a atingira, sua camisa branca de algodão encharcada de sangue. Ele se ajoelhou ao lado dela e fez um carinho em sua testa.

— Rachel, é Karim.

— Por favor, me ajude. — As palavras dela eram um sussurro, quase impossíveis de escutar.

Karim acenou e gritou para os paramédicos que estavam posicionados perto do palanque.

— Já estão vindo ajudá-la. Não vou sair do seu lado... Eu amo você.

Rachel apertou a mão dele, os dedos cobertos de sangue, e falou com a voz rouca:

— Eu também amo você.

O palanque tremeu. Karim levantou os olhos e viu soldados se aproximando, viu... o comandante Ezra Sharett.

— Ah, meu Deus, não! — Ezra acenou para os três paramédicos e ajoelhou-se ao lado dela.

— Por favor, Rachel, não morra. — Depois levantou a cabeça e apontou para Karim. — Prendam este homem! Ele está na cidade ilegalmente. — Dois soldados o agarraram.

— Nãããããooo! Não posso deixar Rachel. — Karim tentou se soltar dos soldados. Olhando dentro dos olhos furiosos de Ezra, ele gritou: — Você fez isso. Você atirou nela. Você é quem devia ser preso!

Karim podia ouvir os gemidos de Rachel enquanto os soldados o arrastavam. Lutou contra eles, se revirando, chutando e empurrando.

— Não, Rachel, não morra... Eu amo você!

Pelo canto do olho, Karim viu Ezra ajoelhado ao lado dela enquanto os paramédicos a atendiam. Os soldados o algemaram, o arrastaram pelas ruas e o entregaram para a polícia israelense.

ERA ROMANA

CAPÍTULO 49

Quando Judite acordou no sábado, o sabá da Páscoa, permaneceu de olhos fechados, totalmente imóvel. Se não deixasse a luz entrar, talvez ela fosse embora. Talvez conseguisse voltar a dormir e fugir um pouco mais de sua angústia.

Ou nunca mais acordar.

Mas a luz penetrava em suas pálpebras como uma intrusa e quanto mais forte ficava, mais aumentava seu pavor. Era um novo dia: o dia seguinte às crucificações de Jesus e Dimas. Sua cabeça estava girando, seu estômago nauseado, sua energia esgotada. *Ah, por que não posso morrer também?* Ela se sentou, apertando os olhos por causa da luz.

A inclinação do sol lhe disse que era quase meio-dia. Olhou em volta e se lembrou de onde estava: na sala em que os soldados a prenderam. Depois de dobrar a roupa de cama com capricho, foi até a janela e escutou as vozes das mulheres no pátio embaixo. O ar da primavera carregou as vozes, seu frescor contrastando com o cheiro de morte que pesava no ar na véspera.

Na janela, endireitou a túnica surrada e passou a mão pelos cabelos despenteados. Lembranças de Gólgota a dilaceravam por dentro, evocando um ódio por si própria. Segurou-se na janela para se equilibrar. Negar os fatos que tinham acontecido não levaria a lugar nenhum. Precisava enfrentá-los de alguma forma, aceitar que a vida nunca mais seria a mesma.

Sua única esperança vinha das palavras que Jesus lhe falara na prisão. Ele disse que Deus a perdoara e que ela encontraria uma nova vida se perdoando. Em Gólgota, ele pedira para Deus perdoar aqueles que o crucificaram. Ela sabia que era uma dessas pessoas e rezou pedindo perdão. Agora, devia seguir seus ensinamentos e mostrar sua gratidão ao compartilhá-los com outros. Talvez os seguidores dele a acolhessem. Se isso acontecesse, ela os ajudaria da forma que pudesse, pois sentia que se tornara um deles.

Desceu as escadas, passou pela sala de estar e saiu para o pátio. Ali, reunidas em cadeiras em volta de uma mesa de madeira, estavam Maria Madalena, Susana, Joana, Salomé e a mãe de Jesus. Elas estavam juntando sobras de carne de cordeiro com vegetais para o almoço.

— Sabíamos que você estava exausta, então deixamos que dormisse. Maria Madalena deu um sorriso fraco para Judite, o rosto pálido e marcado pelo cansaço. Maria parecia diferente hoje, menor, quase frágil, como se estivesse doente e perdendo a batalha para recuperar suas forças.

— Onde está João? — perguntou Judite.

Susana, que tinha os cabelos da cor de areia, levantou o olhar e respondeu:

— Ele saiu em busca dos discípulos de Jesus.

Salomé, uma mulher magra com pele corada, cortou um pedaço de cordeiro e o colocou em um prato. Judite estava admirada com a coragem silenciosa com que essas mulheres estavam carregando seu horror. Quando Maria Madalena foi para a cozinha, Judite a seguiu.

— Preciso desesperadamente me lavar. Posso fazer isso antes de comer?

Maria Madalena interrompeu seus preparativos e levou Judite para a área de banhos no andar de baixo da casa. Judite tirou a túnica, encardida da prisão e de Gólgota, e entrou na água fria. Para sua surpresa, Maria Madalena ficou e esfregou suas costas com uma esponja suave.

— Você está sendo muito corajosa — disse Maria.

— É só aparência. Já chorei tanto que acho que não me restam mais lágrimas.

A voz de Maria saiu baixa e triste.

— Acho que eu também. E amanhã precisamos ir à tumba bem cedo para acabar de embalsamar o corpo de Jesus.

Judite virou-se abruptamente.

— Ah, Maria, o que faremos sem ele? Sequer temos a carta como lembrança dele.

Maria apertou a esponja, despejando água.

— Irrita-me o que o soldado fez. Eu nem pude ler o que Jesus escreveu. Meu único consolo é que se vivermos conforme seus ensinamentos e amarmos como ele amou, ele sempre estará conosco.

— Eu *preciso* de Jesus comigo. — Judite passou água no rosto, fazendo uma oração silenciosa para Dimas e Gabriel. — E com meu filho.

Maria virou-a de novo e voltou a esfregar as costas dela.

— Então, deve descobrir sua missão e vivê-la com tanta coragem quanto Jesus viveu a dele. Ele fica mais perto de nós quando seguimos seu exemplo. — Maria pegou água nas mãos e jogou sobre os ombros de Judite. — Jesus era mais completo do que qualquer outro homem que conheci e ele me ajudou a me tornar completa também e a encontrar minha riqueza interior.

Judite lavou os braços com água, confusa com o que Maria Madalena tinha acabado de dizer.

— Como uma mulher solteira pode ter riqueza?

— Quando ela consegue ser feliz sem um homem. — Maria jogou água no pescoço e nas costas de Judite. — Jesus me ensinou isso. Agora eu o amo ainda mais... com um amor mais profundo do que a atração física. Ele me ensinou a reivindicar minha força inexplorada e me tornar verdadeiramente independente. Dar esse passo foi assustador, mas eu precisava fazer isso para crescer, e ele não poderia ter me ensinado essas coisas como meu amante, apenas como um amigo e guia.

Judite lavou o rosto com sabão, pensando nas palavras de Maria Madalena e refletindo sobre seus sentimentos por Gabriel.

— Não tenho tanta coragem quanto você.

— Não é coragem, é um compromisso com o meu próprio bem-estar. Se escolhemos ter um relacionamento com um homem, devemos entrar de livre e espontânea vontade e com alegria, não por necessidade. Isso significa que devemos nos basear nas nossas forças mais profundas e, infelizmente, mulheres fortes costumam ameaçar os homens. A forma de tranquilizá-los é ajudá-los a crescer também. Quando eles se tornarem completos e livres, como Jesus era, não irão mais nos temer. Então, homens e mulheres poderão se relacionar como iguais e poderão, finalmente, alcançar os sonhos mais altos que Deus destinou a eles.

Judite enxaguou o rosto.

— Se você não leu a carta, como conhece os ensinamentos tão bem?

— Eu os aprendi com o próprio Jesus.

Judite brincava com a água.

— Eu gostaria de que Gabriel os conhecesse melhor... Ele me deixou e não sei se algum dia vai voltar.

— Gabriel está tendo dificuldade em aceitar a sua gravidez, como qualquer homem teria. — Maria Madalena massageou suavemente o pescoço de Judite. — A única forma que ele pode realmente voltar é crescendo. Talvez você devesse escrever uma carta para ele em que expresse seus sentimentos. Nicodemos virá almoçar conosco; ele poderia entregá-la a Gabriel.

Maria trouxe uma túnica limpa para ela e, com palavras de apoio, abraçou-a carinhosamente e saiu. Judite ficou na água e pensou sobre escrever para Gabriel. Palavras escritas não pareciam adequadas, mas finalmente decidiu que devia fazer aquilo. Ficou mais um pouco na água, compondo a carta na mente.

De repente, vozes de homens no pátio interromperam seus pensamentos. Depois de sair da água, ela se enxugou e vestiu a túnica limpa. Voltando para o pátio, reconheceu João e Mateus, Pedro e André, mas não conhecia os outros homens. João estava explicando que encontrara alguns dos discípulos na casa de Maria, Marta e Lázaro na Betânia. Outros estavam hospedados em Jerusalém na casa de uma mulher rica e seu filho, João Marcos.

Nicodemos e José de Arimateia, usando mantos limpos e carregando jarros de mirra e babosa, chegaram quando João estava falando. Maria Madalena e outras mulheres se ofereceram para ir de manhã terminar o embalsamamento. Judite fitou o chão, desconfortável com a perspectiva de ver e tocar de novo o corpo crucificado de Jesus. Mas quando Maria Madalena perguntou se ela iria, Judite suspirou, sentindo-se na obrigação por causa de tudo que essas mulheres tinham feito por ela, e concordou com relutância.

Quando a refeição da Páscoa estava pronta, a mãe de Jesus convidou todos para irem para a sala onde os discípulos haviam compartilhado a última ceia de Jesus. Judite se sentou ao lado de Nicodemos enquanto Maria Madalena trazia o cordeiro com vegetais. Depois que José de Arimateia deu a bênção, começaram a comer em silêncio. Judite analisou cada rosto, as expressões mórbidas, todos os olhos vermelhos de choro. Maria Madalena tentou aliviar o ambiente:

— Fico feliz que todos vocês estejam aqui. Jesus desejaria que estivéssemos juntos.

Pedro não quis comer.

— Esta é a minha última refeição com vocês — disse, sem levantar o olhar. — Vou voltar a pescar.

— Por favor, não nos deixe — disse a mãe de Jesus. — Precisamos de sua liderança, agora mais do que nunca.

Pedro balançou a cabeça.

— Eu decepcionei Jesus. Ele previu que eu o renegaria três vezes e eu reneguei. — A voz de Pedro estava hesitante. Ele segurou a mesa para acalmar as mãos trêmulas. — Quando Jesus mais precisou de mim, eu fugi. — Pedro engoliu em seco, se esforçando para falar. — Por favor, deixem que eu me vá tranquilamente. Esqueçam-se de que estive aqui. Esqueçam que me conheceram.

Mateus, forte e barbudo, tentou confortá-lo.

— Não sou melhor do que você. Fugi, assim como você.

Judite respirou fundo, o estômago revirando.

— Tenho uma coisa para contar para todos vocês — disse, lembrando-se do presente que fora ser perdoada e querendo compartilhá-lo com eles. — A noite em que foi preso, Jesus esteve na prisão comigo. Contei a ele sobre as pessoas que magoara e traíra e sobre a vergonha profunda que sentia. — Os lábios dela tremeram um pouco. — Ele não me condenou. Em vez disso, alegou que eu não deveria me condenar. Disse que minha única esperança era amar e me perdoar, como Deus já o tinha feito. — Ela parou e esperou Pedro levantar o olhar para acrescentar: — Essa é sua única esperança também.

Pedro fitou todos os rostos.

— Nunca me recuperarei da minha vergonha enquanto viver. — Ele cruzou os braços em cima da mesa, enterrou a cabeça e chorou amargamente. Quando Maria Madalena colocou a mão em seu ombro, ele levantou o olhar.

— Passarei esta noite aqui e partirei para a Galileia de manhã.

Comovida pelo desespero de Pedro, Judite se levantou. Embora fosse uma novata entre os discípulos, tinha uma importante mensagem para eles e reuniu coragem para falar.

— Estamos todos terrivelmente perturbados agora, mas precisamos continuar acreditando no futuro. — Ela olhou para todos os rostos à mesa, todos os pares de olhos. — Eu tinha acabado de começar a seguir Jesus quando ele foi crucificado. Meus pecados são muitos e graves, mas ele me falou de um amor maior do que até o pior deles. Saber que Deus me ama e nunca vai desistir de mim, mesmo quando eu desistir de mim mesma, me deu força o suficiente para seguir em frente. — Ela olhou para Pedro. — Deus também não desistiu de você. O que você vê como um terrível fracasso pode ser o começo de um milagre na sua vida. Foi assim comigo.

Judite se sentou, o rosto quente devido ao estresse de dividir algo tão pessoal. Ela olhou para Maria Madalena, à sua frente. Maria continuou comendo no silêncio desconfortável que se seguiu, então baixou o cálice de vinho e limpou a garganta.

— Quero saber o que Jesus escreveu na carta em que compartilhou seu conhecimento secreto sobre amor e relacionamentos. Ele disse que coisas misteriosas aconteceriam com a carta e aconteceram. Em Gólgota, soltei o rolo de papiro e um soldado chamado Petrônio o pegou. A única maneira de recuperá-lo é apelar a Pilatos.

O coração de Judite estava batendo acelerado quando Maria Madalena se dirigiu a Nicodemos e pediu:

— Você está disposto a fazer esse pedido? Você e José de Arimateia convenceram Pilatos a entregar o corpo de Jesus. Talvez possam convencê-lo a exigir que Petrônio devolva o rolo.

Os olhos de Nicodemos brilhavam intensamente.

— Sim, falarei com Pilatos. *Precisamos* recuperar a carta.

Judite apertou o braço dele.

— Obrigada. — Ela se aproximou mais e sussurrou: — E eu decidi escrever para Gabriel. Você entregaria a carta para ele?

Nicodemos deu um sorriso reconfortante.

— Claro.

Quando terminaram de comer, Maria Madalena levou Judite a um lugar tranquilo para se sentar. Judite estava pronta para começar uma vida nova, mas não sobre a fundação abalada da velha. Ela tinha uma sabedoria mais profunda em que basear a sua construção, a sabedoria de Jesus que tornara Maria Madalena tão forte e livre. *Preciso ajudar Gabriel a ver que eu mudei, que ainda podemos ter um futuro.* Pegou o papiro e começou a escrever...

CAPÍTULO 50

A última vez em que Gabriel planejara matar alguém, era a si próprio. Desta vez, era um soldado romano. Consumido pela raiva, Gabriel se perdera. E perdeu tudo o que aprendera. Estava segurando em seu colo um cordeiro berrando, com a adaga escondida embaixo da túnica. A multidão reunida ali para o sabá o levava como se fosse um galho arrastado pela água. Desde que deixara Gólgota, refletira sobre seus sofrimentos e percebera quem era a causa maior de todos eles: os romanos! Eles mataram o irmão de Judite e fizeram com que ela e Dimas se tornassem marginais. Eles crucificaram Dimas e um homem inocente e justo, Jesus de Nazaré. Agora os romanos precisavam pagar!

A multidão o levou ao Pátio dos Israelitas, as têmporas latejando, as palmas das mãos suando. Perdido na loucura da fúria, ignorou o ar enfumaçado e mal escutou o coral dos levitas cantando. Só quando o sacerdote pegou o cordeiro para o sacrifício, as liras, harpas e trombetas penetraram em seus ouvidos. As melodias cada vez mais altas e os címbalos ensurdecedores nas palavras "A misericórdia de Deus dura para sempre" reverberavam alegremente, mas não para ele. Nada no Templo — os pátios majestosos, o cheiro de incenso, a pompa elaborada — seria capaz de conter seu plano de vingança.

Gabriel se afastou da multidão e se dirigiu para as escadas que levavam para a passarela superior. Da última vez que subira até lá, tentara pular. Desta vez, faria do soldado patrulheiro sua primeira vítima.

Subiu dois degraus de cada vez, olhando furtivamente para todas as direções. Chegando ao topo, sem ser notado, foi para trás de um pilar e esperou. Escutou passos. Procurou a adaga.

Então olhou para baixo. O estonteante mármore branco do Templo, fili-granado com ouro e prata, reluzia sob o sol do fim da tarde. Os telhados de Jerusalém estavam brilhando como joias. Ele se lembrou do horrendo dia de seu casamento, da dor no coração, do terror nas entranhas. E pensou em Nicodemos, o homem que o salvara.

O velho fariseu realmente lhe ensinara o segredo da felicidade? Ou a sabe-doria de Nicodemos era uma insensatez? E a carta de Jesus? Gabriel a deixara em Gólgota e agora se arrependia. Nicodemos lhe confiara a carta, mas ela pertencia a Maria Madalena, que merecia tê-la de volta.

Gabriel congelou, paralisado pelo remorso. Maria tentou ajudar Judite, e como Gabriel mostrava sua gratidão? Jogando a carta fora como se fosse um lixo sem valor algum. Atacar um soldado poderia significar nunca saber o que aconteceu com o rolo. Sua vida mudaria para sempre — poderia acabar na cruz como Dimas!

Segurou a adaga, sem medo de matar, mas se perguntando se a vingança era o que realmente queria. O soldado se aproximou. Gabriel precisava investir agora, se realmente quisesse fazer isso. Então, lembrou-se do lamento de Jesus na cruz: "Pai, perdoai-lhes, eles não sabem o que fazem!"

Gabriel se sentiu aturdido, o lamento ressoando em sua cabeça. Deixou a adaga no cinto e soltou-a. O soldado passou. Gabriel encostou no pilar e respirou fundo antes de descer as escadas. Precisava ir imediatamente para a casa de Nicodemos, contar a ele sobre a gravidez de Judite e explicar o que acontecera com a carta. Devia isso ao fariseu por salvar sua vida.

As ruas de Jerusalém estavam tranquilas. Gabriel atravessou-as, tentando se convencer de que não era um covarde nem um amigo desleal. Quando chegou à casa de Nicodemos, o sabá estava acabando. Revigorado depois das orações da noite, Nicodemos o convidou para entrar e disse:

— Foi difícil rezar esta noite.

— A crucificação de Jesus foi uma terrível injustiça. — Gabriel seguiu-o pelo pátio, lembrando-se dos gritos de terror e do fedor de morte em Gólgota. Quando chegaram à sala de jantar no andar superior, tirou a adaga do cinto dentro da túnica. — Eu queria vingança — disse. — Quase usei esta adaga em um soldado do Templo.

Nicodemos afastou-se da lâmina afiada.

— Sei como se sente. Eu e José de Arimateia tentamos defender Jesus no Sinédrio, mas perdemos. Você quis se vingar... Fico feliz que tenha desistido.

Gabriel colocou a adaga de volta no cinto.

— Piorei ainda mais as coisas jogando a carta fora em Gólgota.

A expressão de Nicodemos ficou séria.

— Maria Madalena me disse que um soldado chamado Petrônio está agora com a carta.

— Eu vim me desculpar por...

Nicodemos acenou com a mão, dispensando explicações.

— Judite me contou tudo.

Uma imagem do rosto aterrorizado de Judite veio à mente de Gabriel e seus joelhos ficaram bambos. Não planejara deixá-la em Gólgota e fugir como uma criança impulsiva, mas ver o irmão sofrendo na cruz era demais para suportar, principalmente depois de Judite confessar que estava esperando um filho de Dimas. Gabriel ficara confuso e precisou de tempo para organizar seus sentimentos. Sabia que ainda amava Judite. Seu coração deu um pulo quando Nicodemos mencionou o nome dela. Mas tinha um coração grande o suficiente para perdoá-la? Reuniu coragem e fixou os joelhos.

— Como ela está? — perguntou.

— Como se pode esperar. Foi difícil para ela quando você partiu, mas ela ainda tem esperanças de que você volte.

Gabriel balançou a cabeça.

— Não sei se consigo.

Nicodemos fez um gesto na direção do quarto onde guardava seus objetos de valor e levou Gabriel até lá. Uma vez lá dentro, Gabriel viu faqueiros, candelabros, mantos compridos e uma estante. Nicodemos tirou seu xale e o dobrou; depois guardou o livro de orações na prateleira e disse:

— O que você não sabe é que Judite e Dimas estavam aqui neste quartinho enquanto eu falava com você sobre corações partidos. Ela compreendeu o quão profundamente o magoara e o erro que cometera. Ela quer começar uma vida nova.

Gabriel franziu a testa.

— Mas agora ela está esperando um filho de Dimas. Eu nunca poderia...

Nicodemos levantou a mão, interrompendo.

— Talvez sim, talvez não. A gravidez também pode ser uma bênção... Você ainda a ama?

— Eu achava que sim, mas quando ela me contou sobre a gravidez...

Nicodemos ficou reflexivo.

— Lembra-se da discussão de Jesus sobre Adão e Eva na carta?

— Sobre serem um só?

Nicodemos colocou a mão sobre o ombro do amigo.

— Eles tiveram de conviver com a traição. Eva agiu de forma traiçoeira e eles foram expulsos do Jardim do Éden. Deus colocou um querubim com uma espada na entrada do jardim para que eles não pudessem voltar. Adão e Eva tiveram de se aventurar em territórios inexplorados e construir um novo relacionamento fora do paraíso. Qualquer casal, para encontrar o verdadeiro amor, precisa fazer o mesmo. A carta afirma que só aprendemos o que é o amor quando perseveramos durante tempos difíceis e se não fizermos isso, passaremos nossas vidas sozinhos, porque não podemos voltar ao Éden.

A fúria ficou ainda mais forte no peito de Gabriel, que se virou para ir embora.

— Eu seria mais feliz sozinho... ou com outra mulher.

Nicodemos segurou o braço dele.

— Talvez sim... talvez não. Você gosta muito de Judite; se não gostasse, não teria sofrido tanto quando ela foi embora e não teria desejado tanto que ela voltasse. A gravidez é o problema. Você não tem certeza se pode criar o filho de seu irmão e não posso solucionar essa questão por você. Só sei que se você aceitar o desafio do amor, ele o levará a lugares aos quais nunca imaginou ir.

Gabriel parou e se virou, a cabeça doendo, confusa. Judite era seu primeiro amor, a mulher cujo sorriso lhe causava arrepios, a mulher com quem sonhara se deitar na noite de núpcias, criar uma família e envelhecer junto. Sua cabeça latejou com ainda mais força ao se lembrar de como seu sonho lhe fora negado.

— Não sei se ainda amo Judite.

Nicodemos saiu do quartinho e logo voltou com um papiro.

— Espero que isto o ajude a decidir o que fazer. — Entregou-lhe o papiro. — É uma carta de Judite.

Levou Gabriel para o pátio, ofereceu-lhe uma cadeira e acendeu algumas velas. Gabriel se sentou e começou a ler.

Meu querido Gabriel,

Não parei de pensar em você. Embora você tenha todo o direito de jogar esta carta fora, espero que a leia e me dê uma última chance de lhe dizer o que está em meu coração. Não posso desfazer a dor que causei, e nada pode justificar a forma vergonhosa com que tratei. Se soubesse no dia do nosso casamento o que sei hoje, teria me casado com você, e com muita alegria! Havia lições que precisava aprender — lições sobre o verdadeiro amor.

Tudo mudou para mim em uma tarde de sabá quando Dimas e eu escutamos uma conversa sua com Nicodemos. Estávamos escondidos, roubando desse bom homem, quando vocês chegaram. Fugimos quando vocês saíram de repente. O que Nicodemos disse era para ajudar você, mas também me ajudou. Vi — de verdade — o quanto o magoara e comecei a compreender a atração sexual e por que ficamos tão envolvidos com ela.

Li a carta que Jesus de Nazaré escreveu para Maria Madalena e agora sei que essa atração envolve a alma. Quando duas pessoas não têm consciência desse mistério, a atração se torna forte o suficiente para dominá-los.

Foi isso que aconteceu comigo, mas a voz de Deus se mostrou nas palavras de Jesus, me assegurando perdão, afirmando meu valor, aliviando os fardos da minha vergonha e culpa. Na noite anterior à crucificação dele, Jesus e eu nos encontramos na prisão. Naquelas horas desesperadas, ele me aconselhou a me perdoar, uma lição que ainda estou tentando aprender. Reconheci o homem extraordinário que ele era, a perfeição com que masculino e feminino estavam reunidos nele, e vi sua profunda serenidade ao encarar a morte.

Também conheci Maria Madalena e ela me ensinou ainda mais coisas. Ela me contou como Jesus a ensinou a reivindicar seu valor mesmo sem um homem. Aprendi como me tornar forte e independente ao descobrir um poder inexplorado dentro de mim. Agora não preciso de um homem para sobreviver, mas se escolher amar de novo, poderei fazê-lo de uma forma saudável.

Gostaria de ter aprendido essas lições antes e que você tivesse sido poupado do sofrimento que lhe causei. Poderia passar a minha vida inteira me desculpando com você, mas esse castigo não vai fazer bem a nenhum de nós. Quero parar de sentir vergonha e culpa e continuar com minha vida. Encontrei o caminho para a cura e espero que você também o encontre. Na verdade, espero poder me tornar parte da sua cura. Do nosso sofrimento mútuo, talvez possamos oferecer ao outro a mais intensa felicidade.

Amo você, Gabriel, e nunca deixarei de amar. Quero rir e chorar com você, e cuidar de você quando estiver doente, e segurar na sua mão quando estiver com medo. Acima de tudo, quero ser sua amiga e compartilhar seus sonhos, até que um de nós feche os olhos do outro.

Mas para que possamos ficar juntos, você precisa se tornar tão inteiro quanto estou me tornando. Nosso casamento só dará certo se ambas as nossas almas estiverem em crescimento. Precisamos ser iguais e despertar o melhor um no outro. Só então nos redimiremos do passado e nos tornaremos os pais fortes e carinhosos de que meu filho precisa. Você precisa decidir se um casamento em que marido e mulher são iguais é o que você quer.

Estou com os discípulos de Jesus. Nicodemos sabe onde. Se estiver pronto para me perdoar, por favor, venha me encontrar aqui. Se não vier, trilharei meu caminho, sabendo da sua escolha. Independentemente do que acontecer, sempre desejarei o melhor para você e rezarei por sua segurança e felicidade.

Judite

Gabriel fitou a carta por muito tempo, os olhos úmidos. Sabia o que tinha de fazer.

CAPÍTULO 51

Uma onda de náusea tomou conta de Judite quando Maria Madalena sacudiu-a para acordá-la. Era cedo ainda, do domingo, o primeiro dia da semana. Ainda estava escuro. Judite se encolheu, aterrorizada pela ideia de ver de novo o corpo crucificado de Jesus. Mas quando sentiu as mãos firmes de Maria Madalena e escutou seus sussurros apaixonados, viu que não tinha escolha a não ser manter sua promessa e ir com as mulheres acabar o embalsamamento. Levantou-se, penteou os cabelos rapidamente, calçou as sandálias e vestiu uma capa. Maria segurou sua mão e guiou-a pelas escadas à luz de velas.

No pátio, Salomé, Susana, Joana e Maria, mãe de Tiago, estavam esperando com jarros de especiarias e unguentos para embalsamar. Com cuidado para não acordar os discípulos, conduziram Maria Madalena e Judite para fora do pátio. Judite se juntou à procissão soturna delas, as pernas trêmulas, os olhos, como os das outras mulheres, abatidos.

Jerusalém dormia em silêncio, como se deserta, o ar refrescante. Judite sentiu o cheiro de hibisco e de amendoeira, mas o frescor da primavera era mais cruel do que bem-vindo, zombando da tristeza dela com esperança. Temia a tarefa de embalsamar o corpo de Jesus, de ver mais uma vez aqueles ferimentos terríveis, de tocar seu corpo paralisado pela morte. Parando, ela deixou as outras seguirem na frente. Antes da crucificação, a única pessoa morta que vira foi seu irmão Reuben.

Ele se fora.

Para sempre.

Dimas também. E Jesus. E Gabriel.

E ela estava sozinha.

Chegou à conclusão de que Jesus não ia querer que ela se demorasse nesses pensamentos, mas não conseguia impedi-los. Ah, por que prometera ir com Maria Madalena? Por que não insistira em que as outras terminassem o embalsamamento? Com tantas coisas na mente, como poderia reviver os horrendos acontecimentos? Queria encontrar um lugar para se esconder e nunca mais sair, mas quando Maria Madalena olhou para trás, procurando-a, Judite correu para alcançá-la e caminhou junto com as outras mulheres pelas ruas vazias de Jerusalém sob um céu azul-escuro silencioso.

Conforme ela e as outras mulheres refaziam seus passos de três dias antes, o ameaçador contorno do Gólgota entrou em seu campo de visão. Judite notou uma luz fraca no horizonte; escutou um galo cantar a distância; observou alguns pombos pousando. A imobilidade só era interrompida pelo cantar dos pássaros dando boas-vindas ao dia. Lentamente, a luz se espalhou, colorindo o horizonte de rosa alaranjado. Conforme sua esperança lutava para voltar, Judite sentia como se o coração estivesse crescendo no peito. Sua respiração acelerou. Para a esperança sustentá-la, teria de nutri-la como ao bebê em seu útero.

O amanhecer fez com que se lembrasse da promessa de Maria Madalena de ajudá-la. Como o sol, ela precisa nascer de novo. Independentemente do que Gabriel fizesse, não tinha escolha: precisava cuidar do bebê. Prometeu a si mesma fazer isso e ajudar Maria Madalena e os discípulos a manterem o legado de Jesus vivo. Se ao menos ainda tivesse a carta! Ela a lembraria dos ensinamentos de Jesus e tornaria mais fácil espalhar sua palavra. Talvez Nicodemos conseguisse convencer Pilatos a mandar Petrônio devolvê-la.

Judite parou no jardim de José de Arimateia, atordoada pelas lindas cores e surpreendentes fragrâncias. A figueira estava pesada com o fruto verde da primavera; os carvalhos elevavam-se altos e grandes, como se guardando os tesouros do Éden. Rosas vermelhas, lírios brancos e flores cor-de-rosa das amendoeiras, todas surpreendiam com seu indomado frescor. E mesmo entre todas as glórias da terra, Judite tinha o pressentimento de que algo estava para acontecer. Suas têmporas latejavam em antecipação, enquanto a suave brisa cessava, o ar ficava estagnado e os pássaros paravam de cantar suas alegres canções.

De repente, a terra começou a tremer.

— Terremoto!

O corpo todo de Judite também tremeu e ela precisou lutar para se equilibrar. O tremor aumentou e ela foi jogada no chão. Enterrou os dedos na terra, desesperada para se segurar, com medo de ser engolida viva. O estrondo continuou durante minutos. Conforme ela contraía cada músculo do corpo, a terra foi ficando imóvel e o jardim, tranquilo. Levantou-se e olhou para as tumbas, suas entradas entalhadas na encosta rochosa. A frente da tumba do meio, onde José e Nicodemos tinham colocado o corpo de Jesus, parecia tão escura quanto uma noite sem estrelas. Algo estava errado. Não havia nenhuma pedra fechando a entrada!

As mulheres correram para a tumba. Junto com as outras, Judite olhou com cuidado para dentro e depois entrou, o coração acelerado. Onde estava o corpo de Jesus? Um jovem estava sentado à direita, o rosto brilhando como o sol, o manto mais branco do que lã alvejada. As mulheres estavam assustadas, olhando para baixo, mas o jovem lhes deu as boas-vindas e disse:

— Não temais! Sei que procurais Jesus, que foi crucificado. Não está aqui: ressuscitou, como disse. Vinde e vede o lugar em que ele repousou. Ide depressa e dizei aos discípulos que ele ressuscitou dos mortos. Ele vos precede na Galileia. Lá o haveis de rever, eu vo-lo disse.

Judite estava tremendo. Ressuscitou? Como podia ser? Será que os romanos tinham roubado o corpo de Jesus? Tinham mandado o jovem para encobrir seu ato? Maria Madalena jogou o jarro de especiarias no chão e saiu correndo. Joana segurou-a pela túnica, fazendo com que corresse mais devagar, até que estivessem lado a lado. O jarro atingiu o chão com um estrondo e se quebrou, mas ninguém parou para ver. Judite se segurou em Salomé e elas correram juntas. Maria, mãe de Tiago, estava bem à frente delas; elas se esforçavam para alcançá-la.

Judite correu pelo amanhecer, as pernas queimando, os braços se mexendo para a frente e para trás, os pulmões ardendo. Quando alcançou Maria Madalena, escutou a voz de um homem atrás.

— Esperem! Alguém está nos chamando.

Todas pararam e se viraram.

— Saudações! — disse o homem, com uma ressonância distinta.

Ela viu quem estava ali. Era o homem que conhecera na prisão. O homem que a curara da vergonha e da culpa.

Jesus!

Ele estava de pé bem na sua frente, o rosto brilhante, os braços estendidos. Ela o reconheceu e começou a tremer, a cor sumindo do rosto dela, os pés congelando no lugar. As outras mulheres também o reconheceram. Imediatamente, todas se jogaram aos pés dele.

— Não tenhais medo — disse ele. — Ide e dizei aos meus irmãos para irem para a Galileia; lá eles me verão. — Então ele sumiu.

Judite e as outras se levantaram e começaram a correr novamente, mas ela percebeu que Maria Madalena havia parado, lágrimas escorrendo por seu rosto.

— Maria, venha conosco!

Maria Madalena acenou, dispensando-a, e balançou a cabeça negativamente. Judite não conseguia entender por que Maria Madalena não estava vindo com elas, mas também não podia esperar por ela — precisava contar a chocante notícia aos discípulos.

Judite correu pelas ruas de Jerusalém, desviando de comerciantes e trabalhadores que estavam abrindo suas lojas ou indo para o trabalho. *Como Jesus pôde aparecer para nós?*, perguntava-se, tremendo de medo e perplexidade. Ela o vira com os próprios olhos e o escutara com os próprios ouvidos. Ele estava vivo!

Quando as mulheres entraram em casa, ela perguntou:

— Como vamos contar aos discípulos? Eles não vão acreditar em nós.

— Acreditar em quê? — Pedro entrou na cozinha, com clara preocupação na voz.

João vinha logo atrás, com o rosto alarmado.

— Que confusão toda é essa?

Susana começou a falar, mas de repente ficou muda, incapaz de descrever o milagre. Judite falou sem pensar:

— É Jesus. Fomos à tumba e a encontramos vazia. Um anjo falou conosco! — Atordoada de tão agitada, mal conseguia pronunciar as palavras Lágrimas escorriam por seu rosto. — O anjo disse que Deus despertou Jesus da morte! Voltamos correndo para contar para vocês que o próprio Jesus falou conosco. Vimos o Senhor!

Joana passou um braço em volta dos ombros dela e sorriu, triunfante.

— Vocês têm de acreditar nela — disse, com a voz cheia de alegria. — Jesus não está morto, está vivo!

Pedro fitou cada uma das mulheres, examinando-as incrédulo.

— Vocês estão loucas? Por que estão falando essas tolices?

Os outros discípulos correram para ver do que se tratava a comoção. Quando Mateus escutou a notícia, disse:

— Como ousam contar esse tipo de história em um momento como este?

Bartolomeu, com seu rosto fino, fez uma careta e gritou:

— Isso não é engraçado!

— Mulheres! Não podemos confiar nelas! — disse André, balançando a cabeça.

— Elas estão falando besteira! — disse Tomé, levantando as mãos, exasperado.

Enquanto os discípulos estavam demonstrando descontentamento, Maria Madalena abriu a porta, o rosto tão radiante que Judite recuou quando a viu. Todos os olhares se fixaram em Maria. Ela explicou que o mistério e o terror a haviam exaurido, e que ela ficara para trás para recuperar o fôlego.

— Então, Jesus apareceu para mim e vim correndo até aqui — disse. — Ele está vivo! Vão e vejam com os próprios olhos!

Pedro e João levantaram em um pulo e saíram correndo. As mulheres se juntaram em volta de Maria Madalena na cozinha, enquanto os outros discípulos balançavam a cabeça e subiam para arrumar suas coisas para voltarem para casa.

— Jesus realmente *apareceu* para mim. Ele me disse que sempre me amará, e me lembrou do segredo de seu amor eterno, me deixando responsável por proclamá-lo destemidamente. — Maria cruzou os braços, apertando-os contra o peito para que parassem de tremer. — Por que inventaria uma história assim sobre um assunto tão sério?

Judite passou os braços em volta dela.

— Acredito em você, Maria.

Maria Madalena sorriu e disse:

— Deixem que os homens pensem o que quiserem. Devemos confiar na nossa experiência e falar com confiança do que vimos e escutamos.

— Mas o que as pessoas vão dizer? — perguntou Judite. — Se nem conheciam Jesus, por que se importariam se ele está vivo?

Maria ficou imóvel por um momento, perdida em pensamentos.

— As pessoas vão se importar porque a ressurreição dele traz esperança para todo mundo. Se ele venceu o sofrimento e a morte, como podemos duvidar que ele estará conosco durante nossa dor e nosso desespero? Ele viveu o maior de todos os males e o transformou em uma vida nova; então, nós também podemos. A ressurreição dele nos diz que a escuridão um dia acaba. Hoje uma nova era de luz e amor começou.

Quando as mulheres começaram a preparar o café da manhã, Judite falou com Maria Madalena.

— Pode parecer egoísmo pensar nisso agora, mas ainda estou preocupada de ter perdido Gabriel.

Maria Madalena sorriu e apertou a mão dela. Nesse momento, Salomé entrou na cozinha e disse:

— Judite, você tem uma visita.

Salomé estava com um sorriso enorme ao sair da cozinha com Judite. Quando esta viu quem estava ali, deu um passo para trás.

Gabriel.

Ele a abraçou e sussurrou:

— Senti sua falta. Sua carta significou muito para mim.

Maria Madalena abraçou os dois e disse para Gabriel:

— Estou tão feliz por você tê-la encontrado e espero que nunca abra mão dela. Agora devo procurar Pedro e João.

Judite o fitou, incapaz de desviar o olhar.

— Que bom que você veio. Tudo mudou esta manhã.

— Podemos conversar em algum lugar? — perguntou Gabriel.

Judite pegou a mão dele e passou por Maria Madalena, levando-o para a sala de estar. Depois de fechar a porta, ele disse:

— Tem tanta coisa que quero lhe falar.

Mas em vez de falar, ele a tomou nos braços e a beijou. Ela se entregou de boa vontade, saboreando o abraço carinhoso e o suave contorno de seus lábios.

Finalmente, ela deu um passo atrás e fitou os olhos castanho-claros dele, que irradiavam tanto amor que quase brilhavam.

— Ah, Gabriel, eu o desejo tanto e achei que o tivesse perdido para sempre! Amo você e estou muito feliz que voltou para mim.

Ela o levou para um longo sofá. Gabriel sentou-se e puxou-a para seu lado.

— Sinto muito por tê-la deixado em Gólgota. Era muita coisa e agi como um covarde. Quando fui embora e pensei em tudo que tinha acontecido, percebi que estava tão furioso com os romanos que quase ataquei um soldado. Felizmente, fui encontrar Nicodemos. Ele é um homem muito sábio, me ajudou a lidar com a minha raiva e me explicou o verdadeiro significado do amor. Depois que li a carta que você me mandou, não tive escolha a não ser vir atrás de você. O que você disse na carta confirma tudo que aprendi com Nicodemos. Também quero começar uma vida nova com você baseada nos ensinamentos de Jesus. — Ele pegou a mão dela. — Por favor, venha comigo.

Judite fitou os olhos vulneráveis e se perguntou como poderia contar a ele sobre os acontecimentos da manhã. Temia que ele não acreditasse nela.

— Tudo mudou. As mulheres e eu fomos à tumba ao amanhecer e a encontramos vazia. Um anjo nos disse que Deus ressuscitou Jesus. Então, quando saímos correndo para contar para os discípulos, o próprio Jesus falou conosco e também apareceu depois para Maria Madalena. Ele está vivo, Gabriel! Nem mesmo a cruz o derrotou!

Ele franziu a testa.

— Como posso acreditar nisso?

— Sei que parece impossível e não posso explicar nem provar, mas *sei* que Deus despertou Jesus da morte. Senti sua presença.

Enquanto ela estava falando, uma gritaria começou na cozinha. Ela segurou a mão de Gabriel e eles correram para ver o que estava acontecendo. As mulheres e os discípulos estavam correndo para o pátio. Ela e Gabriel os seguiram e, uma vez do lado de fora, viram Pedro e João.

— É verdade — disse Pedro. — A tumba está vazia!

João falou baixinho:

— Vi a mortalha e as bandagens de Jesus com meus próprios olhos. Foi tudo que ele deixou para trás.

Todos no pátio ficaram em silêncio, impressionados pela notícia perturbadora e maravilhosa demais para se considerar. Judite notou como Pedro e João estavam pálidos, como se não vissem o sol há semanas. Contorciam as mãos nervosamente, os olhos arregalados.

Tomé ficou impaciente.

— Pedro, você está agindo de forma tão estranha quanto as mulheres — disse. — Você também, João. — Ele foi na direção da rua, depois se virou e encarou o grupo. — Quando as pessoas morrem, continuam mortas. Acreditar no contrário é o máximo da estupidez.

Quando Tomé saiu, foi como se tivesse dado permissão para todo mundo voltar a falar. O pátio ficou animado com as conversas sobre a tumba vazia e as aparições de Jesus e como tudo isso era misterioso. Judite olhou para Gabriel e viu confusão em seus olhos. Com os lábios secos e a respiração superficial, ela se perguntou se ele estava pronto para seguir Tomé. Ele acreditava na sua história? Ele achava que ela estava mentindo? Era tão importante para ela saber, mais importante do que qualquer outra coisa.

— Alguns dos homens acham que isso é besteira. O que você acha? — perguntou.

Gabriel levantou as mãos.

— Como posso saber? Você me disse o que viu e sentiu, mas, honestamente... é difícil de aceitar.

O olhar dela permaneceu fixo no dele.

— Você precisa ver com os próprios olhos.

Ela o pegou pelo braço e se encaminhou para a rua.

CAPÍTULO 52

Gabriel seguiu Judite até o jardim de José de Arimateia mesmo estando cético sobre a história dela. Ele não disse uma palavra enquanto corriam pelas ruas lotadas de Jerusalém, desviando de peregrinos que voltavam para casa depois da Páscoa. E se ela estivesse mentindo? Se o corpo de Jesus ainda estivesse deitado na tumba, ele nunca poderia voltar a confiar nela.

Um calafrio lhe percorreu a espinha, enquanto ela o guiava pelo jardim, com tanta confiança como se fosse a dona do lugar, maxilar contraído com firmeza, lábios enrugados de forma que seu rosto parecia retorcido. Ele a observou pelo canto do olho, atraído pela resolução dela, mas certo de que não poderia ficar com nenhuma mulher que tivesse uma tendência a mentiras.

Gabriel se aproximou da encosta abaixo do Gólgota e olhou pela primeira vez para a tumba. Congelou, incrédulo. A tumba estava aberta! Judite o fitou. O coração dele perdeu o compasso quando ela segurou sua mão e começou a correr. Ele resistiu, mas ela puxou seu braço com tanta força, que foi obrigado a segui-la.

Quando chegaram à tumba, ela o levou para dentro. O sol da manhã estava penetrando ali, iluminando a prateleira onde o corpo de Jesus deveria estar. Mas Gabriel viu apenas a mortalha de linho, além de algumas bandagens e panos dobrados no canto.

Ele se afastou, assustado.

— Suspeito de algum ardil. — Correu até a entrada da tumba e olhou cuidadosamente ao redor.

Judite o seguiu.

— Que tipo de ardil?

— Alguém deve ter roubado o corpo, ou os romanos podem tê-lo removido para desencorajar que os discípulos viessem aqui.

— Mas por que deixariam a mortalha?

— Para que permanecesse um mistério e as pessoas se perguntassem sobre o que aconteceu.

Judite levantou a mão.

— Isso não faz o menor sentido. Os romanos desejam a paz. Suscitar perguntas sobre o corpo de Jesus apenas atiçaria a controvérsia.

Gabriel voltou para a superfície onde estava a mortalha. Ele queria acreditar em Judite, mas sua mente estava tomada por dúvidas.

— Criminosos não pensam logicamente. Como podemos entender seus motivos?

Judite se posicionou entre Gabriel e a prateleira.

— Você também não está pensando logicamente. O milagre não é apenas o sumiço do corpo de Jesus, mas também o aparecimento para mim e para as outras mulheres. Nós o vimos com nossos próprios olhos. Ele falou conosco e sentimos sua presença. Para negar isso, você teria que defender que todas nós tivemos alucinações ao mesmo tempo, o que é muito improvável.

Gabriel encarou a mortalha, incapaz de se mover ou de falar. Ele entendeu o ponto de vista dela, mas aceitá-lo implicaria acreditar em um milagre. Por mais que quisesse acreditar e recuperar o relacionamento deles, sua mente se revoltava contra a ideia. Então, antes que pudesse perceber o que estava fazendo, ele esticou o braço e encostou nas bandagens. O tecido, fino e leve, parecia áspero contra sua pele. Ele encarou a prateleira, hipnotizado, incapaz de desviar o olhar daquele vazio ou de soltar a mortalha.

Gabriel sentiu um calor irradiar por cada célula do corpo. Sentiu o cheiro de hibisco, misturado com o de gengibre das especiarias de embalsamamento — a doçura deles era intoxicante. Ele não conseguia dizer onde seus dedos terminavam e a mortalha começava, como se sua pele tivesse se tornado parte do tecido. Parecia que seu corpo e sua mente estavam se misturando com a terra da tumba, com o doce ar da primavera e com Judite também.

Sentiu a presença de alguém que não via, essa presença era parte dele e ele dela, enchendo-o de uma paz total. A experiência era como atravessar um oceano em um pequeno bote durante uma tempestade quando, de repente, os ventos se acalmam, a chuva para e as ondas se dobram, formando um mar de vidro.

Judite não estava mentindo. Algo miraculoso *tinha* acontecido com ela e com as outras mulheres — agora podia acreditar nisso. A prova da alegria dela, combinada com a própria paz interior, o convenceu de que a ressurreição de Jesus era, de alguma forma, misteriosa, verdade. Aquele rabino galileu que destrancara os mistérios de sua alma, aquele conselheiro da cura que lhe ensinara o significado do perdão, aquele profeta radical que fora crucificado e enterrado ainda estava com ele.

Gabriel se virou, pegou Judite pelos braços e a enlaçou. Nenhum dos dois disse nada. Ela se entregou ao abraço dele, virando o rosto e encostando no peito dele. Ele a balançou para a frente e para trás, os olhos fechados, as palavras da carta dela se repetindo em sua cabeça:

Quero rir e chorar com você, e cuidar de você quando estiver doente, e segurar na sua mão quando estiver com medo. Acima de tudo, quero ser sua amiga e compartilhar seus sonhos, até que um de nós feche os olhos do outro.

A garganta dele ficou seca quando deu um passo atrás e fitou os olhos úmidos dela. Ela também estava chorando. Em suas lágrimas, ele viu sinceridade e soube que poderia amá-la — e o filho dela — para sempre.

Abaixou a cabeça para beijá-la, mas antes que seus lábios se encontrassem, escutou passos do lado de fora da tumba. Dando um passo para trás, segurou o braço dela e colocou um dedo no lábio. Quem quer que estivesse ali poderia não gostar da presença deles. Foi para o fundo da tumba e, segurando Judite com força, preparou-se para o pior.

CAPÍTULO 53

A pedra na parede dos fundos espetava os ombros de Judite. Aquela manhã tinha sido cheia de surpresas; agora trazia mais uma. Será que as outras mulheres ou os discípulos seguiram-nos até a tumba? A notícia da ressurreição de Jesus já se espalhara e as pessoas estavam vindo para ver com os próprios olhos? Não escutou apenas passos, mas vários golpes, como se os pertences de alguém estivessem sendo jogados no chão. O que podia estar acontecendo? Olhou para Gabriel e ele deu de ombros, perplexo. Então, ela escutou dois homens conversando.

— Vamos fechar a tumba agora mesmo. Pilatos não vai querer os amigos do nazareno bisbilhotando por aqui e contando histórias.

— Então é melhor Pilatos silenciar os guardas que estavam aqui mais cedo! Eles estão dizendo que um terremoto fez a pedra rolar. E que depois viram uma luz brilhante e escutaram vozes.

— Um centurião me disse uma coisa ainda mais estranha. Parece que algumas mulheres chegaram ao amanhecer para embalsamar o corpo e ele não estava mais aqui.

— Deixe-me ver lá dentro. Com todos esses boatos, é difícil saber em que acreditar.

Assim que a conversa acabou, um soldado romano apareceu na entrada na tumba. Judite se segurou em Gabriel, chocada com essa reviravolta nos eventos. Quando o soldado os viu, puxou da espada.

— O que estão fazendo aqui? Esta tumba está fechada por ordem do governador romano, Pôncio Pilatos!

Gabriel deu um passo à frente.

— Vimos verificar o corpo do nosso amigo. Ouvimos boatos de que fora violado.

O soldado levantou a espada.

— Podem ver que não tem nenhum corpo aqui. — Balançou a espada de forma ameaçadora. — Fiquem onde estão!

Judite viu que o soldado era forte, com uma cicatriz vertical no rosto. Analisou-o com atenção e recuou, sem acreditar, reconhecendo o homem. Petrônio! O soldado que atingira Jesus com a lança! Ele pegara a carta e se recusara a devolver para Maria Madalena. Aparentemente ele e outro soldado haviam sido designados para a tumba depois que os primeiros guardas fugiram.

Ela encontrou o olhar de Petrônio e se recusou a piscar. Prendendo a respiração, disse para Gabriel:

— Conheço este homem.

Gabriel olhou para ela, incrédulo, e ficou parado, sem dizer uma palavra. Ela escutara raiva na voz de Petrônio e vira ódio em seu rosto, mas quanto mais o analisava, mais suas feições pareciam suavizar e um brilho de reconhecimento apareceu nos olhos dele. Ela decidiu se arriscar e deu um passo na direção dele, soltando a mão de Gabriel.

— Você se lembra de mim, não lembra? — disse, parando a poucos passos dele.

Ele agitou a espada novamente.

— Por que me lembraria de você?

— Porque eu e minha amiga Maria falamos com você quando pegou o rolo de papiro, em Gólgota. Seu nome é Petrônio, não é?

Quando ele escutou-a dizendo seu nome, Petrônio abaixou a espada e a tensão sumiu de seu rosto redondo.

— Sim, me lembro. — Era quase como se estivesse se desculpando. — Não posso acreditar que esteja aqui. Está tudo diferente agora.

— O que você quer dizer? — perguntou Judite.

Um grito veio de fora.

— Petrônio, por que está demorando tanto?

— Já estou saindo — disse, acenando para Judite e Gabriel o seguirem. Então sussurrou: — Estava à sua procura.

Ela saiu da tumba, dando a mão para Gabriel, confusa com a afirmação de Petrônio, dando a mão para Gabriel. O outro soldado, mais jovem e mais alto, viu os três saírem e recuou, com os olhos arregalados. O soldado tentou pegar a espada, mas Petrônio segurou a mão dele, não deixando que a tirasse.

— Não precisa disso, Marcelus. Conheço essa mulher. Ela e seu amigo vieram prestar suas condolências ao nazareno. Só encontraram as bandagens de linho e nem mexeram nelas.

Marcelus deu um passo para trás, balançando a cabeça.

— É melhor não terem mexido em nada. — Entrou na tumba, olhou em volta e saiu. — Se formos negligentes em nosso trabalho, Pilatos vai querer nossas cabeças. Agora me ajude a colocar a pedra de volta no lugar para fechar a entrada.

Petrônio pousou a espada sobre a bolsa de lona de suprimentos ao lado da entrada; então se juntou a Marcelus para tentar rolar a pedra. Ela não se mexeu. Petrônio pediu ajuda a Gabriel e Judite, mas mesmo com a força extra deles, a pedra continuou imóvel. Então Petrônio mandou que Marcelus fosse buscar mais soldados.

Depois que Marcelus foi embora, Petrônio pegou uma bolsa que estava perto da de suprimentos. Judite estava ao lado de Gabriel, esperando. Petrônio finalmente se aproximou e a fitou.

— Estou com o rolo aqui — disse ele, segurando a bolsa. — Queria devolvê-lo para a sua amiga. Ela é a mulher chamada Maria Madalena? Quando cheguei em casa depois da crucificação, li a carta. Era como se Jesus de Nazaré estivesse falando comigo e não consegui mais tirar essa voz da minha cabeça. O remorso que senti por tê-lo acertado com a lança... bem, foi insuportável. — Petrônio gaguejou, a voz abafada e falha. Judite colocou a mão em seu ombro e ele continuou: — Não consegui dormir naquela noite e chorei, desesperado, pedindo perdão. Uma paz intensa tomou conta de mim, e soube que precisava devolver a carta e conhecer a mulher para quem Jesus escreveu. Nunca mais serei cruel; atingi Jesus com uma lança, e ele me curou com seu amor.

Petrônio começou a chorar. Judite o abraçou e disse:

— Esta manhã, ele apareceu para mim e para algumas mulheres; agora que olhei dentro da tumba, sei que o mesmo Jesus que foi crucificado está vivo de novo!

Petrônio balançou a cabeça, cético.

— Isso é muito difícil de acreditar.

Judite o soltou, concordando silenciosamente. Mas era verdade. Ela sentira um poder extraordinário em Jesus. Ele curava não apenas o corpo das pessoas, mas também as almas. Seus discípulos encontraram essa cura. Até Dimas, no momento da morte, fora curado. Agora os olhos dela estavam cheios de lágrimas ao perceber que Jesus oferecera cura ao homem que lhe atingira com uma lança.

— Você deve realmente se entregar a Jesus, Petrônio. E então também irá acreditar.

Petrônio colocou a mão na bolsa, pegou o rolo e entregou a ela.

— Vou começar devolvendo a carta; depois, se você e seus amigos me aceitarem, farei tudo que puder pela causa do nazareno.

Judite explicou a ele como chegar a casa onde estavam e prometeu encontrá-lo lá naquela noite para apresentá-lo a Maria Madalena. Ela abraçou-o antes de pegar o rolo e se afastar da tumba com Gabriel.

Então ela segurou o rolo e disse:

— Nessa carta Jesus nos agraciou com os segredos sobre o amor e relacionamentos, mas a história dos conflitos entre Maria Madalena e Judas será perdida para sempre a menos que alguém a registre. Pretendo ser esta pessoa. A história afetou a Dimas e a mim profundamente. Devo compartilhar a dor e a cura, para que outros possam saber que a graça é real — o maior dos milagres de Deus.

De repente, o sol apareceu, em um céu radiante e sem nuvens, esperando até o momento em que pudesse revelar toda a sua glória. Caminhando pelo envolvente frescor da primavera, Judite deleitou-se com o despertar da terra. Quando ela e Gabriel chegaram aos limites do terreno, ele parou e abraçou-a.

— Eu ofereço o papiro e a tinta, da minha loja. Talvez você também queira escrever o nome do nosso bebê. Qual você sugere?

Depois de um momento de silêncio, ela finalmente levantou o olhar e o beijou na boca. Depois, sorriu e disse:

— Espero que seja um menino e gostaria de chamá-lo Reuben, em homenagem ao meu irmão. Que ele cresça e se torne um homem de paz.

Voltaram a caminhar, mas após alguns passos, ela parou e olhou para a tumba aberta. Era a mais linda das visões, a grande e retangular entrada cercada por um jardim cheio de cores. *Eles podem fechar a entrada*, pensou, segurando o papiro com mais força, *mas nenhuma pedra pode manter Jesus enterrado agora*. Ela se virou para Gabriel.

— Você ficará sempre comigo?

Ele deu um beijo em sua testa e abraçou-a com mais força. Nesse momento, um bando de pombos levantou voo ali perto, suas asas se erguendo até o dossel infinito do céu.

— Para sempre — disse ele.

CAPÍTULO 54

Qumran, Mar Morto
Um ano depois

Enquanto ninava o bebê em seus braços, ela foi atingida pelo contraste entre a energia indomável de seu filho e a saúde decadente de Maria Madalena. Segurando Reuben contra seu seio, Judite lutou para se livrar das imagens de Maria suando e se sacudindo, o corpo inchado e tomado pela febre contínua. A doença que Maria contraíra semanas antes, enquanto trabalhava com os aleijados e enfermos, avançava rapidamente, sem misericórdia. Mas Judite não queria se lembrar da aparência doentia daquela mulher extraordinária, abatida na cama. Maria lhe marcara, assim como a muitos outros, e Judite queria manter a impressão inicial dela — uma mulher vibrante de uma beleza estonteante.

Além do voto matrimonial para Gabriel, a promessa que fizera a Maria Madalena, de esconder a carta, foi a mais sagrada da vida de Judite.

Agora, devia cumpri-la.

O sol nascendo contornava o monte Nebo com seus tons de vermelho e laranja enquanto Reuben se agitava e finalmente se aquietou. Gabriel estava pegando os suprimentos e pertences deles depois de uma noite insone. Logo, começariam a longa jornada para Antioquia, na Síria. Lá, esperavam fugir da perseguição liderada pelo fanático Saulo de Tarso em Jerusalém.

A perseguição começara depois do dia de Pentecostes, quando Pedro e os outros discípulos proclamaram o evangelho com coragem, e muitos seguidores se juntaram ao grupo. Eles se encontravam uns nas casas dos outros, louvando a Deus, dividindo o pão e ajudando os necessitados. Mas sempre que pregavam o nome de Jesus, Saulo os ameaçava de morte.

Judite tinha esperança de que ela e a família encontrassem segurança entre os seguidores em Antioquia, mas antes de poderem continuar a jornada, ela precisava amamentar o bebê. Enquanto o fazia, a lembrança da promessa que fizera a uma agonizante Maria Madalena veio à sua mente. No leito de morte, ela mandou chamá-la. Judite ainda se lembrava dos círculos escuros que envolviam seus olhos semicerrados, a pele amarelada e o esforço dela de continuar respirando. Maria se animou um pouco quando a reconheceu e, apoiando-se sobre os cotovelos, apontou para o papiro que ela lhe devolvera.

— Você deve cuidar da carta — disse. — Ela contém as únicas palavras que Jesus escreveu. Os romanos querem se livrar de Jesus para sempre; se eles souberem da carta, a procurarão e a destruirão. Você precisa preservá-la para as gerações futuras. — Ela tentou recuperar o fôlego. — E você deve saber de algo mais: antes de Judas tirar sua vida, ele deixou um bilhete no andar de cima da casa, dirigido a mim. Chorei quando o li, da mesma forma que choro quando penso em Judas. Eu enterrei o bilhete no lugar que achei mais adequado: na Gruta de Getsêmani, onde Judas traiu Jesus. Quando você escrever a história, como prometeu, deve mencionar o bilhete, e onde está enterrado, no canto nordeste da gruta.

Acariciando suavemente o peito de Maria Madalena, ela disse:

— Por favor, descanse.

Ela se recostou, segurando o braço de Judite.

— Só descansarei se você me prometer levar a carta. Você também deve escrever sobre o que aconteceu entre Jesus, eu e Judas, para que outros possam aprender a partir do passado. Você deve esconder os escritos para que, quando Deus decidir que for melhor, sejam encontrados pela humanidade no momento em que os ensinamentos forem necessários. — Ela estava suando muito, as palavras interrompidas por acessos de tosse. — Você promete?

— Sim, prometo. Eu os esconderei em um lugar onde só será encontrada daqui a muito tempo.

Antes que terminasse de falar, Judite decidiu o lugar perfeito: Qumran. Ficava relativamente próximo da cidade, afastado o suficiente para o rolo não ser encontrado logo, mas acessível o suficiente para ser descoberto um dia. Ela se inclinou para contar para Maria Madalena, mas esta parara de respirar e estava imóvel. Judite segurou a mão dela por um momento e fez uma oração de agradecimento por tudo que Maria fora para ela...

Agora, precisava cumprir a promessa e enterrar o rolo nessas ameaçadoras montanhas, tão acidentadas e secas quanto se lembrava, e ficar em paz com o passado. Depois de amamentar Reuben, deitou-o e cobriu-o. O jarro de cerâmica que guardava o rolo estava aos seus pés. Pegou o papiro e abriu-o, tirando cuidadosamente o linho no qual o embrulhara. O papiro envelhecera bastante e tinha algumas manchas, talvez dos dedos dos muitos seguidores que leram a carta, junto com o diário. Ela admirou a caligrafia de Jesus uma última vez.

Gabriel havia acendido uma tocha e estava enterrando as brasas do acampamento. Ao observá-lo, Judite ficava surpresa pela força de seus traços. Se não fosse pela carta, ela poderia ter sido crucificada junto com o irmão dele e ela temia que Barrabás, que parecia estar organizando uma nova revolta com o líder zelote Menaém, filho de Judas da Galileia, ainda encontrasse esse terrível destino.

Afastou o pensamento da cabeça. Chegara a hora. Após enrolar o papiro, colocou-o no jarro e selou este. Com um braço, segurou Reuben, com o outro, o jarro. Gabriel pegou a pá que trouxera de casa e, com a tocha na mão, acompanhou-a até o morro acima da planície onde haviam acampado.

Subindo por uma saliência estreita, eles seguiram até uma caverna dentro de uma rocha íngreme. Uma vez lá dentro, ela colocou a jarra no chão e segurou a tocha enquanto Gabriel começava a cavar um buraco. Ele deu um golpe com a pá no solo seco, tirando várias pedras grandes até que o buraco fosse fundo o suficiente para o jarro. Quando ele o colocou no buraco, eles usaram os pés para cobri-lo com terra e pedras.

— Vai demorar muito tempo até que alguém encontre o rolo — disse, satisfeito.

Ela abraçou Reuben com mais força.

— Só espero que quando alguém a encontrar, o mundo já tenha aprendido a paz que Jesus ensinou.

Gabriel saiu, mas Judite ficou mais um momento, fitando o lugar onde o rolo estava. Agora, sabia que tinha enterrado seu passado junto com o jarro. Fora uma longa jornada de volta a Qumran. Ela chegara ao fundo do poço, de onde poucas pessoas voltam vivas, e os que voltam nunca mais são os mesmos.

Seus erros lhe mostraram como era impotente para se curar. Só estava viva porque o inesperado acontecera. Jesus a visitara na prisão. Maria Madalena se tornara sua amiga. Com a ajuda deles, ela começara a se perdoar.

Passando a mão pela cabecinha de cabelos ralos de Reuben, ela fez uma oração agradecendo por ter encontrado em Gabriel e Reuben o verdadeiro significado do amor. A descoberta era como voltar para casa, voltar para tudo que é nobre e estimado na vida. Rezou para que quem quer que encontrasse a carta experimentasse a união do feminino e do masculino interior. Se isso acontecesse — e se essa pessoa compartilhasse a carta com o mundo —, as futuras gerações poderiam receber a cura e atingir a plenitude de sua criação à imagem de Deus.

Fitou os grandes olhos castanhos de Reuben, da cor de melaço, e soube que eles sempre fariam com que ela se lembrasse de Dimas. Pressionando o rostinho de Reuben contra o seu, estremeceu ao pensar no que diria a ele sobre o pai. Não daria ênfase à vida de Dimas como um zelote, mas sim que, no fim, ele pedira perdão a Gabriel e suplicara que ele amasse sua esposa e seu filho.

Ao admirar seu bebê perfeito, soube que seu futuro era ao lado dele e de Gabriel. Mas nunca se esqueceria da crucificação de Dimas, suas últimas palavras e a resposta de Jesus: "Em verdade, eu te digo, ainda hoje estarás comigo no paraíso." Ela repetiu essas palavras em voz alta, beijou Reuben e seguiu Gabriel manhã adentro.

DIAS ATUAIS

CAPÍTULO 55

Independente do que aconteça, sempre acredite no poder do amor. Todas as forças contra esse poder acabarão caindo em um abismo de esquecimento.

A influência do amor é como uma minúscula luz em uma sala escura. Quando a manhã chega, a luz aumenta e expulsa a escuridão.

Alinhe todos os pensamentos e ações com essa luz. Tire forças dessa fonte de nobreza, coragem e alegria. Corações que se entregam à luz do amor sempre receberão inspiração e serão transformados.

Começando neste exato momento.

Do diário do irmão Gregory Andreou

Beit Jala, Israel
Sexta-feira, 19 de abril

Quando os três homens encurralaram Karim em um canto afastado da Prisão de Bethel, um pensamento inesperado surgiu em sua mente: *A minha vida não tem sentido. Por que não deixo que eles me matem?* O fedor de urina e a aura depressiva da prisão tornavam o pensamento tóxico o suficiente para sufocá-lo. As barras que cercavam o perímetro do pátio interno estavam atrás dele. Vira os cães de guarda e os portões de ferro do lado de fora. Não tinha como escapar.

— Você é ainda mais feio na prisão do que na TV — disse Rivca, um homem magrelo e barbudo.

Três dias antes, quando Karim entrara na prisão, conheceu Rivca e seus amigos Marwan e Yasser.

— Como você sabe? — perguntou Karim.

Rivca estreitou os olhos.

— Porque eu vi a coletiva de imprensa antes de ser preso.

As carrancas dos homens aterrorizaram Karim. Mesmo algemados e com os tornozelos acorrentados, aqueles palestinos conseguiriam machucá-lo ou mesmo matá-lo. Assim era a vida em uma prisão israelense, onde os guardas ignoravam a violência, onde telefones celulares contrabandeados e informações trazidas por visitantes e familiares mantinham os prisioneiros a par — e até envolvidos — nos eventos do lado de fora. Através dessa rede secreta, Karim soubera da morte de Rachel, e por isso não tinha a menor condição de lutar.

Nem de fazer qualquer outra coisa.

Falou as únicas palavras que vieram à sua mente.

— O que você escutou na TV... aquela não é a história toda.

— Que história? — perguntou Yasser, levantando o nariz e enchendo o peito. — Está falando de você se tornar cristão ou de marchar junto com os judeus? — Yasser fez um gesto como se fosse cortar seu pescoço.

Karim impediu o golpe com um braço. Sem equilíbrio, cambaleou para trás, e Marwan, que tinha uma cicatriz no rosto, o chutou. Karim caiu e pensou em ficar ali e deixar que lhe dessem uma surra.

Deixar que lhe matassem.

Desprezava a ideia, mas depois do terrível final da marcha, e depois de perder Rachel, ela era tentadora.

— Deixe-o em paz! — A voz falou com tanta autoridade que os três agressores congelaram. Karim levantou o olhar e viu um homem com ombros largos e olhos arregalados. — Ele é filho de Sadiq Musalaha — disse o homem. — Se vocês querem sair daqui algum dia, deixem-no em paz. — O homem entrou na frente dos agressores. — O pai dele está negociando uma troca de prisioneiros com os israelenses.

Yasser cuspiu no chão.

— Eles nunca farão isso. Os israelenses nos dão esperanças e depois tiram o corpo fora. É sempre assim.

Karim estava se levantando quando o homem de ombros largos falou:

— Desta vez é diferente. Os israelenses nunca tinham capturado o filho do líder da APP antes. Eles estão usando isso como moeda de troca, para pressionar Musalaha a soltar soldados das Forças de Defesa de Israel. — O homem empurrou os agressores. — Pelo que conhecemos de Sadiq Musalaha, ele vai negociar mais do que a liberdade do filho. Ele não libertará um único soldado israelense até que nos libertem também.

Rivca recuou.

— Ainda não gosto deste simpatizante de cristãos e judeus, e aposto que o pai dele também não.

Karim lançou um olhar de reprovação para Rivca.

— É por causa desse tipo de atitude que estamos aqui. Mesmo se formos soltos, nossos espíritos continuarão presos até que vejamos todos os povos como iguais.

Rivca deu um sorriso debochado e se afastou com seus amigos. Karim recostou nas barras, esfregando a testa. Evitara a dor de uma surra, mas não podia evitar o sofrimento ainda maior de seu luto. Atormentado pela lembrança de Rachel deitada imóvel em frente ao Muro das Lamentações, uma bala de gás lacrimogêneo no peito, fez uma oração. *Yu Allah!* Ela era jovem demais, linda demais, *boa* demais para morrer, principalmente pelas mãos do próprio irmão. Os olhos de Karim embaçaram e um nó se formou em sua garganta.

Ela tinha partido.

Para sempre.

E ele não podia fazer nada para trazê-la de volta.

Balançou a cabeça e bateu nas barras, lágrimas pingando no chão. Então uma sirene soou, indicando o fim do horário de exercício. Enquanto voltava para sua cela, um guarda se aproximou.

— Você é Karim Musalaha?

— Sou.

— Venha comigo. Você tem uma visita.

Karim seguiu o guarda musculoso por várias portas de aço controladas eletronicamente. O guarda o levou até um corredor de transferência que tinha as mesmas portas do outro lado. Elas rangiam e tilintavam quando abriam. Os barulhos já tinham se tornado familiares para Karim, fazendo estranhamente com que se sentisse em casa. Enquanto andava e via mais barras e portas trancadas, entendeu por que se sentia à vontade: Israel, Cisjordânia e Gaza eram versões maiores daquela prisão construída durante o domínio britânico. Vivera toda a sua vida em um lugar assim. Sua mãe e seu irmão morreram em um lugar assim. A mulher que seria sua esposa e o pai dela também.

Engoliu apesar do nó que se formava em sua garganta. Ele e Rachel tinham tentado um caminho que levasse à liberdade, e por um breve momento, por meio da carta de Jesus, o caminho se tornara claro. Mas, com a morte de Rachel, a escuridão tomou conta de novo, ainda mais ameaçadora e aterrorizante do que antes.

O guarda acompanhou-o por um corredor sem janelas.

— A sala no final do corredor costuma ser usada para interrogatórios – disse ele. — Mas como você é filho de Musalaha, permitiram que usasse. — O guarda abriu a porta e Karim entrou em uma sala sem graça que continha apenas uma mesa de ferro cinza e três cadeiras de madeira. Em uma delas, estava sentado irmão Gregory, o queixo apoiado na palma da mão.

Depois que o guarda saiu e trancou a porta, irmão Gregory se levantou e abraçou Karim.

— Eu estava tão preocupado com você — disse ele, a voz trêmula.

— E eu com o senhor. — Karim bateu nas costas do monge e percebeu os círculos escuros embaixo de seus olhos. — Se pelo menos Rachel estivesse conosco...

— E ela está.

— Como assim?

— Um milagre aconteceu. — A voz de irmão Gregory assumiu um tom de urgência. — A imagem de Rachel levando um tiro foi transmitida pela TV e pela internet. E se tornou uma história de interesse internacional: como uma irmã e um irmão escolheram caminhos opostos depois da morte do pai em um ataque suicida. Pessoas se emocionaram em todo o mundo ao ver o irmão, um comandante das Forças de Defesa de Israel, dar um tiro fatal na irmã, uma ativista da paz, com uma bala de gás lacrimogêneo. Também se tornou público que o homem-bomba era filho de Sadiq Musalaha, seu irmão. Como resultado disso, líderes israelenses e palestinos estão em busca de novas iniciativas de paz, e os Estados Unidos estão vendo uma oportunidade de unir os dois lados. Seu pai está negociando com os israelenses uma troca de prisioneiros.

Enquanto Karim refletia sobre esses surpreendentes acontecimentos, uma outra questão surgiu em sua mente:

— E o manuscrito?

A expressão de irmão Gregory ficou sombria.

— Está nas mãos da Agência de Antiguidades do Governo. Aprendi lições dolorosas com todos os problemas que o manuscrito causou.

— Você quer dizer sobre segurança?

— Não, sobre as coisas ditas "sagradas": artefatos, livros e lugares, até mesmo esta terra. — Irmão Gregory balançou a cabeça e cruzou os braços sobre o peito. — Quando coisas materiais são chamadas de "sagradas", as pessoas ficam obcecadas por elas. Essas coisas nos seduzem e nos afastam da essência espiritual de nossas religiões, e quando começamos a brigar por causa delas, o derramamento de sangue nunca acaba.

— E Ezra?

Irmão Gregory passou a mão pelos cabelos brancos esvoaçantes, um brilho de espanto nos olhos.

— Eu não entendo. Ele era tão linha-dura, achei que seria assim para sempre, mas estou impressionado com a mudança dele. — Irmão Gregory hesitou, os olhos úmidos. — Ezra me disse que não culpa você pela morte de Rachel, que culpa apenas a si mesmo. Ele se demitiu do Exército. Agora quer fazer as pazes com você. — O monge segurou o braço de Karim. — Eu o trouxe aqui. Ele está esperando lá fora... se você estiver disposto a recebê-lo.

A sala foi ficando abafada, como se as paredes estivessem se fechando em volta de Karim. Começou a andar de um lado para o outro, seus batimentos tão fortes que era capaz de escutá-los. Como poderia conversar com Ezra e, ainda por cima, perdoá-lo?

— Entenderei se você se recusar a vê-lo — disse irmão Gregory. — Só espero que se lembre das lições da carta de Jesus e do diário de Judite de Jerusalém. — O rosto de irmão Gregory estava corado. — Milagres acontecem todos os dias. Não acha que você merece? Não acha que *ela* merece também?

Karim estava tonto, com as pernas bambas.

— Não quero ver Ezra. — Fez um gesto brusco com os braços, como se estivesse jogando um objeto no chão. — Não posso fazer isso.

Irmão Gregory ficou imóvel.

— Esta é a decisão mais difícil da sua vida. Mas enquanto pensa a respeito, deixe-me contar um sonho que tive ontem à noite. Eu estava em uma cerimônia em comemoração à fundação da nova nação da Palestina. Os líderes de todos os países árabes estavam lá, além do presidente dos Estados Unidos, do primeiro-ministro de Israel e de muitos outros chefes de Estado. Todos estavam em Jerusalém e nada estava acontecendo. Eles pareciam entediados, sem saber o que fazer. Então, Rachel entrou na cidade pelo Monte das Oliveiras, atravessando o Portão Dourado, e todos se levantaram e aplaudiram. Todos se abraçaram, bandas começaram a tocar e a cerimônia começou. Acho que o sonho quer nos dizer que precisamos de Rachel e de sua mensagem de cura pela fé para criar um novo futuro. Talvez ela consiga realizar muito mais na morte do que em vida, e seu trabalho de reconciliação deve começar com você e o irmão dela.

Karim sentiu seu rosto ficar quente e vermelho. Suas mãos tremiam. Gotas de suor se formavam em cima dos lábios. Fechou os olhos, então, com um suspiro, abriu-os de novo e disse:

— Tudo bem. Vou receber Ezra.

Irmão Gregory foi até a porta e bateu. Quando o guarda respondeu, o monge pediu que trouxesse Ezra. No momento seguinte, Karim viu seu pior inimigo entrar pela porta. Não usava uniforme militar, apenas camisa branca e calça preta. Os olhos estavam vermelhos e os lábios, tremendo, a expressão demonstrando uma tristeza insuportável.

Karim ficou parado ao lado da mesa e não disse nada. Conforme Ezra se aproximava, uma série de imagens passou pela cabeça de Karim. Perguntou-se se Ezra também as via: prédios explodindo, ruas manchadas de sangue, cercas de arame farpado, fumaça de gás lacrimogêneo, jovens atirando pedras e soldados marchando. Karim sentia como se ele, Ezra e irmão Gregory não fossem os únicos na sala. As lembranças e sofrimentos de judeus, cristãos e muçulmanos através de séculos estavam ali com eles — os rostos marcados por lágrimas de mães chorando pelos filhos perdidos, os cânticos sofridos das multidões carregando caixões, os gritos de órfãos procurando pais que nunca mais voltariam.

Irmão Gregory quebrou o silêncio ao pegar a mão dos dois.

— Vocês são os homens mais corajosos que já conheci na minha vida.

Os dois se encararam em silêncio. Finalmente, Ezra disse:

— Vim expressar o meu mais profundo arrependimento pelos meus atos e pela morte de Rachel. — Lágrimas encheram seus olhos. — Você pode me perdoar?

Antes que ele pudesse responder, uma sirene soou. Karim olhou em volta, confuso, assim como Ezra e irmão Gregory. A porta se abriu e o guarda entrou.

— Acabamos de receber a notícia de que uma troca de prisioneiras foi negociada. Os palestinos presos aqui devem sair imediatamente. — O guarda segurou a porta. — Sigam-me.

Os três homens atravessaram o corredor de transferência, onde se juntaram a algumas centenas de palestinos cruzando o portão da frente, que estava aberto. Piscando por causa do sol de meio-dia, contemplou uma cena caótica. Equipes de televisão estavam transmitindo ao vivo enquanto familiares e amigos dos prisioneiros soltos fervilhavam em volta. Karim escutou alguém chamar seu nome no meio da multidão. Procurou e viu Abdul Fattah acenando para ele.

— Venha, Karim! Seu pai quer que você o ajude nas negociações de paz.

Ezra levantou a mão.

— Só nos dê um minuto. — Ele levou Karim para um canto, colocou a mão no bolso e tirou uma aliança. Entregando-a para Karim, ele disse: — Antes de Rachel morrer, ela me deu esta aliança e pediu que lhe devolvesse. Ela disse que amará você para sempre e que irá esperá-lo na próxima vida. Por favor, receba esta aliança como sinal do meu mais profundo arrependimento e pedido de perdão.

Karim fitou a aliança. Ficaria com ela, claro, mas não sabia se podia ou mesmo queria perdoar Ezra. Seria uma traição a Rachel perdoar o irmão que a matou? Ou perdoá-lo seria o ato de maior lealdade a ela?

Karim fitou os olhos de Ezra e viu um desejo ali, o mesmo desejo apaixonado que vira nos olhos de *Rajiya*, a menininha cuja imagem estava pintada no muro de separação de A'ram, segurando balões em número suficiente para carregá-la.

Karim pegou a aliança e leu sua inscrição. "O verdadeiro islã é a paz." Essa foi a mensagem que sua amada mãe deixara para ele. Também era a mensagem que Rachel o ensinara a viver. Agora acrescentaria algumas palavras à inscrição na aliança: "O verdadeiro islã é a paz *e o perdão*."

Ezra estendeu o braço e fez o que Karim nunca esperou ver um israelense fazendo na presença de um palestino, muito menos tão perto.

Ele chorou.

De *O dia em que o mundo mudou*
Copyright©2063
por Karim Musalaha

Antes que a mudança acontecesse, a única coisa que todo mundo sabia sobre israelenses e palestinos era que eles se odiavam. E que eles usavam a religião para justificar a violência. A hipocrisia só terminou quando todos os filhos de Abraão — judeus, cristãos e muçulmanos — começaram a defender a justiça e praticar a compaixão.

Olhando para trás, vejo que as raízes da paz estavam lá o tempo todo, mas as bombas, o sangue e as lágrimas não nos deixavam vê-las.

Foi necessário Rachel Sharett — a corajosa israelense que amarei para sempre — para nos mostrar um novo ponto de vista. Agora, depois da fundação de uma nação da Palestina, depois que o muro de separação de Israel veio abaixo, que o sistema de passes acabou, que os pontos de inspeção foram desmontados, que os problemas dos assentamentos se resolveram, o mito acerca dela continua a crescer.

O ponto de vista dela vinha da mais famosa carta de amor da história. escrita por Jesus de Nazaré para Maria Madalena. Ninguém poderia imaginar que a carta começaria uma revolução, muito menos eu, o universitário fugitivo que a encontrou.

Mas foi o que aconteceu.

E a revolução continua até hoje sempre que o amor entra em cena e transforma inimigos em amigos.

Acredito que esta revolução é a única esperança verdadeira do mundo.

Começando comigo e com você.

Este livro foi composto na tipologia Minion Pro
Regular, em corpo 11/15, e impresso em papel
off-white 80 g/m² no Sistema Cameron da
Divisão Gráfica da Distribuidora Record.